Gene Kerrigan

Die Wut

Roman

Aus dem Englischen
von Antje Maria Greisiger

Polar Verlag

Die Originalausgabe erschien erstmals 2011
unter dem Titel *The Rage* bei Harvill Secker.

Deutsche Erstausgabe, 1. Auflage 2014

Umschlaggestaltung: Detlef Kellermann, Robert Neth
Gesetzt aus Adobe Garamond PostScript, InDesign
Druck und Bindung: CPI books GmbH, Leck
Printed in Germany
ISBN 978-3-945133-06-4

www.polar-verlag.de

Für Pat Brannen und Evelyn Bracken

The law was something to be manipulated for power and profit.
The streets were dark with something more than night.

Das Gesetz war etwas, das es für Macht und Profit zu missbrauchen galt. Mehr als nur Nacht verdunkelte die Straßen.

Raymond Chandler,
Trouble Is My Business

Seine Finger umklammerten das dicke Holzgeländer, beide Hände so sehr darum gekrampft, dass es sich anfühlte, als könne das Holz zersplittern.

Sein Atem ging flach. Er sog die Luft ein und stieß sie in kurzen Zügen wieder aus; sie schien kaum bis hinunter zu den Lungen zu reichen. Seine Brust und Schultern waren mit einem Mal schweißbedeckt. Ihm kam der Gedanke, dass dies ernst sein könnte, mehr als eine Panikattacke. Er war ein großer Mann und gut in Form, aber Raucher, und mit siebenundvierzig lebte er mit den Folgen einiger missglückter Neujahrsvorsätze. Da war Angst, und da war zugleich Erleichterung. Sollte sich doch ein anderer – oder niemand – darum kümmern; er würde keine andere Wahl haben, als loszulassen. Die Anspannung der letzten Tage würde hinweggefegt, während sein Körper dichtmachte und alles sich in einem erstickenden Ansturm von Endlichkeit auflöste.

Falls das geschah, würde Holly den Schmerz spüren und sein Fehlen dann als eine weitere Tatsache des Lebens akzeptieren. Wie die Fältchen um ihre Augen, bedauerlich, aber unvermeidbar – und am Ende alles halb so wild. Und Grace und Dylan würde der Verlust schockieren, aber sie waren beide bereits dabei, ihre eigenen Leben zu gestalten. Das war der Lauf der Dinge.

Und ohne seinen Schutz würde Maura Coady sterben. Früher oder später würde der Irre aus dem Schatten treten und sich ein paar Minuten nehmen, um das bisschen Leben, das noch in ihr war, herauszuquetschen.

Es war gegen Ende eines warmen Aprilabends, ein Vorgeschmack auf den Sommer. Detective Sergeant Bob Tidey stand am Nordufer der Liffey auf den Planken der über das schwarze Wasser ragenden Uferpromenade. Flussaufwärts, zu seiner Rechten, hinterließ die Sonne ein goldenes Glühen auf den Wolken über dem Phoenix Park. Hinter ihm, auf den Uferstraßen Richtung Stadtzentrum, die Geräusche und Gerüche des Verkehrs.

Eine Stadt, die sich um ihre Angelegenheiten kümmerte, bereit, den Tag ausklingen zu lassen. Selbstzufrieden und selbstvergessen.

Bob Tidey war hier geboren, aufgewachsen und hatte eine Familie gegründet. Er kannte die Stadt, liebte sie und diente ihr und hasste die Art und Weise, wie sie es vermochte, die Augen zu verschließen.

Er hatte das Geländer so fest gepackt, dass seine Finger wehtaten. Seine Arme und Schultern zerrten und zogen an der hölzernen Brüstung, als wolle er an ihr rütteln, als wolle er die ganze Promenade, ja die ganze Scheißstadt wachrütteln. Er stieß sich vom Geländer weg.

So wie die Dinge gelaufen waren, gab es keinen guten Ausweg, nichts, was moralisch richtig wäre. Der Mord an dem Banker, die Sache mit Maura Coady – Tideys letztes Gespräch mit den Lamettaträgern hatte die Möglichkeiten, auf Nummer sicher zu gehen, zunichte gemacht.

Er zündete sich eine Zigarette an und versuchte, das Zittern in seinen Händen zu lindern. Er nahm einen tiefen Zug, atmete den Rauch langsam aus, dann begann er, die Uferpromenade entlang hinauf Richtung O'Connell Bridge zu gehen.

Nichts, was moralisch richtig wäre. Aber etwas musste getan werden.

Teil 1

Der Rauchergarten

1

Emmet Sweetman lag auf dem Rücken und öffnete die Augen.

Alles war vertraut, aber nichts stimmte.

Ein dunkler Regentropfen –

der von der Decke fällt …

Er lag auf dem Boden seines weiten Eingangsflures, den kalten, harten Marmor unter sich. Um ihn herum die vertrauten dunkelgrünen Wände, die von dem cremefarbenen Fries unter der hohen weißen Decke gekrönt waren; links von ihm der antike Walnusstisch, auf den er abends, wenn er nach Hause kam, seine Schlüssel warf. Noch nie hatte er den Tisch so gesehen, von unten. Dort, im Schatten kaum auszumachen, war mit rosa Kreide hingekritzelt worden: *VK 21.*

Das hatte jemand vom Auktionshaus getan, in dem Colette ihn gekauft hatte. Wahrscheinlich.

Langsam fällt von der Decke ein dunkler Regentropfen –

Nichts stimmt …

Er verspürte das verzweifelte Verlangen nach Gewissheiten. Nach Zeit, Ort, anderen Menschen und wo er war im Verhältnis zu all dem.

Dunkel draußen –

Spät, jetzt –

Zu Mittag gegessen mit –

Dann …

Blitzartig entfaltete sich der Tag in seinem Kopf, Augenblicke um Augenblicke gingen auseinander hervor, langes Meeting – fetter Typ von der Steuerbehörde, dann noch mehr verdammte Anwälte –

Abend, spät zu Hause, müde, das Geräusch der Autoschlüssel, die auf den Walnusstisch fallen.

Colette –

Da war –

Auf der Treppe, auf dem Weg zu ihr nach oben –

Die Klingel –

»Ich gehe.«

Als er jetzt den dunklen Regeltropfen beobachtete, wie er so langsam nach unten fiel, dass er noch die Hälfte der Strecke bis zum Fußboden vor sich hatte, spürte er, wie eine Kälte seinen Körper durchflutete. Es fühlte sich an, als wäre seine Haut plötzlich mit dem Marmor unter ihm verschmolzen. Seine Gedanken reckten sich nach etwas, was er nicht erkannte, was er nicht begriff –

Sich auf den Stufen herumdrehen, wieder herunterkommen –

Zwei Männer auf der Türschwelle –

Der linke hatte einen Kapuzenpullover an und einen Schal über dem unteren Teil seines Gesichts. Der rechte, dessen Gesicht im Schatten einer Baseballmütze lag, hielt eine Doppelflinte im Zwergenformat, und alles passierte gleichzeitig.

Der Blitz.

Der unfassbar laute Knall.

Die unglaublich schnelle Bewegung.

Emmet Sweetman lag auf dem Rücken und öffnete die Augen.

Der dunkle Regentropfen, er fällt –

Vom Schädel bis zu den Zehen war sein Körper eiskalt.

Oh mein Gott –

Der eine im Kapuzenpulli –

Mein Gott, nein –

Lehnte sich vor, hockte sich hin. Er sah Emmet Sweetman in die Augen.

Große schwarze Pistole.

Nein –

Der dunkle Regentropfen –

Fällt immer noch von der Decke –

Bitte nicht –

2

Das Gericht öffnete – Bob Tidey schaute kurz auf die Uhr – in fünfzehn Minuten.

Viel Zeit für einen Raucher. Auf der zweiten Etage des Strafgerichts stieg er aus dem Fahrstuhl, ging durch die Cafeteria und hinaus in den Rauchergarten. Vier oder fünf andere griffen ein paar letzte Züge ab.

Bob Tidey gab dem alten Four Courts den Vorzug, wo die Raucher gezwungen waren, in den Hof hinauszugehen, um ihrem Laster zu frönen. Das neue Gebäude war eine hemmungslose Zurschaustellung von Wohlstand, und es hatte etwas Unanständiges an sich, so großzügig in die Tasche zu greifen, um einer schlechten Angewohnheit Raum zu geben. Im Rauchergarten standen mehrere geschmackvoll designte Holzbänke, auf denen man sitzen, eine quarzen und einen Kaffee trinken konnte. Pflanzen und junge Bäume zierten ihn, und jemand hatte sich viele Gedanken über die Form der Behälter zum Zigarettenausdrücken gemacht. Trotz allem zeigte der Bereich an den Ecken schon erste Abnutzungserscheinungen – stehengelassene Cola-Dosen und Papp-Kaffeebecher, nachlässig weggeworfene Zigarettenstummel.

Bob Tideys Einwegfeuerzeug hätte schon vor zwei Tagen im Müll landen sollen. Er musste es mehrere Male versuchen, bevor er ein winziges Flämmchen erhielt. Er beugte sich vor, die Hände schützend vor der Silk Cut, als sein Handy klingelte.

Tidey ließ das Flämmchen erlöschen.

»Ja?«

Die Stimme war kratzig, unverkennbar.

»Die Sache, über die wir gesprochen hatte, Mr Tidey – Sie sagten, Sie wissen schon, wir könnten uns mal unterhalten. Schauen, ob da was zu machen ist.«

»Kommt drauf an, Trixie. Der Junge muss reden, nur mit mir, geht auch nicht in die Akte. Sagen Sie ihm –«

»Hab ich schon. Ich denke, das geht klar.«

»Gut.«

»Wir müssen reden, Mr Tidey.«

»Hören Sie, ich bin gerade in einem Meeting. Ich komme vorbei, sobald ich kann.«

»Das wäre spitze.«

»Ich verspreche nichts, o. k.?«

»Wie Sie meinen – ist Ihre Ansage, Mr Tidey.«

Es brauchte mehrere Anläufe, das Feuerzeug in Gang zu kriegen. Tidey nahm einen tiefen Zug und saugte wie verrückt an der Silk Cut. Leichte Zigaretten waren seiner Meinung nach Beschiss – es bedeutete nur, dass er doppelt so viele rauchte. Er sollte wieder zu den Rothmans zurückkehren.

Das Gericht hatte über die vergangenen fünfundzwanzig Jahre einen erheblichen Teil von Bob Tideys Arbeitsleben verschlungen, und normalerweise war die Routine im Gerichtssaal etwas, das er begrüßte und genoss. Normale Bürger näherten sich dem Gericht nur ungern, als Angeklagte, Prozessierende oder Zeugen. Für die Polizei war das Gericht das Ziel, dem Monate harter Arbeit gewidmet waren – und der Ort, an dem man seinen Fall in den Siegerring führen oder ihn den Bach runtergehen sehen musste. Bob Tidey fühlte sich hier zu Hause.

Dem glänzenden, neuen Strafgericht fehlte das historische Gewicht des alten Four Courts, dessen Kraut-und-Rüben-Grundriss und die unzähligen Ecken und Winkel, in denen stille Übereinkünfte getroffen wurden. Stattdessen bot es Licht und Raum, Technologie und Komfort, all den Schnickschnack, den sich die Rechtsgemeinschaft einer stolzen und wohlhabenden kleinen Nation nur wünschen konnte. Das Gebäude war erdacht worden in jenen üppigen Zeiten, als Geld im Überfluss vorhanden war. Es hatte so viel von dem Zeug gegeben, dass die richtigen Leute große Boni verdienten, indem sie den ganzen Tag dasaßen und sich neue Dinge ausdachten, für die man es ausgeben könnte. Die Tische der Golden Circles, der exklusiven Kreise, bogen sich unter dem Gewicht des Fests. Ihre Verehrer drängten in das Glücksspiel mit Immobilien, und es fiel genügend für die Mindestlohnebene ab, um alle bei Laune zu halten. Jeder wusste, das Geldkarussell würde so lange rundlaufen, solange nicht zwei, drei Dinge auf einmal schiefgingen – und dann gingen gleich vier oder fünf Dinge zugleich schief.

Zu der Zeit, als das glänzende, neue Strafgericht seine Pforten öffnete, war klar, dass die Geldschwemme Einbildung gewesen war. Zuerst sah es fast wie ein technischer Defekt aus, so, als müsste jemand eine kleine kniffelige Rechenaufgabe lösen. Dann brachen die Immobilienpreise ein, Jobs verschwanden, Fabriken und Unternehmen, die es Jahrzehnte gegeben hatte, machten über Nacht dicht. Hunderttausende Häuser und Wohnungen standen leer, Hunderte nicht fertiggestellte Anwesen, in denen niemand lebte oder jemals würde leben wollen, alle gebaut mit geborgtem Geld, um die Steuererleichterungen zu nutzen. Das Wissen, dass all das Schulterklopfen und die Arroganz der letzten zehn Jahre auf Bullshit fußten, ließ das Land erröten wie einen Teenager, der beim Posieren vor einem Spiegel erwischt worden war.

Bob Tideys Geschäft waren Recht und Ordnung, und was auch immer sonst noch so baden ging, es würde immer harte Männer und windige Typen geben und das Bedürfnis nach jemandem, der ihnen Manieren beibrachte. Er hatte Gehaltskürzungen hingenommen, aber mit ihnen konnte er leben. Im Moment brauchte er nicht viel.

Zuerst hatte er die Atmosphäre des Four Courts vermisst, wo man mit wenig ausgekommen war und in dem heutzutage ausschließlich die lukrativen Zivilrechtsstreitigkeiten verhandelt wurden. Aber egal wo die juristischen Wettkämpfe ausgetragen wurden, Tidey war mit den komplizierten Vorbereitungen der Fälle vertraut, mit der Anspannung, dem Absturz nach dem Prozess. Machte man seine Sache richtig, geschah es nicht oft, dass die Schurken es schafften, ihren Hals aus der Schlinge zu ziehen. Und wenn es ihnen doch einmal gelang, was selten vorkam, konnte er warten. Die Sache mit Straftätern ist, dass sie einem für gewöhnlich eine Revanche geben.

Heute jedoch war es das erste Mal, dass er in einer anderen Rolle als der eines Ermittlers ins Gericht kam. In ein paar Minuten würde er in einem Gerichtssaal im vierten Stock sein und sich darauf vorbereiten, einen Meineid zu leisten.

Scheiß drauf.

Wie man sich bettet, so liegt man. Beschweren gilt nicht.

Hat man nach einer angeblich begangenen Straftat einmal eine Zeugenaussage gemacht, gibt's kein Zurück mehr. Wenn man dann in den Zeugenstand tritt und vom geschriebenen Wort abweicht, wird der Verteidiger die nächste halbe Stunde darauf verwenden, auf einem herumzuhacken.

Sagen Sie, Detective Sergeant, haben Sie damals gelogen oder lügen Sie jetzt?

Er hatte die Fragen zu jenem Abend in Brerton's Pub, nachdem sich der Tumult gelegt hatte, so einfach wie möglich beantwortet.

»Ich habe nichts gesehen.«

»Wir nehmen die Aussage für alle Fälle auf, nur fürs Protokoll.«

»Kein Problem.«

Ich hörte, wie es irgendwo hinter mir unruhig wurde, und habe versucht, es zu ignorieren. Ich dachte, es wäre einfach nur jemand laut geworden, so wie es in Pubs eben manchmal ist. Als ich mich schließlich umdrehte, was alles schon vorbei.

Ende Gelände.

Nichts, was der einen oder anderen Partei helfen oder schaden konnte.

Als er sich an jenem Abend im Brerton's auf seinem Sitz an der Bar herumdrehte, waren die Schlagstöcke schon in vollem Schwung. Zwei Maulaffen landeten in Handschellen und dann, nach einem kleinen Ausflug in die Beaumont-Notaufnahme, für eine Nacht in den Zellen der Turner's Lane.

Die hatten's nicht anders gewollt.

Die Klugscheißer, sechzehn, siebzehn, vielleicht zwanzig Jahre alt oder so, der Alkohol machte sie mutig. Laut, die großen Macker, die mit gar nicht lustigen, beleidigenden Bemerkungen im Pub um sich warfen, dann lachten und die Stammgäste herausfordernd anstierten, bis diese wegsahen. Einem ängstlichen jungen Barmann, der sie bat runterzukommen, empfahlen sie, sich zu verpissen. Die Klugscheißer lachten so sehr, dass sie ihre Augen zusammenkniffen und sich auf ihren Stühlen hin und her wiegten.

Nach einem langen Tag ohne Mittagessen und zurück von einer ergebnislosen Reise zu einem potenziellen Zeugen in einem Versicherungsbetrug hatte Bob Tidey nur schnell einen Happen zu sich nehmen wollen. Als die beiden Uniformierten das Brerton's betraten, angefressen, als hätten sie ihre Pause unterbrechen müssen, wurden die Maulhelden ganz fix wieder nüchtern. Genau das, was einem gerade noch gefehlt hat, wenn es Dutzende Leute gibt, die sogar Minijobs hinterherjagen: ein Termin vor Gericht und eine Verurteilung wegen Rowdytums in der eigenen Akte. Plötzlich sahen die zwei wie die dämlichen kleinen Jungs aus, die sie waren. So hätte es enden sollen, mit einer Verwarnung und einem Pubverweis. Doch gerade als die Klugscheißer Richtung Ausgang stolzierten, als wollten sie allen weismachen, dass sie ohnehin vorgehabt hatten zu gehen, winkte einer der beiden Beamten sie mit gekrümmtem Finger zurück und rief ihnen hinter her: »Entschuldigt euch mal bei den Gästen, Jungs. Und zwar so, dass wir's glauben.«

Die zwei Maulaffen standen unbeholfen da, ihre Gesichter eine Mischung aus Verlegenheit, Angst und Wut.

»Es ist vorbei«, sagte einer der beiden.

Der Garda zog eine Augenbraue hoch. »Ich höre nichts, was nach Reue klingt.«

Das andere Großmaul konnte die Wut nicht aufhalten, die sich ihren Weg durch die Angst hindurchbahnte. »Fick dich.«

Das war wie ein Startschuss, und die beiden Polizisten und die beiden Klugscheißer gingen aufeinander los. Vier junge Männer taten das, wonach sich eine bestimmte Sorte junger Männer immer sehnt – Hörner zeigen.

Bob Tidey hatte einen Schluck vom wässrigen Pubkaffee genommen. Er hörte das Geräusch von Schlagstöcken, die auf weiches Gewebe trafen. Er schaute auf und sah einen Strahl Blut horizontal vom Mund des größeren der beiden Klugscheißer wegfliegen. Er sah, wie der andere sich hinhockte, die Hand schützend vor das Gesicht gestreckt, dann hörte er einen Schrei und den Schlagstock, der die Hand wegschlug, dann einen Rückhandschlag mit dem gleichen Gummiknüppel, der auf die eine Gesichtshälfte des Großmauls klatschte.

Das Ganze dauerte zwanzig Sekunden, höchstens. Tidey schluckte den Rest seines Kaffees herunter, kaute auf, was von seinem Schinken-Käse-Sandwich übrig war, und ging.

»Bob?«

Der Anruf kam vier Stunden später, als Tidey zu Hause war und sich die Höhepunkte eines Champions-League-Spiels ansah, in dem es keine gab.

»Derek Ferry, Turner's Lane.«

»Derek, ist ja ewig her.«

Sie hatten ungefähr zur gleichen Zeit bei der Garda angefangen, hatten einige Monate auf dem gleichen Review gearbeitet.

»Die Sache ist die, Bob, zwei unserer Jungs haben heute Abend unten in Brerton's ein Paar Suffköppe wegen ungebührlichen Benehmens aufgegriffen. Einer der Jungs hat dich erkannt, ist zurückgegangen, um mit dir zu reden, aber du warst weg.«

»Hatte mein Sandwich aufgegessen, gab keinen Grund, länger zu bleiben.«

»Was ich gehofft hatte – die beiden Besoffenen – es hat sich herausgestellt, dass einer von denen der Sohn eines Beraters des Handelsministers ist.«

»Das ist Pech.«

»Die Eltern machen einen Riesenaufstand, haben einen Fotografen vorbeigeschickt, damit er Aufnahmen der blauen Flecken macht. Unsere Jungs klagen die zwei Idioten wegen Angriff auf einen Garda an. Wahrscheinlich das Beste, was man machen kann, unter diesen Umständen.«

Wohl wahr. Verpasst man dem Sohn eines Typen mit Beziehungen eine Abreibung, sorgt das für Wirbel. Das Beste ist, man legt ihm irgendetwas Glaubwürdiges zur Last, und schon sind die Eltern und ihre Rechtsbeistände in der Defensive. Höchstwahrscheinlich einigen sich alle daraufhin zurückzurudern, und es ist, als wäre nichts geschehen.

»Ich habe nichts gesehen«, erklärte Tidey.

»Die Jungs haben sich nur gefragt, ob –«

»Tut mir leid, Derek, ich hab mit dem Rücken zum Geschehen gesessen.«

Ferry hatte nur kurz gezögert, und als er sprach, gelang es ihm, sich die Enttäuschung nicht anmerken zu lassen.

»Wir nehmen die Aussage für alle Fälle auf, nur fürs Protokoll.«

»Kein Problem.«

Sollte diese Sache vor Gericht landen, war Tidey nicht gewillt, ein Zeuge der Anklage zu sein. Ihn verlangte wenig danach, zwei besoffenen Halbstarken einen Schuldspruch anzuhängen, die das Pech gehabt hatten, auf zwei Bullen zu treffen, die genauso begierig gewesen waren, alles in Sichtweite mit ihremTestosteron zu besprühen. Andererseits war es der sichere Weg in die berufliche Isolation, wenn er den Dilettantismus zweier Uniformierter bezeugte. Unter bestimmten Umständen wäre es das Richtige – aber es lag ihm nichts daran, seine Karriere auf dem Altar der Gerechtigkeit für zwei besoffene Deppen zu opfern.

Es ist eine Regel des Lebens: Wenn Trottel – in Uniform oder ohne – eine hirnrissige Schlägerei anfangen, lass sie machen. Und als zwei Halbstarke eine Anklage wegen Trunkenheit und ungebührlichen Benehmens traf, hätte sie mit einer schnellen Geldstrafe aus der Welt geräumt werden sollen, Ende der Durchsage.

Aber die Eltern dieser Halbstarken holten ein Team von juristischen Schwergewichten ins Boot, und jeder hatte Angst nachzugeben, sodass Monate später Zeit im Gerichtssaal verschwendet wurde.

Tideys Aussage war so nichtssagend, dass sein Name nicht auf der ursprünglichen Zeugenliste gestanden hatte. Dann, am Abend zuvor, hatte er den Anruf erhalten, der ihn zum Strafgericht bestellte.

Am besten blieb er bei seiner Geschichte in der Aussage. Rein in den Zeugenstand, raus aus dem Zeugenstand und raus aus der ganzen Sache.

Er zerdrückte den Stummel der Silk Cut, warf ein Tic Tac ein und ging wieder rein.

»Sergeant Tidey?«

Der großgewachsene Anwalt mit dem faltigen Gesicht wartete schon, als Bob Tidey in der vierten Etage aus dem Fahrstuhl trat. Sein Vorname war Richard und sein beständig mürrischer Gesichtsausdruck hatte ihm den Spitznamen Depri Dick verschafft. Er vertrat die Anklage in dem Fall, in dem Tidey Zeuge war. »Auf ein Wort, wenn Sie gestatten?«, bat er. In der einen Hand hielt er einen Stapel Papiere.

Tidey nickte. Depri Dick führte sie zu der gläsernen Begrenzung mit Blick auf den riesigen, kreisförmigen Lichthof, um den herum das Gebäude konzipiert worden war. Er nahm seine Perücke ab, strich sich über das dünne, graue Haar und setzte die Perücke wieder auf. Er verbrachte einige Sekunden damit, sie vorsichtig zu justieren, während er auf die kleinen Figuren blickte, die im Erdgeschoss in der Lobby herumwuselten. Er blickte zu Tidey auf wie ein Arzt zu einem Patienten, dessen Befunde uneindeutig sind.

»Wir haben da ein Problem. Oder, um genau zu sein, *Sie* haben da ein Problem.«

3

Besser geht's nicht.

Mit federndem Schritt die Henry Street hinunter, die warme Vormittagssonne über sich und einen freien Tag vor sich.

Fühlt sich gut an.

Stolz schwang in Vincent Naylors Gang mit. Zehn Tage war es her, seit er aus dem Gefängnis entlassen worden war.

In der Fußgängerzone war heute Morgen nicht viel los. Er fing einen bewundernden Blick ein von einer Frau mit blonden Haaren und Hängeohrringen, die halb so groß waren wie ihr Gesicht.

Und sieht gut aus.

Vincent hatte dunkle, lockige Haare. Alles an ihm zierte seine hochgewachsene, schlanke Gestalt, angefangenen bei seiner Tag-Heuer-Sonnenbrille bis hinunter zu seinen schwarzen Converse-Sneakers, die er sich gleich in den ersten Tagen, nachdem er aus dem Joy – kurz für Mountjoy Prison – rausgekommen war, gekauft hatte. Er hatte sich einen neuen Stil gegönnt – blaugestreiftes Hemd von Thomas Pink, graue Jacke von Pull and Bear, Sean-John-Jeans.

Er bog links zu HMV ein.

Zurück zum Ort des Geschehens.

Er nahm seine Sonnenbrille ab, steckte sie sich ans V seines Hemdes und lief die Stufen, zwei auf einmal, hoch zur DVD-Abteilung. Dann scharf nach rechts …

Halb in Erwartung, auf den Freak zu treffen.

Kleiner Pisser.

Morgens war er meist früh wach und unterwegs, fuhr runter an den Strand nach Clontarf zum Joggen – die Mischung aus Freiheit, frischer Luft und Strecken von Muskeln und Sehnen versetzte ihn in einen Rausch. Der Körper, erklärte Vincent oft seinem Bruder Noel, ist der Tempel der Seele.

Heute hatte er das Laufen ausfallen lassen. Vincent war im HMV auf der Suche nach einer Tommy-Tiernan-DVD. Noel hatte sie ihm empfohlen. »Der ist zum Brüllen«, hatte er gesagt. Vincent würde heute Abend einige seiner Kumpels in Noels Haus in Coolock empfangen. Ein paar Bierchen zischen, einen Happen essen, eine DVD schauen und abfeiern. Die Wiedersehenspartys waren Teil des Funs, aus dem Gefängnis zu kommen.

»Verzeihung, aber –«, hatte der Freak mit seinem zierlichen Stimmchen gesagt.

An jenem Nachmittag vor vierzehn Monaten war Vincent Naylor gerade im HMV angekommen, an den neuen CDs und DVDs vorbei in Richtung Treppe gelaufen, auf der Suche nach einer *Columbo*-Box. Er hatte sie da oben einige Tage zuvor gesehen, zu 'nem Spottpreis. Seine Oma vergötterte Peter Falk. Sie hatte die meisten der *Columbo*-Episoden gesehen, aber das machte nichts. Bekam sie die DVDs erst einmal in die Finger, würde man eine Brechstange brauchen, um sie von der Glotze zu eisen.

»Links halten«, erklärte der Freak. »So lautet die Regel.«

Welche verdammte Regel?

Freak – es stand ihm auf der Stirn geschrieben. Kragenloses Hemd, schwarze Weste und Jeans, er trug ein kleines Pete-Doherty-Hütchen und eine Sonnenbrille, und – ohne Mist – die Sonnenbrille saß auf dem Rand des Huts, was ihm cool vorgekommen sein muss, als er sich am Morgen im Spiegel betrachtet hatte.

Sie trafen sich auf halber Treppe, kurz bevor Vincent die scharfe Rechtskurve erreicht hatte, und hätte der Freak seine dumme Klappe gehalten, wäre alles gut gewesen. Vincent stand rechts, seine Finger strichen über den Handlauf aus Metall. Er hatte den kleinen Pisser gar nicht gesehen, und wenn dieser keinen Aufstand gemacht hätte, wäre Vincent vielleicht sogar um ihn herumgegangen – vorausgesetzt, er hätte keinen anderen Ärger gemacht – obwohl – wahrscheinlich nicht.

»Hast du ein Problem?«, hatte er den Freak gefragt.

Der Freak stand nur da, auf der Innenseite der Treppe, mit seinem kleinen überheblichen Gesicht, schaute auf Vincent herab, warf dem Security-Typen einen Blick zu, wohlwissend, dass ihm nichts passieren würde, solange er im Sichtfeld des Türstehers war. Sein Gesicht aber verriet ihn. Kleine rote Schatten krochen über seine Wangen.

Vincent Naylor brachte ihn dazu, den Blick abzuwenden, neigte seinen Kopf zur Seite, schaute dem Freak direkt in die Augen und brachte sein Gesicht näher – nicht mehr als fünf, zehn Zentimeter. Der Freak blinzelte. Er seufzte abschätzig, trat vom Geländer weg, lief um Vincent herum, und Vincent drehte sich um und beobachtete, wie er ging. Er wusste, dass der kleine Pisser zurückschauen würde, also legte er ein Lächeln auf und wartete, und als sich der Freak herumdrehte und zurückblickte und Vincent dort stehen sah, musste es dieses verächtliche Lächeln gewesen sein, das dem Freak eine Ladung seiner eigenen Dämlichkeit verpasste. Sein Gesicht ging in Schamesröte auf und er steuerte dem Ausgang zu.

Wahrscheinlich fühlte er sich sicher genug, denn der Freak drehte sich noch einmal um und rief laut genug, dass es alle im Erdgeschoss hören konnten, sogar über das Dröhnen eines blöden Hip-Hop-Songs hinweg: *»Penner! Assi!«*

Vincent war mit einem Sprung unten. Plötzlich kam der Freak in Gang, beschleunigte zur Tür hinaus, auf die Straße, nach rechts und in Richtung The Spire, dem spitzen Wahrzeichen Dublins.

Der Security-Typ hielt eine Hand beschwichtigend hoch und meinte: »Immer mit der Ruhe«, aber Vincent war schon an ihm vorbei, nach vorne gebeugt, Adrenalin in den Beinen.

Der Freak war knapp zwanzig Meter vor ihm. Er rannte wie auf Blumenstängeln durch die lose Schar Kaufwilliger. Vincent war sich sicher, dass dem Freak sein schäbiges kleines Herz bis zu seinem dürren Hälschen schlug und sein dämliches kleines Hirn wie ein Spatz im Schatten eines Habichts flatterte. Vincents Wut verflog, und er grinste. Er legte noch einen Zahn zu und genoss die Leichtigkeit, mit der er die Lücke zwischen ihnen beiden schließen konnte. Der Freak hatte mit Müh und Not die Kreuzung zur Moore Street hinter sich gelassen.

Als Vincent ihn einholte, schubste er ihn ein wenig an der Schulter, und der Freak stolperte nach vorn, seine Knie schlugen auf den Boden, dann seine Hände, dann sein Gesicht; als seine HMV-Tasche auf das Kopfsteinpflaster traf, gab es ein Geräusch, als würde im Inneren etwas zerbrechen. Das Pete-Doherty-Hütchen lag auf dem Boden, und Vincent juchzte kurz auf, als er auf dessen Sonnenbrille trat.

»Wieso so eilig, Klugscheißer?«

Er trat dem kleinen Pisser in die Rippen. Dieser rollte sich auf die Seite und stützte sich mit einer Hand auf, um sich auf ein

Knie zu stemmen. Er kreischte wie ein Mädchen, als Vincent sich auf seine Finger stellte. Der nächster Tritt brach dem Freak die Nase, und das war der Moment, in dem ein Kaugummi kauender Security-Typ von irgendeinem der Läden Vincent zur Seite stieß und anordnete: »Das reicht.« Ein zweiter Wachmann erschien auf der Linken, hob eine Hand und meinte: »Verschwinde.«

Vincent nickte und antwortete: »Klar doch«, zog seinen Fuß zurück und trat dem Freak noch ein letztes Mal so richtig in die Rippen. Dann drehte er sich um, bereit zu verduften, da entdeckte er einen Bullen, keine zwei Meter entfernt, der rasch näher kam. Jemand streckte einen Fuß aus, und als Vincent kehrtmachte und losrannte, strauchelte er und ging zu Boden.

Er sah zu dem Garda auf, und das Arschloch hob plötzlich – wie einer, der mit einem Zaubertrick angibt – einen Schlagstock. »Gib mir 'nen Grund«, forderte ihn der Garda auf.

Sechs Monate später legte Vincents Anwalt den Füller nieder, lehnte sich in seinem großen Stuhl zurück und erklärte: »Am besten du sagst, seine Bemerkungen haben dich provoziert, du hattest das Gefühl, dass du und deine Familie zutiefst beleidigt worden seien, und du weißt nicht, was in dich gefahren ist.«

»Ich werde mich nicht schuldig bekennen«, entgegnete Vincent und der Anwalt schüttelte den Kopf.

»Zwölf Monate«, hatte der Richter verkündet, als der Fall vor Gericht kam, und Vincent war nach acht draußen.

Jetzt, oben im HMV, schaute sich Vincent die *Columbo*-Box an. Billig wie noch nie. Aber kein Grund mehr, sie zu kaufen: Seine Oma war in die Kiste gestiegen, drei Monate, bevor Vincent entlassen wurde. Als es passierte, hatte Vincent Haftaussetzung aus familiären Gründen beantragt, aber es war absolut zwecklos angesichts der Tatsache, dass es gerade mal zwei Tage her war, dass er einem Schließer, der es nicht anders gewollt hatte, ins Gesicht gespuckt hatte.

Er durchforstete die Komödien und besah sich die Tommy-Tiernan-DVD. Schien o. k. zu sein. Er ertappte sich dabei, wie er ganz beiläufig den Laden kurz mal abcheckte. Nur ein pickeliger Loser an der Kasse. Vincent hatte eine breite, tiefe Tasche in seiner Jacke.

Dämlich.

Er ging zur Kasse und zahlte.

Nur Versager gehen das Risiko Schwedischer Gardinen für eine DVD ein.

Früher oder später, das wusste Vincent, würde er wieder im Gefängnis landen. So waren die Spielregeln.

Du kennst die Risiken und meistens, wenn du gut genug bist, kommst du ungeschoren und mit einem Gewinn davon. Früher oder später ist die Glückssträhne zu Ende, und das ist das Lehrgeld, das du zahlst. Aber die Sache mit dem Freak – nicht noch mal so 'nen Mist. Das bringt keine Punkte. Die Monate im Joy hatten ihn runterkommen lassen, hatten ihm Zeit gegeben, über alles nachzudenken.

Sich den Freak vorzuknöpfen hatte Spaß gemacht, aber der Lohn war das Risiko nicht wert. Keinen emotionalen Scheiß mehr, von jetzt an nur noch reines Business. Vincent Naylor war sich sicher, dass er es trotz aller Vorsichtsmaßnahmen nicht würde verhindern können, dass ihn eines Tages das Glück verließ. Doch bis es soweit war, würde er es clever anstellen. Keine Krümelkacke, keine waghalsigen Schachzüge. Reines Business. Business ist Business und Spaß ist Spaß. Und stellt man das Erste richtig an, hat man genügend Zeit fürs Zweite.

Dem Schließer ins Gesicht zu spucken – das war so ein Rückfall. Vincent hatte sich ein, zwei Tage lang verflucht, aber drauf geschissen, er war kein Heiliger.

So wie Vincent es sah, gab es zwei Arten von Arbeit. Die Routinejobs – die sind gut für das nötige Kleingeld. Ein paar Hundert hier, ein paar Hundert da – Jobs, die sicher und einfach sind. Dann gab es noch das große Geschäft – vielleicht nicht mehr als zwei Dinger pro Jahr. Der Vorteil ist, die bringen so viel Geld, dass es eine Weile dauert, bis man es ausgegeben hat, und das lohnt das höhere Risiko, 'ne Weile im Joy einzusitzen. Das nächste Mal, wenn Vincent Naylor ins Gefängnis ginge, würde es für etwas sein, das es wert war.

4

Der Verteidiger schaute Bob Tidey über den Brillenrand hinweg an. »Das *sind* Sie, nicht wahr, Detective Sergeant?« Er zeigte auf einen riesigen Flachbildschirm, einen von mehreren, die der Richter, die Geschworenen und der Zeuge sehen konnten. Der Film war angehalten worden, das Bild von schlechter Qualität.

»Scheint so«, antwortete Tidey.

»Und in diesem Bild schauen Sie wohin?«

»Was wir hier sehen«, führte Tidey aus, »ist nur ein Schnappschuss, ein kurzer Augenblick eines Vorfalls, der sehr schnell ablief.«

»Ganz im Gegenteil, Detective Sergeant«, sagte der Verteidiger. »Es handelt sich um ein Video, keinen Schnappschuss, und es führt Ihre eidliche Aussage ad absurdum, oder etwa nicht?« Er hob eine kleine Fernbedienung. »Schauen wir es uns doch noch einmal an.«

Draußen vor dem Gerichtssaal hatte Depri Dick darauf verzichtet, die bittere Pille zu versüßen. »Die haben ein Video – nur ein paar Sekunden – von dem Vorfall im Brerton's. Jemand hat es mit dem Handy aufgenommen.« Erneut hatte er die Perücke abgenommen, sie über seine Hand drapiert, den Kopf geschüttelt. »Es ist sehr wenig zu sehen – zwei Schlagstöcke in Aktion. Normalerweise würde das unserem Fall weder helfen noch schaden.«

»Aber?«

»Die Kamera bewegt sich ein bisschen und für ein, zwei Sekunden sind Sie im Bild, an der Bar sitzend, den Blick zum Geschehen gewandt. Dann schwenkt sie zurück und es ist deutlich zu sehen, wie die beiden Polizisten die Angeklagten schlagen.«

Er hielt ein Blatt Papier hoch.

»›Ich hörte, wie es irgendwo hinter mir unruhig wurde‹, – das ist, was Sie zu Protokoll gegeben haben. ›Als ich mich schließlich umdrehte, war alles schon vorbei.‹«

Bob Tidey drücke mit Daumen und Zeigefinger an seiner Unterlippe herum. »Wieso ist das jetzt ein Problem?«

»Die hatten zunächst nicht vorgehabt, Sie vorzuladen. Es schien keinen Sinn zu machen – Sie hatten den Vorfall nicht gesehen – laut Ihrer Aussage. Gestern hat einer der Verteidiger sich auf das Video vorbereitet. Das Ganze dauert ungefähr zwölf Sekunden, die Aufnahme mit Ihnen eins Komma sieben Sekunden; einer seiner Kollegen sah es und hat Sie erkannt.«

»Das beweist nichts.«

»Ihre Aussage behauptet etwas, von dem das Gericht weiß, dass es nicht wahr ist – in Wirklichkeit haben Sie gesehen, was passiert ist.«

»Beweist trotzdem noch nichts, so oder so.«

Depri Dick schniefte. »Es geht nicht immer darum, was man beweisen kann.«

Sie gingen in den Gerichtssaal, und eine Minute, nachdem Bob Tidey in den Zeugenstand getreten war, las der Verteidiger Tideys kurze Aussage laut vor.

»Sind das Ihre Worte, Detective Sergeant, gegenüber den Ermittlungsbeamten, Ihren Kollegen?«

»Ja.«

»Sie waren der ranghöchste Beamte, der anwesend war?«

»Ich war nicht im Dienst, ich war in einem Pub, um etwas zu essen.«

»Waren Sie der Senior Garda, der anwesend war?«

»Ja.«

Der Verteidiger nickte übertrieben mit dem Kopf. Er schaute sich im Gericht um, holte tief Luft und hielt ein einzelnes Blatt Papier hoch. Die Theatralik signalisierte den Geschworenen, dass etwas von Bedeutung folgen würde.

»Und sagen Sie mir, wenn Sie so freundlich wären, Detective Sergeant Tidey – hier, vor diesem Gericht, nach feierlichem Eid –, stehen Sie zu Ihrer Aussage?«

»Ich habe den Ermittlungsbeamten erzählt, woran ich mich erinnerte, und dazu stehe ich.«

Der Verteidiger schaute zur Richterbank hoch. »Ich denke, Herr Richter, jetzt wäre ein geeigneter Zeitpunkt.« Der Saaldiener machte den Fernseher an und reichte dem Anwalt die Fernbedienung.

Nachdem das kurze Video ein zweites und dann noch ein drittes Mal gezeigt worden war, immer mit dem Standbild an der richtigen Stelle, verkündete der Verteidiger: »Was das hier beweist, Detective Sergeant, ist, dass Sie die Ereignisse, die Gegenstand dieses Falles sind, eindeutig mitbekommen haben. Auch wenn der Videoausschnitt kurz ist, zeigt er doch, dass Sie dem Geschehen zugewandt waren.«

»Dieser Abend war –«

»Und ich möchte behaupten, dass wir hieraus schließen können, dass Sie sich – aus irgendeinem Grund – sehr bemüht haben, nicht wahrheitsgemäß auszusagen, was Sie gesehen haben. Also haben Sie gelogen und gesagt, Sie hätten nichts gesehen. Stimmt das?«

»Das stimmt nicht.«

»Und das Erste, was Sie taten, als Sie heute in den Zeugenstand getreten sind, war zu behaupten – unter einem feierlichen Eid –, dass die Aussage, die Sie darüber gemacht hatten, nichts gesehen zu haben, die Wahrheit wäre, die ganze Wahrheit und nichts als die Wahrheit.«

»Das Ganze –«

»Was verheimlichen Sie, Detective Sergeant?«

»Das Ganze war eine Sache von Sekunden – ich habe nicht die Zeit gestoppt und ich habe mir auch nicht aufgeschrieben, wann genau ich mich herumgedreht habe –«

»Entweder haben Sie gesehen, was passiert ist, oder nicht. Was haben Ihre beiden Kollegen denn getrieben, was so … so *kriminell,* vielleicht, gewesen ist, dass Sie unter Eid gelogen haben, um es zu vertuschen?«

»Ich habe nichts gesehen und das habe ich auch gesagt.«

»Was mich interessiert, ist, ob Sie sich mit den anderen Beamten zusammengetan haben – Beamte, die ihre Schlagstöcke in einer solch offenkundig unverantwortlichen Art und Weise einsetzen –, um das Gericht über den wahren Hergang zu täuschen.«

»Ich habe mit niemandem gemeinsame Sache gemacht.«

»Wenn der ranghöchste Beamte, der vor Ort gewesen ist, unter Eid lügt, folgt daraus, dass eine gewissenhafte Jury begründeten Zweifel haben muss an allen und jedem Aspekt dieses Polizeifalls.«

»Meine Aussage –«

»Ich danke Ihnen, Detective Sergeant.«

Der Verteidiger setzte sich.

Depri Dick erhob sich und stellte Bob Tidey ein paar Fragen, die darauf ausgerichtet waren, die Bedeutungslosigkeit seiner Rolle in dem Fall zu unterstreichen.

Er schien nicht mit dem Herzen dabei zu sein.

5

Raus aus HMV und froh, wieder in der warmen Sonne zu sein, setzte Vincent seine Sonnenbrille auf und wanderte die Henry Street hinauf Richtung The Spire. Er dachte an Noels Riesen-Ding, zum hundertsten Mal ging er es in Gedanken durch, erwog es von jeder Warte, grenzte die Chance von allem, was schiefgehen konnte, immer weiter ein. Vincent hatte schon einige große Dinger gedreht, aber immer als Teil einer Crew. Das hier war das erste große, bei dem er das Sagen hatte, eigene Leute, für die der Lohn mehr als nur das Geld war.

»Du verarschst mich doch«, hatte er Noel entgegnet, als sein Bruder ihm die Geschichte kurz vor seiner Entlassung brühwarm ins Joy brachte.

»Stockbesoffen und sprudelte wie so 'n Wasserfall auf'm Rücksitz.«

Noels Freund Tommo hatte einen Fahrgast am Taxistand an der oberen Grafton Street aufgesammelt. Die Gaga-Ecke. Drei Uhr am Morgen, der Typ hackedicht und labert über seinen Job – Fahrer eines Geldtransporters. »Das ganze Geld da hinten drin«, erzählte Tommo Noel. »Jedes Mal, wenn der auf Arbeit geht, weiß er nicht, ob ihm nicht der Schädel eingeschlagen wird. Und was bekommt er dafür am Ende des Monats? Peanuts. Und damit nicht genug – jetzt hat er auch noch eine Gehaltskürzung bekommen; er zahlt die verschissenen Steuern, mit denen die Regierung die Banken wieder raushaut. Und da ist er dann, vielleicht noch drei Stunden Schlaf vor sich, dann wieder raus, um eine weitere Ladung Bares von einem Haufen reicher Arschlöcher zum anderen zu karren.«

Tommo hatte immer nur gesagt: »Du hast recht, Mann, was 'ne Scheiße.« Und sich alle Details gemerkt, und als der Fahrgast in sein Haus schwankte – draußen in Ballybrack –, hatte sich Tommo die Adresse notiert.

»Tommo will 'n paar Tausend, aber nichts mit der Sache selbst zu tun haben.«

Als Vincent rauskam, war alles schon klar, Ziel und Vorgehensweise. Alles, was Vincent jetzt noch zu tun hatte, war, ein wenig zu optimieren. Manchmal vergaß Noel das, was auf der Hand lag, wie die heißen Untersätze abzufackeln, damit die Polizei keine Fingerabdrücke oder Spuren hat, die sie unters Mikroskop legen kann.

An der Moore Street blieb Vincent stehen. Eigentlich hatte er vorgehabt, ein paar Steaks von FX Buckleys zu kaufen, etwas Gutes für die Jungs zu kochen, aber an diesem warmen Tag war ihm eher nach einem Spaziergang. Das Essen würde er später besorgen.

Während er die Henry Street weiter hinauflief, dachte er wieder an den Freak. Es war irgendwo hier oben gewesen, wo das kleine Arschloch zu Boden gegangen war. Er erinnerte sich, wie der seine Zeugenaussage vor Gericht gemacht hatte, mit einer Nase in bleibender Schieflage an der Stelle, an der sie mit Vincents Stiefel in Berührung gekommen war.

Als Vincent in die O'Connell Street einbog, wurde er von der Sonne geblendet, die sich in einem vorbeifahrenden Bus spiegelte. Er hielt inne und stand einfach da, atmete tief. Die Sonne ließ alles in der Stadt sauberer erscheinen, frischer. So verdammt gut, draußen zu sein, und was für ein Wahnsinnsmorgen. Ein Morgen wie gemacht für einen ganz relaxten Spaziergang.

Man weiß nie, was sich so ergibt.

Ursprünglich sollte die Pressekonferenz im Garda-Präsidium abgehalten werden, aber den Medien hatte das nicht gefallen. »Keinen Schnickschnack«, hatte ein Gerichtsreporter Assistant Commissioner Colin O'Keefe erklärt. »Wir brauchen mehr vor der Linse als ein paar hohe Bullen hinter einem Tisch.«

O'Keefe – obwohl allein im Büro und am Telefon – war sehr bemüht, sich seine Verärgerung nicht ansehen zu lassen. Diese Wichser konnten deine Laune hundert Meilen gegen den Wind riechen. Das hier war einer der Fälle, in denen es von Nutzen war, mit den Medien zusammenzuarbeiten, und wenn dies bedeutete, dass er ihnen in den Arsch kriechen musste, dann bitteschön.

»Wie wär's, wenn wir das Ganze am Schauplatz des Mordes machen?« Der Schmierfink klang eher hoffnungsfroh als fordernd.

O'Keefe überlegte nur kurz, dann antwortete er: »Gute Idee. Ich bereite alles für heute Nachmittag vor.«

»Heute Vormittag wäre besser«, meinte der Schmierfink.

Der Wichser musste unbedingt das letzte Wort haben. »Ist gut«, erklärte O'Keefe gelassen.

Jeder Zentimeter des Schauplatzes, an dem Emmet Sweetman ermordet worden war, war bereits untersucht und freigegeben worden, aber O'Keefe ließ die Beamten einige Meter Absperrband hindrapieren, um dem Bereich jene CSI-Atmosphäre zu verleihen, die dazu beitrug, dass sich die Schmierfinken besonders wichtig vorkamen. Er hatte eine Handvoll Uniformierte besorgt, die herumstehen und wichtig tun sollten. Im Gegenzug für ein vertrauenerweckendes Image der Polizei bei der Arbeit erhielten die Schmierfinken Gelegenheit, sich an einem Tatort herumzutreiben und ihre Lieblingstheorien zum Fall zu testen. Detective Chief Superintendent Malachy Hogg vom National Bureau of Criminal Investigations, der das operative Geschehen der Untersuchung leitete, war auch da, um dem Ganzen Gewicht zu verleihen.

Es gab einige Minuten informelles Frage-und-Antwort-Spiel, wobei O'Keefe und Hogg meist Fragen von Möchtegern-Detektiven beantworteten und positive Dinge über die Untersuchung verlauten ließen, ohne auch nur ein Detail preiszugeben. Ziel der Übung war es, ein Foto in die Zeitung zu bekommen und die Meldung, die Ermittlungen schritten gut voran.

»Assistant Commissioner?« Der Reporter war von der *Irish Times*, hatte ein aufgedunsenes Gesicht und war von einer Aura der Langeweile umgeben. »Kennen Sie den wissenschaftlichen Bericht, der belegt, dass in Irland derzeit Tötungsdelikte mit Schusswaffen –«

»Ganz ehrlich, ich bin zu sehr beschäftigt, in Kriminalfällen zu ermitteln, um mich negativem wissenschaftlichen Gelaber darüber hinzugeben.« O'Keefe setzte sein süßestes Lächeln auf.

»Forscher an der Universität von Aberdeen –«

»Nächste Frage.«

»Proportional gesehen zeigen die Zahlen, dass Mord durch Schusswaffen in Irland fünfmal häufiger vorkommt als in England und Wales.«

»Nächste Frage.«

Ein weiterer Schmierfink tat, wie ihm geheißen. »Assistant Commissioner, würden Sie sagen, dass die Polizei in dieser Ermittlung keinen Stein auf dem anderen lässt?«

Einen Moment lang dachte O'Keefe, der Schmierfink wolle ihn auf den Arm nehmen, aber der Rindvieh-Ausdruck war zu echt, um aufgesetzt zu sein.

»Keinen Stein auf dem anderen«, bestätigte er.

Als den Zeilenschindern keine weiteren Fragen mehr einfielen, stellten sich O'Keefe und Hogg vor die Tür des Sweetman-Hauses und unterhielten sich, während die Knipser ihre Fotos machten. Es hatte einen Hauch von Drama – die Ermittler an der gleichen Stelle, an der die Killer gestanden hatten, als Emmet Sweetman ein letztes Mal die Tür öffnete.

»Woanders wartet noch echte Arbeit auf mich«, erklärte Hogg.

»Sieh es als Sühne für deine Sünden an.«

»Macht der Minister Druck?«

»Alle paar Stunden, Anrufe von der Sekretärin mit Fragen nach Updates. Der Scheiß hier dauert nur ein paar Minuten und hilft dabei, dass nicht der Eindruck entsteht, die Jagdsaison auf reiche Arschlöcher hätte begonnen.«

Seit dem Mord an Sweetman waren ein Ziegelstein durch die Scheibe einer Bank geflogen und zwei Molotowcocktails vor ihrer Tür gelandet. In voneinander unabhängigen Vorfällen waren drei mittlere Banker von Bürgern angegriffen und der Sohn eines Gesellschafters eines führenden Bauträgers bewusstlos getreten worden, als er aus einem Nachtclub kam. Am beängstigendsten war, dass ein ehemaliger Geschäftsführer einer anderen Bank von einer Geschäftsreise aus Chicago zurückkehrte, um zwei Einschusslöcher im Wohnzimmerfenster seiner Villa vorzufinden. Die Medien waren einer Bitte der Polizei nachgekommen, diese Vorfälle herunterzuspielen. Wenn Banker und Planer zu verprügeln in Mode kam, konnten die Dinge in einem Umfeld voller potenzieller Ziele schnell außer Kontrolle geraten. Mit der heutigen Fotosession hatten sie die Medien sicher auf ihrer Seite. Zudem würde es die Runde machen, dass die Polizei den Mord an Sweetman immerhin so ernst nahm, dass zwei ranghohe Beamte hinter ihren Tischen hervor- und höchstpersönlich an den Ort des Verbrechens kamen.

»Wenn wir das das nächste Mal machen«, murmelte Hogg mit Blick auf die Schmierfinken in dreißig Meter Entfernung, hinter der blau-weißen Absperrung, »darf ich nicht vergessen, meine Lupe mitzubringen und auf allen Vieren nach Spuren am Boden zu suchen.«

Einer der Schreiberlinge rief: »Können wir vielleicht 'nen Blick hineinwerfen?«

O'Keefe legte eine Miene des Bedauerns auf: »Ich fürchte nicht, Jungs – verfahrenstechnische Gründe.« Er wandte sich wieder an Hogg. »Ergebnisse aus der Ballistik?«

»Da staut es sich, aber ich nehme an, sie werden bald da sein.«

Zwei Minuten später, nach getaner Pflicht, stieg O'Keefe in seinen Wagen. Ein junger Reporter, den er nicht kannte, kam herübergeeilt, fest entschlossen, ein paar exklusive Zeilen zu ergattern – ein kleiner Typ im Anzug und mit hypergegeltem Haar. Er sah aus wie jemand, der sich viel Zeit nahm, sein Äußeres aufzupolieren, jedoch nicht besonders gut darin war.

»Anthony Prendergast, *Daily Record*.«

»Wie kann ich Ihnen helfen, Anthony?«

»Mit einem ausführlichen Interview, egal wann, egal wo.«

»Warum sollte ich Ihre Kollegen verärgern?«

»Ich schreibe es auf, gebe es Ihnen, sodass Sie sichergehen können, dass alle Angaben korrekt sind, dann –«

»Keine Chance.«

Anthony lächelte. »Fragen kostet ja nichts – wer nicht wagt, der nicht gewinnt.«

»Das ist allerdings wahr, mein Junge.«

Während O'Keefe behutsam mit seinem Wagen losfuhr, winkte er der Medienmeute zu. Normalerweise würde er auf der Rückbank eines offiziellen Gefährts sitzen und sich chauffieren lassen. Aber in den heutigen Zeiten der Kürzungen im öffentlichen Dienst und der Erhebung von Abgaben empfahl es sich, die Privilegien eines höheren Dienstgrades nicht zur Schau zu stellen.

6

Oh, na jetzt wird's interessant.

Vincent Naylor unterbrach seinen Gang nicht, glotzte nicht in den Schuhladen hinein, sondern ging einfach weiter. Heutzutage kannst du dir nicht einmal die Eier kratzen, ohne dass eine Überwachungskamera das einfängt.

Um die würde er sich schon kümmern, kein Ding.

In einem Laden für Campingzubehör fand Vincent eine Regenjacke aus Plastik, quadratisch-praktisch eingetütet in eine Plastiktasche – knallrot. Genau das Richtige.

Zweiundzwanzig verdammte Euro. Eine Plastikregenjacke in einer herzallerliebsten Plastiktasche – *ihr wollt mich wohl verdammt noch mal verarschen.*

Von wegen die Preise gehen in den Keller – so ein Quatsch ...

Platz für den Regelmantel war da, hinten in die Jeans reingestopft, unter seiner Jacke – Vincent zog es einen Moment lang in Erwägung.

Ist das Risiko nicht wert.

An der Kasse, die Sonnenbrille aufs Haar geschoben, bezahlte Vincent bei dem Vollbart hinter der Theke und sagte: »Bisschen teuer für 'n Plastikmäntelchen. Da hat wohl der keltische Tiger zugeschlagen, wie?«

»Das ist ein erstklassiges Produkt, Sir, und ich –«

»Abzocker.«

Er entledigte sich der herzallerliebsten Plastiktasche in einer Mülltonne und verstaute den Regenmantel in der tiefen Innentasche seiner Jacke, zusammen mit der Tommy-Tiernan-DVD. Als er eine Gasse nahe dem anvisierten Shop hinunterschlenderte, blieb er im Eingang eines asiatischen Lebensmittelladens stehen und rückte seine Sonnenbrille zurecht. Er holte den Regenmantel hervor, zog ihn an, machte ihn zu und zog die Kapuze über den Kopf. Er hasste Kapuzenpullis, alles mit Kapuze – er fühlte sich dann wie ein Pferd mit Scheuklappen. Aber es gab keinen besseren Schutz vor den Überwachungskameras.

Kurzen Blick hineingeworfen. Keine Kundschaft.

Als Erstes, nachdem er das Schuhgeschäft betreten hatte, peilte er die Innenseite der Tür, suchte nach einer Klinke oder einem Riegel, den er zuschieben und die Tür hinter sich verschließen konnte. *Nichts zu machen.*

Kein Grund zur Sorge, denn um diese Uhrzeit, in dieser Art versnobtem Laden würden Kunden dünn gesät sein.

Er wandte sich der Verkäuferin zu, ihr Blick leicht amüsiert, als sie die Regenbekleidung und die Sonnenbrille registrierte. Es dauerte einen Moment, dann schien sie sich in sich zu verkriechen, als sie begriff, was hier geschah.

Das Ding war, sie trugen Handschuhe. Beide. Wäre diese Kleinigkeit nicht gewesen, hätte Maura Coady vielleicht keinen weiteren Gedanken an sie verschwendet.

Sie stiegen aus dem dunkelgrünen Auto aus. Handschuhe, bei diesem Wetter. Cremefarbene, dünne, dehnbare Plastikhandschuhe. Wie sie Chirurgen tragen.

Hätte nur einer der beiden Männer welche getragen, hätte es sein können, dass er Probleme mit der Haut hatte. Aber beide Männer …

Geht dich nichts an, Maura.

Als Maura Coady vor zwei Jahren in dieses Haus in North Strand gezogen war, hatte die Aufregung darüber, endlich alleine zu leben, einen Raum zu haben, auf den niemand sonst ein Anrecht hatte, sie mit Euphorie erfüllt. Sie besaß keinen Fernseher, eine Abnabelung von der Außenwelt, die sie aus den Jahrzehnten im Kloster übernommen hatte. Aber sie hatte ein Fenster – und der Blick zwischen den Netzgardinen hindurch bot genügend Unterhaltung. Das Fenster ging direkt zur Straße hin, kein Garten dazwischen, der Fußweg nur Zentimeter entfernt. Das Programm war meist eintönig, Alltag eben, aber es gab auch spannende Momente. Manchmal, wenn sie durchs Zimmer ging, im Begriff etwas Hausarbeit zu erledigen, wurde sie auf jemanden aufmerksam, der einen Einkaufswagen vom SPAR an der Ecke zurückfuhr. Dann blieb sie stehen und beobachtete, wie die Leute vorbeigingen, stellte sich für ein paar kurze Augenblicke deren Leben vor – nicht aus Neugier oder Neid, einfach aus Lust an der vorübergehenden Schwäche. Dann machte sie mit dem weiter, was sie gerade angefangen hatte.

Bisweilen hingen Kids an der Ecke herum – keine schlimmen, einfach ein paar Jugendliche, die ein wenig Unfug machten, und die fesselten ihre Aufmerksamkeit.

Gelegentlich brachten sie Erinnerungen an ihre eigenen Schüler zurück, das war Jahrzehnte her. Sehr selten gab es einen Streit – ein Elternteil und ein Kind, ein paar Erwachsene – nie etwas Ernstes. Immer passierte etwas, so unbedeutend es auch sein mochte. Manchmal fühlte sie sich schuldig, als wäre sie einer dieser ehrenamtlichen Gehsteigwächter mit Kissen auf der Fensterbank, aber sie vergab sich schnell wieder. Es interessierte sie einfach, wie die Leute ihr Leben lebten.

Jetzt beobachtete sie Phil Heneghan gegenüber, wie er sich vorsichtig aufrichtete. Er hatte vor seinem Haus gekniet und mit einem Pinsel den Schmutz aus den Löchern des Belüftungsblocks entfernt. Später würde er vorbeikommen und sich anbieten, das eine oder andere im Haushalt zu tun, so wie er es mehrmals die Woche machte. Das Bedürfnis, ein Nachhutgefecht gegen die gemeine Haushaltskatastrophe zu führen, kam bei Phil regelmäßig auf. »Sind die Ventilatoren blockiert, muss man sich über Unannehmlichkeiten nicht wundern. Gott weiß, was für Arten von Schimmel unter den Dielen anfangen zu wachsen, und im Handumdrehen hat man den Geruch von Hausschwamm in der Nase.«

Phil und seine Frau Jacinta waren sogar noch älter als Maura, um die achtzig. Sie achteten auf das kleine Haus wie Frischverheiratete auf ihr erstes Liebesnest. »Als die Tolke über die Ufer trat – das ist lange her, aber an den Häusern kann man an einigen Stellen noch die Wasserlinie sehen. Boote hatten sie, sie kamen diese Straße in kleinen Booten hinunter, so schlimm war es. So etwas hinterlässt Spuren, auch noch nach Jahrzehnten.«

Phil ging jetzt ins Haus und kam kurz darauf mit einem gelben Staubtuch und einer Dose mit irgendetwas wieder heraus. Er begann geduldig den Messingklopfer zu bearbeiten, um ihn wieder zum Glänzen zu bringen.

Was geschehen war, war ganz merkwürdig. Die Handschuhe, dann der Fahrer, der das Auto verschloss, sein Freund, der vor das

Auto und der Fahrer, der hinter das Auto lief, und beide hatten sich hingehockt und angefangen, an etwas zu werkeln. Sie hatte nur den am hinteren Ende sehen können und den Scheitel des anderen Mannes. Innerhalb von Sekunden waren sie aufgestanden und davongegangen, die Straße hinunter, vorbei am SPAR, dann hinüber auf die Hauptstraße. Und einen Tag später stand das Auto immer noch vor Mauras Haus.

Da stimmte etwas nicht.

Sie sollte etwas unternehmen.

Und vielleicht viel Aufhebens um nichts machen. Die alte Frau, die viel Wind um etwas macht, was normale Leute – echte Leute mit wirklichen Leben – für selbstverständlich halten würden.

Zwei Männer parken ein Auto – vielleicht kannten sie sich in der Gegend nicht aus, waren sich nicht sicher, wo die Adresse war, zu der sie wollten, also parken sie irgendwo und machen sich zu Fuß auf die Suche. Und es gibt einen Grund, irgendeinen Grund, warum sie zu beschäftigt sind, um zurückzukommen. Vielleicht waren sie weggefahren, während sie geschlafen hatte, waren zurückgekommen, bevor sie aufgestanden war, und hatten an der gleichen Stelle geparkt.

So sehr sie das glauben wollte, es erschien nicht sehr wahrscheinlich.

Aber es war falsch, einfach anzunehmen, dass sie etwas Frevelhaftes vorhatten.

Es kommt nichts Gutes dabei heraus, voreilige Schlüsse zu ziehen.

Es war wie in der Geschichte, die sie in der Zeitung gelesen hatte: Leute hatten beobachtet, wie ein Muslim betete, bevor er ein Flugzeug bestieg, und das hatte sie so in Aufruhr versetzt, dass der Abflug verschoben wurde und der Muslim von Bord gehen musste, sodass er den Flug verpasste, während sichergestellt wurde, dass er kein Entführer war. Noch vor dreißig Jahren war das Erste, was die Menschen in England dachten, wenn sie einen irischen Akzent hörten, vielleicht ist das ein Bombenleger. Sie kannte mal einen Priester – das war vor einer halben Ewigkeit –, der von der Polizei angehalten wurde, als er von der Fähre in Holyhead kam; zwei Tage behielten sie ihn auf dem Revier. Es kommt nichts Gutes dabei heraus, das Schlimmste von den Leuten zu denken.

Wieso sollten zwei Männer, die im selben Auto ankommen, nicht einen guten Grund haben, Plastikhandschuhe zu tragen?

Maura Coady hatte fast eine Stunde am Fenster verbracht in der Hoffnung, dass die Männer zurückkommen und wegfahren würden. Sie konnte nicht noch einen Tag verstreichen lassen, ohne etwas zu unternehmen. Wenn die Männer das Auto gestohlen hatten, konnten sie jederzeit zurückkehren, fortfahren, es vielleicht neu lackieren, verkaufen – wem immer es gehört hatte, er würde es nie wieder sehen.

Sie zwang sich, vom Fenster wegzutreten. Zehn Minuten stand sie an der Spüle und wusch ab. Dann machte sie sich eine Tasse Tee, setzte sich an den Küchentisch und schlug ihr Buch auf. Als sie den Tee ausgetrunken hatte, wusch sie die Tasse aus und stellte sie auf das Abtropfgestell. Sie ging zurück ins Wohnzimmer. Das dunkelgrüne Auto war immer noch da.

Die Geschworenen waren aus dem Gerichtssaal gebeten worden, während die Verteidigung einen Verfahrensantrag vortrug, der darauf abzielte, die Klage der Körperverletzung abzuweisen. Während das Fachchinesisch andauerte, wollte Detective Sergeant Bob Tidey sein Hirn in den Leerlauf schalten, aber Berufskrankheiten sind anstrengend. Bleib am Ball, auch wenn es langweilig wird, und du bist auf alles vorbereitet. Er ertappte sich dabei, wie er die Argumentation des Verteidigers analysierte und die Entgegnungen der Anklage vorherzusehen versuchte. Die Gepflogenheiten im Gerichtssaal verlangten solche Turniere, in denen Wortwechsel einer eigenen Logik folgten, die verankert war in juristischen Präzedenzfällen und undurchsichtigen richterlichen Entscheidungen. Manchmal löste sich das Ganze auch völlig von den Fakten und driftete in die höheren Sphären der rechtlichen Beweisführung ab. Mit jedem Satz trieb der Fall weiter von der Wahrheit weg – die beiden arroganten Idioten hatten eine Tracht Prügel von zwei anmaßenden Polizisten eingesteckt. Vor Gericht ist es Brauch, dass alle vorgeben, hier würden Dinge von großer juristischer Bedeutung verhandelt.

»Wenn das so ist«, sagte der Richter mit einem kurzen Blick auf die Uhr am Ende des Saales, »vertage ich die Verhandlung auf morgen, um dann über den Antrag zu entscheiden.«

»Sie werden mich doch nicht brauchen, morgen früh?«, fragte Tidey Depri Dick.

Der Anwalt machte ein Gesicht. »Ich glaube wirklich – wenn man bedenkt, wie das gelaufen ist –, dass es das Beste wäre, wenn Sie sich zur Verfügung halten, nur für alle Fälle.«

Tidey nickte. Ein weiterer Tag an vorderster Front im Krieg gegen das Verbrechen.

7

»Bitte nicht«, bettelte die Verkäuferin im Schuhgeschäft und Vincent Naylor sagte: »Geld.«

Es war ein kleiner Laden, kaum mehr als ein hell beleuchtetes Rechteck. Cremefarbene Wände, Verkaufsdeko in Chrom und Kristall, Walnussstühle und Fußbänke. Die geschmackvolle Beleuchtung strahlte die sorgsam positionierten gläsernen Regale an, auf denen eine sorgfältige Auswahl an Damenschuhen stilvoll ausgestellt war. Vincent kannte sich bei Damenschuhen überhaupt nicht aus, aber er hätte gewettet, das Zeug hier war mit niedlichen, kleinen Labels ausgestattet, die den Preis ordentlich in die Höhe trieben. Er wettete auch, dass diejenigen, denen der Laden gehörte, niemals von einem Schuhgeschäft sprachen – sie würden es Footwear Boutique nennen. Sie hätten keine Kunden, sondern ein Klientel. Und sie verlangten Halsabschneiderpreise für die Freiheit, fern des Mobs einkaufen zu können. So ein Laden war das: nicht in der Lage, Höchstmieten zu zahlen, aber unaufdringlich beworben und nahe genug an der Grafton Street, dass die richtigen Leute ihn finden konnten. Hier wurde nicht viel verkauft, aber was über den Ladentisch ging, ging zu einem stolzen Preis.

Das Problem für Vincent war mit so einem Laden, dass die meisten Einkäufe mit Kreditkarten getätigt wurden. Trotzdem, es musste etwas Bares in den Geschäftsräumen sein. Und es gab nur diese kleine, geile Mieze, die ihn daran hinderte, es in seine Finger zu bekommen.

Er gestikulierte zum Ende des Ladens, wo eine Kasse auf der geschwungenen, hüfthohen Theke stand.

»Hol das Geld.«

Vincent sprach mit leiser Stimme, barsch, als würde er nur schwer an sich halten können. Er konnte sehen, wie ihre Hände zitterten. *Himmel, die war schon was.*

Vielleicht ein paar Jahre jünger als Vincent, was bedeutete, dass sie ungefähr vierundzwanzig oder so war. Ein kühles Gesicht mit kaum einer Spur von Make-up, ein Gesicht von der Sorte der ewig Eingebildeten.

Kurzes blondes Haar betonte ihren langen, schlanken Hals. Ein weites Seidenkleid mit viel Blau darin, das ihr bis kurz über die Knie reichte. Tolle Brüste, größtenteils bedeckt. Er mochte das. Nackte Beine bis zum Hals. Er stellte sich vor, wie seine Hände hinten an ihren Oberschenkeln hinaufglitten, er sich gegen sie presste, sie ihre Knie öffnete ...

Was echt bescheuert wäre. Ein bisschen Kohle geht in einem Geschäft in der Innenstadt flöten – verglichen mit dem, was sonst so in der Welt los war, wie wahrscheinlich ist es da, dass die Bullen auch nur ein müdes Arschrunzeln darüber verlieren? Leg das kleine Fräulein über die Theke und mach ein bisschen an ihr rum – und das in unmittelbarer Nähe der Grafton Street – und du kannst sicher sein, dass sie dann die schweren Geschütze auffahren und Überstunden schieben.

»Geld«, befahl er wieder.

»Bitte nicht –«

Vincent stand mit der Kapuze über dem Gesicht seitlich zu der reizenden, kleinen Überwachungskamera, hoch oben an einer der Wände. Er zeigte auf die Kasse. Die Frau ging rückwärts, bis sie neben dem Ladentisch stand. Vincent ließ seine Stimme laut und schroff klingen: *»Her damit!«* Der Frau entfuhr ein schrilles *Ah*, ihre Hand zuckte vor Angst zurück. Sie traf einen kleinen, braunen Stiftehalter und stieß ihn um, wobei ein paar Kulis und eine lange Schere zu Boden fielen.

Eilig öffnete sie die Kasse, nahm ein dünnes Notenbündel heraus und legte es auf den Ladentisch. Sie kramte in der Schublade und holte eine Handvoll Münzen hervor. Vincent schüttelte den Kopf.

»Sind da noch mehr Scheine?«, wollte er wissen.

Die Frau schüttelte den Kopf.

»Ich check das jetzt. Hast du gelogen«, drohte Vincent, »wirst du dich nie wieder im Spiegel ansehen wollen.«

»Nein, da ist – das ist alles.« Sie sprach schnell, mit schwacher Stimme. Sie rückte ab, als Vincent zur Ladentheke kam und das Geld aufhob. Drei Fünfziger, jede Menge Zwanziger und Zehner.

Vincent zeigte auf die Tür, die in die hintere Wand eingelassen war. »Was ist da drin?«

»Schuhe.«

»Hast du eine Handtasche, Portemonnaie?«

Sie nickte.

»Da drin?«

Sie nickte wieder.

»Zeig's mir.«

»Bitte nicht.«

»Zeig es mir.«

Ihre Beine bebten, ihre Hände auch, als sie zur Tür ging und sie öffnete.

»Zackzack, rein mit dir.«

Während er ihr folgte, blickte er zurück durch die Schaufenster. Die Leute liefen vorbei und zeigten keine Spur von Interesse. Er zog die Tür hinter sich zu.

Die Wände des Hinterzimmers waren mit Regalen gesäumt, die Lagen von Schuhkartons beherbergten. Auf der einen Seite gab es eine kurze Küchenzeile mit einem Spülbecken, einem Wasserkocher und ein paar Tassen und Gläsern. Die Frau nahm ihre Lederhandtasche und bot sie ihm an.

»Nimm das Portemonnaie, hol das Geld raus.«

Sie tat, was er verlangte, und legte mehrere Geldscheine – mindestens zwei Fünfziger – neben den Wasserkocher.

»Gib es mir.«

Sie brauchte einen Augenblick, um alles zusammenzusammeln, dann nahm sie das Geld auf und streckte es ihm entgegen. Er blieb, wo er war, und nach ein paar Sekunden kam sie näher, die Hand ausgestreckt mit ihrer Opfergabe. Er starrte sie an, zwang sie zum Blickkontakt mit ihm. Dann ließ er sie sehen, wie er seinen Blick hinunter zu ihren Brüsten wandern ließ, zu ihren Hüften, ihren Beinen, nur einen Augenblick lang, dann wieder hoch. Als er das Geld mit der einen Hand in Empfang nahm, streckte er die andere aus und umschloss damit ihre. Sie fühlte sich weich an, warm, wie ein Versprechen, und sie zitterte.

Oh Gott, es wäre einfach …

Ist nicht drin.

Etwas wie das, und das Ganze würde mehr werden als nur ein bisschen Geldabgreifen, und vielleicht würde er währenddessen etwas übersehen, was die Bullen zu ihm führen würde, dann würde er ernsthaft in den Bau fahren.

»Siehst du das?«, sagte er. Er deutete auf sein Gesicht.

Sie nickte.

»Du siehst dieses Gesicht?«

Einen Moment lang war sie verwirrt, dann machte es klick und sie antwortete: »Nein, ich habe Ihr Gesicht nicht gesehen.«

»Ich finde dich.«

»Bitte nicht.«

Er ließ Stille herrschen und sah zu, wie sie zitterte.

»Zehn Minuten, bevor du irgendjemanden anrufst.«

»Ja.«

»Ich find's raus.«

Ihre Stimme war kaum da. »Ja.«

Als er ihre Hand freigab, streiften seine Finger die ihren, und er zwang sie noch einmal, Blickkontakt aufzunehmen. Er hielt ihn einen Moment lang, dann lächelte er. Er wandte sich um und ging aus dem Hinterzimmer. Immer noch war nichts los auf der Straße. Er verließ umgehend das Geschäft, bog links ein und eilte davon. Er ging eine enge Gasse hinauf, außerhalb der Sichtweite irgendwelcher Kameras, zog den Regenmantel aus, rollte ihn zusammen und stopfte ihn in seine Innentasche.

Seine Hand berührte die Tommy-Tiernan-DVD, und er erinnerte sich an das Treffen mit seinen Kumpels heute Abend. Etwas, worauf er sich freuen konnte.

8

William Dixon, seinen Freunden als Trixie bekannt, fütterte die industrietaugliche Waschmaschine mit einer Reihe rot-weißer Trikots. Die Wände des kleinen Raumes waren aus Porenbeton, fast der ganze Boden war mit staubigem, abgewetztem, braunem Linoleum bedeckt. Ein altes Fahrrad lehnte gegen einen großen, rostigen Werkzeugschrank, eine Leiter war hoch oben an einer Wand mit Haken befestigt. Regale waren mit Pappkartons, Dosen, Werkzeug und halbvollen Schraubgläsern, Drahtspulen und Metallteilen beladen, die einmal eine Funktion gehabt haben konnten. Der Raum war so zugemüllt, wie es ein Raum nur ist, wenn er keinem anderen Zweck dient, als all das zu beherbergen, was sonst nirgendwo hineinpasst.

»Das hier ist 'ne Mindestlohn-Geschichte«, erzählte Trixie Detective Sergeant Bob Tidey. »Erst gestern habe ich versucht auszurechnen, was ich verdient habe, als ich noch geklaut habe. Ich schätze – wenn man mal bedenkt, wie viel Geld damals noch wert war –, dass ich damit wohl mehr nach Hause bringen würde.« Er hustete. »Ist doch schwachsinnig.«

Trixies Werdegang bestand zum Großteil aus Ladendiebstählen, Kleingeld – nur zweimal hatte er es bis in die Zeitung geschafft, und da auch nur jeweils einen halben Absatz im Bezirksgerichtsreport. Der *Herald* beförderte ihn auf Seite eins – das war vor zwanzig Jahren –, nachdem Trixie ein Regenrohr hochgezappelt und in das Wohnzimmer eines brennenden Hauses gestiegen war. »DER HELD«, lautete die Schlagzeile über William ›Trixie‹ Dixons Bild im Krankenbett. Auf dem Nachhauseweg, nach einem erfolglosen Streifzug, ein paar Schachteln Zigaretten aus dem örtlichen Centra zu befreien, hatte er den Rauch entdeckt, der aus einem offenen Fenster kam. Nachdem er einen Nachbarn alarmiert hatte, der die Feuerwehr rief, klingelte er an der Haustür und begann zu rufen. Als sich nichts regte, kletterte er das Regenrohr hinauf, durchs Fenster und denselben Weg wieder zurück, ein Baby in seiner geschlossenen Jacke verstaut. Eine Nachbarin nahm ihm das Kind ab, dann stieg Trixie wieder hinauf und rutschte und tastete sich dieses Mal mit beiden Füßen und einer Hand vorsichtig hinunter, während er im anderen Arm einen Zweijährigen hielt. In der Zwischenzeit war die Feuerwehr eingetroffen und rettete die Eltern. Trixie holte sich versengte Lungen und einen Husten, der ihn immer noch gelegentlich heimsuchte.

Ein uniformierter Bob Tidey war einer der ersten Gardai vor Ort, als Trixie gerade in den Krankenwagen gehoben wurde. Tidey war später ins Beaumont Hospital gefahren, wo ihm eine Krankenschwester die Rolle mit Einbruchswerkzeug zeigte, die sie in einer langen Innentasche von Trixies Jacke gefunden hatte.

»Könnten wir die nicht hier irgendwo verschwinden lassen?«, hatte Tidey gefragt. Die Schwester schaute ihn kurz an, dann nahm sie das Werkzeug mit.

Der Glencara GAA Club, in dem Trixie in der U21 gespielt hatte, schaltete sich ein, als Trixie wieder auf den Beinen, aber immer noch angeschlagen war. Eine Vielzahl kleinerer Aufgaben, die sonst Freiwillige erledigten, wurde zu einer Art Erwerbstätigkeit zusammengeschustert: sich um die Hurling- und Fußballausrüstungen kümmern, ein bisschen Tresenarbeit im Vereinshaus, ein wenig Aufsicht an den Spieltagen.

Als das Bild von Trixies Sohn Christy nach einem Lagerhauseinbruch auf einem Überwachungsvideo auftauchte, wurden ein paar Beamte geschickt, um ihn abzuholen. Christy machte keinen Aufstand. Erst als die Beamten anfingen, seine Wohnung zu durchsuchen, war er nervös geworden, und als einer von ihnen mit einer .38er Ruger, eingewickelt in einem T-Shirt, aus dem Schlafzimmer kam, war Christy den Tränen nahe gewesen. Er hatte auf der Armlehne seines schäbigen Zweisitzers gesessen, sein Gesicht in den Händen vergraben, und ausgerufen: »Oh fuck«, immer und immer wieder.

Bob Tidey war an der Befragung Christys auf dem Revier beteiligt. Als Christys Vater auf Tidey mit der Bitte zukam, ein gutes Wort für ihn einzulegen, hatte Tideys Superintendent nichts dagegen gehabt. »Der Sohn marschiert ins Gefängnis, da gibt es keinen Zweifel, aber er ist ein jämmerliches kleines Würstchen.«

Trixie Dixon schlug die Tür der Waschmaschine zu. Nachdem

er einen Moment lang an den Bedienelementen herumhantiert hatte, gab das Ding ein Geräusch von sich wie eine 747, die das Rollfeld hinunterrast. Trixie und Tidey gingen hinaus. Auf dem Feld war ein Dutzend junger Hurler dabei sich aufzuwärmen, sie schlugen einen Ball hin und her, ein Junge hockte im Torraum, seinen Hurley im Anschlag, einer der Spartaner parierte den Pass.

»Kommt er da raus?«, wollte Trixie wissen.

»Er wird eine Zeit sitzen müssen.«

»Ich weiß, aber es gibt Sitzenmüssen und Sitzenmüssen.

»Besitz einer geladenen Waffe – und keine Erklärung. In der heutigen Zeit, mit den Gangs, die ständig für Schlagzeilen sorgen – Richter mögen es nicht, bei solchen Dingen als nachgiebig zu gelten.

»Sie wissen, Christy ist so nicht.«

Bob Tidey ließ das einen Moment so im Raum stehen, dann sagte er: »Hat er Ihnen verraten, wem die Knarre gehört?«

»Sie verstehen, dass ich das nicht sagen darf.«

»Im Vertrauen – Sie wissen, dass ich Sie nicht in die Pfanne hauen werde.«

Trixie fing an, am Spielfeldrand entlangzulaufen, beobachtete, wie die Kids auf den Ball droschen, hörte zu, wie sie sich anfeuerten und beschimpften. Die Einzigen, die sonst noch anwesend waren, abgesehen von den Spielern, waren die drei alten Herren an der hinteren Seitenlinie, die den einen oder anderen Rat hinausbrüllten. Trixie und Tidey hatten schon fast die Mittellinie erreicht, als Trixie stehenblieb und offenbarte: »Roly Blount.«

Tidey zuckte zusammen. »Gar nicht gut.«

Roly gehörte zu Frank Tuckers engstem Kreis. Von seiner Basis im Westen der Stadt aus hatte Tucker auf beiden Seiten des Flusses Außenposten errichtet, vom bewaffneten Raubüberfall über Schutzgeld bis hin zu Drogen und Zigarettenschmuggel. Alles, was auch nur im Ansatz gefährlich für ihn oder seine Truppe erschien, wurde einfach entfernt. Christy Dixon hatte keine Wahl gehabt, als die Schuld des Waffenbesitzes auf sich zu nehmen.

Trixie sagte nichts. Nach einer Weile kehrten sie um und gingen zurück zum Vereinshaus. »Ein Happy End ist nicht drin«, erklärte Bob Tidey, »aber mal sehen, was sich machen lässt, nicht?«

9

Vincent tauchte mit einem Karton Milch aus dem örtlichen SPAR auf, unterm Arm Fleisch und Gemüse, das er in der Moore Street gekauft hatte. Die kleine Ansammlung von Geschäften – SPAR, Friseur, Café, Apotheke – unterschied sich von der Hauptgeschäftszone auf der anderen Seite eines fast leeren Parkplatzes.

Das dort war ein Einkaufsparadies. Man konnte alles kaufen, was man brauchte, um ein Haus zu bauen und einzurichten, um einen Kühlschrank zu bestücken, um den eigenen Garten in ein botanisches Wunder zu verwandeln, und man konnte sich die Haare für die Einzugsparty färben lassen. Alles war vor einem ausgebreitet, alle Läden riesig, die asphaltierten Bereiche doppelt so breit wie nötig. Es gab alles, inklusive vieler Zu-vermieten-Schilder.

Es war ein langer Marsch über eine freie Fläche hin zum MacClenaghan-Gebäude. Nur sechsgeschossig, aber durch die Leere ringsrum wirkte es wie ein majestätisches Hochhaus. Das MacClenaghan sollte das erste einer Reihe von vier Appartementhäusern werden – und war das einzige geblieben. Der Bauzaun um den geplanten Standort der anderen Wohnblöcke war ausgedient und löchrig, die Fundamente nur zur Hälfte fertiggestellt. Die Wohnungen im MacClenaghan waren möbliert, ausstaffiert mit dem typischen minderwertigen Zeug – für Beschäftigte, erpicht darauf, einen Fuß in den Immobilienmarkt zu bekommen, ohne nach Abzahlung der Hypothek noch viel übrig zu haben. Dann, gerade als das MacClenaghan errichtet wurde, zerfiel der Immobilientraum zu Staub.

Vincent atmete normal, als er an seiner Wohnung in der vierten Etage ankam. Die Tür war angelehnt, das Schloss kaputt. Der Fahrstuhl war außer Betrieb, aber Noel hatte dafür gesorgt, dass ein Kumpel, der Elektriker war, die Wohnung ans Netz anschloss, sodass die Steckdosen funktionierten, der Kühlschrank und die Dusche. Er hatte einen Wasserkocher und eine Mikrowelle gekauft.

Vincent verstaute die Lebensmittel, brühte sich einen Instantkaffee auf und setzte sich ans Fenster. In aller Ruhe zählte er das Geld, das er gestohlen hatte.

Er mochte diesen Augenblick, wenn er noch nicht sicher war, auf wie viel genau es sich belaufen würde, aber wusste, dass es eine anständige Summe sein würde – das war, wie ein Geschenk am Geburtstag zu öffnen.

Dreihundertundachtzig waren es. Nicht schlecht.

Hier zu sitzen, mit einem Kaffee in Reichweite, etwas Geld parat, einer netten Aussicht – Vincent konnte sich nicht vorstellen, wie es hätte besser laufen können, alles in allem.

Vincent war der Einzige, der in dem Wohnblock lebte.

»Warum Miete zahlen«, hatte Noel gemeint. Zwei Tage, bevor Vincent aus dem Joy kam, hatte Noel das Schloss aufgebrochen. Vierter Stock – gute Wahl. Zu weit oben für gelegentliche Schnüffler. Er hatte auch den zwei Junkies, die eine Wohnung zwei Etagen tiefer besetzt hatten, einen Besuch abgestattet. Kein Strom, kein Kühlschrank, keine Heizung. Das ging nicht – ein Junkie, dem kalt ist, macht ein Feuerchen mitten im Wohnzimmer und döst ein. Vincent konnte eines Nachts einschlafen und nicht wieder aufwachen.

»Is' unsre Wohnung – wir hab'n alles klargemacht«, verteidigte sich die Frau.

Noel hatte sich umgeschaut. Es sah aus, als hätte jemand den Inhalt einer Mülltonne ausgekippt und dann alles ein wenig verteilt.

»Ich sag dir was«, erwiderte Noel. Er hielt ihr einen Zwanzig-Euro-Schein hin.

»Auf gar keinen Fall«, erklärte die Frau. Ihr Partner streckte die Hand aus und nahm das Geld, faltete es und stopfte es in seinen abgewetzten Schuh. Die Frau stierte einen Augenblick lang vor sich hin, dann drehte sie sich um und schaute aus dem Fenster.

Vincent hatte einen Kleiderschrank mit Klamotten gefüllt und war mehr oder weniger bereit loszulegen. Noel bot ihm an, einen Fernseher zu besorgen, aber Vincent sagte, dass da nur Scheiße lief. Er hatte seinen iPod. Noel verschaffte ihm eine Lautsprecheranlage, sodass er ohne Kopfhörer hören konnte.

Es gab einen Balkon vor dem Fenster, gerade tief genug für eine Topfpflanze. Nachts stand Vincent gerne hier draußen, blickte hinüber zur Edwardstown-Siedlung, die Musik laut hinter sich aufgedreht. Ein sechsgeschossiges Gebäude, das in den Himmel ragte, ganz neu und glänzend, am Rande eines Wohngebiets mit Flachbauten – gab ihm das Gefühl, Herr über die Ländereien zu sein.

Er machte nachts kein Licht an, nur Kerzen, bei geschlossenen Vorhängen. Man konnte nie wissen, wann ein abgekämpfter Bauherr vorbeikäme, um sein Grundstück zu besuchen und den Tod seiner Ambitionen zu beweinen. Außerdem trug das Flackern der Kerzen zur Magie des Ortes bei.

Dreihundertundachtzig Euro – das passt, für ein paar Minuten Arbeit. Als Taschengeld würde es reichen. Wenn in den nächsten Tagen alles glatt lief, würde das, was er dann an Geld hatte, eher von der Sorte Hinsetzen-und-Füße-hochlegen sein.

Als Vincent Naylor aus dem Gefängnis kam, hatte Noel ihn zu einem Mann namens Shay Harrison mitgenommen. Vincent hatte ihm ein breites Lächeln geschenkt. »Erzähl mal, Shay!«

Der Sicherheitstyp gab sich geschlagen. Er hatte auf der Rückbank von Tommos Taxi das Maul aufgerissen, sich über seinen Job beschwert, Tommo hatte seine Adresse herausgerückt, und Noel hatte nur ein paar Tage gebraucht, um die Grundis herauszufinden: verheiratet, vier Kinder, ein Haus in Ballybrack, einen acht Jahre alten Fiat und eine Geliebte, die ein paar Jährchen jünger war als seine Frau.

Sie hatten ihn spät letzte Nacht aufgegriffen, nachdem er die Wohnung seiner Freundin verlassen hatte. Liam Delaney und Kevin Broe brachten ihn zu einer Werkstatt in Stillorgan, die einem Cousin von Liam gehörte. Shay hatte sein Bestes getan, den Starken zu markieren, wofür er bezahlt wurde, aber das hatte nach ein paar Stunden mit auf dem Rücken gebundenen Händen aufgehört.

Shay war ein kräftiger Mann, dessen Muskeln sich unter einer Schwabbelschicht noch behaupteten. Er hatte viel Zeit und Mühe in eine vorsichtig getrimmte Haardeko an seinem Kinn gesteckt – dachte wahrscheinlich, dass sie sein Gesicht schmaler aussehen lassen würde. Zu dem Zeitpunkt, als Vincent und Noel ankamen, war der Bart schon mit Schweißperlen gesprenkelt.

Keine Verletzungen im Gesicht, hatte Vincent Liam und Kevin eingeschärft. Erscheint er mit blauen Flecken im Gesicht auf Arbeit, ist's aus. Es hatte nicht mehr als ein halbes Dutzend Schläge in den Magen und die Nieren bedurft, damit Shay reif war, alles auszuspucken. Sie setzen noch ein paar drauf, einfach so.

»Sag ihm, wo du arbeitest, Shay.«

»Protectica. Ich fahre Bares.«

»Klar machst du das, alter Junge«, entgegnete Vincent.

Er entschied, dass sie keine Gewalt mehr anwenden mussten, nur eine Drohung, gefolgt von etwas, womit Shay sich ein wenig Selbstwertgefühl zurückergattern konnte.

Die Drohung war einfach. »Du weißt vermutlich, das Beste, um aus dieser Sache herauszukommen, ist ruhig bleiben und tun, was wir sagen. Und wahrscheinlich glaubst du, dass, wenn du erst einmal hier raus bist, du kurz mal telefonierst, und wenn wir unser Ding drehen, fallen die Bullen über uns her. Oder dass du nach dem Ding bei einer Gegenüberstellung mit dem Finger auf uns zeigst und wir die nächsten zwanzig Weihnachten im Joy verbringen. Habe ich recht, Shay?«

Shay sagte nichts, aber sein Gesicht verriet, dass es ungefähr so war.

»Alles, was ich dir jetzt sage, Shay, ist, dass wir noch so ein Plätzchen haben, sehr viel abgelegener. Du könntest schreien, bis dir die Augäpfel rausquellen, und niemand würde dich hören, verstanden? Wir haben dort eine Maschine – man nennt sie einen Holzschnitzler, weißt du, was ich meine? Eine dieser Maschinen, die Gärtner in Parks einsetzen, um Äste und Zeugs zu zermahlen – ein Holzschnitzler eben.«

»Es heißt Holzhäcksler«, verbesserte Noel.

»Ist ganz schön alt, um ehrlich zu sein, ein bisschen eingerostet, aber das muss dich nicht stören. Worum du dich kümmern musst, Shay, ist, niemandem irgendetwas von dieser Sache zu erzählen – jemals. Nicht einmal, wenn das alles vorbei ist und die Bullen um jeden herumschnüffeln, der für Protectica arbeitet. Verlierst du ein Wort, nur ein einziges Wörtchen – selbst wenn die mich hopsnehmen und ich sicher im Joy weggesperrt bin –, landest du dort, im Holzhäcksler, Zentimeter für Zentimeter.«

»Ich habe doch gesagt, ich tue alles, was ihr wollt.«

»Ich schätze mal, wenn er bei den Fußgelenken angelangt ist, verlierst du das Bewusstsein – das ist zumindest die paar Male passiert, die wir den Häcksler schon eingesetzt haben. Was ich damit sagen will – wenn's dir an die Eier geht, wirst du sehr wahrscheinlich ohnmächtig sein, also wird das nicht so schlimm.«

Vincent erlaubte Shay einen Augenblick, um das zu begreifen, dann gab er ihm die Möglichkeit, es auch einmal positiv zu sehen.

»Was du verdienst – also, ich weiß ja nicht genau, was du nach Hause bringst, aber ich würde mal schätzen, du könntest etwas Kleingeld gebrauchen, oder?«

Shay sagte nichts.

»Ist ja nicht so, als würdest du es jemals stehlen, das wissen wir. Aber wenn etwas Geld mit der Post käme – keine Rechnung, keine Papierspur – ich meine, das müsste doch gelegen kommen. Ich rede nicht von 'nem Vermögen, nichts, was dein Leben verändert und die Bullen auf den Plan ruft. Deine älteste Tochter – Hochzeiten sind nicht ganz billig. Sie ist doch verlobt, richtig? Der ältere Sohn ist schon in Manchester – so wie die Arbeitswelt heute ist, kann's gut sein, das der andere ihm folgen muss.«

»Der Junge könnte vielleicht ein bisschen Unterstützung gebrauchen«, ergänzte Noel, »mit der Miete und so, in den ersten ein, zwei Monaten.«

»Ist ja nicht dein Geld im Transporter, oder?«, bemerkte Vincent. »Und diese Arschlöcher – so wie die auf Leute wie uns scheißen, schuldest du denen gar nichts, richtig?«

Sie waren an dem Punkt, an dem Shay den großen, großen Nachteil erkannte, wenn er Vincent ans Bein pinkelte – und den kleinen Vorteil, wenn er mitspielte. Und es half, dass er, indem er das Vernünftige tat, zugleich den reichen Schweinehunden, die ihn behandelten, als müsse er für dieses Spielgeld-Gehalt auch noch dankbar sein, eins auswischte.

»Aber – hört mal, ich bin nicht allein im Transporter, da sind noch zwei andere. Es gibt alle möglichen –«

»Reg dich nicht auf, Shay – dich brauchen wir für die Infos. Der Transporter, den wir knacken, wird nicht deiner sein, o. k.? Keiner wird dich damit in Verbindung bringen.«

Vincent legte seine Hände hinter Shays Kopf und zog ihn zu sich heran. Er sprach sehr leise. »Genug geplaudert, mein Freund. Was soll's sein, zocken oder zahlen?«

Als Shay zu reden anfing, mit langen Antworten auf jede Frage, musste sie ihn bremsen, damit Noel mitschreiben konnte.

10

Holly hob den Kopf vom Kissen, um die Uhrzeit auf dem Wecker ablesen zu können.

»Geht auf Mitternacht zu«, sagte sie. »Besser, du gehst jetzt.«

Bob Tidey schaute auf seine Uhr. »Zwanzig nach elf.«

»Sie wird bald zu Hause sein«, erklärte Holly.

»Himmel – wir sind alle erwachsen.«

»Trotzdem.«

Er wollte wirklich nur daliegen und hinüberdämmern. Alle Anspannungen und Sorgen des Tages waren abgefallen, sein Kopf war schwer und sein ganzer Körper verschmolz mit dem Bett.

»Bitte, Bob.«

»Der Gedanke, dass wir Sex gehabt haben, dürfte ihr bereits gekommen sein – ich meine, dass es sie überhaupt gibt, dürfte ein Hinweis darauf sein.«

Sie antwortete nicht, und er wusste, es war zwecklos, darüber zu streiten.

Er setzte sich auf und fühlte, wie ihn die Müdigkeit zurück in die Kissen drückte. Als er angezogen war, war er vollständig wach und ärgerte sich darüber. Er zog seine Schachtel Silk Cut hervor und Holly sagte: »Nicht hier oben, bitte. Sie riecht sonst den Rauch. Unten.«

Bis Holly fertig angezogen und nach unten in die Küche gekommen war, hatte Bob Tidey zwei Tassen Kaffee gemacht und seine Zigarette zur Hälfte geraucht.

»Du arbeitest am Morgen?«

Tidey nickte. »Wieder im Gericht. Und du?«

Holly schüttelte den Kopf. »Ich habe nur noch zwei Tage die Woche. Und sie haben sechs weitere Leute entlassen.«

»Reicht das Geld?«

»Ich komme über die Runden.«

»Ich meine nur, falls –«

»Ich weiß, danke.«

»Na dann.«

Zehn Minuten später, als sie hörten, wie die Haustür geöffnet wurde, lächelte sie und schnitt ihm eine Grimasse. »Hab's dir doch gesagt.«

Grace war quietschvergnügt und freute sich, ihn zu sehen.

»Hi Dad, immer noch auf Verbrecherjagd?«

»Jeder, der in meinem Revier in der zweiten Reihe parkt, bekommt es mit mir zu tun.«

Es war die Art von Eiertanzatmosphäre, die entstand, wenn jeder darauf bedacht war, Rücksicht zu nehmen. Nach einer Weile gab Tidey beiden einen Gute-Nacht-Kuss und bereitete sich vor, nach Hause zu gehen.

In den vier Jahren, in denen Tidey und seine Frau getrennt waren, kam er einmal in zwei Monaten zu Besuch. Er sah Grace und ihren Bruder Dylon, so oft sie Zeit für ihn hatten – als junge Erwachsene waren sie für gewöhnlich ›busy‹. Nach und nach waren beide ausgezogen. In diesen vier Jahren hatte Tidey nichts mit irgendeiner anderen gehabt, was länger als zwei Wochen hielt. Von Hollys Leben wusste er nichts. Eines Nachts hatte sie Tidey angerufen, melancholisch und ein wenig betrunken, und ihn gebeten vorbeizukommen.

»Alles wieder gut zwischen uns?«, hatte er damals gefragt, bevor er das Haus verließ.

»Zwischen uns wird nie wieder alles gut sein.«

»Wird mir niemals verziehen werden?«

Sie sah auf. »Ich habe jemanden gebraucht, der mich heute Nacht in den Arm nimmt. Und ich wollte ficken, ohne das übliche Theater. Und ich mag dich immer noch, will dich. Und nein, dir wird niemals verziehen.«

Seit jener Nacht kamen sie gelegentlich zusammen, um sich gegenseitig zu trösten – mal rief der eine an oder schrieb eine SMS, mal der andere, normalerweise waren sie in Hollys Haus in Killester, manchmal in Tideys Appartement in Glasnevin. Er akzeptierte die von ihr aufgestellte Regel, nie über Nacht bleiben zu dürfen, nie versuchte er, mehr aus der Sache zu machen, als sie war, wusste er doch, dass sie ihm etwas Ähnliches wie in jener ersten Nacht sagen würde. »Wir hatten, wovon ich dachte, dass wir es beide wollten, und dir hat es nicht gereicht.«

Dass Holly so allergisch darauf reagierte, die Kinder könnten ihre Gelegenheitsbeziehung entdecken, hatte ihm nicht viel ausgemacht. Dylon war in London und arbeitete in einem Tonstudio für 'n Appel und 'n Ei, während er immer noch versuchte, die Band wieder zu gründen, die U2 weit hinter sich lassen würde. Grace hatte als Office Managerin in einem Architekturbüro gearbeitet und eine Wohnung auf der Southside gehabt. Als dann über Nacht niemand mehr irgendetwas in Dublin bauen wollte, wurde Grace entlassen und zog zurück zu ihrer Mutter, um die Miete zu sparen.

Jetzt, als sie ihm die Tür öffnete, um ihn hinauszulassen, lehnte sich Holly vor und küsste ihn auf die Wange, und Tidey schaute ihr in die Augen. Sie gab ihm ein Lächeln von der Stange. Nichts hatte sich geändert.

Tidey lächelte zurück und nickte. Er hörte, wie sich die Tür schloss, als er sich den Weg hinunter zum Eingangstor bewegte.

Es ist, wie es ist.

11

Als sein Handy klingelte, war Vincent Naylor gerade vom Pinkeln zurück und noch einmal ins Bett gestiegen. Noch ziemlich verpennt, wackelig auf den Beinen und noch nicht wieder auf der Höhe seiner Trinkgewohnheiten nach acht Monaten erzwungener Abstinenz, brauchte er einen Moment, um sich zu erinnern, wo er sein Telefon gelassen hatte.

Er rollte sich vom Bett auf der Suche nach seiner Jeans, die er irgendwohin geschmissen hatten. Im Dunkeln kroch er vorwärts, der flotte Klingelton flötete unermüdlich, und warf einen Blick zurück zum Bett, in dem Michelle noch schlief. Während er verschiedene Kleidungsstücke aufhob und zur Seite warf, berührte er mit einem Fuß etwas auf dem Boden am Ende des Bettes, und er verbog sich und fand seine Jeans. Sowie er sie aufhob, fiel das Handy aus der Tasche. Die Lautstärke des Klingeltons explodierte – unmöglich, dass sie das nicht aufweckte. Vincent hob das Telefon auf, schaute auf das Display und in der Sekunde, in der sein Daumen auf den Annehmen-Button tippte, bemerkte er zwei Dinge – das Display zeigte 3.27 Uhr und es meldete, der Anrufer sei *unbekannt.*

»Ja?«

»Vincent Naylor?«

Er stellte seine Stimme tief. »Wer will das wissen?« Er ging durch das Zimmer, dann hinaus und den Treppenflur entlang zum Bad.

»Vincent?«

»Wer ist da?«

»Albert Bannerman.«

»Albert? Ewig her, Mensch! Und eine komische Zeit für 'nen Anruf.«

»Vincent, es geht um Noel. Er ist hier, bei mir.«

Vincent wurde plötzlich bewusst, wie viel er über den Abend

verteilt getrunken hatte. Nach dem Abendessen eine ganze Latte an Southern Comforts zur Tommy-Tiernan-DVD und darüber hinaus. Nachdem seine Freunde weg waren, hatte Vincent sich ein Taxi von Noels zu Michelles Haus genommen und hier auch noch ein paar Bierchen gezischt.

Albert Bannerman?

Vincent hatte früher ein bisschen für Bannerman gearbeitet – als Teenager. Sie hatten sich nie in die Haare gekriegt.

»Was ist passiert?« Vincent blieb ruhig. Als die Wiedersehensparty in Noels Haus sich aufgelöst hatte, war Vincent davon ausgegangen, dass sein Bruder zu nichts anderem mehr in der Lage sei, als seinen Rausch auszuschlafen.

»Es geht ihm gut, ich habe ihn eingesperrt. Er ist o. k.«

»Was verdammt noch mal meinst du, du hast ihn eingesperrt?«

»Vincent, er ist mit einem Messer hier angekommen.«

Scheiße.

»Was ist – wie geht's ihm jetzt?«

»Ihm geht's gut, ich schwör's. Das Ding ist nur: Er ist laut. Am besten, du kommst her und redest ihm das aus. Du musst das machen, auf mich hört er nicht. Ich erklär dir, was los war, wenn du da bist.«

»Bei dir?«

»Gleiche Adresse wie eh und je. Ich warte vor der Haustür auf dich.«

Michelles Stimme kam vom Treppenabsatz. »Vincent, alles klar?«

»Ich komme, so schnell ich kann«, erklärte er Bannerman.

Michelle sah besorgt aus, als er aus dem Badezimmer kam. Er erzählte ihr, dass es nur eine Familienangelegenheit sei, er müsse Noel abholen.

»Stimmt was nicht?«

»Ich regle das. Geh wieder ins Bett, Schatz.«

Noch im Gefängnis hatte Vincent sich vorgenommen, seinen ersten Monat in Freiheit damit zu verbringen, an jedem Tag der Woche eine andere Frau zu vögeln und an den Sonntagen zwei. Doch als er das erste Mal wieder ausging, hatte er bei einer Party in Noels Haus Michelle Flood kennengelernt. Im Mountjoy hatte Vincent mit ihrem älteren Bruder Damien, der vier Jahre wegen schwerer Körperverletzung absaß, herumgehangen. Sie sah fantastisch aus, aber hinter der hübschen Larve war Leben. Seit er draußen war, hatten sie jede Nacht bis auf eine zusammen verbracht. Es fühlte sich an, als würde er sie besser kennen als die Leute, die er seit Jahren kannte.

»Was ist mit Noel passiert?«, erkundigte sie sich.

»Ich weiß noch nicht alles. Ich erzähl's dir zum Frühstück.«

Er konnte noch nicht fahren. Wenn die Polypen ihn jetzt rausfischten, würde er den Alkoholtester mit seinem Atem in Brand stecken. Das würde denen so passen.

Kevin Broe oder Liam Delaney?

Er machte die Schlafzimmerlampe an und fing an, sich seine Sachen anzuziehen. Sobald er sich entschieden hatte, tippte er auf sein Handy und musste eine ganze Weile warten. Als Liam abhob, fragte Vincent: »Bist du nüchtern?«

»Ja, mir geht's gut.«

»Nüchtern? Ich brauch 'ne Mitfahrgelegenheit und ein wenig Rückendeckung.«

»Ja, kein Problem.«

»Weißt du, wo Michelle wohnt?«

»Nein.«

Vincent gab ihm die Adresse. »Ruf an, wenn du unten an der Straße bist. So schnell du kannst. Und bring 'n paar Meinungsverstärker.«

»Wie viele?«

»Einen für dich, einen für mich.«

»Ich behalte die israelische Automatik«, sagte Liam Delaney, »wenn das o. k. ist.«

Sie saßen in seinem Toyota Camry am Ende von Michelles Straße. Liam Delaney wusste mehr über Waffen, als irgendjemand wissen musste, und hörte nur selten auf, über sie zu reden. »Neun Millimeter, achtzehn Schuss in einem Magazin«, erklärte er. »Die Israelis, die lieben geballte Feuerkraft.« Liam entfernte mit dem Finger einen kleinen Ölfleck an der Seite des Pistolenlaufs. Klein und schmächtig wie er war, machte er einen permanent gehetzten Eindruck.

Vincent Naylor nahm die andere Waffe, einen Revolver mit einem glänzenden Stahlgehäuse, einem kurzen Lauf und einem schwarzen, gummierten Griff. »Zweiundzwanzig Kaliber, acht Schuss«, dozierte Liam. Vincent war es egal, was er benutzte, solange es krachte und ein Loch in das schlug, worauf er gerade zielte. Er hatte nicht mehr als sechsmal eine Waffe bei sich gehabt, während er ein Ding drehte. Nur zweimal hatte er sie gegen jemanden eingesetzt. Das erste Mal hatte er sich einen Klugscheißer vorgenommen, der Mickey Kavanagh Ärger machte, einem Player, der Vincent gelegentlich für sich arbeiten ließ. Er ging einfach von hinten auf ihn zu, drückte ab, direkt hinter dem linken Ohr, ein Schuss. Vincent befand sich auf dem Rückzug, noch bevor der Versager auf dem Boden aufschlug.

Mickey zeigte sich großzügig, aber Geld war Nebensache. Was zählte, war, dass Vincent sich selbst bewiesen hatte, dass er es konnte. Es war eine Grenze – hattest du die erst mal überschritten, hattest du dich für alle Zeiten vom Rest der Herde abgehoben. Es zeichnete dich als jemanden aus, der anpackte, der nicht einfach in der Welt eines anderen lebte. Was Vincent am meisten überraschte, war, dass es gar nicht schwer war. Er verspürte keinerlei Verlangen, es wieder zu tun, aber er wusste, er könnte es.

Das andere Mal war es um seinen eigenen Ruf gegangen – ein Schwätzer, der sich gegenüber Leuten, die so etwas ernst nahmen, über ihn das Maul zerriss. Die Chirurgen hatte den überwiegenden Teil der Kugelsplitter aus der Kniescheibe entfernen können, und heutzutage merkte man kaum, dass er beim Gehen humpelte. Es spricht sich rum, die Leute wissen, dass sie sich besser nicht mit dir anlegen, und du musst es nicht allzu oft bekräftigen.

»Könnte sein, dass Bannerman mich reinlegen will«, erklärte Vincent Liam.

»Hast du Noel angerufen?«

»Ist nicht rangegangen.«

»Was hat sich Noel dabei gedacht, jemanden wie Bannerman zu verarschen?«

»Keine Ahnung – kann aber auch Bullshit sein. Vielleicht hat Bannerman ihn irgendwo aufgesammelt, ihn zu sich gebracht – als Lockvogel.«

»Warum?«

»Woher soll ich das verdammt noch mal wissen? Vielleicht bin ich jemandem auf die Füße getreten. Vielleicht tut er jemandem einen Gefallen. Entweder das – oder Noel stand wirklich auf seiner Matte, mit 'nem Messer, könnte auch sein.«

»Warum sollte Noel –?«

»Kommst du jetzt mit?«

»Klar komm ich verdammt noch mal mit.« Liam schaute hinab auf seine israelische Automatik. »Wie willst du das aufziehen?«

12

Liam Delaney fuhr den Camry zur Glencara-Siedlung und parkte zwei Straßen von Albert Bannermans Haus entfernt. Nachdem sie aus dem Auto gestiegen waren, folgte Liam Vincent in einem Abstand von ungefähr zehn Metern auf der anderen Straßenseite.

»Taktik«, erklärte Vincent. »Wenn wir zusammenbleiben, bieten wir denen 'ne praktische Zielscheibe. So aber gibst du mir Rückendeckung, und jeden, der es auf dich abgesehen hat, den hab ich voll im Visier.«

Liam dachte bei sich, dass das ein Haufen Schwachsinn sei, sagte aber nichts. So war Vincent eben manchmal, so wie vorhin, als er meinte, es sei völlig egal, welche Waffe man dabeihat, wenn man ein Ding dreht. Für Liam war eine Waffe ein Werkzeug, und man nimmt ja auch nicht einen Schraubenschlüssel mit, wenn man etwas tischlern will. Dass Vincent sich nicht um solche Dinge scherte, das war eine seiner Schwächen. Aber das glich er in anderen Bereichen aus. Vincent hatte Mumm, war loyal. Sie kannten sich seit ihrer Jugend – als sie beide für Mickey Kavanagh gearbeitet hatten. Sie hatten zusammen kleinere Dinger gedreht, und Liam fand, dass es der richtige Zeitpunkt war, dass Vincent einen Schritt weiterging. Das Protectica-Ding wäre genau so ein Schritt. Vincent hatte das Hirn dafür – und die Eier, um es durchzuziehen.

Immer vorausgesetzt, dass sie lebend aus der Scheiße mit Bannerman herauskamen. Liam ging davon aus, dass, falls jemand Vincent abknallen wollte, es nicht in der Nähe von Bannermans Haus passieren würde – Albert würde nicht vor die eigene Haustür pissen wollen. Am wahrscheinlichsten war es, dass es hinterher geschah. Sie würden sich irgendwelche Grütze von Bannerman anhören und dann, auf dem Weg zum Auto, würde es passieren. Oder auch nicht.

Das hier war irgendwie scharf – nicht wie sonst, wenn es nur darauf ankam, sich gut vorzubereiten und an den Plan zu halten.

Heute Nacht merkte Liam, wie er leise auftrat, die Arme locker, jede Faser seines Körpers hellwach. Er war überrascht von diesem Gefühl, davon, dass er keine Angst hatte – es war eine Art Rausch.

Albert Bannermans Wohnsitz war ein Eckhaus am Ende der Straße. Ein mehr oder weniger typisches Eckhaus in einer von der Gemeinde errichteten Wohnsiedlung, nur dass es über einen riesigen seitlichen Anbau verfügte. Der Stadtrat hatte vor Jahrzehnten die Häuser abgestoßen, und die meisten waren auf die eine oder andere Art und Weise aufgemotzt worden, aber Albert Bannermans Haus war auf fast die doppelte Größe angewachsen.

Allein auf der Straße, die ganze Fensterfront erleuchtet. Bannerman selbst stand in einer Lederjacke an der geöffneten Haustür, die Hände in den Taschen.

Bannerman war Ende dreißig. Seinen Kopf hatte er kahlgeschoren, sobald sein Haar angefangen hatte, dünner zu werden. Zusammen mit seinem Stiernacken und dem Oberkörper eines Schwimmers verlieh er ihm das Aussehen eines Mannes, dem nicht oft etwas gesagt wurde, was er nicht hören wollte. Er führte ein solides Unternehmen – größtenteils Autodiebstahl und Zigarettenschmuggel und nebenbei etwas Schutzgeld. Ihm und seinem Freund aus Dundrum gehörten vier Puffs auf der Southside.

Liam Delaney blieb auf der anderen Straßenseite stehen, stand da mit der israelischen Automatik an der Seite. Vincent hielt ein paar Meter vor Bannermans Gartentor an. Stand da, mit der Waffe in der Tasche.

Albert nahm die Hände aus seinen Taschen und kam langsam den Weg hinunter und stellte sich neben das Metalltor.

»Ich habe zwei meiner Leute drinnen – keine Waffen, keiner von uns. Noel ist hinten im Gartenschuppen. Er hat jetzt aufgehört, so 'nen Krach zu machen.« Bannerman wies mit dem Kopf zum Haus hinter sich.

»Lass uns drinnen weiterreden.«

Vincent blieb, wo er war. »Worum geht's hier eigentlich?«

»Hab zwar gesagt, dass Noel sich beruhigt hat. Kann aber natürlich sein, dass einer der Nachbarn sich vom Lärm gestört gefühlt hat – und die Bullen angerufen hat.«

»Du hast meinen Bruder eingesperrt.«

»Ich meine ja nur – könnte sein, dass die Bullen eine Streife zum Rumschnüffeln vorbeischicken. Du und dein Kumpel, ihr solltet euch nicht dabei erwischen lassen, etwas bei euch zu haben, was ihr nicht haben solltet.«

»Ich gehe nirgendwohin, bis –«

Eine Frau tauchte im Hausflur auf. Sie trug einen dicken, weißen Morgenmantel. Ihre Arme hatte sie vor der Brust verschränkt, die Haare blondgefärbt, einen selbstgefälligen Ausdruck im schmalen Gesicht. Liam Delaney kannte sie nicht.

»Scheiße«, entfuhr es Vincent Naylor.

Albert Bannerman sah sich um und befahl: »Geh verdammt noch mal rein.« Die Frau stand Kaugummi kauend da. Bannerman drehte sich wieder zu Vincent um und versicherte: »Ich hab das nicht gewusst.«

Vincent machte kehrt und ging über die Straße zu Liam Delaney. Er gab ihm den Revolver und sagte: »Warte im Auto auf mich.«

»Sicher?«

»Ja, alles o. k.«

Als Liam sich abwandte, führte Bannerman Vincent gerade ins Haus.

»Sie ist jetzt seit ungefähr sechs Wochen bei mir«, sagte Albert Bannerman. »Ich hatte keine Ahnung – nicht, dass ich etwas anders gemacht hätte. Ich meine, du lernst 'ne Frau kennen, so was passiert nun mal, und die Leute kommen drüber hinweg. Sie hatten sich getrennt – wie lange ist das jetzt her?«

Sie standen alleine in Bannermans Küche. »Was war heute Nacht los?«

»Wir waren heute Nachmittag bei einer Hochzeit gewesen, Lorraine und ich. Ein Freund von mir ist unter die Haube gekommen, unten in Kildare. Auf dem Rückweg hat's uns dann ins Cisco's verschlagen. Kennst du das?«

»Noel hängt dort ab.«

»Hatte ich nicht gewusst.«

»Aber sie.«

»Es war nicht –«

»Wessen Idee war es denn? Dort reinzugehen?«

»Darum geht's nicht.«

»Diese Schlampe.«

»Immer langsam.«

»Die liebt Spielchen, hat sie immer schon.«

Eine Weile schwiegen sie. Dann sagte Vincent: »Ich geh und sprech jetzt mal mit Noel.« Bannerman öffnete die Tür zum Garten und Vincent trat hinaus.

Der Garten wurde von einem hellen Außenstrahler beleuchtet. Zwei von Bannermans Leuten standen auf der Terrasse. Der Schuppen war an einer Seite des Gartens, ungefähr sechs Meter vom Hinterausgang entfernt. Er hatte ein kleines vergittertes Seitenfenster, dessen Scheibe kaputtgegangen war. Einer von Bannermans Leuten nickte Vincent zu, als er an ihm vorbeiging, hin zum Schuppen.

»Noel, ich bin's.«

Vincent hockte sich neben die Tür. Das Holz war alt, verwittert, die Tür zusammengehalten von einem Türhaken und einem Vorhängeschloss.

»Vincent –«, Noels Zunge war schwer, »das geht dich überhaupt nichts an.«

»Du gehst mich was an, Bruder. Geht's dir gut da drin – kannst du rauskommen?«

»Das ist meine Schlacht.«

»Hier gibt's keine Schlacht, Noel.«

»Der is'n toter Mann. Der entkommt mir nicht.«

»Hör jetzt auf, so zu reden. Du musst rauskommen. Du und ich, wir gehen hier zusammen raus – Liam Delaney wartet unten auf der Straße, er hat 'nen Wagen, wir fahren nach Hause und diskutieren das aus.«

Stille. Lange. Dann sagte Noel: »Du meinst, ich soll die einfach machen lassen?«

»Mit einem Messer herzukommen, Bruder – das war nicht grade das Hellste, was du je gemacht hast.«

Mehr Stille. Vincent Naylor rückte näher, bis seine Wange das raue Holz des Schuppens berührte. Er legt seine Lippen an die Tür, und als er sprach, war seine Stimme zu leise, als dass sie jemand anderer als Noel hätte hören können. »Lass uns jetzt hier keinen Mist bauen, Bruder – wir haben andere Dinge zu tun.«

Stille.

»Hast du mich gehört? Du hast zu viel Arbeit in das Ding gesteckt, um es wegen so einer Geschichte wegzuschmeißen.«

Er wartete, und als keine Antwort kam, fuhr er fort: »Wir diskutieren das aus, du und ich – und wenn du überhaupt nicht damit leben kannst, dann halte ich mich da raus und du tust, was du tun musst.«

Diesmal herrschte minutenlang Stille.

»Noel?«

»Gib mir noch 'ne Minute.«

Vincent stand auf und ging hinüber zu Bannermans Männern. »Sagt Albert, er soll dafür sorgen, dass die Schlampe oben bleibt – und er selbst am besten auch.« Der Größere nickte dem anderen zu und dieser verschwand im Haus.

Hinter Vincent kam ein zweifaches Klopfzeichen aus dem Inneren des Schuppens. Noels Stimme klang so, als wäre nichts Besonderes vorgefallen. »O. k., Vincent, lass mich hier raus.«

Bannermans Mann nahm seine Hand aus der Tasche und reichte Vincent einen Schlüssel.

13

Der Richter verkündete, es gäbe Dinge, die er gerne über beide Parteien in diesem Fall sagen würde. »Jedoch legt es die Nächstenliebe nahe, dass ich die von meiner Großmutter selig anempfohlene Richtung einschlage – und mir die Worte spare.« Er machte eine Pause, gerade lange genug, damit die beiden Anwälte Anzeichen unterwürfigen Glucksens abgeben konnten.

Sowie Bob Tidey im Gericht angekommen war, hatte der Anwalt der Anklage, Depri Dick, ihm die Neuigkeit weitergegeben. »Der GStA verfügt eine Nolle.«

»War zu erwarten.«

Der Fall war der Form halber wieder aufgenommen worden, gerade mal so lange, dass Depri Dick sich erheben und den Richter darüber informieren konnte, dass der Generalstaatsanwalt den Fall über Nacht noch einmal gesichtet hatte. »Und, Herr Richter, er hat beschlossen, einen bestimmten Kurs einzuschlagen.«

Die Telefonleitungen mussten geglüht haben, als die Polizei und die Anwälte der beiden Idioten eine Einigung aushandelten. Die Anklagen wegen Körperverletzungen wurden zurückgezogen – die Anwälte der beiden Idioten mussten ihnen gesagt haben, dass, obwohl die Chancen für eine Verurteilung schlecht standen, in einem Strafprozess alles Mögliche schiefgehen konnte und sie Schadensbegrenzung betreiben sollten. Nichts würde im Gericht offen zur Sprache gebracht werden, aber die Anwälte hätten sich im Stillen geeinigt, dass die *nolle prosequi*, die Einstellungsverfügung des Generalstaatsanwalts, einhergehen würde damit, dass die Eltern der Radaubrüder ihre Zivilklage fallen ließen.

»Es ist mir unmöglich, dieses Verfahren zu schließen, ohne ein Wort über die polizeiliche Beweisführung zu verlieren.« Der Richter bevorzugte eine schleppende Vortragsweise. »Zu den beiden Polizeibeamten, die die Angeklagten festgenommen haben – vielleicht ist es das Beste, den Mantel des Schweigens über sie zu legen, obwohl ich darauf vertraue, dass ihre Vorgesetzten die Angelegenheit mit ihnen besprechen werden.«

Er schaute auf Bob Tidey herab, der vor der Richterbank saß.

»Detective Sergeant Tidey, Ihre Aussage hat die Angeklagten weder belastet noch entlastet, nichtsdestotrotz fehlt es ihr ganz klar an – wie soll ich es ausdrücken? – ganz klar an Aufrichtigkeit. Einfach gesagt: Sie widersprach völlig dem Augenscheinsbeweis, den wir mit unseren eigenen Augen gesehen haben.«

Da er wusste, dass er auch bei zukünftigen Fällen vor diesen Richter würde treten müssen, achtete Tidey darauf, dass seinem Gesicht nichts abzulesen war. In der Welt des Richters waren alle Grenzen zwischen Richtig und Falsch klar, alle Entscheidungen getroffen auf der Grundlage von Rechtsschriften.

»Ich kann mir sehr wohl Umstände vorstellen, in denen ich mich dazu bewogen fühlen würde, diese Angelegenheit weiter zu verfolgen. In diesem Fall erscheint eine öffentliche Rüge Strafe genug. Sie können von Glück reden, Detective Sergeant Tidey.«

Als sein Telefon klingelte, ignorierte Assistant Commissioner Colin O'Keefe die vernichtenden Blicke, die ihm über den Tisch zugeworfen wurden. Er nahm sich Zeit, die Nummer zu prüfen, und sah, dass es Detective Chief Superintendent Malachy Hogg war.

»Ja?«

O'Keefe saß am Ende eines langen, auf Hochglanz polierten Tisches in der zweiten Etage des Justizministeriums. Von den sieben anderen am Tisch gehörten zwei zu seinen Mitarbeitern, die da waren, um Notizen zu machen und ihm Rückhalt zu geben. Drei waren ranghöhere Abteilungsplatzhalter und einer ein harmloses Relikt, das seine letzten Monate bis zur Pensionierung abarbeitete. Der Einzige von Bedeutung war der Leiter der Abteilung für Strategische Bereitstellung, Robertson Wynn.

»Hast du meine E-Mail bekommen?«, erkundigte sich Hogg.

»Ich bin gerade in einem Meeting – Mr Wynn hat einige Vorschläge.«

Alle zwei Wochen fand sich O'Keefe in diesem Raum wieder, um über die genauen Konsequenzen der Budgetkürzungen, die das Justizministerium verlangte, zu berichten und sich Genehmigungen diesbezüglich einzuholen. Es war ein Verfahren, auf das er bestand, und er zog es vor, es in die Länge zu ziehen im Glauben, dass, wenn er es für diese Säcke unerträglich machte, sie einige Kürzungen im kommenden Jahre an anderer Stelle vornehmen würden.

»Die E-Mail enthält den ballistischen Report zum Sweetman-Mord«, erklärte Hogg. »Er ändert alles.«

»Ich ruf dich gleich zurück.«

O'Keefe fand die E-Mail auf seinem Smartphone, öffnete sie und den zweiseitigen Anhang. Wie erwartet, war die Pistolenpatrone, die durch Sweetmans Kopf gegangen und gegen den Marmorboden geplättet worden war, für einen Abgleich verloren. Die andere Kugel war in Sweetmans Wange eingedrungen und hatte sich in seinem Hals eingenistet. Es gab einige Drallspuren auf der Patrone, aber sie war irgendwo auf ihrer Reise auf einen Knochen getroffen, die Kugel war verbogen und hatte damit jede Aussicht auf eine Identifizierung zunichte gemacht. Die Ballistik hatte den Schrotkugeln nichts Brauchbares entnehmen können – zumindest nichts, was nicht auch ein Blinder mit nur einem Blick auf den Leichnam hätte sehen können.

O'Keefe brauchte einen Moment, um die Tragweite des vorletzten Absatzes, der aus nur zwei Sätzen bestand, zu begreifen. Die Spuren auf den beiden Hülsen, die am Tatort geborgen worden waren, stellten eine Verbindung zu einem früheren Mord her.

Oliver Snead.

Er scannte den einzelnen Satz, der die groben Details des Snead-Mordes zusammenfasste. Er erinnerte sich vage an den Namen und verbrachte einen Augenblick damit, gedanklich die unzähligen Fälle zu durchforsten, die er über die Jahre aufgesaugt hatte, und holte einige Fakten zum Mord an Snead hervor, die er behalten hatte.

»Assistant Commissioner …«

O'Keefe schaute zu Robertson Wynn und ignorierte ihn dann. Der Mord an Snead lag achtzehn Monate zurück, oder so ungefähr. Zwei Bewaffnete – Snead war mit einem Freund zusammen gewesen, auf einer Wintersaufparty auf der Brache der Mietskaserne, in der er mit seinem Großvater lebte. Dem Bienenstock. Er besaß etwas Geld, eine Drogengeschichte.

Während die Erinnerung die Einzelheiten auffüllte, hielt O'Keefe kurz inne, öffnete dann die Kontaktliste in seinem Handy und scrollte durch die Namen.

Draußen vor dem Gericht bot Sergeant Derek Ferry Bob Tidey eine Zigarette an. »Tut mir leid, dass du in diese belanglose Kacke hineingezogen wurdest.«

Tidey gab Ferry Feuer. »Das passiert.« Er drehte noch einmal mit dem Daumen am Rädchen und es kam nur noch ein kleines Fünkchen heraus. Er sog es in seine Zigarette hinein.

Er fand einen Laden und kaufte eine Schachtel Rothman und zwei Einwegfeuerzeuge. Gerade als er das Geschäft verließ, klingelte sein Handy. Laut Display war es Colin O'Keefe.

Himmel, ging das schnell.

Seit den Jahren, in denen er O'Keefes Partner in einigen prominenten Fällen gewesen war, hatten sie den Kontakt gehalten. Die Freundschaft war geblieben, aber jetzt, da O'Keefe es zum Assistant Commissioner geschafft hatte, hatten sie nur gelegentlich noch Verbindung. Entweder wollte Colin sein Mitgefühl wegen der öffentlichen Rüge des Richters bekunden oder er wollte wissen, ob Tidey Scheiße erzählt hatte.

»Bob – hier ist Colin. Hast du gerade viel zu tun?«

Tidey überlegte kurz. »Ein bisschen am Gericht, Papierkram, und einige eidesstattliche Zeugenaussagen, die morgen anfangen sollen –«

»Nimm dir einen Tag, um das fertigzumachen – höchstens zwei. Ich kann jemanden besorgen, der dir bei den Zeugen hilft.«

»Es wird länger dauern als –«

»Malachy Hogg führt von Castlepoint aus eine Ermittlung – melde dich bei ihm, versuch den anderen Kram nebenher zu machen und leg los.«

»Worum geht's –«

»Oliver Snead.«

Tidey schwieg für einen Moment. Dann sagte er: »Erzähl weiter.«

»Wir haben den Fall mit einer Schießerei, die es vor Kurzem gegeben hat, in Verbindung gebracht.«

»Gut.«

»Diese andere Schießerei – die liegt weit außerhalb von Oliver Sneads Liga. Irgendetwas stimmt da nicht.«

Eine Weile herrschte Stille, dann forderte Bob Tidey ihn auf: »Na los, überrasch mich.«

14

Michelle Flood hatte nur vierzig Minuten Mittagspause, also traf Vincent Naylor sie in der Lebensmittelabteilung der Abbey Street, fünf Minuten zu Fuß von dem Friseursalon entfernt, in dem sie arbeitete. Bei einem Sandwich erzählt er ihr, warum er in der Nacht hatte gehen müssen, alles über Noel und den Schuppen und die Schlampe, mit der er früher zusammengelebt hatte.

Michelle lächelte. »Lorraine – Paris Hilton ohne Erbschaft. Ich kenne ihre Schwester.«

Lange schwarze Haare, große blaue Augen und ein Lächeln, das einen Stein erweichen würde. Selbst in dem dunkelblauen Top und den grauen Hosen, die zu ihrem Teilzeitjob gehörten, sah Michelle aus wie aus einem Magazin.

Die Sache zwischen ihnen war schnell sehr innig geworden. Zuerst hatte sich Vincent Sorgen gemacht, wie und wann – und ob – er ihr sagen sollte, dass das hier für ihn ernst war. Dann dämmerte es ihm, dass es auch ihr ernst war, auch ohne, dass sie ein Wort verloren hatte.

»Das Miststück hat mit Noel über ein Jahr zusammengelebt«, sagte Vincent. »Völlig verrückt war er nach ihr. Reif für die Klapse, als sie ihn verlassen hat.«

»Die ist 'ne Kuh. Eine abgehalfterte Kuh. Jeder weiß das. Wie geht's ihm jetzt?«

»Gut«, antwortete Vincent nur, »es geht ihm ganz gut«, aber er war sich immer noch nicht sicher, wie sich das Problem von letzter Nacht lösen würde.

Es war auf fünf Uhr am Morgen zugegangen, als Liam Delaney sie an Noels Haus abgesetzt hatte. Noel war alle.

»Ich mach dir 'nen Kaffee.«

Noel schüttelte den Kopf und schlurfte Richtung Schlafzimmer. Vincent half ihm, seine Jacke auszuziehen, die Schuhe und die Jeans, dann rollte sich Noel zusammen. Vincent starrte auf den blauen Fleck auf Noels rechter Wange.

»Was ist mit deinem Gesicht passiert?«

Noel schüttelte wieder den Kopf.

»Sprechen wir morgen drüber?«

Noel öffnete seine Augen nicht, nickte nur. Vincent verbrachte das, was von der Nacht übrig war, auf Noels Sofa.

Noel war zweiunddreißig und damit sechs Jahre älter als Vincent, hatte zweimal im Joy eingesessen, während Vincent noch zur Schule ging. Auf Anhieb hatte Noel so ziemlich alles mit einem Auto anstellen können: Es mit einem Kleiderhaken aufmachen, mit einem Überbrückungskabel starten, Rennen fahren, schlingern lassen, es um hundertachtzig Grad drehen, indem er kurz die Handbremse antippte, einen Laternenpfahl oder geparkte Autos streifen, wenn ihm danach war. Damals war Noels Vorstellung von einem gelungen Abend, eine schnelle Karre zu klauen und sie laut in der Siedlung herumzukurven, bis ein Wichtigtuer die Bullen rief. Sobald die Polypen auftauchten, die Blaulichter im Anschlag, wartete Noel unter aufheulendem Motor, bis die Bullen dachten, sie hätten ihn. Dann, wenn sie nahe genug heran waren, um sein Grinsen zu sehen, zeigte er ihnen den Stinkefinger, gab Vollgas, und die Jagd konnte beginnen.

Sie haben ihn nie hinterm Steuer erwischt. Stattdessen krallten sie sich ihn eines Nachts, als er aus dem Hinterausgang einer Apotheke herauskam, die Taschen voll mit billigen Rauschmitteln. Das war, als sie ihm die Scheiße aus dem Leib prügelten. Zuerst teilte er auch aus, was ein Fehler war. Zehn Tage hing er im Mater, dem Universitätsklinikum, am Tropf, bevor er aufwachte, um sich mit Anklagen wegen Raubes, tätlichen Übergriffs auf zwei Polizeibeamte und Widerstandes bei Festnahme konfrontiert zu sehen.

Heutzutage hatte Noel etwas zu viel: Fleisch auf den Rippen und Grau in den Haaren; und zu wenig Spannkraft im Gang. Die Furchen um seine Augen sahen aus wie das Werk von Jahrzehnten.

Als Vincent an diesem Morgen hörte, dass Noel wach wurde, begann er, Eier in die Pfanne zu schlagen. Bis sein Bruder aufgestanden war, hatte Vincent ein paar Pilzomelettes fertig. Sowie sie sich einander gegenüber an den Küchentisch setzten, sagte Noel: »Ich weiß.«

Vincent bremste die Gabel auf halbem Weg zum Mund.

»Du weißt was?«

»Letzte Nacht, ich hab mich wie 'n Arsch benommen. Brauche keine aufmunternden Worte.«

»Solange, wie's dir jetzt gut geht.«

»Ich war nur – ich war im Cisco's, sie kamen rein, und ich wusste sofort, was da los war: Das Miststück wollte hier was klarstellen. 's gab keinen anderen Grund, Bannerman dahin zu schleifen. Nicht seine Art Laden. Und nachdem sie gegangen sind – Gott, wie die abgeschoben sind – diese Schlampe, mich wegzuschmeißen wie etwas, womit sie sich den Arsch abwischt.«

»Noel –«

»Es war der Alkohol, war selten dämlich, ich weiß das. Es war 'ne total bescheuerte Sache. Hätte alles vermasseln können. Das ist ein Wichser, Bannerman, und die 'ne Hure.«

»Das ist –«

»Ich weiß, ich weiß, ich werd schon nichts machen – o. k.« Er sprach jetzt wie zu sich selbst. »Es tut weh, jeden Tag, und jeder Tag macht es schlimmer, dass diese Schlampe da draußen ist und sich amüsiert.«

»Was ist mit deinem Gesicht passiert?«, fragte Vincent.

»Was soll damit passiert sein?«

»Du hast einen blauen Fleck – genau hier.«

Noel berührte sein Gesicht an der Stelle, auf die Vincent zeigte. »Keine Ahnung – so wie das gelaufen ist, ist's wohl etwas stürmisch geworden gestern Nacht mit Bannermans Jungs.«

»Schweine.«

»Nee, die haben nur ihren Job gemacht, mich von dem Wichser ferngehalten.«

Eine Minute später meinte Noel, er habe doch recht gehabt, oder? Die Tommy-Tiernan-DVD – das war 'ne gute Wahl für gestern gewesen, richtig?

Später, als Noel unter der Dusche stand, rief Vincent Albert Bannerman an und sagte: »Ich hoffe, es is' alles geschmeidig – kein Stress, richtig?«

»Von meiner Seite nicht.«

»Lass uns reden, morgen vielleicht?«

Albert sagte, das ginge klar.

Die Lebensmittelabteilung der Abbey Street strömte über vor Gerüchen türkischer, italienischer, mexikanischer und chinesischer Gerichte. Vincent fragte sich, ob er nicht lieber sein Sandwich in die Tonne schmeißen und sich etwas Wohlschmeckenderes holen sollte.

Michelle schaute auf ihre Uhr. »Ich muss zurück.«

Sie waren ein paar Meter die Abbey Street hinaufgelaufen, als Vincent sagte: »Heute Abend geht klar?«

Michelle blieb stehen und sah ihn an. »Du und Noel, was geht da vor?«

»Wie meinst du das?«

»Was du am Telefon gesagt hast, was du erzählt hast. Steht da was an?«

»Das ist nichts – ist nur geschäftlich – ist nichts –«

»Ich will keine Einzelheiten.« Ihre Augen waren groß und rund und er hätte für den Rest seines Lebens in sie hineinschauen wollen und es wäre immer noch nicht genug. »Ich muss nur wissen, ob du plötzlich für zehn Jahre verschwinden wirst.«

Er grinste. »So einfach wirst du mich nicht los.«

Ihre Miene blieb ernst. Sie wartete, bis eine laute Luas-Bahn mit klirrendem Läuten an ihnen vorbeigedonnert war. »Es ist mir wichtig. Das erste Mal seit Langem ist es mir wichtig.«

»Alles, was ich tue«, sagte Vincent, »wenn ich ein Risiko eingehe, dann mit Grund.« Sie hatte eine Art, sich an ihn zu schmiegen, die Worte überflüssig machte. Sie umarmten sich, Vincent schloss die Augen. »Ich pass auf«, beteuerte er. »Ich versprech's.«

»Bis heute Abend«, sagte sie.

»Bis heute Abend«, antwortete er.

15

James Snead schüttelte Bob Tideys Hand und nahm die Flasche Whiskey an. »Seid willkommen, du – und Mr Jameson hier.«

James hatte lange darauf beharrt, kein Alkoholiker zu sein. »Diese armen Schweine«, hatte er Tidey einmal erzählt, »da ist irgendwas im Körper, die können nicht anders. Ich? Ich trinke bewusst zu viel. Ich weiß, was es mit mir macht, und das ist o. k.«

Er führte sie in seine Wohnung, die im vierten Stock lag. Bob Tidey schloss die Tür und folgte ihm.

James Snead war über sechzig, ein ehemaliger Bauarbeiter, groß und grau und muskulös, der in der Mitte etwas Fett ansetzte. Das Gesicht um die Augen faltig, dünne, rote Blutgefäße verliefen kreuz und quer über seine Nase. In einem früheren Leben war er ein Witwer gewesen, der eine Tochter allein großgezogen und selten mehr als zwei Pints an einem Freitagabend getrunken hatte. Dann war die Tochter gestorben, mit einer Nadel im Arm. Sie hinterließ einen kleinen Jungen und James hatte ihn über seine Jugend hinaus aufgezogen, bis eines Tages jemand Oliver Snead zwei Kugeln in die Brust und eine in den Kopf verpasste. Kurz darauf hatte James Snead beschlossen, dass er lange genug vernünftig gewesen war. »Eine Welt, die so hässlich ist – da schau ich lieber weg.«

Vor fast zwanzig Jahren war es der junge Uniformierte Tidey gewesen, der die Leiche von James' Tochter gefunden hatte. Die beiden blieben in Verbindung, und als Oliver ermordet wurde, war Tidey Teil des Ermittlungsteams. Eines Nachts hatten sie gemeinsam eine Flasche getilgt, und in einem nüchternen Ton erzählte James ihm, dass es nicht mehr viel gab, was er tun oder sehen wollte. »Jetzt ist alles nur Wiederholung. Da fällt es schwer, sich noch um irgendwas zu scheren. Jeder Tag sieht gleich viel besser aus, wenn ihn ein paar Schlückchen abrunden, und wenn mir dadurch die Lichter schneller ausgehen, ist das ein fairer Handel.« Angesichts der Umstände hatte Tidey sich nicht dazu bringen können, darüber zu streiten.

James schraubte am Deckel der Flasche Jameson. »Ist nicht oft, heutzutage, dass mir die Ehre eines guten Whiskeys zuteil wird, aber nach ein paar Gläsern fällt es schwer, den Unterschied zu schmecken.«

Die Wohnung roch nach chinesischem Take-away.

Tidey sagte: »Du isst natürlich ordentlich, nicht wahr?«

»Ich bin ein Sklave meiner 5 am Tag.«

James brachte zwei Gläser und goss ein. Im Wohnblock ging es geräuschvoll zu, die Leute unterhielten sich lautstark, Musik kam aus mehr als einer Richtung. Tidey nippte an seinem Whiskey. James prostete ihm wortlos zu und trank.

»Ich habe Neuigkeiten«, verkündete Tidey.

James lehnte sich in seinem Sessel zurück. »Du bist ein komischer Vogel.«

»Es hat einen Mord gegeben – ich bin gerade zugeteilt worden. Ein Mann, drüben auf der Southside – zwei Gangster haben mit Waffen an seine Haustür geklopft.«

James' Interesse schien eher höflich als ernsthaft.

»Eine der Waffen, die sie benutzt haben, hat sich als die Waffe herausgestellt, mit der Oliver getötet wurde.«

James hob erneut das Glas an die Lippen. Er sagte nichts.

»Was ich mir erhoffe, ist, dass, falls wir denjenigen finden, der diesen Mord begangen hat, er uns zu dem führt, der Oliver umgebracht hat.«

James schaute auf den Whiskey, der den Boden seines Glases überzog.

»Das ist gut, nehme ich an.«

»Ich werde dich auf dem Laufenden halten, wozu auch immer das gut ist.«

»Wenn ich den in die Finger bekäme, müsste man mich aus ihm herauspulen. Ich habe es mir so oft vorgestellt, aber es wird nie passieren.« Er ließ sich noch mehr Jameson schmecken. »Und zu wissen, dass es dieses kleine Arschloch war, das abgedrückt hat, und nicht ein anderes kleines Arschloch – das macht keinen Unterschied.«

Er saß einen Moment da, als würde er sich fragen, ob sich der Versuch lohnt, das zu erklären. »Olivers Tod – da geht es nicht um diese kleinen Arschlöcher. Es geht darum, was Oliver verloren hat. All die Zeit, die er nicht hatte, die Dinge, die er nicht mehr tun konnte. Ausgeknipst wie eine Lampe, völlig sinnlos. Nichts wird diese Lücke füllen. Ich weiß, du gibst dein Bestes, aber den Namen von dem fiesen Typen zu kennen, der ihn umgebracht hat, das wird nicht reichen, nicht mal, wenn er in den Knast wandert. Da gibt's nichts Positives aus der ganzen Sache rauszuholen – es ist alles Scheiße.«

James lehnte sich in einem Sessel zurück, seine langen Beine vor sich ausgestreckt, die Flasche in Reichweite, und balancierte das Glas auf der Handfläche.

»Nimmst du es ernst, dieses Polizeispielen?«

»Du warst ein guter Bauarbeiter, das hast du mir zumindest erzählt. Die Leute sollten stolz sein auf das, was sie tun.«

»Liegt in der Familie, oder?«

»Mein Vater hat Matrizen bedient in einem Kunststoff-Extrusionswerk – kleiner Laden, ohne Gewerkschaft. Das Maul durfte man nur aufmachen, um ›Yes, Sir‹ zu sagen. Was er mir gesagt hat – gewöhnst du dich erst mal ans Katzbuckeln, wird es dir zur Natur. Gewöhn dich erst gar nicht dran, hat er gesagt.«

»Warum zur Polizei?«

»Es waren die Achtizger«, erklärte Tidey. »Ich kam frisch von der Schule, du erinnerst dich, in welchem Zustand das Land war – Schlangen vor der amerikanischen Botschaft, die Jugendlichen, die um Visa bettelten. Ein Job war ein Job.«

»Das glaub ich nicht.«

»Es war zumindest ein Grund. Ich hatte bestimmte Vorstellungen, damals – ich war jung, ich wollte was machen, das etwas bedeutete. Wäre ich nicht Atheist gewesen, wäre ich vielleicht zur Legion Mariens gegangen und hätte Essen auf Rädern ausgefahren. Aber ich hatte mich der Simon Community angeschlossen, habe Suppe an Obdachlose verteilt und so was. Eines Tages bin ich ins Polizeirevier um die Ecke und hab gefragt, wie ich ein Garda werden kann. Weißt du, was ich richtig groß fand an dem Job?«

»Die Überstunden?«

»Wenn was passiert, laufen die meisten Menschen davon. Es waren aber die Leute, die hinlaufen – die Sanis, Feuerwehrleute, Polizisten –, zu denen wollte ich gehören.«

James nickte. »Ich kann verstehen, dass das verlockend ist. Aber es gab Zeiten – an den Streikposten –, als wir versuchten, das Wenige, was wir hatten, zu schützen, mit dem Rücken zur Wand, und manchmal wurde es ein wenig kunterbunt. Ihr – ihr habt die Schlagstöcke geschwungen, oder sie henkelten sich ein und kamen auf uns zu wie 'n Panzer. 'ne Menge Wichser waren ganz begeistert von ihrer Arbeit.«

»Überall, wo Uniformen sind, findet man kleine Generäle – Typen, die Spaß daran haben, Befehle zu erteilen. Doch es gibt alle möglichen Leute bei der Polizei.«

»Keine Frage – aber damals waren es anscheinend immer die kleinen Generäle, auf die ich getroffen bin.«

Sie hatten sich schon gut in der Flasche vorgearbeitet, als Bob Tidey in die klaustrophobisch kleine Küche der Wohnung ging. Er fand etwas Cheddar und ein halbes Kastenbrot in Scheiben und machte ein paar Sandwiches. James nahm seines entgegen und fragte: »Lebst du immer noch dein Junggesellenleben?«

»Würde es nicht anders haben wollen.«

»Die Frauen kommen doch sicher in Scharen, stimmt's?«

»Muss sie mir mit dem Stock vom Leib halten«, knurrte Tidey.

»Es stimmt schon: Das Leben ist schön, wenn's schön ist.«

Tidey beugte sich vor und fragte behutsam: »Du hast also aufgegeben, Körper und Seele? Oder gibt es noch etwas, das dir etwas bedeutet?«

»Ich bin ein wenig gespannt, wie sie diese Sauerei wieder in Ordnung bringen wollen – Banken, die pleite sind, Schlange stehen für Fresspakete«, antwortete James. »Als ich jung war, hab ich die Faust gezeigt. Die Arbeiterfahne ist dunkelrot, der ganze Mist. Gewerkschaften sind heute aus der Mode, aber alles, was wir jemals hatten, haben wir uns erkämpfen müssen – Geld, Wochenstunden, Arbeitsbedingungen. Heutzutage ist es so, als würde jeder dankbar dafür sein, eine Arbeitseinheit zu sein, die eingestöpselt oder ausgestöpselt wird, je nach Lust und Laune ihres Herren.«

»Die Leute haben Angst«, entgegnete Tidey. »Sie wollen einfach, dass das vorbei ist, egal, was es kostet.«

»Nach dem ganzen Gequatsche vom Kampf um die Freiheit, vom Abwerfen des fremden Jochs haben sie das Land verraten.

Die Politiker haben sich in die smarten Typen verknallt – haben denen jedes Gesetz gemacht, das sie wollten. Die smarten Typen haben Reden geschwungen und Interviews darüber gegeben, wie smart sie doch sind, und die Journalisten sind ihnen in den Arsch gekrochen. Und am Ende waren es die ach-so-smartenTypen, die das Land in Scherben gelegt haben, ohne auch nur das geringste Zutun der Roten Brigaden.« Sein Lachen verriet, dass es kein bisschen komisch gemeint war.

»Sie werden schon einen Weg finden«, sagte Tidey.

»Das werden sie sicherlich. Tun sie doch immer.«

James goss noch mehr Jameson ein, füllte sein Glas bis knapp unter den Rand auf.

»Wann war das letzte Mal, dass du einen dieser Mistkerle festgenommen hast?«

»Keinen in letzter Zeit.«

»Wirst du auch nicht.«

»Außer ich erwische ihn, wie er live im Fernsehen – auf der Mittellinie im Croke Park Stadion – ein Huhn fickt.«

James lächelte. »Mit der Artane Band hinter ihm, die *A Nation Once Again* spielt.«

»Das wäre 'n Bonus.«

James hob vorsichtig sein übervolles Glas an die Lippen. »Selbst dann, diese Kerle sind so unverfroren – der würde behaupten, das Huhn hätte ihn dazu verleitet.«

Wenn sie noch einen Tag verstreichen lassen würde, ohne etwas zu unternehmen …

Ohne weiter nachzudenken, nahm Maura Coady den Hörer ab.

»Ja?«

»Mr Tidey? Hier ist Maura, Maura Coady.«

Er sagte nichts, und sie fühlte sich etwas enttäuscht, dass er sich nicht an ihren Namen erinnerte. Aber er war ein Polizist, und Polizisten begegneten wahrscheinlich Hunderten von Menschen – und es war über ein Jahr her.

»Der Teresa-O'Brien –«

»Natürlich – Maura, ist 'ne Weile her.«

Er klang müde, seine Worte undeutlich.

»Es gibt da etwas, ich bin mir aber nicht sicher – wenn ich es ausspreche, klingt es nicht –«

»Was ist los?«

»Da steht ein Auto vor meinem Haus – ich wollte Sie schon seit Tagen anrufen – sehen Sie, ich weiß, es klingt albern, aber sie hatten Handschuhe an, Plastikhandschuhe.«

»Wer?«

»Die Männer. Es waren zwei.«

»Sehen Sie, Maura, ich bin – es ist spät und ich bin auf dem Weg nach Hause – es ist nicht – ich meine, ich rufe Sie gleich morgen früh an, o. k.?«

»Natürlich, natürlich, wahrscheinlich ist es auch nichts.«

»Schön, von Ihnen zu hören – ich sollte vorbeikommen, Sie besuchen.«

»Aber gerne doch.«

»Gleich morgen früh.«

Als Tidey von der Toilette zurückkam, hatte James die Augen geschlossen, seinen Kopf nach hinten gelegt, in der Hand immer noch das halbleere Glas. Tidey stellte es weg. Er brachte eine Decke aus dem Schlafzimmer und legte sie über die schlafende Gestalt. Bevor er ging, machte er in der Küche das Licht an, damit James sich zurechtfand, falls er in der Nacht aufwachte. Dann löschte er das große Licht und machte sich auf die Suche nach einem Taxi.

16

Noel Naylors Schritte hallten im Treppenhaus. Er war auf halbem Wege hinauf zu Vincents Bude in der vierten Etage, als er Michelle traf, die die Treppe herunterkam.

Sie lächelte und verzog das Gesicht. »Bin spät dran.«

»Soll ich dich fahren?«

»Mein Auto steht unten, danke. Vincent ist unter der Dusche.«

Noel hatte bereits Kaffee gemacht, als Vincent aus dem Badezimmer auftauchte.

»Hab sie auf der Treppe getroffen – scheint was Ernstes zu sein.«

»Vielleicht. Sie ist – weißt du –« Vincent zuckte mit den Schultern.

»Schön für dich. Hoffe, das hält. In der Zwischenzeit –« Noel reichte ihm ein Stück Papier. Vincent entfaltete es und sah einen Namen und eine Adresse.

»Danke, aber ich glaub nicht.«

»Wenn's um mich ginge –«

»Ich hab ihm die Nase gebrochen, er hat gegen mich ausgesagt, ich bin für acht Monate hinter Gitter gewandert – es ist ausgeglichen.«

»Er hat es verdient.«

Vincent faltete den Zettel, ließ ihn auf der Arbeitsplatte liegen.

»Du hast wahrscheinlich recht, aber diese Dinge – kennst du Michelles Bruder, Damien?«

»Nicht persönlich – hab von ihm gehört.«

»Ihr jüngerer Bruder, Connor – er wurde verknackt wegen Ladendiebstahls in einem Getränkemarkt. Damien stattete dem Besitzer einen Besuch ab, forderte ihn auf, seine Klage zurückzuziehen. Der Besitzer sagte, er solle sich verpissen, also hat Damien ihm einen zweiwöchigen Aufenthalt im Beaumont verschafft. Michelle hatte ihm ein Alibi gegeben, hat gesagt, dass er an dem Abend mit ihr zusammen gewesen war – aber die Bullen hatten es auf Band, von der Überwachungskamera. Als ich ins Joy kam, hatte Damien schon zwei Jahre abgesessen. Als ich raus bin, hatte er immer noch ein Jahr.«

»Verstehe, was du meinst, aber –«

»Der Junge, Connor – der bekam für den Ladendiebstahl 'ne Bewährungsstrafe. Ist Schwachsinn, wenn du diese Dinge persönlich nimmst.«

»Deine Entscheidung – ich dachte nur, du solltest die Wahl haben.«

Vincent fasste seinen Bruder am Nacken, die Stimme warm. »Ich weiß das zu schätzen – danke. Aber wir haben eine große Nummer vor uns. Von jetzt an keinen Gefühlsscheiß mehr, nur noch Business.«

Noel nahm das gefaltete Stück Papier auf. »Deine Entscheidung – außerdem, is'n langer Weg. Steck's ein – vielleicht änderst du deine Meinung.«

Vincent lächelte. »Ist nicht ganz ausgeschlossen.«

Als er den Gerichtssaal betrat, schaute Bob Tidey zur hintersten Reihe und sah Trixie Dixon. Ein paar Reihen davor erkannte er Roly Blount, Frank Tuckers Hauptvollstrecker. Der war da, um sicherzugehen, dass sich Christy Dixon wie der Prügelknabe benahm, der er war. Tidey drehte sich weg, ohne Trixie zu grüßen.

Es würde eine Reihe von Fällen heute Morgen verhandelt werden – das hier war ein Filtergericht, das Fälle wie Post nach verschiedenen Bestimmungsorten sortierte, Untersuchungshaft und Vertagung sowie Urteilsverkündung in Fällen, deren Anträge bereits vorlagen. Anwälte und Zeugen unterhielten sich, während sie darauf warteten, dass der Richter aus seinem Zimmer kam. Man erkannte die Angeklagten leicht – es waren die mit den ängstlichen, blassen Gesichtern. Alle anderen würden nach Hause gehen, wenn die Show zu Ende war.

Die Prozesse schritten schnell voran, und schon stimmte der Gerichtsdiener an: »Der Generalstaatsanwalt gegen Christopher Dixon, zur Urteilsverkündung.«

Der Richter war einer jener gewandten, entscheidungsfreudigen Typen – kein Gepolter, keine Witzeleien, ohne Getue. Er war da, um eine Arbeit zu erledigen.

Bob Tidey mochte diese Art Richter.

»Wie ich höre, hat sich der Angeklagte kooperativ gezeigt, Detective Sergeant?«

»Er hat den Einbruch gestanden, Herr Richter«, bestätigte Tidey, »und als wir die Waffe fanden, hat er den Besitz unumwunden zugegeben.«

»Sein Rechtsbeistand sagte, er hat sie für jemanden aufbewahrt?«

»Ich glaube, dass es stimmt, Herr Richter.«

»Gab es weitere Verhaftungen in diesem Zusammenhang?«

»Mr Dixon hat ausgesagt, dass er den Namen der Person, die ihn bat, die Waffe für ihn zu verstecken, nicht kennt. Ich glaube, das ist richtig, Herr Richter. Ich glaube auch, dass Mr Dixon glaubt – und ich denke, damit hatte er recht –, dass er keine große Wahl hatte, als zu tun, was ihm aufgetragen wurde.«

»Hat er irgendwelche Anstrengungen unternommen, der Polizei dabei behilflich zu sein, den Besitzer der Waffe dingfest zu machen?«

»Herr Richter, wir haben ihm Fragen gestellt, und ich glaube, dass er sie, soweit er konnte, ehrlich beantwortet hat. Ich glaube, er wusste, dass der Besitzer der Waffe gefährlich ist – kannte ihn vom Sehen und seinen Ruf, nicht aber seinen Namen.«

»Konnte die Polizei feststellen, ob die Waffe im Zusammenhang mit vorangegangenen Straftaten benutzt wurde?«

»Nein, Herr Richter – die Kriminaltechnik hat die üblichen Tests durchgeführt, aber sie haben keine Übereinstimmung zu Straftaten ergeben, die uns bekannt sind. Wir haben bei PSNI angefragt, aber auch in Nordirland gab es keine Treffer.«

Der Richter nickte. Im Gerichtssaal war es eine Weile still, während er sich Notizen machte. Es gab Richter, denen entgehen würde, was Bob Tidey meinte, aber dieser hier gehörte nicht dazu. *Dieser junge Großkotz ist so aufrichtig wie er kann, ohne sich eine Kugel in seinen Schädel einzufangen.* Endlich schaute der Richter auf und Christy an.

»Mr Dixon – ich verstehe Ihr Dilemma. Sie sahen sich gewissermaßen genötigt, von jemandem, von dem Sie annehmen, er sei gefährlich. Aber das rechtfertigt nicht Ihr Handeln – eine tödliche Waffe in Besitz zu nehmen, eine Waffe, die, wäre nicht der Zufall dazwischen gekommen, in einem schrecklichen kriminellen Unterfangen hätte benutzt werden können. Zwei Jahre wegen Einbruchs, das letzte Jahr zur Bewährung ausgesetzt. Drei Jahre wegen Waffenbesitzes, das letzte Jahr zur Bewährung ausgesetzt.«

Christys Anwalt war auf den Füßen. »Gleichzeitig, Herr Richter?«

»Ja.«

Drei Jahre insgesamt, eines zur Bewährung ausgesetzt. Christy würde in sechzehn Monaten wieder draußen sein, so er sich anständig benahm, was er wahrscheinlich tun würde. Trixie Dixon saß immer noch hinten. Er dankte Tidey mit einem Nicken. Roly Blount war bereits gegangen.

17

Mickey Kavanagh schaute wieder auf seine Uhr. Frank Tucker war zwanzig Minuten zu spät. Nichts Ungewöhnliches – Frank war immer unpünktlich. Die späte Morgensonne war warm, der Himmel blau – Mickey entspannte sich, zündete sich noch eine an. Nach ein paar Minuten hielt Franks Saab an der Ecker zur Le Fanu Road. Mickey warf seine Zigarette fort und stieg hinten ein.

Tucker nickte sein Hallo und der Fahrer, ein kräftiger Mann mit Namen Sullivan, fuhr sie die Ballyfermont Road hinunter.

»Es geht um Junior Kelly«, begann Kavanagh.

»Nicht hier«, unterbrach ihn Tucker.

Sie fuhren schweigend weiter und einige Minuten später waren sie auf dem Weg durch den Phoenix Park. Der Saab hielt in der Nähe des Papstkreuzes und Tucker und Kavanagh stiegen aus. Sie schlenderten durch die offene Landschaft, hin zum Hügel unterhalb des Kreuzes.

»Ich lasse meinen Wagen jeden Tag absuchen«, erklärte Tucker. »Mein Haus, das Pub – wir haben nie was gefunden, aber mit der Technik, die die heute haben, kann man sich nicht sicher sein. Die Wichser sind hinter mir her. Is' kein Problem, so lange wir vorsichtig sind.«

Kavanagh schaute hinauf zu dem gewaltigen Kreuz. »Meine Mutter erzählt immer noch davon, wie sie uns alle hierhergebracht hat, vor dreißig Jahren, als der Papst da war. So ziemlich jeder aus der Stadt war gekommen, 'ne Million Leute, die alle Ihrer Heiligkeit zuwinkten.«

Tucker lächelte. »'s gibt keine Kampfchristen in meiner Familie.«

»Sie war mit mir schwanger. Sie hat mich nach Father Michael Cleary benannt.« Kavanagh prustete. »Herumgetänzelt ist der hier oben neben dem Papst, er und Bischof Casey haben die Show abgezogen. Casey wusste sehr wohl, dass Mick Cleary einen zweijährigen Sohn hatte, aber Cleary wusste nicht, dass der Bischof seinen eigenen Sohn in den Staaten versteckte.«

»Die guten alten Zeiten – Heilige und Gelehrte und eine notgeile Geistlichkeit.«

»Meine Ma war ordentlich angepisst, als das alles rauskam.«

Als sie unter dem Kreuz standen, fragte Tucker: »Du hast ein Problem?«

»Es ist Junior Kelly.«

»Worum geht's?«

»Er hat das Gefühl, dass er nicht geschätzt wird.«

»Er ist ein Wichser.«

»Es ist ernst geworden. Er hat mit Chapmans Leuten gesprochen.«

»Ist das aus der Gerüchteküche oder bewiesen?«

»Chapman hat gestern einen seiner Hampelmänner zu mir geschickt, hat mir erzählt, dass Junior zweimal bei ihm war.«

»Womit?«

»Junior denkt, du und Chapman, ihr werdet euch noch die Köpfe einschlagen. So läuft er über und haut dich in die Pfanne, Chapman wird sich durchsetzen – und Junior hat sich ein gemütliches Plätzchen besorgt.«

»Bist du dir sicher?«

»Hat mir 'ne Aufnahme vorgespielt – ist Juniors Stimme.«

»Und Chapman gibt ihn auf?«

»Wird wohl seine Gründe haben.«

Tucker stand eine Weile da und schaute ins Gras, stocherte leicht mit der Schuhspitze darin herum. Dann sah er auf. »Ist ein Friedensangebot. Chapman liefert uns Junior – und teilt uns damit mit, dass er uns hätte anschmieren können, es aber nicht hat.«

»Ihm vertrauen?«

Tucker zuckte mit den Schultern.

»Was ist mit Junior?«

»Er hat seine Wahl getroffen.«

»Ich schick Danny und Luke.«

Tucker stand nah bei Mickey Kavanagh. »Ich möchte, dass du das selbst machst. Erzähl ihm, was ihn erwartet, lass ihn auf die Knie gehen, lass ihn warten. Wenn er fertig ist mit Pissen und Heulen, sag ihm, Frank Tucker lässt schön grüßen.

»Wird erledigt.«

Mit den Händen in den Taschen blickte Tucker hinauf zum Papstkreuz und sagte nach ein paar Sekunden: »Schick Danny und Luke zu Chapman, die sollen sich um ihn kümmern.«

»Sicher?«

»Vielleicht ist er gerissen – vielleicht nicht. In unserem Geschäft liegst du einmal falsch und –«

»Trotzdem, ich meine –«

»Lässt du Dinge offen, können sie dich zu Fall bringen. Er geht.«

»Wird 'n toller Sommer«, sagte Vincent Naylor.

Albert Bannerman machte eine wippende Bewegung mit der Hand – vielleicht, vielleicht auch nicht. Sie saßen draußen an einem Tisch vor dem Grogan's Pub. Irgendwo auf der Gasse, die zur Grafton Street führte, jaulten drei Kids einen kaum wiederzuerkennenden Oasis-Song zu ein paar nicht gestimmten Gitarren.

»So war es auch letztes Jahr«, hielt Albert dagegen, »im April, Mai, da zerhaut die Sonne die Ziegel. Und dann? Im August regnet's tagelang und die ganze Nation steht unter Wasser. Steht alles auf dem Kopf in diesem Land.«

»Fass ein paar Sonnenstrahlen ab, solange sie da sind.«

Von Alberts Guinness waren noch ein paar Zentimeter im Glas übrig. Vincent Naylor war immer noch erst bis zur Hälfte seines Southern Comforts gekommen. Trinken am Nachmittag war sonst nicht sein Stil, aber bei dieser Art von Treffen können manche schon mal was hineininterpretieren, wenn man eine Cola bestellte.

»Das Land ist am Arsch«, meinte Albert. »Die großen Jungs sind zu gierig geworden, haben alles über die Klippe gestoßen.«

Vincent Naylor nickte. Aber wenn er darüber nachdachte – die großen Jungs waren zwar gierig geworden, aber wenn die Knete auf der Straße liegt und nur darauf wartet, aufgesammelt zu werden, was sollte man denn da sonst machen? Darum ging's doch, richtig?

»Über die Klippe. Kennst du Jimmy Wrigley?«

Vincent schüttelte den Kopf.

»Arbeitet ein wenig für mich, hin und wieder. Letzte Woche hat er einen Lancia eingesackt, direkt vor dem Haus von 'nem Typen – Mount Merrion, glaub ich, spät am Abend, hatte schon fast die Tür geknackt. Kommt der Typ aus dem Haus, bleibt stehen und schaut Jimmy an. Jimmy erstarrt, weiß, dass er sich nix wie vom Acker machen sollte, aber er steht nur da, und der Typ fängt an zu lachen. Hat seinen Kopf nach hinten geworfen – Jimmy hat gesagt, der Typ war halb hysterisch – und wie ein verdammter Affe gebrüllt. Der Typ steckt die Hand in die Tasche, holt die Autoschlüssel raus und wirft sie Jimmy rüber. Nimms, sagt er, und fort mit dir. Die nehmen mir das Haus, sagt er, der Richter hat mir zwei Wochen gegeben, um auszuziehen. Die haben die Kreditkarten. Die haben sogar die verdammte Zehn-Jahres-Dauerkarte für die Lansdowne Road genommen. Die holen das Auto morgen ab. Scheiß auf die, sagt er – dann kannst du es auch gleich haben.«

Albert grinste. »Jimmy sagt, weise Entscheidung, Sir, und der Typ fängt wieder an zu lachen. Ich sag doch, verkehrte Welt. Dieses Land ist am Arsch.«

Vincent nahm einen Schluck von seinem Southern Comfort. Er fragte sich, ob er runtergehen und den drei kleinen Angebern 'nen Zehner geben sollte, damit sie sich mit ihrem Oasis-Mist verziehen, irgendwo die Straße hoch.

Albert Bannerman trank sein Pint aus und nahm einen tiefen Zug aus seiner Zigarette. »Noel hat sich also wieder beruhigt?«

Vincent nickte. »Ihm geht's gut.«

Albert zog flüchtig mit der Handfläche über seinen rasierten Schädel. »Was ich nicht will, ist, dass das hier so eine Art – du weißt schon – Tauziehen wird, zwischen dir und mir. In dieser Stadt werden zu viele kleine Stänkereien zu ausgewachsenen Fehden, du und ich landen noch in einem Hundertjährigen Krieg.«

Vincent schüttelte seinen Kopf. »Jeder hat das getan, was er tun musste – Noel, du, ich –, so seh ich das.«

Albert nickte zustimmend.

»Außer der Schlampe«, fügte Vincent hinzu.

»Lorraine hat gesagt, sie hätte nicht gewusst, dass er da sein würde – so ist sie eben. Sie war –« Er machte eine Geste, Zigarette in der Hand, als wäre es etwas, was er nicht in Worte fassen wollte.

»Sie hat mit dir angegeben?«

»So kann man es auch sagen.«

»Noel ist empfindsam«, erklärte Vincent. »War über beide Ohren verknallt, von Anfang an – ein Jahr als Marionette. Das musste ja in Tränen enden. Das Miststück ist total auf ihm herumgetrampelt.«

»Das passiert«, sagte Albert.

»Ihn zu verlassen hat nicht gereicht – die musste das vor 'n paar seiner Kumpels machen.«

»Er hätte ihr eine klatschen sollen.«

»So einer ist Noel nicht. Was ich sagen will – ich versuche nicht, dich zu belehren. Ich erklär's nur.«

»Schon klar«, entgegnete Albert. »Und ihn in den Schuppen zu sperren – 's war ja nicht so, als hätte ich 'ne Wahl gehabt – sonst, wenn jemand mit 'nem Messer in mein Haus kommt –« Er machte wieder die gleiche Handbewegung.

»Jeder hat getan, was er tun musste.«

»Ich hab ja gesehen, dass er völlig neben sich stand.«

»Noel is'n feiner Kerl.«

Sie sagten eine Weile nichts mehr, dann zeigte Albert auf Vincents Glas. »Noch einen?«

»Ich bin dran.«

Als Vincent mit den Getränken wieder herauskam, fragte Albert: »Hast du grad was laufen?«

»Nee, Geschäft geht schleppend. Du?«

Bannerman nahm einen Schluck von seinem Pint. »Ziemlich ruhig. Arbeitest du noch für Mickey Kavanagh?«

»Mickey ist 'ne richtige Nummer heutzutage – tritt groß auf bei Frank Tucker.«

»Also hast du grad nichts zu tun?«

»Ist das ein Angebot?«

»Einige der Kids, die für mich gearbeitet haben – nur Muskeln, von einem Ohr zum anderen. Ich brauch jemanden, der weiß, wie's läuft – falls es was gibt, wo wir uns zusammentun –« Wieder diese Handbewegung.

»Könnte schwierig sein – mit Noel und so.«

Albert verzog das Gesicht. »Lorraine und ich – ich hab 'ne Frau, vier Kinder, die draußen in Tallaght leben, alles gut. Lorraine ist Lorraine, diese Dinge aber, die haben 'ne naturbedingte Laufzeit – keiner glaubt an Märchen.«

»Dann gibt es keinen Grund – wenn das richtige Ding daherkommt.«

»Dieses Land ist am Arsch, aber es gibt immer Arbeit für den, der arbeiten will, sag ich immer.«

18

»Was für ein Auto?«, wollte Bob Tidey wissen.

»Es ist grün«, gab Maura Coady zur Antwort.

»Sie kennen die Marke nicht?«

»Nein«, sagte sie entschuldigend.

»Können Sie das Nummernschild erkennen?«

»Nicht von hier aus.«

Er wollte sie bitten, nach draußen zu gehen und nachzusehen, aber er konnte die Ängstlichkeit in ihrer Stimme hören. Außerdem war er zerknirscht darüber, dass er – eingebunden, wie er war in das Organisieren der eidesstattlichen Zeugenaussagen – es aufgeschoben hatte, sie heute Morgen anzurufen. Es war später Nachmittag geworden, ehe er dazu kam. Sobald er alle Einzelheiten gehört hatte, wurde ihm klar, dass das vielleicht doch keine Zeitverschwendung war, wie er zunächst vermutet hatte.

»Hören Sie, es wird das Beste sein, wenn ich vorbeikomme und mir das selbst anschaue.«

Bevor er an der Tür klingelte, hatte er sich schnell das Kennzeichen des grünen Autos notiert und einen Anruf getätigt.

»Maura, gut sehen Sie aus!« Was stimmte, für über siebzig. Ihr weißes Haar trug sie immer noch kurz, ein gesundes Leuchten auf ihrem schmalen Gesicht. Wenn sie lächelte, gaben ihr die leicht vorstehenden Zähne das Aussehen einer schelmischen, alten, unverheirateten Tante. Ihr blauer Cardigan schien eine Nummer zu groß für ihre schmalen Schultern, aber in ihrem schmächtigen Körper steckte noch jede Menge Elan. Sie sah aus wie jemand, der ein Leben geführt hatte, das Sport und Diäten überflüssig machte.

»Kann ich Ihnen etwas anbieten, Mr Tidey?«

Sein Telefon klingelte und er machte eine Nein-danke-Geste mit der Hand.

Das dunkelgrüne Auto da draußen war ein VW Bora. Die Einsatzleitung teilte ihm mit, dass das Nummernschild zu einem Toyota gehörte.

»Ist alles in Ordnung?«

»Kein Grund zur Sorge«, beruhigte er Maura. »Ich hole nur ein paar Jungs, die sich das einmal ansehen sollen.«

Es dämmerte, als die Kfz-Spezialisten eintrafen. Sie öffneten die Fahrertür und stocherten im Inneren des Wagens herum, dann ließen sie den Kofferraum aufschnappen. Tidey blieb am Fenster des unbeleuchteten Wohnzimmers von Mauras Haus. Da mussten nicht mehr mitmischen als nötig.

Sogar mit dem Rücken zu ihr konnte Tidey Maura Coadys Angst spüren. Er drehte sich um und sie stand neben der Wohnzimmertür, ihre Gesichtszüge kaum zu erkennen im schwachen Licht, das von der Straßenlaterne hereinfiel, die Arme verschränkt, als hielte sie sich zusammen. »Es ist o. k., glauben Sie mir, Sie müssen sich keine Sorgen machen.«

»Das ist alles fürchterlich.« Ihre Stimme war gerade stark genug, um die wenigen Meter zwischen ihnen zu überbrücken. »Fürchterlich.«

»Nichts Besonderes«, berichtete der Kfz-Spezialist. »Nummernschild ist ausgetauscht, der Tank voll, keine Spur eines Brandbeschleunigers. Aber das steht nicht ohne Grund da draußen.«

Tidey rief den Chief Superintendent vom Cavendish Avenue an, der zu Hause war und so schwer atmete, als hätte er Möbel gerückt. Der Chief Super fragte bei der Special Detective Unit an. Es dauerte eine Stunde, bis ein Mitglied der Emergency Response Unit, der schnellen Garda-Sondereingreiftruppe, im Haus vorbeischaute. Maura Coady erblasste beim Anblick des Griffs einer automatischen Handfeuerwaffe, die hoch an der rechten Hüfte des Mannes im Holster steckte und unter seiner gepolsterten ärmellosen Jacke hervorlugte.

Der Mann – ein gewisser Sergeant Dowd – organisierte das Überwachungsteam. Hundert Meter rechts von Mauras Haus, diesseits des SPARs, hielt ein weißer Ducato Van am Bordstein. Ein weiterer Ducato-Transporter hatte bereits links am anderen Ende von Mauras Haus geparkt.

Dowd sagte Bob Tidey, dass der VW Bora zweifellos ein zweiter Fluchtwagen sei, und dankte Maura für ihren Gemeinsinn.

Nachdem Dowd gegangen war, fragte Maura Bob Tidey: »Wie lange werden die Transporter bleiben? Was ist, wenn niemand das Auto abholt?«

»Es passiert nicht oft, dass wir eine Chance wie diese bekommen – ein Fluchtwagen in Bereitschaft.«

»Eine Flucht – wovor?«

»Keine Ahnung. Aber falls es zu einem Überfall kommt – zum Beispiel auf eine Bank, eine Postfiliale oder was auch immer, vielleicht auch zu einem vorsätzlichen Tötungsdelikt –, dann könnte das erste Fluchtfahrzeug forensische Spure enthalten, die die Täter mit der Straftat in Verbindung bringen, also fahren sie es ein kurzes Stück und stecken es dann in Brand. Sie haben einen zweiten Fluchtwagen in der Nähe, der nicht mit der Straftat in Verbindung steht und der ihnen gefahrlos für den restlichen Weg dient. Denn selbst, wenn es ein gestohlenes Fahrzeug ist, was das hier wahrscheinlich ist, kann man nur für den Diebstahl zur Verantwortung gezogen werden.«

»Also wird es in jedem Fall zu einem Verbrechen kommen?«

»Alle Anzeichen sprechen dafür.«

Sie schlang die Arme noch fester um sich. »Da bekomme ich Angst.«

»Diese Leute in den Transportern, das sind die Besten«, beschwichtigte sie Bob Tidey. »Wer auch immer dahintersteckt, es scheinen Profis zu sein – und sie sind erfahren genug, keine Dummheiten zu begehen.«

»Sollte ich ausziehen, bis das alles vorüber ist?«

»Nicht nötig.«

Tidey hatte Sergeant Dowd die gleiche Frage gestellt. Die ganze Straße zu evakuieren, vielleicht für mehrere Tage, war nicht drin, folgerte der ERU-Beamte. »Ist nicht ideal, aber was ist schon ideal im Leben?«

Maura schien o. k., als Tidey sich anschickte zu gehen. »Es ist unwahrscheinlich, dass heute Nacht etwas passiert«, sagte Tidey. An der Tür versprach er: »Ich komme wieder, sobald ich kann – das ist eine gute Sache, die Sie da gemacht haben.«

»Glauben Sie, dass die vielleicht Vorbereitungen treffen, um jemanden umzubringen?«

»Das ist durchaus möglich.«

»Dann ist es richtig gewesen – wenn es ein Leben rettet.«

»Es war das Richtige«, bestätigte Tidey.

19

Noel Naylor erzählte den Lochwitz. Der, den er seit Jahren erzählte, wann immer er und Vincent Snooker spielten. Worüber freut sich ein Snookertisch? Jedes Mal auf die gleiche Art und Weise: Noel beugte sich über den Tisch, mit seiner linken Hand baute er eine perfekte Brücke, seine rechte Hand zog den Queue zurück – er hielt inne, sein Kopf reglos, seine Augen blickten seitlich zu Vincent.

»Hab ich dir schon mal erzählt, worüber sich ein Snookertisch freut?«

Und Vincent hatte immer gelacht. Eine Zeitlang hatten sie die Pointe im Chor gesungen – »Wenn du einlochst.« Später brauchten sie das gar nicht mehr. Nur diese Frage, todernst und wie zum ersten Mal gestellt, reichte, damit Vincent losging.

Sie hatten unten schnell einen Imbiss zu sich genommen, dann nix wie rauf ins zweite Geschoss der Freizeitanlage für 'n Spielchen. Nachdem er die rote Kugel versenkt hatte, verfehlte Noel die blaue und richtete sich auf. »Ich hab 'nen Neuen für dich – woher weißt du, dass du in 'ner Lesbenbar gelandet bist?« Er wartete die Antwort nicht ab. »Nicht einmal im Snookertisch kannste einlochen.«

Vincent lachte, dann sagte er: »Ich mag den altbewährten lieber, aber versuch's nur weiter.«

Noel war jetzt in Stimmung. »Kennst du den, als FBI, Scotland Yard und die irischen Bullen einen Wettbewerb gemacht haben?«

»Nein, und will ich auch nicht kennen.«

»Was die machen mussten – sie ließen ein Kaninchen im Wald frei und der Erste, der es aufspürt und es festnimmt, hat gewonnen. Die Briten verbringen Wochen damit, jedes Kaninchenloch im Wald zu bewachen, bis ein brasilianischer Elektriker vorbeikommt und sie ihn erschießen.«

Vincent hatte eine rote Kugel am Tischende ins Auge gefasst. »Du versuchst mich nur abzulenken.«

Noel grinste. »Die vom FBI – die holen sich Unterstützung aus der Luft und sorgen für Bombenwetter im Wald, selbst die Frösche sind Toastbrot.«

Vincent ließ sich beim Einkreiden seines Queues Zeit, dann war er fertig und wartete, denn er wusste, dass Noel nicht zu stoppen war.

»Und, wer gewinnt den Wettstreit?«, fragte Noel. »Nach einer halben Stunde kommen die irischen Bullen aus dem Wald mit einem Fuchs in Handschellen. Blut im Gesicht, mit blauen Flecken übersät. Und der schreit: ›Ist ja gut, ist ja gut, ich bin ein Kaninchen, ich bin ein Kaninchen!‹«

Vincent lachte, aber trotzdem gab er dem alten Snookerlochwitz den Vorzug.

Zwanzig Minuten später öffneten sie den Kofferraum von Noels Auto, das vor Vincents Bude im MacClenaghan-Gebäude stand.

Vincent schaute auf die riesigen grünen Kanister und fragte: »Hast du vor, die ganze Stadt anzuzünden?«

»Ich war nicht sicher, wie viele Wagen wir benutzen werden. Drei, vier?«

»Ist egal. Wir müssen nur zwei abfackeln – den Lexus und den Megane, das war's.« Er sah an der Seite des Kanisters hinunter. »Zwanzig Liter? Na viel Spaß beim Hochschleppen in die Vierte.«

»Quatsch.«

Sie wechselten sich beim Hochtragen der Kanister in die Wohnung ab. Vincent öffnete ein Fenster, damit sich die Dämpfe verzogen, dann hielt er einen Trichter ruhig in die Öffnung einer Cola-Flasche, während Noel den Kanister hochhievte.

Sie füllten vier Zweiliterflaschen. Dann machten sie sauber und gingen ein paar Bier trinken. Vincent hatte immer 'ne kleine Party am Abend vor 'nem Ding.

Das war es, was Vincent ausmachte – er war konstruktiv. Kann schon sein, dass er seine eigenen Ansichten hatte, aber er dachte nach, bevor er den Mund aufmachte, riss nicht einfach die Klappe auf. Er hätte Lorraine beschimpfen können, er hätte Noel sagen können, dass er besser dran war ohne sie. Stattdessen sagte Vincent: »Passiert allen mal – es macht einfach nicht klick, obwohl es das sollte, und du wirst verletzt und du kannst nichts dagegen tun.«

Manchmal regte sich Noel Naylor über Lorraine auf – aber er war froh, dass Vincent sie mit Respekt behandelte. So, wie Vincent über sie sprach, erschien das, was vorgefallen war, wie eine Sache, die Erwachsenen passiert, etwas, das man akzeptiert und worüber man hinwegkommt. Statt sich wie ein erbärmlicher Teenager vorzukommen, wie es Noel manchmal tat, zum Beispiel wenn er darüber nachdachte, wie oft die Schlampe ihn beschissen hatte.

Schon komisch, wie das so läuft. ’s gab ’ne Zeit, da war Vincent ein Kind und Noel hatte auf ihn aufgepasst, hatte ihm gezeigt, wie die Dinge funktionieren. Jetzt gab es Dinge, die Vincent besser konnte, Momente, in denen er der große Bruder zu sein schien. Noel gefiel das, das Geben und Nehmen.

»Wir sind ein gutes Team«, sagte Noel.

»Laurel und Hardy?«, witzelte Vincent.

»Blödsinn«, grinste Noel.

Vincent gab dem Barmann ein Zeichen und zeigte auf die fast leeren Pintgläser. Nachdem die neuen Getränke eingetroffen waren, hob Vincent sein Glas, schaute seinem Bruder in die Augen und sagte: »Auf Morgen.«

Noel nickte. »Auf Morgen.«

Teil 2

Das Ding

20

Er saß hinterm Steuer seines gelben Suzuki Alto und schaute auf die Uhr. Fünfzehn Minuten wohnte er vom Depot entfernt und war auf halbem Wege dorthin. Er war bekannt dafür, früh auf Arbeit zu kommen und die Termin- und Dienstpläne immer eine Woche im Voraus fertig zu haben. Es war eine Einstellung, die im Wettstreit um den Job des Einsatzleiters entscheidend gewesen war. Turloughs Ambitionen machten da nicht halt.

Vor ihm stieß ein roter Renault Megane zu schnell rückwärts aus einer Seitenstraße, aber Turlough hatte es im Gespür gehabt. Früher, bevor er zum Einsatzleiter befördert worden war, hatte er sechs Jahre auf Achse verbracht. Er war so vielen autofahrenden Idioten begegnet, dass er an einem Fahrsicherheitstraining teilgenommen hatte, von dem er immer noch profitierte. Er hatte den Megane bereits registriert, als dieser erst sein Heck aus der Seitenstraße streckte, und er hatte die Möglichkeit mit einberechnet, dass sich ein Testosterongesteuerter im Fahrersitz befinden könnte.

Turlough brachte den Suzuki zum Stehen, und als der Beifahrer im Megane eine entschuldigende Geste machte, beantwortete Turlough diese mit einem gnädigen Bitte-sehr-Wink.

Die Tür des Megane öffnete sich und der Beifahrer stieg aus – ein großgewachsener, dünner Kerl mit Schnurrbart, der ein grellorangenes T-Shirt trug und knielange Khaki-Shorts mit mehr Taschen als ein Snookertisch. Verdammte Glückspilze, hatten wohl einen freien Tag und waren auf dem Weg zu einer Runde Golf, bevor sie sich mit einem kühlen Bier ein sonniges Plätzchen suchten.

Der dünne Kerl in den kurzen Hosen steuerte auf die Beifahrerseite von Turloughs Suzuki zu. Noch während er ging, beugte er sich herab, lächelte, schaute Turlough über die runden Gläser seiner Sonnenbrille hinweg an und sagte etwas. Turlough zuckte mit den Schultern und zeigte auf sein Ohr. Der Mann in den

Khaki-Shorts öffnete die Tür, setzte sich ins Auto und langte in Turloughs Schritt.

»Schön ruhig bleiben, Turlough«, sagte er. Als Turlough hinunterblickte, sah er, dass der Mann einen kleinen schwarzen Revolver in seiner latexbehandschuhten Hand hielt.

Der rote Megane war jetzt aus der Seitenstraße heraus und rollte vor ihm die Straße hinauf.

»Fahr ihm nach.«

»Hör mal, Kumpel –«

»Wir können das gleich hier zu Ende bringen – ich hab dann nur einen Vormittag verloren.«

Der Schnurrbart des Mannes schien in leichtem Missverhältnis zu seinem Gesicht. Er kam näher. »Aber du wirst deinem hübschen Weibchen erklären müssen, wie es kommt, dass deine Eier weggepustet sind.«

Die schmale Straße stieg langsam an und verlief allmählich in einer Rechtskurve, die Häuser zu beiden Seiten durch Mauern und Hecken getarnt. Castlepoint war die Art von Wohngegend, in der das Durchschnittshaus beeindruckend und das darüber imposant war. Die Häuser der wahrlich Reichen waren hinter hohen Bäumen und Mauern versteckt.

Detective Sergeant Bob Tidey war früh dran für seine Besprechung auf dem Castlepoint-Garda-Revier. Obwohl der Mord an Sweetman landesweit in den Nachrichten gewesen war, hatte er ihm außer der gelegentlichen Schlagzeile im Radio wenig Beachtung geschenkt. Nach dem Anruf von Colin O'Keefe hatte er den Mord gegooglet und war nicht viel geschlauer geworden, abgesehen von der Info, dass Sweetman in einem Haus am südlichen Ende der Briar Road am Rande von Castlepoint gelebt hatte. Er würde die Zeit bis zur Besprechung totschlagen, indem er ein Gefühl für die Gegend bekam, die Zufahrtsstraßen zu Sweetmans Haus, die Lage, in der sich der Schauplatz des Verbrechens befand.

Er gelangte auf ein gerades Stück und drosselte das Tempo. Er hielt vor einem massiven Holztor, über dem er das Schieferdach eines riesigen, freistehenden Hauses erkennen konnte. Das Messingschild am Torpfosten verkündete ›Sweetman Refugium‹. Na, genau – erst ein Vermögen für ein vornehmes Luxusversteck ausgeben und dann ein Schild aufstellen, das jedem Jäger verrät, wo man sich aufhält.

Tidey stieg aus dem Auto, kletterte auf die Motorhaube und schaute über das Tor. Das Land, das das Haus umgab – fast ein Hektar –, war von einer Mauer mit wellenförmiger Steinverblendung eingefasst. Hier war an nichts gespart worden. Die Straße war abgelegen genug, um Eindringlingen ausreichend Deckung zu bieten – in null Komma nichts wäre man aus dem Auto gesprungen und hätte die Mauer erklommen. Genügend Bäume und Sträucher auf der anderen Seite der Mauer, die dafür sorgten, dass man sich ungestört bereitmachen konnte, seinem Ziel die Lichter auszuknipsen.

Viel mehr gab es nicht zu sehen, ein bisschen für die Katz, aber besser als Däumchendrehen auf dem Castlepoint-Garda-Revier. Er warf einen Blick auf die Uhr. Wenn er die Küstenstraße zurück in den Ortskern von Castelpoint nahm, würde er ein paar schöne Aussichten abfassen und immer noch genügend Zeit bis zur Besprechung haben.

21

Vincent Naylor nahm die Waffe wieder aus dem Schoß des Einsatzleiters.

»Immer hübsch brav, dann wird das hier im Nu vorbei sein.«

»Ich kann nicht über das Geld verfügen.«

»Das weiß ich, Turlough. Lass das mal meine Sorge sein.«

»Das ist nicht –«

»Augen auf die Straße und Maul halten.«

Nach ein paar Minuten bog der Megane scharf in einen Parkplatz neben einem Pub, das Murnaghan's hieß, ein.

»Park hinter ihm, Turlough.«

Der Einsatzleiter tat, wie ihm geheißen.

Vincent legte ihm eine Hand auf den Arm und sprach sanft zu ihm. »Du wirst den Motor nicht ausschalten, nicht wahr, Turlough? Wenn du das tust, geht als Erstes ein Alarm im Protectica-Hauptquartier los. Das Zweite, was passiert, ist, dir wird das Gesicht weggeblasen.« Der Einsatzleiter starrte Vincent an.

»Ich weiß alles, was ich wissen muss, Turlough – ich weiß über Schusswesten Bescheid, über Verheizer und Räuchermännlein, über Läufer und Keulen, ich kenne Stubenhocker, Passwörter und Abläufe – ich weiß Dinge ohne Ende.«

»Dann wissen Sie auch, dass ich nicht an das Geld herankomme?«

»Ich wette, du könntest, wenn du müsstest, Turlough. Aber darum geht es heute Morgen nicht für dich. Alles, was du tun musst, ist anrufen.« Er tippte auf die Brusttasche des Einsatzleiters. »Mit deinem Telefon.«

»Wen soll ich anrufen?«

»Du rufst im Depot an und erzählst denen, dass du eine Nachricht für Mr Fry hast.«

Die Lippen des Einsatzleiters bewegten sich unfreiwillig. »Ja, Turlough, das wissen wir alles. Du warst auf dem Weg zur Arbeit und du schaffst es heute nicht. Du musstest anhalten, hast dir irgendetwas eingefangen und musst heute freimachen. Du fährst wieder nach Hause. Das sagst du denen.«

Der Einsatzleiter nahm sein Handy heraus. Er rieb sich mit dem Handrücken über die Lippen. »Eine Sache noch, Turlough – wir kennen alle Codewörter. Wenn du einen Mr Crown oder einen Mr Wilde erwähnst – wenn du irgendwelchen Scheiß baust –, ist die Vorstellung aus.« Vincent machte ein Gesicht wie jemand, der sich damit abfindet, enttäuscht worden zu sein.

»Dann werden die dich hier im Sitz finden, deinen Hinterkopf schön im ganzen Auto verteilt. Beim nächsten Mal weiß der Typ, der deinen Platz einnimmt, dann gleich, dass wir keine Witze machen.«

Der Einsatzleiter nickte, sein Gesicht blass. Er tippte auf ein paar Knöpfe, dann hob er das Telefon ans Ohr.

Im Castlepoint-Garda-Revier schüttelte Detective Chief Superintendent Malachy Hogg Bob Tideys Hand und sagte: »Brauchen uns erst gar nicht hinsetzen – die Besprechung soll in ein paar Minuten beginnen.«

Tidey hatte noch nie zuvor mit Hogg gearbeitet, aber er kannte ihn vom Hörensagen. Ehrgeizig, die Karriereleiter hinaufgeklettert, aber ein ganz anständiger Polizist. Hogg sagte: »Wir sind da hinten, den Gang entlang«, und ging voraus, aus seinem Übergangsbüro heraus. Tidey, der hinter Hogg lief, stellte fest, dass die Gerüchte stimmten: Er färbte sich die Haare.

»Colin hält große Stücke auf Sie«, bemerkte Hogg.

»Wir haben zusammengearbeitet, früher. Er ist aufgestiegen, ich putze immer noch Klinken. Ich glaube, er bemitleidet mich.«

Hogg lächelte bekümmert. »Wir könnten noch jemanden mit Erfahrung bei diesem Fall gebrauchen, aber was wir nicht gebraucht hätten, ist eine völlig neue Richtung, in die ermittelt wird.«

»Wie groß ist das Team?«, fragte Tidey.

»Im Kern sind es sieben der besten Detectives, die wir haben, handverlesen von Colin. Na ja, vielleicht sechs. Aber das ist o. k., jede Ermittlung braucht jemanden, der die Anrufe tätigt, Kaffee kocht und einfältige Bemerkungen macht. Plus die üblichen Aktenschubser und die, die die Aussagen aufnehmen.«

Hogg deutete auf eine Tür. »Hier herein. Ohren und Augen auf – ein eingehendes Briefing erhalten Sie später.«

Der Raum war nicht für neun Leute gemacht und es fühlte sich beengt an. Hogg blieb stehen, die restlichen Detectives suchten sich Stühle oder Tischkanten zum Sitzen. Tidey setzte sich auf die Seite eines der Tische, neben einen fetten Detective mit rotem Gesicht.

Die Besprechung des Falles bestand im Wesentlichen darin, die To-dos durchzugehen und die Aufträge hervorzuheben, die erledigt waren, wobei offensichtlich keiner Ergebnisse erzielt hatte. Eine Analyse von Befragungsergebnissen, der Hintergrundbericht zum Ehemann irgendeiner Frau, die anscheinend eine Affäre mit dem Opfer gehabt hatte. Jede Menge loser Fakten, die außerhalb eines Kontextes wenig Sinn ergaben. Tidey beschäftigte sich eine Weile damit, herauszufinden, wer der Homer Simpson unter den Detectives war. Sie alle klangen, als hätten sie sehr wohl Ahnung von dem, was sie taten. Hogg hielt die Dinge in Gang, bohrte an den Stellen nach, an denen die Detectives zu vage waren, und schnitt ihnen das Wort ab, wenn sie anfingen zu schwafeln. Sich kurzzuschließen war eine tägliche Routine, bei der eine Handvoll Aufgaben einer offensichtlich langen Liste abgehakt wurde.

»Das ist Detective Sergeant Bob Tidey, Cavendish Avenue. Er ist heute Morgen auf Anweisung von Assistant Commissioner O'Keefe hier.« Hogg machte eine Geste, mit der er ihm das Wort erteilte. »Erzählen Sie ihnen, warum Sie hier sind, Detective Sergeant.«

Bob Tidey schlug sein Notizbuch auf. »Vor knapp achtzehn Monaten wurde ein junger Mann namens Oliver Snead in Glencara ermordet – ein Auftragsmord, vor dem Wohnblock, in dem er lebte. Oliver hatte ein paar Drogen abgezweigt – Kleinkram, aber doch genug, um jemanden zu verärgern. Er hatte versucht, es ihnen zurückzuzahlen, war aber nicht schnell genug gewesen. Zwei Kugeln in die Brust, eine in den Kopf. Wir haben die Patronenhülsen geborgen. Und laut ballistischem Bericht zum Emmet-Sweetman-Mord gibt es eine Übereinstimmung – gleiche Riefen, gleiche Waffe.« Tidey las in seinem Notizbuch nach. »Die Patrone war eine 11mm ACP, die meist aus einer Browning M1911 abgefeuert wird – ist eine ziemlich verbreitete Waffe.«

Die einzige Frau im Team, die in der Nähe der Tür saß, fragte: »Verdächtige?« Bob Tidey hatte vor ein paar Jahren kurzzeitig mit ihr zusammengearbeitet. Er schüttelte den Kopf. »Ich kannte den Jungen – kannte seinen Großvater – und habe viel Zeit in den Fall gesteckt. Irgendwann habe ich einen Namen herausbekommen –

Gerry FitzGerald, als Kleinkrimineller bekannt. Ein Vögelchen hatte was aufgeschnappt, aber nicht genug, um damit vors Gericht zu gehen.«

»Haben Sie ihn einkassiert und befragt?«

»Name, Anschrift, Geburtsdatum – das war's.«

»Was wirklich wichtig ist«, sagte Hogg, »wie kommt es, dass ein zweiundvierzigjähriger millionenschwerer Banker und Immobilienspekulant, ein Mann im Zentrum der Immobilienblase, ein Mann, der auf der Türschwelle seiner Southside-Villa ermordet wird, mit der gleichen Waffe erschossen wurde wie ein unbedeutender Kurier auf der Northside in Dublins Drogenszene? Das eröffnet eine ganz neue Richtung für die Ermittlung – in einem Fall, der bereits mehr als genügend hat.«

Für einen Polizeibeamten besteht der optimale Mordfall nicht aus Hinweisen und Alibis, obskuren Giften und verworrenen Motiven. Der perfekte Mord ist einer, in dem bekannt ist, dass das Opfer jemanden verärgert hat, und wenn die Polizei ankommt, steht dieser Jemand über der Leiche mit einer blutigen Axt in der Hand. Mit ein wenig Glück können mehrere Leute bezeugen, was passiert ist, und jemand hat auch schon ein dreißig Sekunden langes Video des Mordes auf YouTube hochgeladen. Alles, was komplizierter ist, bedeutet: Arschkarte gezogen.

Der fette Detective mit dem roten Gesicht neben Tidey wandte ein: »Vielleicht hat einer die Waffe an jemand anderen verkauft? Ganz einfach.«

»Möglich«, meinte Hogg. »In der Welt geht es aber geordnet zu. Hier haben wir unseren ganz normalen Abschaum, der betrügt und überfällt, schmuggelt, dealt, Prostitution betreibt und Schutzgeld erpresst, den ganzen Dreck. Und dort haben wir unsere Edelgangster, die ihren Diebstahl mithilfe von Firmenanwälten bewerkstelligen, mit versteckten Konten, Schmiergeldern, Fälschungen und Offshore-Ablegern. Wie gelangt die Pistole von der einen Seite der Stadt auf die andere? Von der einen Verbrecherliga in die andere? Von der einen Gesellschaftsschicht in die andere? Eine Streitigkeit um Geld, in die ein Assi aus der Platte und ein Millionenbetrüger verwickelt sind?«

Einer der Detectives schlug vor: »Ich tippe immer noch auf ein paar IRA-Typen. Sie erschießen Drogendealer – und heutzutage ist es mindestens genauso ehrenwert, Banker zu erschießen.«

»Die Vögelchen des Special Branch haben nichts gehört«, fuhr Hogg fort. »Könnte sich um eine neue Splittergruppe handeln.«

Der fette Detective fragte: »Was bedeutet dieser Junge – dieser Snead-Mord –, was bedeutet der für das weitere Vorgehen, Sir?«

»Bob Tidey wird sich auf mögliche Verbindungen zwischen den beiden Morden konzentrieren. Der Rest von Ihnen wird in die bereits bestehenden Richtungen weiterarbeiten. Alles, was mit schmutzigen Geschäften zu tun haben könnte, teilen Sie Bob Tidey mit. Falls ein paar BWL-Gangster begonnen haben sollten, statt Anwälten Killer anzurufen, kann keiner mehr sicher sein, wohin das führt.«

22

Vincent Naylor lächelte und sagte: »Das war sehr gut.« Er nahm Turlough McGuigan das Telefon aus der schlaffen Hand. »Du hättest beinahe mich überzeugt, dass du heute krank bist.«

Vincent winkte zum Megane herüber. Kurz darauf stieg Noel aus dem Auto und kletterte auf die Rückbank des Suzuki. Auch er trug eine runde Sonnenbrille und einen Schnurrbart. Ein weißer Schlapphut verbarg sein Haar.

Noel sprach zu Vincent, lächelte aber dabei den Einsatzleiter an. »Ist er vernünftig?«

»Turlough ist ein braver Junge.«

Noel befahl: »Zieh dein Hemd aus, Turlough.«

»Was?«

»Zieh das hier an.« Noel ließ ein dunkellila Sweatshirt in den Schoß des Einsatzleiters fallen. »Und zwar ein bisschen hoppla.«

»Was verdammt noch mal –?«

»Du weiß schon, warum, Turlough«, unterbrach ihn Vincent, »du weißt schon.« Der Einsatzleiter schüttelte den Kopf. »Wir wissen alles, Turlough«, erklärte Vincent. »Passwörter, Codes, Zeitpläne, Namen, Adressen, wie alles gemacht wird – nach dieser Sache kann ich meine eigene Sicherheitsfirma gründen, so viel wissen wir.«

Seine zitternden Finger machten das Aufknöpfen schwierig, aber der Einsatzleiter zog sein weißes Hemd aus, reichte es Vincent und zog das lila Sweatshirt über.

»So ist's gut«, lobte Vincent.

Das Hemd reichte er Noel, der Turlough auf die Schultern klopfte und sagte: »Es geht los, Kumpel.«

»Wir steigen jetzt aus, Turlough«, erklärte Vincent, »du und ich. Und nehmen den Megane.« Eine Minute später saßen Vincent und der Einsatzleiter im anderen Wagen, während Noel mit dem Suzuki losfuhr, Turloughs Hemd neben sich auf dem Beifahrersitz.

Während der vergangenen zehn Jahre waren jedem Überfall auf einen Geldtransport Versprechungen der Sicherheitsfirmen gefolgt, striktere Vorgehensweisen einzuführen, und beschämte Justizminister drohten mit scharfer Regulierung. Die Firmen erhielten eine Frischzellenkur: strengere Verhaltensregeln, moderne Technik, Berater, die alles durchspielten, bis sie so ziemlich jedes mögliche Szenario erfasst hatten.

»Wird schwerer werden denn je«, hatte Vincent Noel gesagt, »besonders nach der Sache mit dem Bank-of-Ireland-Typen.« Die Rezession hatte gerade zugeschlagen und die Banken schlitterten der Insolvenz entgegen, als ein Mitarbeiter der Bank of Ireland samt seiner Familie gekidnappt wurde, und der Typ war mit sieben Millionen aus der Schatzkammer spaziert, so hoch war das Lösegeld. »Jeder mit einem Schlüssel zum Geld – der und seine ganze Familie werden dermaßen mit Technik umgeben sein. Alles in dieser Größenordnung ist zu riskant.«

Noel sah enttäuscht aus. »Is'n Versuch wert, so viel Kohle.«

»Ich sage ja nicht, dass wir es nicht schaffen. Solange, wie wir nicht zu gierig werden – solange, wie wir es schnell tun, in kleinen Mengen, könn'n wir uns 'nen Packen schnappen und sicher zu Hause sein, bevor die merken, dass es weg ist.«

Turlough McGuigans Krankmeldung würde mittlerweile an die Protectica-Zentrale weitergeleitet worden sein, wo das Signal des GPS in seinem Suzuki bewies, dass sein Wagen auf dem Weg zur Arbeit angehalten hatte und das Anhalten mit seinem Anruf einhergegangen war. Nach dem Anruf würde das GPS-Display signalisieren, dass der Wagen zurück zu McGuigans Haus fuhr, und das Signal des GPS-Chips, der in McGuigans Hemdkragen implantiert war, würde dem Hauptquartier bestätigen, dass der Einsatzleiter in seinem Wagen war.

»Was soll ich machen?«

Vincent Naylor beugte sich zu McGuigan herüber und flüsterte: »Keine Panik jetzt, o. k.? Und kein Held sein.«

Vincent zog ein Handy aus der Tasche seiner Shorts und tippte ein halbes Dutzend Mal auf die Tasten, dann fand er, wonach er gesucht hatte, und hielt das Display so, dass McGuigan es sehen konnte.

Es dauerte einen Moment, dann atmete der Einsatzleiter schnell und mühevoll, und es sah so aus, als müsste er sich übergeben.

Während die Fallkonferenz im Auflösen begriffen war, winkte Detective Chief Superintendent Malachy Hogg den weiblichen Detective mit dem Finger zu sich. »Rose, hier ist eine Aufgabe für Sie.«

Sie sortierte ihre Ordner und schenkte ihm ein Lächeln der Art ›Mensch, danke, ich hatte schon gehofft, dass ich noch etwas mehr Arbeit in meinen Tag stopfen darf‹. Noch während sie näher kam, drehte sich Hogg zu Bob Tidey – »Detective Garda Rose Cheney, Macken Road.«

»Wir kennen uns«, eröffnete Cheney.

»Die Boyce-Festnahme«, bestätigte Tidey.

Hogg bemerkte: »Umso besser dann. Bob braucht jemanden, der ihm die Hintergrundinfos liefert, und ich möchte, dass Sie ihm bei den möglichen Verbindungen zwischen den beiden Morden helfen.«

»Alles klar, Sir.« Sie sah Tidey an und zeigte mit dem Kopf Richtung Tür.

Während sie den Gang hinunterliefen, sagte Tidey: »Tut mir leid, Ihnen zur Last zu fallen – ich kann mir denken, dass Sie genug am Hals haben.«

»Kein Problem.«

»Vielleicht sollten wir uns besser ein ruhiges Eckchen suchen, dann können Sie mich über alles ins Bild setzen.«

»Noch besser – ich lade diese Ordner ab und treffe Sie draußen, bringe Sie zum Tatort? Er ist zwar weitestgehend gereinigt, aber Sie bekommen eine Vorstellung.«

»Ich hatte mir das Haus von außen angesehen – das hat nicht viel gebracht. Ein Blick hinein kann nicht schaden.«

»Ich fahre.«

»Nimm das, Turlough. Halt's fest.« Vincent hielt ihm das Handy hin. Der Einsatzleiter nahm das Telefon, als wäre es ein infiziertes Ding. »Wann immer du willst, Turlough, tipp auf das Fotoalbum und schau dir das Bild an.«

Das Foto auf dem Handy war etwas, das Turlough McGuigan nie wieder ansehen wollte. Es zeigte seine Frau. Sie trug dasselbe Oberteil, das sie angehabt hatte, als Turlough sich vor weniger als einer Stunde auf den Weg zur Arbeit gemacht hatte. Weiß, mit roter Paspelierung am Ausschnitt und den Enden der kurzen Ärmel. Ein Mann stand neben Deirdre, ein Mann in einem Superman-T-Shirt, mit Baseball-Cap und runder Sonnenbrille. Er hatte einen Arm über ihrer Schulter und seine Hand lässig auf ihrer rechten Brust. Deidre sah aus dem Bild heraus, ihr Gesicht blass, das Entsetzen in den Augen.

»Ich habe keinen Zugriff auf das Geld«, wiederholte Turlough McGuigan. »Wenn ich versuche, Geld mitgehen zu lassen, werde ich auf keinen Fall –«

»Wir erwarten nicht von dir, dass du uns irgendwelches Geld bringst.«

McGuigan starrte Vincent an. »Wozu dann das Ganze? Warum tun Sie mir das an – und ihr?«

»Eines solltest du noch wissen – meine Leute sind rein ins Haus, fünf Minuten, nachdem du weg warst. Sie hatte noch keine Zeit, die Kinder in die Schule zu bringen – sie sind auch noch da.«

»Ihr Schweine!«

»Das würde ich auch sagen in deiner Situation, Turlough – das ist dein Recht. Aber, nur damit du's weißt – wenn du Scheiße baust, ist es aus. Hören meine Leute nichts mehr von mir, wissen sie, was zu tun ist.«

»Ich habe Ihnen doch gesagt – ich habe keinen Zugriff –«

»Du und ich, wir beide gehen jetzt einen Kaffee trinken.«

Vincent Naylor ließ den Motor an und lenkte das Auto vorsichtig vom Parkplatz des Pubs heraus. Er warf einen Blick auf die Uhr.

Wie geplant.

23

Durch die halb geschlossenen Jalousien des Wohnzimmerfensters von Turlough McGuigans Haus überwachte Liam Delaney das Geschehen auf der Straße. Nichts regte sich.

Kevin Broe stand in seinem Superman-T-Shirt an den Schiebetüren, die ins Wohnzimmer führten. Delaney und Broe trugen beide Baseballmützen und Sonnenbrillen.

Deirdre McGuigan saß auf dem Sofa. Die Klänge einer PlayStation und das Lachen von zwei kleinen Jungs drangen aus dem Kinderzimmer von oben herunter.

»Sollte nicht lange dauern«, tröstete Liam.

Die Frau schaute auf, ihre Miene eine Mischung aus Angst und Ekel.

»Was machen Sie mit meinem Mann?«

»Ihm geht's gut.«

»Ich muss wissen –«

Liam Delaney bedeutete ihr mit der Hand, nicht weiter zu sprechen. »Sieh mal, es ist so, das Beste ist, wenn du still bist und tust, was wir dir sagen. So ist alles schnell vorbei und alles wird wieder wie immer.«

»Nichts wird mehr werden wie immer.«

»Noch eine Stunde – nicht länger, vielleicht sogar –«

»Wenn man für eine Sicherheitsfirma arbeitet und so etwas passiert – selbst wenn man wirklich unschuldig ist, wird nichts mehr wie früher. Selbst wenn er seinen Job behält, es wird nichts – die Polizei wird – die Firma –«

»Das wird nicht –«

»Herrgott noch mal, er hat so hart dafür gearbeitet, er –« Sie senkte den Kopf, verharrte einen Moment, und als sie wieder zu Liam Delaney hochschaute, hatte sie damit zu kämpfen, dass sich ihre Stimme nicht überschlug. »Was passiert als Nächstes?«

»Dein Mann dürfte jetzt das Foto gesehen haben –«

»Das einer Familie anzutun – dieses Foto – ihr *widert* mich an, alle!«

»Kannst von Glück reden.« Drüben, beim Fenster, lächelte Kevin Broe. »Ich hab von Dingern gehört, da musste ernste Überzeugungsarbeit geleistet werden – Bankangestellte, Security-Typen.«

Er lehnte sich zu Deidre McGuigan vor, das Lächeln auf seinem Gesicht wie festgetackert. »Am Schnellsten geht das, wenn du dir jemanden suchst, Frau oder Freundin, und sie ordentlich durchnimmst. Danach riskiert keiner mehr 'ne Lippe.« Er schien beinahe enttäuscht. »Aber hier – nix davon.« Er wölbte seine rechte Hand, als wenn er etwas wiegen würde. »Dir sind wir nur an die Titten gegangen, kein großes Ding, und – wer weiß –« Er küsste seine Handfläche – »vielleicht hat es dir gefallen?«

»Fick dich!«

Kevin lächelte immer noch. Er maß mit Daumen und Zeigefinger einen Zentimeter ab. »Nur so ein *kleines* bisschen, nein?«

Liam Delaney sagt: »Er ist hier.«

»Turlough?« Die Frau war aufgestanden, drehte sich zum Fenster.

»Hinsetzen, verdammt noch mal«, befahl Kevin Broe.

Deirdre McGuigan setzte sich.

Turlough McGuigans Suzuki stand vor der Tür. Noel Naylor stieg aus.

Als Noel an der Tür ankam, hatte Liam Delaney sie breits geöffnet. Noel gab ihm das weiße Hemd des Einsatzleiters, nickte und machte kehrt, um zu gehen.

»Läuft alles nach Plan?«, erkundigte sich Liam.

Noel dreht sich halb um und hielt den Daumen hoch, dann lief er weiter den Gartenweg hinunter.

Kevin Broe ging zum Ausgang, hielt inne und wandte sich an Deirdre McGuigan. »Muss los, Baby. Liebe und verlasse dich.« Er blies ihr einen Kuss zu. Im Vorbeigehen sagte er feixend zu Liam Delaney: »Du kriegst die ganzen geilen Jobs.« Er folgte Noel Naylor hinunter zur Straße und um die Ecke zu einem schwarzen Lexus.

Im Wohnzimmer sprach Delaney mit Deirdre McGuigan.

»Du musst mir jetzt zuhören, o. k.?«

»Ich muss wissen, wie es meinem Mann geht.«

»Dein Mann hat sich krank gemeldet. Ihm geht es gut, er arbeitet mit uns zusammen. Das ist das Hemd von deinem Mann. Jetzt glaubt die Firma, er sei zu Hause – der Peilsender, kapisch? Aus dem gleichen Grund haben meine Kumpels seinen Suzuki draußen abgestellt.«

»Wo ist er?« Sie war fast hysterisch. Delaney beugte sich vor und versuchte, seine Stimme sehr viel beherrschter klingen zu lassen, als er sich gerade fühlte.

»Jetzt pass mal gut auf. Das ist wichtig für dich und deinen Mann. Die werden anrufen, die Firma – sobald die wissen, dass er zu Hause ist, die werden mit ihm sprechen wollen. Das ist ein Routinecheck. Du erzählst denen, Turlough ist ins Bett gegangen, sowie er zur Tür herein war. Hast du das verstanden? Er ist im Bett, er liegt flach.«

Sie nickte. Ihre Hände lagen auf den Oberschenkeln und rieben unsichtbare Falten aus dem Rock.

»Sobald es ihm besser geht, wird er sie anrufen, o. k.?«

»O. k.«

»Schaffst du das?«

Das Telefon klingelte.

»Die verschwenden keine Zeit«, bemerkte Delaney. »Kriegst du das hin?«

Deirdre McGuigan antwortete nicht. Als sie den Hörer abhob, war das einzige Anzeichen von Verzweiflung ihr bleiches Gesicht. »Hallo, ja?«

Nach einem Moment sagte sie: »Ja, er ist gerade hier angekommen – sagen Sie, kann er sie nachher zurückrufen?« Sie klang besorgt, aber selbstbewusst. »Er ist ziemlich fertig – als er vor einer Minute hereinkam, war er ganz blass und verschwitzt, hat sich gleich hingelegt.« Sie hatte den Kopf zurückgelegt, die Augen geschlossen und konzentrierte sich ganz auf ihre Aufgabe. »Ich hatte zwar schon heute Morgen gemerkt, dass er ein wenig grün um die Nase war, aber er meinte, das würde schon wieder.«

Liam Delaney, der in einem Sessel neben dem Kamin saß, merkte, dass er den Atem angehalten hatte. Das erste Mal, seit er das Haus betreten hatte, erlaubte er sich einen Moment der Entspannung.

Es wird klappen.

24

Detective Garda Rose Cheney sagte: »Er starb kurz vor zehn am Abend. Gewehrschuss in die Brust – hat ihn hochgerissen und dort hingeschleudert. Genau dort, wo Sie stehen.«

Obwohl der weiße Marmorboden seit dem Mord gereinigt worden war, trat Bob Tidey instinktiv – oder aus Ekel – einen Schritt zurück.

»War sonst noch jemand im Haus?«

»Er war gerade angekommen. Frau war oben, telefonierte mit ihrem Bruder. Sweetman kam rein, machte die Tür zu, stellte seine Aktentasche ab, dort drüben.« Ihre Absätze klapperten auf dem weißen Marmorboden. »Ließ die Schlüssel auf diesen Tisch hier fallen. Nach Aussage seiner Frau hörte sie, wie er hereinkam und vielleicht dreißig Sekunden später die Türklingel, dann die Flinte.«

»Hat sie was gesehen?«

»Sie war auf halber Treppe und hat gerade noch gesehen, wie zwei Männer das Haus verließen – war ziemlich durcheinander, wie Sie sich vorstellen können. Wir konnten ihr nicht groß helfen.«

»Sie ist nicht hier?«

»Bei ihren Eltern – in Mount Merrion.«

»Kinder?«

»Drei – das jüngste drei, das älteste zwölf. Oma passt auf sie auf.«

Cheney reichte ihm einen voluminösen A4-Umschlag.

»Sehen Sie sich mal die Fotos an.«

Tidey nahm das Album der Tatortaufnahmen und klemmte es sich unter den Arm. »Ich nehme an, hier gibt es hinten und vorne Überwachungskameras?«

»Nichts Brauchbares dabei«, erklärte Cheney. »Verschwommene Bilder von zwei Männern im typischen Aufzug. Aus dem Winkel sieht man den Gewehrschuss nicht. Einer der beiden geht ein paar Schritte in den Hausflur – das ist der, der ihm die zwei Kugeln in den Kopf verpasst. Dann sind sie wieder verschwunden.«

»Er hat nur die Tür geöffnet, als es klingelte?«

»Ja, nichts weiter. Zweiundvierzig Jahre, immer noch ein Draufgänger. Golf, Poker, großer Rugbyfan – er und seine Kumpels sind oft unangekündigt beieinander vorbeigeschneit.«

»Das Haus nebenan – das hat Kameras, die das Grundstück erfassen. Irgend'ne Chance, dass die etwas von Bedeutung eingefangen haben?«

»Wir haben jedes Haus in der Straße überprüft und alle Überwachungskameras auf den Einfallstraßen. Nichts.«

Tideys Blick wanderte nach oben. »Mein Gott, was ist das denn? Blut?«

Direkt über ihnen zierte ein Muster aus dunklen, getrockneten Blutsspritzern die weiße Decke.

Cheney erklärte: »Die Flinte hat ihm ein Loch in die Brust gefetzt und ihn von den Füßen geholt. Der Körper fliegt rückwärts, das Blut spritzt raus. Etwas Blut –«, Cheney wies hoch zur Decke, »der Druck war so stark, sein Körper wurde zurückgeschleudert und das Blut flog bis hinauf zur Decke. Dann, nach ein paar Sekunden – sagt die Kriminaltechnik – fiel es tröpfchenweise wieder herunter. Hat kleine strahlende Sonnen auf dem Boden hinterlassen.«

»Ein Gewehrschuss und dann noch zwei in den Kopf?«

»Da wollte jemand ganz auf Nummer sicher gehen.«

Tidey schlug das Album mit den Fotos auf und fand die Aufnahme vom Oberkörper. Die Kugeln hatten ganze Stücke aus Sweetmans Fleisch gerissen und Hals und Gesicht waren vom Blut verhangen, das die Wunde in der Brust aufgeworfen hatte. Er blätterte zum Ende des Albums und fand eine Studioaufnahme von Sweetman. Gutaussehend, teuer gekleidet, vor Selbstvertrauen triefend. Keiner, der sich auch nur im Traum vorstellt, dass ihn einmal jemand aufknacken und in seinem eigenen Hauseingang verteilen würde.

Vincent Naylor verkündete Turlough McGuigan: »Meine Freunde sind da.« Der Protectica-Einsatzleiter sah durch den Coffeeshop hinüber, wo Noel und Kevin sich etwas zu trinken bestellten. Noel trug immer noch seine kurzen Hosen, das T-Shirt und den falschen Schnurrbart, Kevin eine Jeans, ein Sweatshirt und eine Baseballmütze.

»Worauf warten wir?«

Vincent warf einen Blick auf seine Uhr. »Noch zehn Minuten, dann sind wir im Geschäft.«

»Was soll ich machen?«

»Du denkst nicht mit, Turlough. Wo sind wir gerade?«

»Was meinen Sie – wir sind in Doonbeg.«

»Und wo in Doonbeg?«

»Im Einkaufszentrum.«

»Und was passiert heute Morgen im Doonbeg-Einkaufszentrum – zwanzig nach elf, plus/minus fünf Minuten?«

McGuigan brauchte eine paar Sekunden, bis er es geschnallt hatte.

»Das geht nicht.«

»Nun ja –«

»Auf gar keinen Fall – die werden nicht –«

»Das Handy, das ich dir gegeben habe, da sind ein paar Bilder drauf.«

McGuigan zuckte zusammen und schüttelte den Kopf.

»Nicht das, Turlough, außer, du musst deine Erinnerung etwas auffrischen. Gib mal her.«

Vincent tippte auf das Handy, bis auf dem Display ein Haus von außen zu sehen war. Er wählte mit dem Daumen aus und es erschien ein weiteres Haus, dann ein drittes.

»Mick Shine, Paudie McFadden, Davey Minogue. Du kennst sie, Turlough, auch wenn du ihre Häuse vielleicht nicht erkennst.«

»Es gibt kein –«

»Du hast was zu erledigen, Turlough.« Vincent wischte noch einmal mit dem Daumen über das Display, ein neues Bild erschien und Turlough wandte seinen Blick vom entsetzten Gesicht seiner Frau ab.

Rose Cheney öffnete eine Flügeltür, die in ein Wohnzimmer führte, das groß genug für ein Tennisdoppel gewesen wäre. Ölgemälde hingen an den Wänden in großen, goldfarbenen Rahmen und mit Motiven aus dem 19. Jahrhundert – ein Mann mit Perücke, der steif auf einem Pferderücken saß, eine Jagd in vollem Gange, eine Gartenparty, Frauen in hellen Gewändern und blumengeschmückten Hüten, gruppiert um einen Marmorbrunnen.

»Das ist ein Haus, hm?«, bemerkte Cheney bewundernd.

Tidey nickte. »Der Lohn der Sünde.«

»Vier Millionen hat er dafür bezahlt, vor vier Jahren. Vier Komma vier, um genau zu sein, was als Schnäppchen für diese Gegend galt. Wenn es heute jemand kaufen würde – was niemand tut –, würde man eins Komma sieben fünf Millionen dafür bekommen, wahrscheinlich sogar weniger.

»Ich habe schon Einraumwohnungen in Phibsboro gesehen, in denen mehr Geschmack bewiesen worden war.«

Cheney lächelte. »Ich war schon in einigen dieser Häuser – da geht das hier ja noch. In manchen sieht es aus, als wäre Barbie erwachsen und die Frau eines Fußballers geworden. Grenzenloses Budget, alles für Dinge ausgegeben, die sich eine Zwölfjährige unter ›gutem Geschmack‹ vorstellt. Eines stellen alle zur Schau – und hier ist es.« Sie hielt vor einem Tisch, flankiert von zwei Ohrensesseln. Auf ihm thronte ein riesiges Schachspiel, das Brett mehrere Zentimeter dick, in Stahl eingefasst, die Felder des Schachbretts aus dunkelgrauem und hellgrauem Holz. »Monster-Schachbretter – sie alle haben eines.«

Tidey nahm sich einen schwarzen Springer. Er war aufwendig geschnitzt und glich einem römischen Legionär. »Hier ist jemand ganz vernarrt in sein Hobby.«

»Handgearbeitete Figuren, Intarsienbretter, die kosten mehr als der größte LCD Fernseher. Und – fragen Sie sie – kaum einer von denen kann es spielen. Hätte der neue irische Adel ein Wappen, dann wäre es das – das protzige, überteuerte Modell eines Spiels, das er nicht spielen kann.«

»Was wissen wir über Sweetman? Irgendwelche Drohungen, wirklich Verdächtige?«

»Keine Drohungen, von denen wir wissen – ein ganzes Meer an Möglichkeiten, nichts Handfestes. Richtungen, in die ermittelt wird –«, sie begann, sie an den Fingern abzuzählen, »Ehemänner, die er gegen sich aufgebracht hat, Geschäftspartner, die er betrogen hat, Bankaktionäre, die er beschissen hat. Machen Sie mal 'nen Spaziergang durch Dublin 4, werfen Sie ein Stöckchen und Sie haben gute Chancen, jemanden zu treffen, der allen Grund gehabt hätte, ihm eine Schrotflinte ins Gesicht zu rammen. Auch wenn die meisten nicht wüssten, mit welchem Ende des Gewehrs sie zielen müssen – außer einem, der hat es gewusst.«

»Paramilitärs?«

»Einen korrupten Banker umlegen – man könnte darin schon einen Akt der Vaterlandsliebe sehen, wenn man immer mit dem Finger am Abzug denkt. Aber Hoggs sagt, Special Branch hat jeden zweiten Patrioten auf ihrer Gehaltsliste – und die haben nichts gehört.«

»Wie sieht es mit den aufgebrachten Ehemännern aus?«

»Er hat kein Geheimnis daraus gemacht, dass er herumvögelt. Von seinen letzten Affären – da haben wir mit einer gesprochen und da gibt es keinen eifersüchtigen Ehemann. Von zwei weiteren haben wir die Namen noch nicht. Gut möglich, dass es Ehemänner oder Partner aus vorangegangenen Affären gibt, die einen langgehegten Groll gegen ihn hatten.«

Tidey schüttelte den Kopf. »Wenn es ein Messer oder ein Baseballschläger gewesen wäre, vielleicht – aber zwei Schwerverbrecher mit Kanonen, sieht nicht nach einer Tat aus Eifersucht aus.«

»Wir schleichen uns durch jede Nummer in seinem BlackBerry.«

»Wie schlimm stand's um seine Geschäfte?«

»Außer der Leitung der Bank hatte er noch drei weitere Direktorenposten inne und eine Firma, die mit einem Grundstücksportfolio arbeitete – er war in einem Konsortium zusammen mit Anwälten, Ärzten, ein paar Bankern.«

»Viel beschäftigter Mann.«

»Als das Ganze voll in Fahrt gekommen war, machten die Banken Anleihen in Milliardenhöhe, um den richtigen Leuten Kredite zu gewähren – keiner konnte verlieren. Dann –«, sie schnipste mit dem Finger gegen das Schachbrett und brachte den König mit Geklacker zu Fall, der wiederum einige Bauern mit sich riss, »plopp machte die Blase.«

»Er musste etwas übrig gehabt haben. Dieses Grundstück ist ein Vermögen wert.«

»Für dieses Haus hatte er eine Hypothek von vier Millionen aufgenommen, dann hat er hier und da noch gekauft und zwei weitere Hypotheken auf das gleiche Grundstück in der gleichen Höhe aufgenommen. Insgesamt – zwölf Millionen.«

»Hat das niemand überprüft?«

»Ein Banker, ein Anwalt, eine Säule der Gesellschaft – fang an, Fragen zu stellen, und er vergibt seine Aufträge möglicherweise anderweitig.«

»Die smarten Typen, so nennt sie ein Freund von mir«, sinnierte Tidey.

»Das hier waren Peanuts. Er hatte zig Millionen – so was wie hundertvierzig Millionen – in Grundstücke investiert. Alles mit geborgtem Geld – und beliehen mit Aktien, die keinen Cent wert waren. Das wird nie zurückgezahlt. Dann ist da noch der Betrug – Sweetman und seine Kumpels haben Millionen von Bank zu Bank verschoben, um die Rechnungsprüfer im Dunkeln zu lassen, haben Transfers als Einzahlungen abgeschrieben, um den Aktienkurs anzukurbeln. Schließlich hätten wir da noch die Steuertricks – der Kerl hätte eine Enzyklopädie über ›Wie bescheiße ich am besten‹ verfassen können.«

»Er musste also nicht fürchten, dass ihm jemand auf die Finger klopft?«

»Oh, da bin ich mir nicht so sicher.«

Tidey lächelte. »Er hatte etwas, was er eintauschen konnte? Vielleicht jemanden, den er eintauschen konnte?«

»So war der Plan. Sobald Sweetman wusste, dass das Spiel aus war, rief er die Steuerbehörde und Aufsichtsbehörde für Finanzdienstleistungen an. Zu dem Zeitpunkt, als er ermordet wurde, stand er mitten in Verhandlungen.«

»Also könnte man ihn ermordet haben, um ihm das Maul zu stopfen?«

»Möglich, aber unwahrscheinlich. Diese Leute, wenn die sich bedroht fühlen, dann bestechen sie jemanden oder engagieren einen Anwalt oder machen einen Deal.«

»Menschen, die alles gehabt hatten – sie haben alles verloren, ihr Ruf war dahin, vielleicht erwarteten sie sogar einen Besuch vom Betrugsdezernat. Kann sein, dass da jemand ausgeflippt ist.«

»Ich kann mir vorstellen, dass solche Leute Sweetman das schicke Schachbrett auf dem Kopf zertrümmern – was ich mir nicht vorstellen kann, ist, dass einer von denen sich mit einem anderen verbrüdert und sich einen Kapuzenpulli und eine Pistole besorgt.«

Tidey durchschritt den Raum und blieb vor dem großen Ölbild über dem Kamin stehen. Im Gegensatz zu den anderen Gemälden war dieses zeitgenössisch, eine fast fotografische Abbildung einer Szene aus einem Pferderennen unter makellos blauem Himmel. Emmet Sweetman stand neben einem hellbraunen Pferd, hielt die Zügel und ließ das Wohzimmer mit dem stolzen Lächeln eines Besitzers, der einen Sieger sein Eigen nennt, erstrahlen. Hinter ihm jubelten zwei Dutzend Feierfreudige, die meisten schwenkten Sektgläser.

»Als könne er kein Wässerchen trüben«, befand Cheney.

Tidey starrte auf die Gesichter in dem Bild, jedes einzelne stolz, selbstbewusst, ohne auch nur den leisesten Zweifel an ihrer Welt. Sie mussten geglaubt haben, mit allem ungestraft davonkommen zu können.

25

Um Himmels Willen, lass doch mal das verdammte Kind in Ruhe.

Turlough McGuigan versuchte sich zu konzentrieren, das Geheul des Kindes auszublenden, das Geräusch, als die Hände der Mutter dem Kind hinten auf die streichholzdünnen Beine klatschten. Langsam schritt er durch das Doonbeg -Einkaufszentrum. Er kam nur selten her, auch wenn es für ihn leicht zu erreichen war. Die Decke war niedrig, der geflieste Boden schmutzig und rissig, die Atmosphäre bedrückend.

Die Wohnsiedlung um das Einkaufszentrum herum war genauso schäbig. Ein Monstrum von Siedlung – gewaltig, hässlich und ungeliebt. Das Einkaufszentrum war ein ausladendes zweistöckiges Gebäude, das aussah wie etwas, das ein Spezialist für bewehrte Artilleriestellungen entworfen hatte. Es war die Botschaft des Kommerzes, eingesetzt durch Kräfte von außen und gebaut mit unverhohlener Feindseligkeit gegenüber der fremden Umgebung. Die Menschen der Wohnsiedlung benötigten die Dienste, die das Center bereitstellte, der Kommerz brauchte den Profit, der mit dem Handel einherging. In gesünderen Vierteln konnten diese Shoppingcenter vielleicht als Kathedralen des Konsums gelten, die anboten, das Selbstbild des Käufers aufzuwerten. Hier – hier wurde erst gar nicht der Versuch unternommen, vorzutäuschen, dass es sich um etwas anderes als den Austausch von Waren und Geld handelte.

Im Einkaufszentrum war immer ein geschäftiges Treiben, es war immer laut und immer gab es irgendeine gestresste Frau mit zusammengekniffenen Lippen, die ihr Kind mit leidenschaftsloser Wut schlug.

Konzentrier dich, ermahnte sich Turlough McGuigan selbst.

»Schon mal den Ausdruck gehört, ›Zögerst du, ist's aus im Nu‹?« Der Anführer der Schlägertypen hatte gelächelt, als er das sagte, vorhin im Coffeeshop. Er wusste darüber Bescheid. Er wusste über alles Bescheid.

Nach einem Überfall vor ein paar Jahren hatte Turlough McGuigans Protectica-Boss eine Reihe von Durchhalteseminaren organisiert. Der Überfall war eine dumme Sache gewesen, ein kleines Ding – zwei Mafiosi hatten einen Kurier umgehauen, ihm ins Gesicht getreten und waren mit ein paar Säcken abgehauen, nicht mehr als fünfzehntausend. Der Typ, der das Seminar leitete, hieß Finbarr soundso und war voller Einzeiler. *Du bist nicht schuld, aber verantwortlich … Wenn du dabei versagst, dich vorzubereiten, bereitest du dich darauf vor, zu versagen … Genug darf nie genügen … Je mehr du im Training schwitzt, desto weniger blutest du im Krieg … Ausreden sind nur was für Versager.*

Und dieser eben, *Zögerst du, ist's aus im Nu.*

»Wenn es aussieht wie Feindeinwirkung, verhalte dich entsprechend – warte nicht auf eine schriftliche Einladung. Zögerst du, ist's aus im Nu.«

Im Doonbeg-Coffeeshop hatte der Anführer der Gangster Turlough McGuigan offenbart: »Laut meiner Information machen mich deine Leute, wenn ich auf die zugehe, wenn sie aus der Bank kommen, dann machen die mich platt. Bevor ich noch irgendetwas erklären kann, fangen die schon an Alarmknöpfe zu drücken, und ich lieg auf'm Gesicht und spucke Blut.« Er rückte näher. »Was wir brauchen, ist jemand, der sie aufhält. Jemand, auf den sie hören, wenn er ihnen die Fakten darlegt, damit sie vernünftig bleiben. Dieser jemand bist du.« Turlough und der Anführer hatten zwei uniformierte Protectica-Leute – Mick Shine und Paudie McFadden – beobachtet, wie sie aus dem Van gestiegen und in das Einkaufszentrum gelaufen waren. Jetzt, Minuten später, sah McGuigan, wie sie aus der Doonbeg-Filiale der Bank of Ireland herauskamen. Beide Männer trugen Helme mit verstärkten Perspex-Gesichtsschirmen, die sie dicht über ihre Augen gezogen hatten, und kugelsichere Westen über ihren dunkelgrünen Uniformen. Mick war der Läufer, zwei schwarz-chromfarbene Geldsäcke in der linken Hand, zwei in der rechten. Versetzt und zwei Schritte neben Mick lief Paudie als Keule, in einer Hand einen Sack, seine rechte Hand locker an der Seite seines Gürtels, allzeit bereit, den ausziehbaren Schlagstock zu ergreifen. Davey Minogue war heute Stubenhocker, eingeschlossen im hinteren Teil des Protectica-Transporters.

Turlough McGuigan musste sich zusammenreißen, nicht über die Schulter zurückzuschauen, dorthin, wo er den Anführer der

Bande zurückgelassen hatte, lässig am Ausgang stehend. Er atmete tief ein und nahm das Handy aus der Tasche.

Mick sah ihn als erster, erkannte ihn, machte eine fragende Bewegung mit dem Kopf. Paudie McFadden verlangsamte beim Anblick ihres Einsatzleiters seine Schritte. McGuigan stand ihnen im Weg und versuchte, entspannt auszusehen.

»Wir werden beobachtet. Bleibt ruhig, tut nichts.«

Abgesehen von einer plötzlich angespannten Haltung zeigten die beiden keine Reaktion. »Es ist sehr ernst«, erklärte McGuigan, »aber ich denke, wir können damit umgehen. Der eine Typ hat mir das hier gegeben und gesagt, das soll ich euch zeigen.« McGuigan hielt das Telefon hoch und betätigte es mit dem Daumen. »Das ist Daveys Haus.«

»Scheiße, verdammt, was soll das?«, empörte sich Mick Shine.

»Bleib ruhig – ich glaube, wir werden da wieder rauskommen, solange wir ruhig bleiben.«

»Wie –«

McGuigan schob mit dem Daumen das Bild eines weiteren Hauses auf das Display, und Mick Shine verstummte. McGuigan drückte wieder eine Taste und hielt das Handy Paudie McFadden hin. »Dein Haus, richtig?« Dann zeigte er beiden das Foto von Deirdre mit dem Gangster im Superman-T-Shirt, der ihre Brust hielt. »Das ist meine Frau – die haben meine Frau.«

»Oh mein Gott«, entfuhr es McFadden.

»Bleib ruhig.«

McFadden fluchte.

»Hängst du da mit drin?«, fragte Mick Shine.

»Bist du bescheuert?«

»Was machen wir jetzt?«, wollte McFadden wissen.

»Sind die in meinem Haus?«, erkundigte sich Mick Shine.

»Ich weiß nicht, ich glaube ja. Die haben meine Frau. Die wissen, wo wir alle wohnen, die –«

»Verdammt, verdammt.« Hinter dem Perspex-Schirm verzerrten Wut und Angst Mick Shines Gesicht.

»Wenn wir nicht ruhig bleiben, tun, was die uns sagen – die Schweine meinen's ernst.«

»Was wollen die von uns?«, fragte McFadden.

McGuigan sah zu Mick Shine. »Mick? Alles klar?« Keiner der Einkäufer beachtete die drei Männer, die ruhig miteinander sprachen. McGuigan konnte das heulende Kind hörten, das noch eine von seiner Mutter gelangt bekam.

Mick Shine sagte: »Meinetwegen – wir machen, was die wollen.«

McGuigan nickte.

»Ich wüsste auch nicht, dass uns was anderes übrigbleibt. Immer schön cool, dann kommen wir hier gut wieder raus, unsere Familien auch. Nur – ich gehe voraus, ihr folgt mir nach draußen, o. k.?«

Sie standen still da, vielleicht zehn Sekunden lang, dann fragte McGuigan noch einmal: »O. k.?«

Auf ihrem Weg nach draußen kamen sie an der gestressten Mutter vorbei mit ihrem Sohn. Der war jetzt ruhig, klammerte sich an ihren Rock, ein Eis in der anderen Hand.

26

»Das Haus, das übernächste von hier aus – große Glasveranda an der einen Seite – raten Sie mal, wie viel das gekostet hat vor drei Jahren.«

»Keinen blassen Schimmer«, antwortete Bob Tidey.

»Sechs Millionen – sechs und 'n paar Zerquetschte.«

Bob Tidey und Rose Cheney standen draußen neben ihrem Auto und schauten auf Sweetmans Haus zurück. Von hier aus ähnelte das Haus einem altmodischen Landhotel. Säulen flankierten den Eingang, Rosensträucher zur Linken, gusseiserne Bänke und welche aus dunklem Holz unter den beiden Erkerfenstern. Und eine breite, bunte Fußmatte, über die Sweetmans Killer gelaufen waren.

»Wissen Sie, wie viel es jetzt wert ist?«

»Bedeutend weniger als sechs Millionen.«

»Weniger als drei – zwei Millionen achthunderttausend. Das verlangen sie und das werden sie nicht bekommen.«

»Pech.«

»Waren Sie jemals geneigt, bei dem Ganzen mitzumachen?«

»Bei meinem Gehalt?«, sagte Tidey.

»Ein Typ, mit dem ich gearbeitet habe, hatte drei Häuser – noch dazu große –, hat die einzelnen Wohnungen angeboten. Eine ganze Menge Polizisten haben mitgemacht. In den guten alten Zeiten musste man für einen großen Kredit nur einen Puls nachweisen.«

»Holly – meine Ex – und ich, für uns war ein Haus etwas, in dem man wohnt, nicht etwas, in das man investiert.«

»Ich dachte, ich verpasse was – die Zeitungen posaunten ständig, dass man ein Esel sei, wenn man jetzt nicht mitmacht. Mein Mann war der Vorsichtige von uns beiden. Mir kommt es immer noch ein bisschen so vor, als hätte ich eine große Party verpasst.«

»Eine große Orgie«, entgegnete Tidey. »Wo sich jeder den Tripper geholt hat.« Er schmiss die Fotos vom Tatort auf den Rücksitz. »Haben Sie Akten, die ich mir ansehen kann?«

Cheney schmunzelte. »Auf dem Revier – tonnenweise.«

Als Turlough McGuigan und die Sicherheitsleute fast am Ausgang waren, drehte sich Vincent Naylor um und wandte sich dem Parkplatz des Einkaufszentrums zu, wo Noel und Kevin im schwarzen Lexus warteten. Er legte seine Hand kurz auf seinen Kopf. Dann stand er da, beide Hände in den Taschen, eine umfasste die kleine Pistole.

Noel hatte den Motor des Lexus schon laufen gelassen. Nun schlich der Wagen die fünfzig Meter hinüber, die ihn von dem geparkten Protectica-Transporter trennten.

Vincent drehte sich wieder um und beobachtete Turlough McGuigan, der die beiden Sicherheitsleute hinaus in die Sonne und über den Gehweg zum Van führte.

»Du wirst einen schwarzen Lexus sehen, der langsam näher kommt«, hatte ihm Vincent gesagt. »Der Kofferraum wird entriegelt sein. Er hält an, du öffnest die Haube, du erklärst deinen Leuten, was sie tun soll'n.«

Jetzt beobachtete Vincent, wie der Lexus zum Stehen kam. Es gab einen brenzligen Moment, als die beiden Protectica-Wachmänner innehielten. Ihr Training und ihr Instinkt sagten ihnen, dass sie an die Schiebetür des Vans klopfen und das Geld hineinschwingen sollten, sobald der Stubenhocker Davey Minogue sie öffnete. Stattdessen befolgten sie mit finsteren Mienen Turlough McGuigans Anweisungen und ließen die Geldsäcke in den Kofferraum des Lexus fallen. McGuigan schlug die Haube zu.

»Hier, das wirst du brauchen.« Turlough McGuiagn hielt Mick Shine das Handy hin. Hinter dem Protectica-Van setzte sich der schwarze Lexus langsam in Bewegung.

»Du weißt, dass wir keine Privathandys während der Arbeit dabeihaben dürfen.«

»Nimm es, verdammt noch mal. Es ist gesperrt, du kannst niemanden damit anrufen. Zeig Davey die Fotos von seinem Haus. Du steigst hinten ein, sagst Davey, dass er keinen Scheiß bauen soll, und fährst zum nächsten Sammelpunkt.«

»Zum nächsten –«

»Nächster Halt, Harding Avenue, Ulster Bank – wir seh'n uns dort.«

Mick Shine sah zu Paudie McFadden und dann wieder zu Turlough McGuigan. »Das –«

»Die sind noch nicht fertig.«

»Das darf nicht wahr sein, diese –«, stöhnte McFadden.

»Für so was haben wir keine *Zeit.*« Turlough McGuigans Stimme bebte. »Davey fragt sich bestimmt gerade, warum kein Frachtstück durch die Öffnung kommt. Wenn ihr zu lange wartet, fängt er an, sich Sorgen zu machen, und lässt 'ne Leuchtkugel hochgehen – wie werdet ihr damit leben, mit dem, was mit euren Familien passiert?«

Eine Minute später glitt Turlough McGuigan in den roten Megane, der Anführer der Bande hinterm Steuer. An der Ausfahrt des Parkplatzes drängelte sich eine Frau mit ihrem zehn Jahre alten Fiesta vor sie und der Anführer nannte sie eine Fotze. Als er loskam, holte er gut auf und hatte sich wieder an den Protectica-Transporter gehängt, als dieser noch zehn Minuten vom nächsten Sammelpunkt entfernt war. Turlough McGuigan schaute herüber und der Anführer lächelte.

»Nicht mehr lang, Turlough – Kopf hoch.«

27

Im Protectica-Transporter war Mick Shine der Fahrer und Paudie McFadden der bewaffnete Beifahrer. Davey Minogue, der Stubenhocker, hatte sich auf den Notsitz niedergelassen, schräg zu den Schließfächern, die die Rückwand des Vans auskleideten. Für einen Wachmann war er klein, aber gut in Form und massig, mit einer Glatze und einem gepflegten Kinnbart. Er hatte seinen Kopf zwischen seinen Arbeitskollegen hervorgeschoben, und seine Stimme war ein einziges Zischen. »Erinnert euch, was ihr gelernt habt –«

»Setz dich verdammt noch mal hin, Davey«, ermahnte ihn Mick Shine.

»Das riecht doch nach – das ist ein abgekartetes Spiel, das ist ein Bluff.«

»Sieh dir die Bilder an«, forderte ihn Paudie McFadden auf.

Davey schnaubte verächtlich. »Die haben herausgefunden, wo wir wohnen, die haben unsere Häuser fotografiert – das war's. «

»Turloughs Frau. Glaubst du, das ist auch nur ein Bluff?«

»Wer, glaubt ihr, hat denen unsere Adressen gegeben? Der Arsch steckt da mit drin – das Foto ist gestellt.«

»Das wissen wir nicht«, sagte Mick Shine.

»Die müssen jemanden im Inneren haben. Der mischt da mit, verdammt noch mal, kommandiert uns herum – was braucht ihr denn noch?«

Davey Minogue beugte sich weiter vor, sodass sein Gesicht neben Paudie McFaddens war.

»Setz dich, Davey.«

»Lös 'ne Leuchtkugel aus.«

»Du bist verrückt.«

»Lös 'ne Leuchtkugel aus!«

»Setz dich verdammt noch mal hin und halt dein verdammtes Maul!«

Davey Minogue starrte auf die Alarmtaste auf dem Armaturenbrett. Es war ein kleines, nicht gekennzeichnetes Rechteck aus schwarzem Plastik, leicht erhöht entlang der linken Seite. Draufdrücken, loslassen und der Deckel würde aufspringen und einen roten Knopf im Armaturenbrett freigeben. Wenn man diesen Knopf drückte, würde der Alarm im Protectica-Depot und im Garda-Hauptquartier losgehen, und innerhalb von Sekunden würde die nächstgelegene Emergency Response Unit Bescheid erhalten, zusammen mit den letzten GPS-Daten des Vans. Minuten später würden sie ihre Uzis entsichern.

»Jungs –«

»Davey, du irrst dich – setz dich.«

Davey Minogue lehnte sich im Notsitz zurück und schnallte sich an. Seine beiden Kollegen waren angespannt, verängstigt, und das war zu erwarten gewesen. Davey wusste, dass sie nicht so selbstbeherrscht waren wie er. Sie waren schockiert, liefen Gefahr, in Panik zu verfallen. Man musste ihnen etwas Zeit geben, dann würden sie auch kapieren, was er bereits verstanden hatte – dass das hier ein klassisches Insider-Ding war. Das Problem war nur, wenn sie endlich klarsehen würden, konnte alles schon gelaufen sein.

Vielleicht hätte er über ihre Schultern greifen sollen – drücken, aufklappen, einmal auf den roten Knopf. Er sah die Szene vor sich, wie Mick Shine das Steuerrad herumriss, der Transporter ins Schlingern geriet – Gott weiß, wie das ausgehen würde.

Viele Wege führen nach Rom.

Der Laderaum des Vans bestand aus Reihen nummerierter Schließfächer, vom Fußboden bis zur Decke. Ein Schlüssel passte zu allen Schließfächern. Wurde mehr als ein Schließfach auf einmal geöffnet, löste das einen Alarm im Depot aus.

Davey Minogue ließ eine Hand hinunter zu seinem Gürtel gleiten und ertastete die dünne Stahlkette, die dort eingehakt war. Seine Finger folgten der Kette hinauf zur Brusttasche seiner Uniform, in der der Schlüssel schlummerte.

Maura Coady verließ den SPAR und ging langsam die Kilcaragh Avenue zurück nach Hause. Sie trug eine Plastiktasche, darin einen Liter Milch, ein kleines Kastenbrot in Scheiben und die *Irish Independent*. Sie wandte die Augen von dem weißen Transporter ab, als sie vorbeiging, und als sie an ihrem Haus ankam, sah sie überall hin, nur nicht zu dem grünen geparkten Wagen. Sobald sie drinnen war, machte sie Tee und einen Toast und schwor sich, wenigstens bis zum Mittag vom Wohnzimmerfenster wegzubleiben.

Als sie ihren Toast aufgegessen hatte, saß sie einen Moment lang da, dann nahm sie ihre Teetasse ins Wohnzimmer, bezog hinter der Netzgardine Stellung und beobachtete das grüne Auto.

28

Davey Minogue wischte sich einen Schweißtropfen unter seinem linken Auge weg. Warte zu lange, und es könnte vorbei sein, bevor die Bullen hier sind. Niemand konnte sagen, wie viele Ladungen die Bande vorhatte einzukassieren. Der nächste Halt des Protectica-Vans war auf der Harding Avenue, am Rande von Raheny, und das war keine fünf Minuten entfernt. Sobald sie das Geld der Ulster Bank eingesackt hatten, könnte die Gang Feierabend machen und verschwinden.

Davey Minogue war unschlüssig. Vielleicht wäre es das Vernünftigste, alles zu beobachten, aufzunehmen, sodass er die Bullen genau ins Bild setzen konnte. Alarmschlagen war verlockend, aber auch gefährlich. War es nötig?

Wenn das hier vorbei war, würden die Bullen Turlough McGuigans Leben auseinandernehmen. Sie würden seine Kontoauszüge prüfen und die Konten von allen, die ihm nahestanden. Sie würden in seinem Schornstein nachschauen, durch die Kleiderschränke gehen und seine Briefmarkensammlung ausschütten. Sie würden die Anrufe auf seinem Handy und Festnetz prüfen, seinen Gartenschuppen und Dachboden durchsuchen, sie würden unter seinem Bett nachsehen – verdammt, die würden unter allem nachsehen, was mehr Raum bietet als seine Vorhaut. Wenn es etwas zu finden gab – und Davey Minogue war sich sicher, dass es das gab –, würden sie es finden.

Also es doch den Bullen überlassen, die Scherben hinterher zusammenzufegen? Aber das macht man nicht, wenn man engagiert ist. Wenn man in der Ausbildung aufgepasst hat, dann wartet man nicht, dass jemand anderes den eigenen Job macht, man erledigt das selbst. Außerdem, wenn das vorbei war, würde jeder Protectica-Angestellte, der nur untätig danebengesessen hatte, unter Verdacht geraten. Davey Minogue kannte einen Weg, um sich von den anderen abzuheben.

Mit dem Daumen fischte er den silbernen Schließfachschlüssel aus seiner Tasche. Er umschloss ihn mit der Faust und hielt ihn neben sich.

»Davey.«

Die Hände auf dem Steuerrad starrte Mick Shine geradeaus auf den Verkehr. Es gab keinen Rückspiegel im Inneren, also konnte Shine nichts gesehen haben.

Wieder sagte er: »Davey.«

»Was?«

»Ich kenne dich, Davey.«

Schweigen.

Dann wieder: »Ich kenne dich.«

»Was soll das heißen?«, fragte Davey Minogue.

»Das ist kein Spiel, Davey.«

»Leck mich – was meinst du eigentlich?«

Paudie McFadden warf einen Blick zurück zu Davey, dann drehte er sich wieder herum und schaute auf die Straße vor ihnen.

»Ich mach dich kalt«, erklärte Mick Shine. Seine Hände umkrampften das Steuer, seine Stimme war fest, Blick starr auf die Straße gerichtet.

Davey Minogue erwiderte nichts. Er stierte auf den Hinterkopf von Mick Shines Dickschädel.

»Und ich meine nicht, dass ich dich mit schlimmen blauen Flecken zurücklasse, das meine ich nicht.« Shine sprach ruhig, klar. »Und ich meine auch nicht, wenn du hier was abziehst und irgendwas läuft schief und jemand, der zu mir gehört, wird verletzt. Vielleicht glaubst du, es ist das, was ich meine, ist es aber nicht. Wenn du Rambo spielst, spielst du mit dem Leben meiner Leute, meiner Familie – egal, wie gering du das Risiko einschätzt –, und dann mache ich dich so was von eiskalt. Selbst wenn alles gut ausgeht und sie dir eine Medaille umhängen, bring ich dich unter die Erde, kapiert?«

Sie kamen an die Ecke, an der sie rechts auf die Harding Avenue abbiegen mussten, und Mick Shine wechselte die Spur.

»Hörst du, was ich dir sage, Davey?«

Es gab eine Ampel vor der Abbiegung und die sprang jetzt auf Rot. Der Transporter kam im Leerlauf zum Stehen, als drittes Fahrzeug vor der Ampel. Mick Shine drehte sich in seinem Sitz herum und starrte nach hinten.

»Hörst du, was ich dir sage, Davey?«

Wenn sie nebeneinander standen, war Mick Shine zehn oder zwölf Zentimeter größer als Davey Minogue und vielleicht sechs Kilo schwerer. Aber Davey gab gut auf sich Acht. Als kleinerer Typ in einem harten Geschäft musste er an sich arbeiten, und er war sich sicher, dass er es mit seinen breiten Schultern und starken Händen mit einem größeren Mann in einem fairen Kampf aufnehmen konnte.

Aber er erkannte etwas in Mick Shines Augen, das kein Training und keine Vorbereitung dieser Welt aufwiegen konnte. Angst, in Zaum gehalten durch kalte Wut. In einem Kampf war dies eine Zutat, die alles andere wettmachte. Sollte Davey Minogue seinen Schlüssel benutzen, um die Zentrale zu alarmieren, dann hatte er keinen Zweifel, dass Mick Shine den Ausgang der Dinge nicht abwarten würde.

»Ich sitze nur hier«, gab Davey Minogue zur Antwort.

Mick Shine nickte. Die Ampel war wieder grün und jemand hinter dem Transporter hupte laut. Mick Shine saß und starrte Davey Minogue an, bis er genug gesehen hatte, dann drehte er sich zum Steuer, manövrierte den Van vorwärts und um die Ecke in Richtung der Filiale der Ulster Bank auf der Harding Avenue. Davey Minogue beugte sich zu seinen Kollegen vor. »Mick – das mach ich nicht, so bin ich nicht, auf keinen Fall würde ich die Familie von jemandem in Gefahr bringen, das weißt du.«

»Es ist abgemacht, Davey«, sagte Mick Shine, »wir tun, was wir tun müssen.«

»Ich meine ja nur – ich *weiß*, dass das abgekartet ist, ich weiß, dass wir –«

Mick Shine konnte den schwarzen Lexus, der vor ihm diesseits der Bank geparkt hatte, nicht sehen.

»Es ist beschlossen, Davey.«

»Ich glaube, dass du unrecht hast, Mick, aber ich spiele mit –«

Der Transporter drosselte das Tempo, als er an dem Lexus vorbeifuhr, und Shine lenkte ihn an die Bank heran. Er schaltete den Motor ab und drehte sich herum.

»Eine Sache noch, Davey – nimm's mir nicht übel, aber an diesem Halt und solange, wie das hier geht, macht Paudie den Stubenhocker. Und du die Keule. Du kommst mit mir – auf gar keinen Fall bleibst du alleine in diesem Van. O. k.?«

»Macht Sinn«, versicherte Davey Minogue. »Ich schwöre dir, Mick, alles, was ich –«

»Gehen wir.«

29

Die Ulster-Bank-Filiale auf der Harding Avenue befand sich in der Mitte einer kurzen Reihe von acht Geschäftshäusern. Links der Bank waren ein Londis, ein Pub, ein Florist, ein Wettbüro. Rechts waren ein Chinese und eine Videothek und – bereits geschlossen – eine Boutique, die sich auf handgemachte Hochzeitshüte spezialisiert hatte. Noel Naylor saß hinterm Steuer des Lexus, Kevin Broe neben ihm.

Vincent Naylors Megane hatte neben dem Londis geparkt. Während er sein Handy betätigte, beobachtete er Turlough McGuigan, der fünfundzwanzig Meter entfernt vor der Ulster Bank stand. Als Liam abnahm, sagte Vincent: »Wollte nur mal abchecken.«

»Keine Probleme, alles spitze hier.«

»O. k., melde mich später wieder.«

»Wie lange noch?«

»Hängt vom Verkehr ab, aber bisher war der o. k.«

»Keine Eile.«

»Wir hör'n uns.«

Die zwei Protectica-Typen kamen aus der Bank, Turlough McGuigan hielt den Kofferraum auf, das Geld verschwand darin.

Der Kofferraum wurde zugeschlagen und Turlough McGuigan drehte sich gerade weg, als Davey Minogue rief: »Hey, Klugscheißer – auf ein Wort.«

McGuigan wandte sich um. »Was?«

»Glaub bloß nicht, dass du damit davonkommst.«

»Vergiss es, Davey«, erinnerte ihn Mick Shine.

»Keine Angst, Mick, ich hab gesagt, ich spiele mit, aber ich will, dass dieses Stück Scheiße weiß, dass es niemanden hier verarscht.«

»Herrgott noch mal, Davey – die haben Leute in unseren Häusern –«

»Die haben *Fotos* von unseren Häusern, das ist alles.«

»Die haben meine Frau«, wandte Turlough McGuigan ein.

»Schwachsinn.«

McGuigan drehte sich zu Mick Shine. »Gottverdammt, Mann, du weißt nicht –«

»Ich weiß nicht, was ich glauben soll, aber das spielt keine Rolle. Ich setze meine Familie keinen Risiken aus oder irgendjemanden sonst.«

Der Fahrer des Lexus kroch hinter seinem Steuer hervor. Er gab Turlough McGuigan ein Zeichen.

»Nur was klären –« McGuigan wandte sich an Mick Shine. »Mick, bitte –«

Shine sah ihm in die Augen. »Ich weiß nicht, wie lange ich das unter Kontrolle halten kann. Ist das die letzte Ladung, die sie einkassieren, oder kommen noch mehr?«

»Haben sie nicht gesagt.«

Selbst hinter dem Perspex-Schirm war die Verachtung in Davey Minogues Gesicht deutlich zu erkennen. »Das ist unprofessionell, entwürdigend –«

»Wir können hier nicht bleiben – gehen wir«, erinnerte sie Mick Shine.

Sowie sie sich zum Protectica-Transporter herumdrehten, kroch der Fahrer des Lexus wieder zurück hinter sein Steuer.

Als Turlough McGuigan zum Megane zurückkehrte, hielt Vincent Naylor die Pistole in seinem Schoß.

»Was, verdammt noch mal, war da los?«

»Die Jungs –«

»Mitten auf der Straße in Zivilklamotten mit zwei Sicherheitstypen quatschen – glaubst du, du kannst das machen, ohne dass jemand das komisch findet? Glaubst du, wenn die Bullen vorbeikommen, dass die nicht neugierig werden?«

Der Lexus hatte sich schon auf den Weg zum nächsten Haltepunkt gemacht. Der Protectica-Van fuhr aus der Parklücke.

»Ich hatte keine Wahl. Es gibt ein Problem, einer der Jungs glaubt – vielleicht tun sie das alle –, dass ich mit drinstecke. Sie sehen die Bilder und alles, was sie sehen, sind Fotos ihrer Häuser.«

»Würde das helfen?« Vincent nahm das Handy aus der Tasche seiner Shorts. »Wenn ich zum Beispiel meinen Kumpel bei dir zu Hause anrufe – wenn ich ihm zum Beispiel sage, er soll deiner Frau ein paar Mal ins Gesicht schlagen.«

McGuigan zeigte mit dem Finger auf ihn. »Sie –«

»Eine Minute später schickt er mir noch ein Bild.« Vincent hielt das Handy hoch und schaute auf ein imaginäres Foto. »Und es ist das Bild vom Blut, das deiner Frau aus der gebrochenen Nase das Kinn hinuntertropft. Glaubst du, das könnte helfen, deine Leute zu überzeugen?«

»Alles, was ich damit sagen will«, lenkte McGuigan ein, »wenn wir weitermachen, eine Bank nach der anderen, wird es irgendwann knallen. Meine Leute –«

Vincent schlug ihm mit dem Rücken der Hand, in der er das Handy hielt, ins Gesicht. McGuigan jaulte auf.

»Du hast dich wahrscheinlich noch nicht allzu oft geprügelt, so wie du aussiehst«, stellte Vincent fest. »So fühlt sich ein kleiner Klaps an. Deine Frau kriegt die Faust mitten ins Gesicht, drei- oder viermal vielleicht –«

»Ich sage doch nur, dass es so nicht funktionieren wird. Diese Jungs – je länger es dauert –«

»Noch zwei Banken –«

»Oh Gott, nein, das wird nicht –«

»Zwei Banken noch. Perrytowns, dann Coolock –«

Vincent ließ die Pistole in eine Tasche seiner Shorts gleiten und ließ den Motor an. Er riss den Lenker herum und das Auto fuhr aus der Parklücke und schnitt einen Hyundai. Der Protectica-Van war bereits außer Sichtweite. Er drückte das Gaspedal durch. Turlough McGuigan hatte Mühe, das Zittern aus seiner Stimme zu halten. »Schauen Sie – ich möchte, dass das klappt – ich will, dass Ihre Leute aus meinem Haus verschwinden, aber –«

»Wie viel, schätzt du, haben wir bisher, nach den zwei Banken?«

McGuigan schüttelte den Kopf. »Die Ladungen sind jedes Mal anders. Es könnten – ich weiß nicht – ich würde sagen, vierzigtausend, fünfundvierzigtausend sein, von jeder, Minimum.«

»Reicht nicht.«

»Bei der Ulster Bank kommen noch die Einnahmen vom Wettbüro dazu, dem Pub, das sind noch einmal dreißigtausend – also wenigstens hundertzwanzigtausend bislang. Wenn wir die Ladung in Perrystown noch einkassieren – ein paar Supermärkte und drei Pubs, glaube ich – Perrystown ist wahrscheinlich noch mal achtzig-, neunzigtausend.«

»Und Coolock?«

»Ich schwöre, ich kenne die Jungs. Ich weiß, dass sie untereinander streiten – würde mich nicht überraschen, wenn in diesem Augenblick einer von ihnen den Alarm auslöst und es von Polizisten nur so wimmeln wird.« Er lehnte sich nach vorne, beide Hände auf dem Armaturenbrett, sein Kopf zu Vincent gewandt, sein Augen flehend. »Es wäre klug.«

Vincent nahm den Fuß vom Gas. Er konnte den Protectica-Transporter sehen, ein paar Hundert Meter vor ihnen.

»Alles, was du gesagt hast, wenn du es zusammenrechnest, von wie viel können wir ausgehen?«

»Nach Perrystown, Minimum – vielleicht zweihunderttausend.«

Vincent schwieg fast eine Minute lang. Der Einsatzleiter hatte recht. Es wäre klug.

Wirklich schade, die letzte Ladung auszulassen – aber man muss die Dinge abwägen. Es war von Anfang an klar, dass es heikel wäre, zu entscheiden, wie viele Ladungen sie einkassieren sollten. So würde er auf Nummer sicher gehen, und dafür zahlte er einen Preis. Zweihunderttausend – ein Fünftel jeweils für Liam und Kevin, drei Fünftel, die sich Vincent und Noel teilen würden. Die Arbeit eines guten Vormittags.

Vincent verkündete: »Nach Perrystown machen wir Feierabend.«

30

Detective Garda Rose Cheney zeigte auf den Ecktisch. »Sie können den derweil nutzen – den Rest besorgen wir später. Den Flur entlang, zweites Zimmer links – da finden Sie Bürobedarf. Dort kochen wir auch unseren Kaffee. Ich trinke meinen schwarz.«

Die Mordkommission für den Sweetman-Mord war in das, was einmal das Ermittlungsbüro der Detectives des Castlepoint-Garda-Reviers gewesen war, hineingezwängt worden. Die Detectives des Reviers teilten sich die Arbeitsplätze mit ihren uniformierten Kollegen. Als Bob Tidey mit zwei Kaffee in den Lageraum zurückkehrte, verschloss Cheney gerade einen Aktenschrank. Sie zeigte auf einen dicken Ordner, den sie ihm auf den Tisch gelegt hatte. »Aussagen und Fragebögen.« Sie ließ den Schlüssel auf den Ordner fallen. »Der ist für die unterste Schublade in diesem Schreibtisch – bewahren Sie die Akten dort auf, bis Sie sie mir wiedergeben. Sie werden Unterordner finden – Sweetmans Geschäftspartner, Leute, die er reingelegt hat, Leute, die er an den Fiskus verpfiffen hat. Verwandte, Freunde, Angestellte. Notizen aus Gesprächen mit ihnen und ihren Ehegatten und ihren Affären und ihren Sekretärinnen und ihren Gärtnern.«

»Ein weites Schleppnetz.«

»Gar nicht so weit, wenn man es sich genauer besieht. Die Dubliner Investorenmeute ist ziemlich inzüchtig. Die, die nicht auf die gleiche Schule gegangen sind, gehen auf die gleichen Dinnerparties. Oder sind Mitglieder im Club des anderen oder sitzen in dessen Aufsichtsgremien. Ihre Boote werden in den gleichen Jachthäfen vertäut, ihre Rennpferde im gleichen Rennstall trainiert.«

»Nicht mehr, seit die Blase geplatzt ist.«

»Das glauben Sie vielleicht, aber diese Leute wussten lange vor uns, was da im Anmarsch war. Alles, was wichtig war, wurde auf ihre Ehefrauen umgeschrieben.«

»Wenn Sweetman das getan hat, könnte seine Frau ein Motiv gehabt haben, ihn –«

»Nee – das ist wahre Liebe. All das Finanztheater, all die Affären, nichts davon machte ihr was aus. Sie war in ihrem Glauben an ihn nicht zu erschüttern. Sie war eine wirklich Gläubige.«

Tidey saß hinter dem Schreibtisch und zeigte auf die Akten. »Wo soll man da anfangen?«

»Sie könnten einen Glückstreffer landen – beim ersten Ordner, den Sie öffnen, entdecken Sie die Verbindung zwischen Sweetman und Snead Junior.«

»Ja, ich weiß, das passiert ständig.«

Tidey krempelte die Ärmel hoch.

Als Cheney den Raum verließ, griff Tidey nach der Akte Sweetman und zog den ersten Unterordner heraus, auf dem stand ›Sweetman: Geschäftspartner‹. Er durchsuchte die Ordner bis er ›Sweetman: Privatleben‹ fand. Neben einem Begleitschreiben gab es drei Aussagen – eine ausführliche von Sweetmans Frau und die anderen beiden von Sweetmans Geliebten. Nachdem er die Aussagen gelesen hatte, begab sich Tidey zum Hinterausgang des Reviers, ging hinaus und zündete sich eine Zigarette an. Er nahm sein Handy heraus und scrollte die Kontaktliste herunter, bis er den ehemaligen Kollegen gefunden hatte, den er suchte, einen Sergeant, der jetzt auf dem Clontarf-Garda-Revier arbeitete.

»Harry – Bob Tidey. Erinnerst du dich an einen krummen Hund namens Gerry FitzGerald? – Ich hatte ihn mir zu 'nem kleinen Plausch vorgeladen, und ich weiß, dass er einer deiner Stammgäste war.«

»Unser alter Freund Zippo – das Letzte, was ich gehört habe, war, dass er eine kurze Zeit wegen Drogenbesitzes eingesessen hat. Sollte mittlerweile wieder draußen sein. Warte mal kurz.«

Tidey und Synnott waren einmal Partner in einer Mordermittlung gewesen, die im Sand verlaufen war. Harry hatte es später zum Inspector geschafft und ist dann wieder nach unten befördert worden, zum Sergeant, nachdem es etwas Ärger gegeben hatte. Als Harry ans Telefon kam, sagte er: »Ich fürchte, du wirst so schnell nicht mit Zippo reden können. Mr FitzGerald ist vor zwei Monaten in seiner Wohnung gefunden worden. Mit 'ner Nadel im Arm. Einen letzten großen Schuss vom harten Zeug – sein Herz hat das nicht mitgemacht.«

»Wie schade.«

»Tot mit zweiunddreißig.«

»Trotzdem danke.«

Tidey gönnte sich ein paar Minuten, um seine Zigarette weiterzurauchen, dann zertrat er sie mit dem Absatz und ging zurück zu den Akten.

Als Vincent Naylor auf der Straße gegenüber der Perrystown-Filiale der Bank of Ireland heranfuhr, war das Protectica-Team bereits hineingegangen.

»Zeit sich zu verabschieden«, sagte Vincent.

»Hier?«

»Letzte Ladung.«

»Was ist mit meiner Familie?«, fragte Turlough McGuigan.

»Du bleibst beim Transporter – hältst diese Leute ruhig –, ihr fahrt weiter zum nächsten Sammelpunkt – dafür werdet ihr ungefähr fünfzehn Minuten brauchen. Wir werden dann schon lange verschwunden sein, und danach kannst du machen, was du willst.«

McGuigan schien es beinahe zu widerstreben, den Megane verlassen zu müssen.

»Nett dich kennenzulernen – und jetzt verpiss dich«, forderte Vincent ihn auf.

Noch während McGuigan aus dem Auto ausstieg, schrieb Vincent eine SMS an Noel im Lexus, der direkt vor dem Protectica-Van geparkt hatte.

Letzte Ladung.

Noels Antwort – *Alles klar* – kam in dem Moment an, als die beiden Sicherheitsmänner aus der Bank auftauchten. Turlough McGuigan erwartete sie. Er sagte ein paar Worte, und es dauerte keine zehn Sekunden und das Geld war im Kofferraum des Lexus verstaut. Turlough war im Begriff, in den Protectica-Van einzusteigen, als der kleinere der beiden Sicherheitsmänner begann, auf Vincent zuzugehen. Der größere Typ griff nach dem Arm des kleineren, aber der schüttelte ihn ab und lief mit großen Schritten auf die Straße.

Vincent Naylor nahm die Pistole aus der Tasche seiner Shorts und hielt sie zwischen seinen nackten Knien.

Mitten auf der Straße blieb der Protectica-Typ stehen, schob seinen Schutzschild aus dem Gesicht und starrte Vincent Naylor an. Stand nur da, Hände in den Hüften, als würde er sich Vincents Gesicht in die Seele brennen.

Vincent betätigte einen Knopf und das Fenster des Megane fuhr nach unten. »Verzieh dich«, befahl er.

Der Typ beugte sich vor. »Dich werde ich nicht vergessen, Scheißkerl. Wenn du deine Zeit im Keller des Joy absitzt, komm ich dich besuchen.« Er stieß einen Finger Richtung Vincent. »Ein paar meiner Kumpels arbeiten dort. Vielleicht versuche ich, dir eine kleine Begrüßungsparty zu organisieren.«

»Sieh verdammt noch mal zu, dass du Land gewinnst«, empfahl ihm Vincent. Vor ihm gab der Lexus bereits Gummi, Noel und Liam unterwegs mit einem Kofferraum voller Protectica-Säcke.

»Davey!«

Auf der anderen Straßenseite stand der zweite Sicherheitsmann an der Bordsteinkante, ohne Helm und mit hochrotem Gesicht.

»Ich habe dich gewarnt, Davey!«

Vincent hob seine Hand und zielte mit der Waffe auf den vorlauten Sicherheitsmann.

Der Idiot zuckte zusammen, ging einen Schritt zurück und blieb dann stehen. Er streckte sein Kinn vor, als ginge es nur darum zu zeigen, dass er keine Angst hatte.

Vincent ignorierte den Trottel, während er den Megane vom Bordstein weglenkte, Gas gab und den Protectica-Van hinter sich zurückließ.

Die Planänderung bedeutete, dass sie mindestens fünfzehn Minuten fahren mussten, bis sie die Autos wechseln konnten. Das war eine lange Strecke, wenn man bedenkt, dass die Security-Typen mit ziemlicher Sicherheit umgehend den Alarm auslösen würden.

Vincent war schon dabei, Liam Delaney anzurufen.

»Ja?«

»Es ist vorbei – und es gibt keine Zeit zu verlieren, die haben schon Alarm geschlagen.«

»Scheiße.«

»Raus da, sofort.«

»Wird gemacht.«

Er rief Noel im Lexus an.

»Es gibt keinen Zeitpuffer mehr – der Alarm ist schon losgegangen. Der Lexus ist heiß.«

»Kapische.«

»Wo bist du?«

»Fast da – wir liegen gut in der Zeit.«

»Denk dran – keine Risiken. Wenn es heißt du oder das Geld, scheiß auf die Kohle.«

»Cool.«

31

Scharf links und der Lexus bog mit Karacho von der Tonlegee Road ab, sodass er nur knapp die enge Fahrbahnbegrenzung verfehlte. Noel Naylor fuhr schon einen heißen Reifen, das musste Kevin Broe ihm lassen. Er war langweilig wie ein Black & Decker, aber Noel konnte mit einem Steuer umgehen. Der Lexus verlangsamte seine Fahrt kaum, bis sie am Ende die kurvige Abbiegung nahmen, und er brachte das Auto in einer breiten Sackgasse abrupt zum Stehen. An drei Seiten Mauern und die Rückseite eines zweistöckigen Gebäudes auf der Rechten. Das Gebäude, eine stillgelegte Farbenfabrik, ging vorne auf die Mulville Avenue raus. Noel ließ den Lenker zurückschnellen und fuhr rückwärts, sodass das Auto mit dem Kofferraum zum Hintereingang der Fabrik stand.

Hier, in der Sackgasse abseits der Tonlegee, war es, wo Kevin Broe vorgehabt hatte, Noel Naylor umzulegen. Das war, bevor er es sich anders überlegte.

Es war Noel gewesen, der die Farbenfabrik gefunden hatte, ein günstiger Ort, um das Geld zu lagern, bis sich der Wirbel gelegt hatte. Er war fern vom Verkehr, nicht ramponiert und gut versteckt. Noel und Kevin waren eingebrochen und hatten das Schloss an der Hintertür ersetzt, sodass sie kommen und gehen konnten, wie sie wollten.

Sobald Kevin Broe von diesem Teil des Plans erfahren hatte, hatte er in ihm die einmalige Gelegenheit erkannt – nur Kevin und Noel allein mit einem Haufen Schotter. Kevins eigentliche Idee war es, Noel in dem Moment umzulegen, in dem sie ankamen, ihn mit einer Kugel aus Broes .38er Colt umzunieten. Nachdem er es durchdacht hatte, entschied er, dass das kein kluger Schachzug sei. Erledigte er Noel gleich, müsste er das Geld sofort fortschaffen, müsste einen anderen Ort finden, wo er es lagern konnte, und im heißen Lexus fahren. Und er würde den Rest seines Lebens über die Schulter blicken, um zu sehen, ob Vincent Naylor hinter ihm her war. Warum nicht einen Tag warten, alleine zurückkommen und das Geld in einem Miettransporter verladen? Es gleich nach Larne hochfahren und dann über Stranraer auf die Fähre – und die Welt erwartete ihn.

Das Beste an dieser Variante war, dass er Noel Naylor nicht kaltmachen musste.

Kevin Broe kannte die Naylor-Brüder schon sein ganzes Leben lang. Er hatte vier Häuser entfernt in der gleichen Straße in Finglas gelebt, und er war immer der Meinung gewesen, dass Vincent überschätzt wurde. Liam Delaney hatte in der gleichen Siedlung gelebt. Sie waren nie mehr als locker befreundet gewesen, zusammengeführt durch Bekanntschaft, Gelegenheit und eine gemeinsame Einstellung zum Geld anderer Leute.

Wofür Kevin Vincent beneidete, war sein Ruf, auch wenn er übertrieben war. Jeder wusste, dass Vincent einem Kerl die Kniescheibe weggepustet hatte, als der einmal zu oft das Maul aufgerissen hatte. Was nicht jeder wusste, auch wenn es Kevin wusste, war, dass Vincent einmal einen hatte abkratzen lassen; war einfach hingegangen und hatte es getan, ließ den Typen mit bluttriefendem Loch im Schädel liegen. Das war etwas, das Kevin nicht für sich verbuchen konnte, und er fragte sich oft, wie es sich wohl anfühlte. Er war sich sicher, dass es angesichts seines Berufs eines Tages passieren könnte, und er wusste, dass, wenn der Tag käme, er die Eier dazu hätte. Aber Noel Naylor – das wäre ein schwerer Anfang.

Vielleicht weil Vincents Mutter nach London abgehauen war, als Vincent noch ein Kind war, und sein Vater den größten Teil seines Lebens an der Flasche verbrachte, und Noel Papa spielen musste – vielleicht war das der Grund, weshalb Vincent seinen großen Bruder behandelte, als wäre er der Heilige des Wohngebiets. Mach Noel kalt und verdufte nach Timbuktu, und du würdest immer noch Vincent hinter dir hören, der knurrend auf Rache sinnt.

Viel besser, es klug anzustellen. Morgen wiederzukommen, vielleicht übermorgen – einsacken und abhauen. Konnte sein, dass die Bullen ihn anhielten oder dass der Van in Larne gefilzt würde, aber seine Chancen standen gut. Und die Belohnung – eine große Stange Kleingeld, Geld, für das sich das Risiko lohnte. Der Gedanke, solch eine Summe mit den Naylors und dem Leichtgewicht Liam Delaney zu teilen, war einfach nur dämlich.

»Das war's«, verkündete Noel Naylor. Die Protectica-Säcke lagen sauber aufgehäuft in einer Ecke im Erdgeschoss der Farbenfabrik. Noel und Kevin nahmen jeder ein Ende einer abgeranzten Plane und zogen sie herüber und auf die Säcke drauf. Noel zupfte an der Plane, bis es aussah, als wäre sie nachlässig darüber geworfen worden, damit sie sich in den übrigen toten Dreck und Schutt der Fabrik einpasste. Zwecklos, das Geld irgendwo wegzuschließen – die Einzigen, die über das Geld stolpern könnten, wären Kinder, die nach etwas zum Verbrennen oder Zerschlagen suchen. Wenn die etwas finden, das eingeschlossen ist, brechen sie es definitiv auf. Unter einer Plane nachzuschauen, die lieblos in die Ecke geschmissen worden war, dafür gab es aber keinen Grund.

Noel verschloss die Hintertür der Farbenfabrik und sie stiegen wieder in den Lexus.

Vincent Naylor fuhr in eine ruhige Seitenstraße auf der Rückseite einer Reihe Läden in Whitehall – da gab es nichts außer ein paar Mega-Mülltonnen. Er öffnete den Kofferraum und tauschte sein T-Shirt und seine Shorts gegen eine Jeans und ein kariertes Hemd. Er schüttete Benzin aus einer Cola-Flasche auf die Autositze und leerte die zweite Cola-Flasche in den Kofferraum. Er hatte ein Dutzend Streichhölzer mit einem dicken Gummi zusammengebunden. Als das Innere des Autos in Flammen stand, zündete er einen weiteren Bund Streichhölzer an und warf ihn im Weglaufen in Richtung des Kofferraums. Vincent war schon ein paar Straßen weiter, als die Flammen den Tank erreichten, aber er hörte das *Wuuum*.

Eine Minute oder so war er von dem Ort entfernt, an dem der zweite Fluchtwagen geparkt war. Er warf einen Blick auf die Uhr und schritt weiter aus.

32

Als er sich umdrehte und die Bullen hinter sich sah, wusste Noel Naylor, dass es aus war. Aus dem Laderaum eines weißen Vans sprangen zwei heraus, aufgebläht mit Schutzwesten und schwarzen Schutzhelmen. Der Transporter wurde herumgerissen, weg vom Bordstein, um die Straße zu versperren. Noel machte kehrt – doch auch da war die Straße durch einen weißen Van blockiert, zwei weitere Bullen hatten sich hinter Autos verschanzt. Jeder dieser Wichser hielt ein Gewehr oder eine Uzi oder irgend so einen Dreck in der Hand. Noel versuchte, das Gefühl blanken Entsetzens zu unterdrücken – auch wenn alles vorbei war, gab es verschiedene Möglichkeiten, wie das über die Bühne gehen konnte. Im günstigsten Fall würde er eine lange Zeit in einer stinkenden Zelle verbringen, aber es gab Schlimmeres.

Er hockte sich hin, nahm seine Waffe aus der Tasche und ließ sie fallen, stieß sie in den Rinnstein. Nicht viel wert – aber er hatte noch immer die Latexhandschuhe an und keine Fingerabdrücke auf der Waffe hinterlassen. Das konnte sich auszahlen, je nachdem, was für ein Mietmaul er bekäme.

Er zog die Handschuhe ab, ließ auch sie fallen und erhob sich, die Hände über dem Kopf. Gib ihnen keinen Anlass.

Rechts von ihm hockte Kevin Broe und schrie Obszönitäten in die Welt hinaus, während sein Kopf rotierte, als gäbe es einen Ausweg, den er nur noch finden müsste.

»Nimm deine Hände hoch«, brüllte Noel, »gib denen keinen Vorwand, die müssen deine Hände überm Kopf sehen.«

Sie hatten den Lexus auf der anderen Seite der Bahnlinie gelassen, in East Wall, in Flammen, waren dann unter dem Bahndamm hindurchgekommen und die Gasse hinunter, dann in die Kilcaragh Avenue eingebogen und direkt an einem der weißen Vans vorbeimarschiert. Das war der hinter ihnen, am Ende der Straße – sind direkt daran vorbeimarschiert und hatten nicht das Geringste gemerkt. In dem Moment, als er die Fahrertür des VW

Bora geöffnet hatte, wusste Noel, dass sie am Arsch waren – als die Pornobrillen mit Knarren aus dem Transporter vor ihnen herauspurzelten.

Game over.

Etwas war schiefgelaufen, jemand hatte gesungen, aber was jetzt zählte, war, am Leben zu bleiben.

»Nicht schießen! Wir sind unbewaffnet!« Seine Arme streckte er vollständig über seinen Kopf. Noel drehte sich zu Kevin, sein Stimme jetzt leise. »Steck das verdammte Ding weg, nimm deine Hände hoch, du bringst uns noch beide um.«

Noel fragte sich, ob irgendwo, nicht allzu weit entfernt, Vincent in der gleichen Klemme saß. Wer immer sie verraten hatte, wenn der wusste, wo das eine Fluchtfahrzeug abgestellt war, wusste er auch, wo das andere war.

Verdammt, immer cool bleiben, Mann.

Oh Scheiße –

Kevin Broe hatten den Kopf gesenkt, aber nicht, weil er sich ergeben hatte, sondern weil er, wie es aussah, sich mental für etwas aufheizte, sein Brustkorb hob und senkte sich sichtbar von den tiefen Atemzügen.

»Kevin, mach keinen Scheiß!«

Am hinteren Ende der Straße, ein paar Häuser weiter unten, stand ein alter Mann, der eine schwarze Mülltonne die Stufen vor seinem Haus herabgelassen hatte, gelähmt durch die Szene, die sich vor ihm abspielte.

Kevin erhob sich mit einem Ruck und kam hinter dem Auto hervor, er bewegte sich schnell, seine Absicht klar erkennbar – wenn er durch die Haustür des alten Mannes gelangte, durch das Haus und den Hinterhof und in die nächste Straße ...

Noel fing an, etwas zu schreien, und wurde unterbrochen vom *Knrrrknrrrknrrr* aus Kevins Waffe, die dieser auf Schulterhöhe ausgestreckt hielt und grob in Richtung der Bullen am anderen Ende der Straße abfeuerte, während er rannte.

Die Polizisten hatten ein eingeschränktes Schussfeld. Ein Irrläufer könnte leicht einen Kollegen gegenüber töten. Also feuerten sie nur drei Schüsse auf die fliehende Gestalt. Der erste traf Kevin Broe in die Brust, der zweite ins Gesicht, der dritte erwischte Noel Naylor an der Kehle, und er stürzte mit einem Gurgeln zu Boden.

Phil Heneghan stand immer noch hinter seiner Mülltonne, sein Gesicht blutleer, die Augen weit aufgerissen. Schließlich verstand er, dass die Polizisten, die auf ihn zurannten, ihm zuriefen, ihm befahlen, verdammt noch mal zu verschwinden. Er zog sich in seinen Hausflur zurück. Gegenüber auf der anderen Straßenseite die alte Dame – Maura die Nonne, so nannte er sie immer, obwohl sie seiner Frau Jacinta gesagt hatte, sie heiße Maura Coady, und Jacinta sie immer Miss Coady rief. Maura die Nonne stand zwei Meter vor der geöffneten Haustür, ihr Gesicht erstarrt, und sie trat zaghaft vom Fußweg herunter auf die Straße.

Maura Coady bückte sich neben den Körper des Mannes in der Mitte der Straße. Es bestand kein Zweifel, er war tot. Da war ein Blutfleck auf seiner Brust und eine Hälfte seines Gesichts fehlte.

Energisches Rufen drang zu ihr durch.

Sie richtete sich auf. Der andere Mann, auf den geschossen worden war, lag ein paar Meter entfernt, sein Brustkorb hob und senkte sich, seine Beine bewegten sich.

»Missus – gehen Sie da weg!«

Sie eilte zu dem zweiten Mann. Sein Hals war blutig, dunkles Rot bis hinunter zur Brust. Er schaute zu ihr herauf, sein Mund machte Geräusche. Sie kniete ich hin.

»Missus!«, hörte sie es irgendwo hinter sich rufen.

In einem Arm wiegte sie den Kopf des verletzten Mannes, ihre Lippen an seinem Ohr. »Oh Herr, ich bereue aus tiefstem Herzen alle meine Sünden –«

Er stöhnte, seine Augen irrten umher, Angst sprach aus ihnen.

»Sie werden wieder gesund, Sie –«

Eine Hand packte Mauras Arm und zog sie in den Stand, zog sie fort, der Griff hart und schmerzhaft. Der Verwundete blinzelte, seine Lippen öffneten sich.

»Gehen Sie wieder in Ihr Haus, Missus.« Der Mann trug schwere Montur, das Wort Garda stand auf seiner Brust. Er drängte sie, sie widersetzte sich. »Der Mann dort, er will Buße tun –«

»Gehen Sie zurück ins Haus, wir kümmern uns um ihn.«

An der Haustür ließ er ihren Arm los, und sie stand da und starrte ihn an. »Bitte«, sagte sie. Sie hob flehentlich eine Hand, eine Blutspur zog sich über ihren Handrücken.

Hinter dem Polizisten sah sie weitere Schwerbewaffnete, die mit Gewehren auf die Körper der beiden Männer zielten. Einer von ihnen langte neben den Mann, der tot war, und hob eine Pistole auf. Ein anderer sprach mit Nachdruck in ein Mikrofon direkt unter seinem Kinn.

»Geht es Ihnen gut, Miss Coady?«

Phil Heneghan stand neben ihr, sein altes, zerfurchtes Gesicht kreideweiß. »Sie sollten hineingehen, Miss Coady.«

Sie hielt eine Hand an ihr Gesicht und fühlte, wie kalt ihre Haut war. »Ich habe die Polizei informiert, wegen des Autos – sie sind gekommen.« Ihr Mund war trocken, ihre Stimme rau. »Und –« Sie gestikulierte vage in Richtung des Mannes, der ein paar Meter entfernt am Boden lag. »Oh mein Gott, das ist meine Schuld, ich habe die Polizei geholt, es ist meine Schuld –«

Ein fröhlicher Jingle erklang, nur ein paar Takte – ein Handy. Einen Moment lang regte sich niemand, dann hörte der Polizist auf, in sein Mikrofon zu sprechen, beugte sich vor und fand das Handy in der Jeans des Mannes mit der Halsverletzung. Er drückte einen Knopf, hielt das Telefon ans Ohr und sagte: »Ja?«

33

Nachdem er sein zweites Fluchtauto losgeworden war, hatte Vincent Naylor einen Fußmarsch von zehn Minuten bis zum MacClenaghan-Gebäude am Rande der Edwardstown-Siedlung vor sich. Job erledigt. Er schritt weit aus und schwang die Arme – die Anspannung der letzten Stunden hatte einem Glücksgefühl Platz gemacht, das er bis in die Fingerspitzen fühlen konnte.

Jetzt blieb nur noch, das Geld von der alten Farbenfabrik einzusammeln, es ins Safe-House, einen sicheren Ort, zu bringen und es später aufzuteilen. Er traf gerade am MacClenaghan-Gebäude ein und schaute hinauf zu seiner Bude in der Vierten, als er sein Telefon herausnahm und Noel anrief.

»Ja?«

»Noel?«

Nicht Noels Stimme. Was –

Vincent blieb stehen, stand da mit dem Handy am Ohr.

Fuck, nein, verdammt.

Die Stimme durchbrach die Stille. »Er hat zu tun. Ich bin ein Garda. Mit wem spreche ich?«

Vincent hielt das Telefon hoch über seinen Kopf und warf es mit aller Macht auf den Fußweg. Das Telefon hüpfte und landete einige Meter entfernt. Er hob es auf und schmetterte es noch einmal herunter, dann trampelte er auf ihm herum, bis Teile davon abbrachen. Ein Grollen entfuhr ihm, als er wegging, dann machte er kehrt, lief zurück und nahm die SIM-Karte aus dem zertrümmerten Handy. Es war ein Einweghandy gewesen, nur für das Protectica-Ding – nichts konnten die Schweine jetzt mehr rausholen. Er trat noch einmal auf das kaputte Telefon und lief, bis er einen Gulli fand, in den er die SIM-Karte fallen ließ.

Vincent brauchte ein paar Minuten bis in die vierte Etage des MacClenaghan-Gebäudes. Er füllte ein Glas mit Wasser, stellte sich auf den winzigen Balkon und dachte gründlich über alles nach.

Wenn Noel mit dem Geld erwischt worden war, war er schlicht und ergreifend geliefert. Keiner konnte vorhersagen, wie lange die ihn dafür verknacken würden, in jedem Fall aber würde es ein großes Stück aus der Mitte seines Lebens reißen. Und Noel, Himmel – wenn der zurückkäme, der würde eine ganze Weile brauchen.

Was die Leute nicht verstanden, war – Noel war stark, aber er war auch zerbrechlich. Als Vincent ungefähr zwölf war, hatte ihr Alter ihn allein zu Hause zurückgelassen und war abgezogen, nach Kilkenny oder wohin auch immer damals, mit einer Frau. Vincent hatte ihn suchen und ihm das Gesicht einschlagen wollen. Noel – der damals achtzehn war – hatte gesagt, Vincent sollte aufhören, so die Klappe aufzureißen. Er erzählte ihm, wie es ihren Da zerfetzte, nachdem sich ihre Mutter aus dem Staub gemacht hatte, wie sein ganzen Leben davongespült wurde, *wusch*, sagte Noel. Da verlor alles, was er als selbstverständlich angesehen hatte. Er war immer noch ein junger Mann gewesen, der sich um einen Zehnjährigen und einen Vierzehnjährigen kümmerte, ohne zu wissen, was er mit zwei ängstlichen Kindern machen sollte. Und als er alles verbockte, immer und immer wieder – in der Schule, beim Essen, mit den Klamotten und dabei, Vincent nicht mit seiner Angst alleine zu lassen –, fand er Halt an der Flasche.

Zu der Zeit, als die Geschichte mit Kilkenny war, hatte Noel schon seine eigene Wohnung gehabt und Vincent aufgenommen. Dann, drei Jahre später, als Da wiederkam, aus Kilkenney oder woher verdammt noch mal auch immer, hatte Noel Vincent davon abgehalten, ihn fertigzumachen. »Er ist unser Vater – wir sind sein Fleisch und Blut.« Noel hatte Vincent an den Schultern gepackt, ihn nicht geschüttelt, sondern ihn nur gezwungen, ihn anzusehen. »Er ist alles, was wir an Familie noch haben.« Und Tränen standen ihm in den Augen, als er das sagte – keine zittrigen Tränen, keine Tränen der Schwäche. Noel hatte Charakter – die Tränen sprachen davon, dass die Dinge nicht so waren, wie sie hätten sein sollen, aber dass es eben nun einmal so war und es o. k. war, zu bereuen, wie die Dinge gelaufen waren, aber es nicht o. k. war, sich davon unterkriegen zu lassen. Noel sagte, dass, auch wenn Da ein armseliger Mistkerl ist, er das Recht hat, mit Anstand behandelt zu werden, wenn er nach Hause kommt.

In Noel steckte mehr, als die Leute dachten.

»Drei Dinge sind wichtig im Leben. Erstens, du machst das Beste aus den Fähigkeiten, die Gott dir gegeben hat. Zweitens, wähl dir ein Ziel und verfolge es. Und, das Wichtigste von allem – nichts zählt mehr als die Familie.«

Zwei Jahre später war Noel todunglücklich, als Da wieder die Flatter machte. Auf Nimmerwiedersehen, wenn es nach Vincent gegangen wäre. Er wusste, von den Brüdern war Noel der bessere Mensch, das sagte ihm sein Herz. Noel hatte einen Kodex, etwas, an dem er sein Leben ausrichten konnte. Vincent kümmerte sich nicht um solche Dinge. Es beunruhigte ihn selten, aber er verstand, dass man so nicht leben sollte. »Du brauchst etwas, das größer ist als du«, hatte Noel gesagt, »sonst bleibst du immer nur du, und das ist nicht genug.«

Kein Grund, das Schlimmste anzunehmen. Vieles hing davon ab, wann Noel und Kevin hopsgenommen worden waren. Wenn sie mit dem Geld im Lexus aufgriffen worden waren – das war der Worst Case. Alles andere – da könnten sie sagen, sie hätten nur jemandem einen Gefallen getan, sie hätten gedacht, sie fackelten das Auto nur wegen der Versicherung ab. Kein Argument, das einfach überzeugen würde. Aber eine Möglichkeit, sich rauszureden.

Jetzt versuchte Vincent, sein Hirn zu entleeren, aber es war, als würde man versuchen, die Tür gegen einen Hurrikan zuzuhalten. Gut möglich, dass die Bullen Noel erst hinterher eingesackt haben, als er schon ohne heiße Ware war, vielleicht hat ihn einer der Dreckskerle auf der Straße erkannt und ihn sich der guten alten Zeiten wegen zur Brust genommen.

Das Beste, was Vincent momentan tun konnte, war cool zu bleiben. Wenn Noel freikäme, würde er sich schon bald mit ihm in Verbindung setzen. Wenn nicht, würde Vincent ihm eine Armee an Anwälten besorgen und sie würden kämpfen, auf jedem verdammten Schritt des Weges.

34

Es war spät am Abend, als Bob Tidey in der Kilcaragh Avenue eintraf, an dem Ende des North Strands, wo der Fairview Park lag. Ein langer Abschnitt der Fahrbahn war abgeriegelt worden, und innerhalb der Absperrung waren zwei Spurenzelte aufgestellt worden. Kleine Gruppen Neugieriger sammelten sich an beiden Enden der Straße, während Uniformierte nur Anwohnern den Zutritt erlaubten. Tidey musste sich einem Garda erklären, der darauf bestand, dass er mit dem leitenden Ermittlungsbeamten sprechen sollte, bei dem es sich, wie sich herausstellte, um einen pampigen Detective Inspector handelte, mit dem er sich vor gut zwei Jahren ein Büro in der Cavendish Avenue hatte teilen müssen.

»Hi Polly.«

Detective Inspector Martin Pollard war unterkühlt wie immer. Die, die mit Polly gearbeitet hatten – Tidey war nur einer von vielen – verwandten beharrlich diesen Spitznamen, da sie wussten, dass der Detective Inspector ihn verabscheute. Pedantisch und pingelig, wie Pollard war, gehörte er zu der Sorte von Leuten, die es schafften, alle zu verärgern, ohne je etwas wirklich Tadelnswertes zu tun.

»Was hast du hier zu suchen?«

»Die alte Dame, die in dem vierten Haus dort unten wohnt, sie ist eine Freundin. Hat mir den Tipp mit dem Auto gegeben – daraufhin haben sich die ERU-Jungs eingeschaltet. Ich sollte mal mit ihr reden.«

Pollard spitzte einen Moment lang den Mund, dann erklärte er: »Ich erwarte einen Vermerk zu allem, was sie sagt – wir haben Zeugenaussagen die Straße hoch und runter aufgenommen, aber sollte sie irgendetwas Brauchbares haben –«

Pollard gab Tidey seine Karte.

»Klar, kein Problem.« Tidey zeigte zu den weißen Spurenzelten hin, die zwanzig Meter voneinander entfernt standen. »Beide?«

Pollard nickte. »Der Pathologe ist so gut wie fertig mit der vorläufigen Untersuchung. Einer war tot, noch bevor er aufschlug, der andere kurz danach.«

»Weiß man, wer sie sind?«

»Kleinkriminelle. Einer von ihnen fing an zu schießen. Dämlichkeit kennt keine Grenzen.«

Auf dem Castlepoint-Revier hatte Tidey den Nachmittag und Abend damit verbracht, die Akten zu Sweetman zu lesen. Er machte gerade eine Kaffeepause, schon halb entschlossen, für heute Schluss zu machen, als er hörte, wie sich zwei Beamte über eine ERU-Schießerei in North Strand unterhielten. Nach einem kurzen Anruf bei einem befreundeten Garda im Präsidium hatte er die Sweetman-Akten weggeschlossen und war zu seinem Wagen geeilt.

Maura Coady öffnete ihre Haustür und es schien, als hätten sich die Falten tiefer in ihr Gesicht gegraben, seit er sie das letzte Mal gesehen hatte. Sie tat das Einzige, was er sich niemals hätte vorstellen können: Sie umschloss seine Hüften mit ihren Armen und lehnte ihren Kopf an seine Schulter. Seine Umarmung nahm das Zittern ihres schmalen Körpers auf. Nach einer Weile schob er sie vorsichtig in den Flur zurück und schloss die Tür. »Sie sind in Sicherheit, Maura, das ist nur der Schock.«

»Es tut mir leid.« Ihre Stimme war ein leises Flüstern.

»War schon ein Arzt bei Ihnen?«

»Die Polizei hat jemanden vorbeigeschickt – ich denke, er war – er hat mir etwas gegeben, hat gesagt, dass es mich beruhigen würde.«

Er setzte sie ins Wohnzimmer, und als er nach dem Lichtschalter griff, sagte sie: »Bitte nicht.« Er kochte Tee und setzte sich ihr gegenüber. Draußen war es noch immer ein sonniger Sommerabend, aber die Straße war schmal und nur wenig Tageslicht gelangte ins Wohnzimmer. Sie nippte am Tee, und lange sprach keiner von beiden. Dann begann Tidey: »Es tut mir leid, dass Sie da hineingezogen wurden.«

Sie schaute zu ihm auf. »Er hatte Angst, der zweite Mann. Der erste Mann war tot, ist auf der Stelle gestorben. Der zweite Mann hat noch gelebt, sein Hals war voller Blut, er hat Laute von sich gegeben. Ich habe angefangen – ohne zu überlegen – es ist so normal, wie sich zu bekreuzigen. Ich habe angefangen, das Reuegebet zu sprechen. Und – der arme Mann – es war nur ein kurzer Moment, aber ich konnte seine Angst sehen. Er wusste, als er mich hörte –«

»Es war ein Trost für ihn, da bin ich mir sicher.«

»Er hatte Angst und ich habe alles nur schlimmer gemacht.«

»Die meisten Menschen würde gar nicht auf die Idee kommen, auf die Straße hinauszugehen, wenn so etwas wie hier passiert.«

»Ich war hier, habe gerade nach draußen geschaut – ich mach das manchmal. Ich habe sie gesehen, sie waren es, die das Auto hier abgestellt hatten, ich wollte Sie anrufen. Einer machte die Fahrertür auf, er schaute auf und ich sah die Panik, der eine hob die Hände, der andere –«

Sie saß still, als würden sich die Ereignisse noch einmal vor ihr abspielen.

»Haben Sie schon gegessen?«

»Ich kann nicht.«

»In Zeiten wie diesen müssen Sie auf sich achtgeben. Ich kann Ihnen etwas machen.«

»Wenn ich nichts gesagt hätte. Diese zwei jungen Menschen. Liegen da draußen auf der Straße.«

»Die Leute von der Kriminaltechnik sind fast fertig, die Leichname werden bald abtransportiert werden, alles wird wieder wie vorher.«

»Wenn ich Sie nicht angerufen hätte –«

»Sie haben das Richtige getan. Die hatten Waffen, die haben mit dem Leben anderer gespielt.«

»Was haben sie gemacht?«

»Ich weiß nicht – einen Überfall, bin mir nicht sicher, wo. Ich finde es heraus, wenn Sie möchten.«

»Es spielt keine Rolle.«

Er lehnte sich vor. »Maura, der Schock, eine Sache wie diese hier – die würde jeden mitnehmen. Sie sollten sich hinlegen, versuchen, etwas zu schlafen.«

»Ich kann nicht. Ich denke immer –«

»Machen Sie sich keine Gedanken – es wird ein Garda die ganze Nacht Wache halten, das ist normal, wenn so etwas geschehen ist. Ihnen kann nichts passieren.«

»Das ist es nicht –« Sie schloss die Augen.

»Ich werde hierbleiben. Alles wird gut.«

Sie sah ihn lange an, ihre Augen älter und müder, als er sie je gesehen hatte. »Würden Sie das tun?«

»Versprochen.«

Vincent Naylor hatte die Augen zugekniffen. Er lag, nur in Boxershorts, auf der Seite auf dem Laminatfußboden in seiner Bude. Die Lautstärke in seinem iPod war auf ein Maß jenseits des Erträglichen gedreht, und das unerbittliche Hämmern der Fear Factory füllte seinen Kopf und blendete alle Gedanken aus. Er lag schon eine Weile so da, tief vergraben im pulsierenden Sound, und versteckte sich vor Trauer und Zeit, während sein Körper im Beat des Hämmerns rockte.

Davor, als Liam Delaney anrief, hatte Vincent gerade ein indisches Fertiggericht von Marks & Spencer aus der Mikrowelle genommen.

»Vincent – verdammt, Mann –«

Vincents erster Gedanke war, das Telefon auszuschalten, es irgendwo verschwinden zu lassen. *Absolute Funkstille.* Liam hatte kein Recht, irgendjemanden, der in die Sache verwickelt war, anzurufen. Dass er anrief, konnte bedeuten, dass er geschnappt worden war und er jetzt tat, was die Pornobrillen von ihm verlangten, in der Hoffnung, dass sie ein gutes Wort für ihn einlegten.

»Ich hab's grad gehört –«

»Wozu rufst du an?«

»Scheiße, Vincent, ich hab's grade gehört.« Stille; dann sprach Liam gehetzt, schriller, lauter. »Vincent, es ist im Fernsehen, verdammte Scheiße – North Strand, sie müssen es sein – hast du's noch nicht gehört?«

Seit er davon erfahren hatte, hatte Vincent Lautstärke gebraucht, etwas, das alles fernhielt, sodass er über nichts nachdenken musste. Durch Noel war er auf Fear Factory gekommen, und sie waren genau das Richtige für heute Nacht. Für eine Weile. Dann hatte sich – über den hartnäckigen Bass und die erbarmungslosen Drums und die beißende Gitarre – ein Gemisch aus der überwältigenden Gegenwart und der unwiderruflichen Abwesenheit seines Bruders an sein Hirn geheftet und war explodiert.

Während Vincent Naylor sich wiegte und auf den Boden schlug, waren der Krach der Band und der Schmerz seiner Trauer in seinen Kopf eingeschlossen, umgeben von der Stille des Raumes. Und dahinter von der Stille der Wohnung und der sechs klanglosen Etagen des verlassenen Wohnblocks.

35

Die Spurenzelte waren verschwunden, in der vergangenen Nacht abgebaut, nachdem die Leichen abtransportiert waren. Das blauweiße Absperrband war entfernt worden und die Straße war wieder ganz sie selbst – gewöhnlich. Detective Sergeant Bob Tidey hatte eine Weile im Stuhl neben dem Kamin im Wohnzimmer geschlafen und erwachte jetzt mit einem Krampf im Nacken und konnte nicht mehr einschlafen. Er holte ein Glas Wasser aus der Küche und blieb eine Zeit am Fenster stehen, schaute hinaus auf die dunkle Straße. Als seine Uhr fast vier anzeigte, ging er zurück in die Küche, und als er keinen Kaffee finden konnte, kochte er zwei große Tassen Tee, ging zur Haustür und winkte den Garda heran, der die Nachtschicht auf dem Fußweg herumschlurfend verbracht hatte. Dankbar, dass ihm jemand die Langeweile vertrieb, stellte sich der Garda an die Tür, trank seinen Tee, plauderte leise mit Tidey. Nach einer Weile nahm der Garda einen Zwanziger von Tidey und steuerte den SPAR, der durchgängig geöffnet war, unten an der Ecke an. Er kam mit einem halben Dutzend Zeitungen zurück und einer Schachtel Rothmans. Tidey riss die Schachtel auf, sie zündeten sich jeder eine vor der Tür an, und der Uniformierte kehrte zu seiner stumpfsinnigen Aufgabe zurück, die Zigarette in der hohlen Hand.

Sowohl die *Irish Times* als auch die *Irish Independent* brachte die Story des zweifachen Schusswechsels ganz unten auf der ersten Seite. Die beiden toten Männer »waren gegenüber der Polizei aktenkundig«. Der Garda-Ombudsmann hatte bereits eine Ermittlung der Umstände veranlasst. Die Artikel sparten mit Fakten, und die Zeitungen bauschten die Dinge durch Kommentare von Politikern auf. In seiner Stellungnahme lobte der Führer der Opposition die Gardai und verurteilte die Regierung wegen ihrer nachgiebigen Haltung gegenüber der Kriminalität. Die meisten der Boulevardblätter bereiteten die nackten Tatsachen als Klischees über Showdowns wie im Wilden Westen und Straßen des Todes auf. Die *Irish Daily Record* brachte die Schießerei auf Seite vier und der halben Seite fünf, vervollständigt durch Fotos der beiden toten Männer, auf denen sie noch grinsten. Sie informierte auch zu vielen Einzelheiten der Schießerei, ergattert von den Anwohnern. In einer Story wurde berichtet, dass sich einer der Bewaffneten ergeben wollte und dem anderen zurief.

> »So was wie: ›Gib denen keinen Vorwand‹, das habe ich gehört«, berichtete Phil Heneghan, 79 Jahre, Bewohner der Kilcaragh Avenue, der *Irish Daily Record.* »Ich habe gerade meine Mülltonne vor die Tür gebracht, als es passierte, ich stand nur ein paar Meter entfernt.« In einer Stellungnahme aus dem Garda Präsidium heißt es, die Emergency Response Unit hätte erst geschossen, nachdem sie beschossen worden war.

Das war keine Aufgabe, die sich Tidey für sich vorstellen konnte – eine Waffe zu tragen, in Panik geratenen Kriminellen gegenüberzustehen, ad hoc zu entscheiden, ob geschossen wird oder nicht. Entscheide zu schnell, und du läufst Gefahr, jemanden zu töten, der versucht, sich zu ergeben. Zögere, und du oder ein Kollege oder ein Zivilist wird erschossen. Die Geschichte im *Record* konnte auf dem richtigen Dampfer sein – jemand hatte voreilig eine Entscheidung getroffen. Oder es war gequirlte Medienscheiße. So oder so, Tidey bedauerte die beiden Dumpfbacken im Leichenschauhaus und den Polizisten, der sie dorthin befördert hatte.

Dies würde ein weiterer Tag werden, an dem er sich in die Ermittlungsakte zum Sweetman-Mord vertiefte. Dass er schlecht geschlafen hatte, bedeutete, er würde im Laufe des Tages jede Menge Kaffee benötigen. Bisher hatte die Akte vorwiegend aus Befragungen von Menschen bestanden, die behaupteten, dass sie nicht viel wüssten. Die Leute von Chief Superintendent Hogg waren gründlich, aber erfolglos gewesen. Und es gab nichts, was auf eine Verbindung zum Mord an Oliver Snead hindeutete.

Sollte Maura Coady auch heute Abend noch nervös sein, würde er jemanden mit Machtbefugnis finden müssen, der eine Wache für ein paar Nächte vor dem Haus abstellte, nur zur Beruhigung. Heutzutage musste jede Minute einer Überstunde in dreifacher

Ausführung genehmigt werden, aber die Polizei war ihr das schuldig.

Er konnte hören, wie sich Maura über ihm rührte. Sie würde zurechtkommen, entschied er. Nonnen waren hart im Nehmen – mussten sie auch, um nicht den Verstand zu verlieren bei dem beschränkten Leben, das sie führten. Tidey hatte Maura Coady vor mehreren Jahren kennengelernt, als sie in das Garda-Revier in der Cavendish Avenue hereinspaziert war und mit jemandem sprechen wollte, der im Mord an Teresa O'Brien ermittelte. Tidey war mit dem Fall befasst: Eine Prostituierte, die in einem Baucontainer in einer Nebenstraße zur Capel Street gefunden worden war, zu Tode geprügelt mit einem Ziegelstein. Zu der Zeit wohnte Maura in einem Haus mit drei weiteren Nonnen der Barmherzigen Schwestern. Der Konvent, in dem sie über Jahrzehnte gelebt hatte, war auf der Höhe der Immobilienblase verkauft worden, und die Schwestern hatten sich auf gemietete Häuser verteilt. Seit damals waren die Schwestern durch Tod und weitere Immobilienverkäufe auf eine Handvoll geschrumpft, und Maura entschied sich, alleine zu leben.

»Ich weiß, wer es war.«

»Wie bitte?«

»Teresa O'Brien – ich weiß, wer sie umgebracht hat. Es war Mossy Doyle.«

»Und Sie sind?«

»Maura Coady – ich war Lehrerin, Nonne, und Teresa war früher eine Schülerin von mir. Vor ein paar Monaten ist sie zu mir gekommen, sie brauchte eine Bleibe und ich habe sie ihr gegeben.«

»Wir sollten uns unterhalten.« Tidey hatte sie mit der Hand durch die Tür zum Befragungsraum gebeten und zwanzig Minuten später lag ihm eine sehr präzise Aussage vor. Sie hatte einen Tee mit Teresa O'Brien in einem Café in der Talbot Street getrunken, als Mossy Doyle kam und anfing, sie anzubrüllen. Doyle war alles andere als ein erfolgreicher Zuhälter, der meinte, noch immer einen Anspruch auf Teresa zu haben. »Ich bring dich um, Hure, ich prügel dir das letzte bisschen Puste raus.«

Maura Coady wiederholte an jenem Tag auf dem Cavendish-Avenue-Revier für Bob Tidey die Worte und sie sprach sie noch einmal unter Eid, im Central Criminal Court, während Doyle, nur ein paar Meter entfernt, sie mit Blicken tötete. Mauras erste Aussage führte zu einer Durchsuchung von Doyles Haus und der Entdeckung eines Paars blutbeschmutzter Schuhe – Blut, das, wie sich herausstellte, Teresa gehörte. Der Ausgang der Verhandlung stand nie infrage. Während Maura Aussagen machte, die Doyle hinter Gitter brachten, hatte sie ihn nicht eines einzigen Blickes gewürdigt, ihre Stimme fest und bestimmt.

Nonnen waren hart im Nehmen, das stand fest.

36

Als er wieder auftauchte, irgendwann im Laufe der Nacht, sein Hirn grün und blau von den Stunden hämmernder Musik, bewegte sich Vincent Naylor langsam. Auf dem Rücken liegend, sein Körper schlaff, hob er seine Hand zur Brust, packte das iPod-Kabel und zog die Kopfhörer heraus. Mit geschlossenen Augen warf er sie samt iPod durch das Zimmer. Die Stille brach über ihn herein und er lag lange da, betäubt, und erlaubte seinen Sinnen, nach und nach aufzuwachen. Er war sich einer kolossalen Furcht bewusst, die im Zentrum lauerte. Nach einer Weile registrierte er einen Geruch.

Benzin –

Was kann das bedeuten?, fragte er sich.

Er fühlte eine träge Welle an sein Bewusstsein schlagen und erkannte, dass es Schlaf war. Er ließ sich von ihr fortspülen.

Als er Schritte die Treppe herunterkommen hörte, schaute Bob Tidey auf seine Uhr. Gerade mal Viertel nach sechs. Maura Coady trug einen dunklen Morgenmantel mit Karos. »Guten Morgen, Sergeant Tidey. Ich hoffe, Sie konnten ein wenig schlafen.«

Tidey stand auf. »Ich denke, es ist o. k., wenn Sie mich Bob nennen, jetzt, da wir eine Nacht miteinander verbracht haben.« Er bereute sofort den Kalauer, aber sie schmunzelte.

»Es gab eine Zeit, da wären Sie für so eine Bemerkung direkt in die Hölle gekommen.«

»Tut mir leid. Konnten Sie einigermaßen schlafen?«

»Mir geht es gut, danke. Es war nur der Schock – mir geht es jetzt gut.«

Sie ging zum Fenster herüber und sah für einen Moment hinaus. »Es ist, als wäre nichts geschehen da draußen – zwei Menschenleben.«

»Es steht in den Zeitungen. Die Reporter werden wahrscheinlich anklopfen, nach Zeugen suchen.«

»Sie waren schon da. Ein junger Mann, wollte wissen, was ich gesehen habe.«

»Was haben Sie gesagt?«

»Ich habe ihm direkt in die Augen gesehen und gelogen. Habe gesagt, ich sei nicht zu Hause gewesen, als es passierte.«

»Das Beste, was Sie machen konnten.«

»Ich wüsste nicht, was es da zu erzählen gibt, nur zur Unterhaltung anderer.« Sie ging zur Küche. »Möchten Sie Tee?«

»Ich habe gerade eine Kanne gemacht.«

»Das ist wunderbar.«

Er merkte, dass sie beide mit gedämpften Stimmen sprachen. Sie konnten niemanden stören, trotzdem geschah es instinktiv, um diese Uhrzeit.

Im Wohnzimmer sitzend und von ihrer Tasse nippend, sagte Maura Coady: »Ich bin mir sicher, dass Sie heute wichtigere Dinge zu tun haben.«

»Ich werde bald gehen. Sind Sie sicher, dass es Ihnen gut geht?«

Sie lächelte. »Nachdenklich – das ist, was Nonnen sind.«

Tidey stellte seine Tasse ab. »Haben Sie jemanden – haben Sie Kontakt zu anderen Nonnen, dem Kloster, was auch immer? – Ich weiß nicht, wie das heutzutage läuft.«

»Wissen Sie, wie das mit den Veteranen aus dem Ersten Weltkrieg war? Jedes Jahr gab es einen Gedenktag und jemand hat durchgezählt, bis es nur noch eine Handvoll war und es wie eine Totenwache wurde. So wenige sind wir noch nicht, aber das Gefüge ist sehr dünn. Sehr bald schon. Jedenfalls, nein, ich habe nur sehr wenig Kontakt.«

»Das war Ihre Entscheidung, richtig?«

»Ich hatte Freundinnen im Orden, sie sind gestorben. Und heute, so, wie die Dinge gelaufen sind, gibt es wenig Anlass für Zusammenkünfte und Feierlichkeiten.«

Tidey nickte.

Maura sagte: »Ich weiß, was Sie jetzt denken.«

»Was denke ich denn?«

»Sie denken, was alle denken, wenn sie mit einer Nonne oder einem Priester sprechen, besonders mit einem alten Hasen wie mir. Wie viel hat sie gewusst? Das denken Sie jetzt. Hat sie Dinge vertuscht oder war sie vielleicht eine von denen, die die Kinder geschlagen hat, oder noch schlimmer?«

»Das habe ich nicht gedacht.«

»Es ist, was jeder denkt.«

»Sie vergessen – ich gehöre einer Einrichtung an, die ihre eigenen Imageprobleme hatte. Nach dem Donegal-Skandal haben alle angenommen, wir hängen Leuten immer Sachen an. Jeder Polizist würde Zeugen einschüchtern oder Spitzel erpressen und Unschuldige einsperren.«

»Und einige von euch haben das auch.«

Er nickte. »Einige, ja. Aber nicht alle. Nicht einmal die meisten. Und nicht alle Priester haben Kinder vergewaltigt, nicht alle Nonnen haben sie grün und blau geschlagen. In meinem Job lernt man frühzeitig, dass man aufgeschlossen sein muss, wenn man hilfreich sein will.«

»Unschuldig bis zum Beweis der Schuld?«

»So was in der Art.«

Sie saß da, als würde sie mit etwas ringen. Dann eröffnete sie: »Ich bin schuldig.«

Auf den Stufen erklangen Stiefel, die aus der dritten Etage heraufstiegen. Vincent Naylor bereitete eine Tasse Instantkaffee zu. Er griff nach einem weiteren Becher, löffelte den Löslichen hinein, goss ein, und als der Sicherheitsmann an diesem Morgen in Vincents Wohnung trat, wartete sein Kaffee schon auf ihn.

»Bisschen kühl«, bemerkte der Sicherheitsmann.

Vincent reichte ihm den Becher, setzte sich in die Nähe des Fensters, schaute hinüber zur Edwardstown-Siedlung. Als er aufgewacht war, hatte sich das Chaos in seinem Kopf gelegt, Noel war tot, er wusste, dass er in einer völlig anderen Welt aufgewacht war. Er hatte letzte Nacht keinen Tropfen getrunken, aber er fühlte sich verkatert.

»Keks?«

Der Sicherheitsmann hielt ihm eine offene Packung Custard Creams hin, die er aus der Tasche seines Anoraks gezaubert hatte. Vincent nahm sich zwei, biss einen zur Hälfte durch und er schmeckte besser als alles, was er je gegessen hatte. Er erinnerte sich, wie er das Fertiggericht von Marks & Spencer in den Mülleimer geschmissen hatte.

Der Sicherheitsmann war über fünfzig, mit Bauch, unrasiert. Jeden Morgen im MacClenaghan-Gebäude vorbeizuschauen, war

Bestandteil seines Mindestlohn-Jobs. Den Rest des Tages verbrachte er mit Besuchen ähnlich verdorrter Entwicklungsvorhaben auf der Northside der Stadt. Das erste Mal, als er kam, hatte er Schmiergeld verlangt, und Vincent hatte ihm 'nen Fünfer und eine Tasse Kaffee angeboten.

»Fünfer pro Nacht?«

»Pro Woche.«

Der Sicherheitsmann hatte genickt. Jetzt betrachtete er Vincent, den Kopf zur Seite geneigt, eine Augenbraue hochgezogen.

»Geht's dir gut? Du siehst ein wenig ausgekotzt aus, wenn ich das mal sagen darf.«

»Ja«, bestätigte Vincent. »Hab nicht viel geschlafen.«

»Riecht 'n bisschen nach Benzin«, kommentierte der Sicherheitsmann.

Vincent zeigte auf den Kanister, der in einer Ecke stand. Als er ausgerastet war, um sich geschlagen hatte, hatte er ihn umgestoßen. Er hatte sauber gemacht, aber der Geruch war geblieben.

»Brauchte das gestern – musste erst mal meine Karre auffüllen«, erklärte er. »Hab wohl was verschüttet.«

Der Sicherheitsmann saß und schwieg, bis er seinen Kaffee ausgetrunken hatte, dann sagte er: »Ich geh dann mal.«

»O. k.«

»Behalt die Kekse«, bot der Sicherheitsmann an.

Vincents Nicken bedeutete ihm, dass er die Großzügigkeit zu würdigen wusste. »Pass auf, wo du hintrittst.«

37

Maura Coady kam mit einem Glas Wasser aus der Küche zurück. Sie setzte sich Bob Tidey gegenüber und trank einen Schluck. Noch immer flüsterte sie fast. »Sie haben den Ryan-Report gesehen?«

»Ich habe die Zeitungen gelesen, als er rauskam«, antwortete Tidey. »Ich fand, dass ich schon mehr darüber wusste, als ich eigentlich wissen wollte.«

»Ich bin da auch drin, Band zwei – es gibt ein Kapitel zu den Barmherzigen Schwestern. Es ist nicht viel, nur ein kurzes Kapitel in den ganzen fünf Bänden – es ist zwischen dem Kapitel über das Waisenhaus in Goldenbridge und dem Kapitel zu St. Michael in Cappoquin. Verglichen mit einigem aus der Beweislage waren wir bei Weitem nicht die Schlimmsten. Aber wir sind drin – und ich bin drin. Drei Zeugen haben gegen mich ausgesagt.«

»Was haben sie gesagt?«

»Einiges von dem, was sie sagten, ich erinnere mich, dass diese Dinge geschehen sind. Einiges davon – es war, als würden sie über jemand anderen sprechen. Ein Anwalt hat mich besucht, hat mir die Anschuldigungen vorgelegt. Ich habe ihm erzählt, woran ich mich erinnerte, und ich erklärte, ich wüsste, dass sie die Wahrheit sagten. Auch wenn ich mich nicht an alle Einzelheiten erinnerte, ich wüsste, dass das alles passiert war, ich wüsste, ich –«

»Sie müssen nicht darüber sprechen.

Sie schüttelte den Kopf. »Wenn man etwas Furchtbares getan hat, nach einer Weile – der Alltag, die Leute um einen herum, die Arbeit, die Sorgen – nach einer Weile nimmt einen das alles in Beschlag. So viel Zeit schichtet sich über die Erinnerungen – und die großen Dinge, selbst die schrecklichen Dinge, sie alle werden unter all dem anderen begraben. Manchmal fühlt es sich an, als hätte ein anderer es erlebt.«

Sie starrte aus dem Fenster, auf die Straße hinter der Netzgardine. »Es war ein anderes Land, als ich den Schleier nahm. So wie die Menschen damals dachten, da war es normal, dass ein junges Mädchen hinter dicken Mauern verschwand. Sich von Kopf bis Fuß in Schwarz kleiden, nicht ein einziges Mal etwas tun, was nicht durch irgendjemanden bestimmt war. Niemals einen Mann berühren oder sich die Sehnsucht nach einem Kind gestatten.«

»Maura –«

»Von heute aus betrachtet, liege ich in den letzten Zügen, eine alte Frau aus einer anderen Zeit – und ich verstehe, wie merkwürdig das alles erscheinen muss. Unnatürlich sogar. Aber damals war es normal, als die Kirche so mächtig war. Es war mehr als normal, es war etwas, was jeden mit Stolz erfüllte – einen Priester oder eine Nonne in der Familie zu haben. Das war ein Segen.«

»Damals waren die Dinge noch einfacher.«

»Nicht wirklich. Andere Dinge waren wichtig, aber die Welt war schon immer kompliziert. Es gab viele ungewollte Babys. Manchmal wurden sie Müttern, die nicht verheiratet waren, weggenommen, manchmal starb ein Elternteil und die Familie zerbrach. Manchmal konnten sich die Eltern nicht um ihre Kinder kümmern – es gab eine ganze Menge Babys, die niemanden hatten, der sich um sie kümmerte.«

»Und Sie bekamen diese Aufgabe, ob Sie wollten oder nicht.«

»Oh, wir wollten sie. Es passte allen. Die Bischöfe konnten die Schulen leiten und die Krankenhäuser – die Politiker fanden es gut, dass sie sich nicht um die lästigen Kinder kümmern mussten.

Tidey lehnte sich vor, seine Unterarme auf den Knien, sein Kopf nahe bei Maura Coady. Er wartete, bis sie etwas Wasser heruntergeschluckt hatte. »Wie alt waren Sie?«

»Als ich ins Kloster ging – siebzehn. Ich war berufen. Ich verdiente mir meinen Platz im Himmel. Als ich dreiundzwanzig war, war ich betreut mit über dreißig sehr lauten Sorgenkindern. Füttern, unterrichten, bemuttern. Den Körper nähren und die Seele schützen. Ich füllte ihre Köpfe mit Gebeten, und wenn sie Umstände machten, schlug ich sie mit einem Lederriemen. Es gab Richtlinien vom Bildungsministerium, die mir sagten, wann ich das tun durfte.«

Sie nahm einen weiteren Schluck Wasser. Sie umfasste das Glas mit beiden Händen. »Ein Mädchen – ich weiß nicht mehr, wie es hieß, aber ich sehe sein Gesicht noch genau vor mir, sogar jetzt. Es hatte etwas falsch gemacht, etwas Unbedeutendes, und anstatt sich zu entschuldigen, zuckte es mit den Schultern. Das war alles. Es sah mir in die Augen, als es das tat. Ein dickköpfiges Mädchen, aufmüpfig – da, vor allen anderen. Also schlug ich es. Mit der flachen Hand auf die Wange. Ein großer Schritt. Es ging nicht mehr nur um Respektlosigkeit, ich musste es ihm zeigen – und dem Rest –, wer das Sagen hatte.« Schweigen. Ihre Augen sahen etwas, das nicht im Raum war. »Das hätte reichen sollen. Das Mädchen hätte Angst zeigen sollen, es hätte seinen Blick senken sollen. Stattdessen sah es mich direkt an, als hätte es nichts gespürt, und nannte mich Hasenzahn. Also schlug ich es noch einmal. Und wieder tat es so, als hätte es nichts gespürt, und ich schlug wieder zu. Ich weiß nicht, wie oft ich es geschlagen habe, bis es weinte.«

Maura klang erschöpft, so als würden die Worte an sich schwer wiegen.

»Als ich ein Kind war, hatte uns der Priester erklärt, wie man die Grenze zwischen lässlicher Sünde und Todsünde, die die Seele in Gefahr bringt, erkennt. ›Hat es dir Freude bereitet?‹ – das war das Maß der Dinge damals. Der eigene Instinkt konnte einen fehlleiten, aber wirklichen Ärger bekam man erst, wenn man es auch noch genoss. Ich glaube, es war diese Art zu denken, die einige Priester dazu verführte, das zu tun, was sie getan haben. Sie redeten sich ein, dass es etwas war, wofür sie nichts konnten, ein Fluch des Fleisches. Sie kämpften mit dem Teufel, und solange sie sich selbst überzeugten, dass sie dabei keine Freude empfanden –«

»Bei dem, was Sie getan haben, konnte man keine Freude empfinden.«

»Oh doch.« Maura schüttelte ihren Kopf. »Ich erinnere mich an das Erfolgsgefühl, als das Mädchen weinte. Die natürliche Ordnung war infrage gestellt worden und ich hatte dieser Kampfansage die Stirn geboten. Es war ein großartiges Gefühl. Wenn ich zurückdenke, vielleicht habe ich mich damals schon geschämt – aber vielleicht erinnere ich mich an die Dinge so, wie ich mich an sie erinnern möchte. Das Mädchen von damals ist heute eine Frau mittleren Alters – und wenn sie noch lebt, dann bin ich mir sicher, dass sie sich noch immer daran erinnert, was an jenem Tag geschah, und ich weiß, dass sie mich hasst und dass sie es zu Recht tut.«

»Hat sie als Zeugin ausgesagt?«

»Nein – und ich weiß nicht, warum. Vielleicht hat sie alles tief in sich vergraben. Vielleicht hat sie das Land verlassen. Vielleicht ist sie tot. Vielleicht war sie eine von denen, die niemals jemandem etwas davon erzählt hat, eine der Stillen, Besiegten.« Sie holte tief Luft. »Sie war nicht die Letzte. Wenn man sich seiner Macht bewusst wird, benutzt man sie, um Probleme zu lösen – und man weiß nie, wozu das führt. Es war nicht nur die physische Verletzung – da waren die, die in sich verschwanden. Die, die sich nicht wehren konnten, die, die – ich habe einige reden gehört, im Radio, in den vergangenen paar Jahren, Leute, die geweint haben, all die Jahrzehnte später, Menschen, die verwirkte Leben lebten, Menschen, die so verletzt waren, dass sie ganze Teile ihres Selbst vertrocknen und absterben ließen. Das war das Schlimmste, was wir getan haben.«

»Sie waren jung, in einer unmöglichen Lage – wir machen alle, was wir in dem Moment für richtig erachten.«

»Ein Kind zum Gehorsam prügeln – und es gab Schlimmeres als das. Dinge, an die ich gar nicht denken darf. Tag für Tag, Jahr für Jahr, bis es so zur Routine wurde, dass wir keine Notiz mehr davon genommen haben. Die meisten sahen es als normal an und die, die es nicht taten – die haben wir kaputt gemacht. Es war nicht nur die Gewalt, es war die Demütigung. Damals hieß das Kasteiung. Wir kasteiten sie. Wir geleiteten sie durch das Tal der Versuchung – von der Geburt bis zum Tod –, hielten sie rein für das ewige Leben. Wir ließen sie uns fürchten, und es machte uns nichts aus, dass viele uns hassten. Wir retteten ihre Seelen.«

Nach ein paar Momenten der Stille sagte Tidey: »Sie haben Buße getan, Maura. Wir können nicht zurück und alles noch einmal so tun, wie es hätte getan werden sollen.«

»Es gab Zeiten, da fühlte ich mich schlecht. Eingesperrt in diesem Leben – heute weiß ich, dass ich damit nicht einverstanden gewesen bin, und wundere mich. Jegliche Aussicht auf ein anderes Leben ist mir entglitten – vielleicht waren da Enttäuschung, Unzufriedenheit, Frustration, Dinge, die ich damals in mir nicht erkannte. Vielleicht ist es diese Art Unzufriedenheit, aus der die Grausamkeit entspringt. Oder vielleicht gab es Zeiten, in denen ich es einfach genoss, die Kontrolle zu haben.«

»Was ist – Sie sagten – mit dem, was die Priester taten?«

Maura starrte auf den Tisch. »Das erste Mal – es gab einen Priester, der immer unsere Schule besuchte, ein sehr netter Mann, sehr fröhlich. Eines der Mädchen – ich dachte, es lügt. Ich kümmere mich darum, hatte ich ihm gesagt. Und habe nichts unternommen. Es hat nie wieder etwas gesagt. Es war – man konnte sich nicht sicher sein. Manchmal hat er sehr viel Zeit mit einem Kind verbracht, lachte und scherzte, und das Kind sah gar nicht so glücklich dabei aus. Kinder sind manchmal so, sie –«

»Sie haben nie etwas zu ihm gesagt?«

»Einmal habe ich es versucht. Ich fragte ihn, ob er nicht vielleicht etwas zu viel Zeit verbringt – ich habe es vorsichtig formuliert, so was wie, ob er sich nicht zu viel aufbürdete.«

»Und?«

»Es war schrecklich. Er lächelte mich an, sah mir einfach in die Augen und lächelte mich an. Sagte nichts. Ich stand da und er lächelte und lächelte und ich stand da und ich wusste es. Es war, als würde er mich herausfordern – würde ich es wagen, ihn rundheraus zu konfrontieren, die natürliche Ordnung infrage zu stellen? Selbstverständlich wagte ich es nicht. Einen Augenblick später wandte ich mich um und ging, und das war's.«

»Er war der Erste, sagten Sie?«

Ihre Stimme war ausdruckslos, rau. »Ich sage mir immer, ich habe es nie gesehen. Also konnte ich nicht sicher sein, dass es wirklich geschehen war. Und die Wahrheit ist, ich wollte es nicht wissen. Es gab Anzeichen – von heute aus gesehen ist es sonnenklar –, aber ich hatte Angst, also –«

Tidey ließ der Stille Raum, dann besänftigte er: »Es ist lange her.«

Maura schenkte ihm ein leeres Lächeln. »Erzählen Sie das mal den Kindern.«

»Ich weiß. Aber Tatsache ist – Jahrzehnte sind vergangen, Sie haben Ihre Zeugenaussage gemacht, Sie haben zugegeben, was Sie getan haben, was Sie versäumt haben zu tun. Ist es nicht das, woran Sie eigentlich glauben? Es ist lange her, dass ich gläubig war, aber ich erinnere mich an die Gebete. ›Vergib uns unsere Schuld, wie auch wir vergeben unsern Schuldigern.‹«

Sie nickte. »Manchmal sage ich mir auch so etwas.«

38

Es war nach sieben, als Bob Tidey Maura Coadys Haus verließ. Die Sonne war aufgegangen, hatte aber noch nicht genug Zeit gehabt, die Luft zu wärmen. Er war einige Meter gegangen, als jemand fragte: »Wohnen Sie da?«

Er drehte sich um und sah einen kleinen jungen Mann in grauem Anzug und mit über die Maßen gegeltem schwarzen Haar. Der kleine Mann streckte Tidey sein Kinn entgegen. »Haben Sie die Schießerei gesehen?«

»Wer sind Sie?«

Der junge Kerl zückte seine Karte aus der Brusttasche. »Anthony Prendergast, *Daily Record*.«

»Hübscher Anzug, Anthony.« Tidey wandte sich ab und lief in Richtung North Strand Road.

»Sie sind ein Garda, richtig?«

»Ein bisschen ausgedellt an den Knien.«

Während er einen Schritt zulegte um aufzuholen, konnte der Reporter nicht widerstehen, an seinen Beinen hinunterzuschauen und sich zu versichern, dass sein Anzug richtig saß. »Die alte Dame da, ist sie eine Zeugin?«

»Ganz schön waghalsig sind Sie, Anthony – solche Fragen zu so früher Stunde zu stellen.«

Der Reporter hielt ihm ein weißes Rechteck hin: »Meine Karte.«

»Vielen Dank, Anthony, ich werde sie hüten.«

Einen Meter weiter blickte sich Tidey um und sah, wie Anthony etwas in sein Notizbuch schrieb.

Vincent Naylor entfernte sich vom MacClenaghan-Gebäude, lief über die Brache hinüber zu einer Nebenstraße der M50. Wenn er einmal da war, würde es kein Problem sein, ein Taxi zu finden. Hinter ihm kroch der Morgen den Himmel hinauf.

Noel war tot, Liam hielt Funkstille. Vincent lief fort vor einer Welt voller Trümmer, während in seinem Kopf eine mögliche Zukunft begann Gestalt anzunehmen.

Wähl dir ein Ziel und verfolge es.

Nachdem der Sicherheitsmann Leine gezogen hatte, wusste Vincent, dass er von dort raus musste, mit dem anfangen musste, was er vorhatte. Es bestand immer die Möglichkeit, dass der Sicherheitsmann eins und eins zusammenzählte, die Bullen anrief, nur um auf der sicheren Seite zu sein.

Kann nicht zu Noels Haus.

Michelle.

Nein. Sie sollte da nicht hineingezogen werden.

Und es war sicherer, sich von Liam Delaney fernzuhalten.

Das Klügste wäre, auf einem Garda-Revier aufzutauchen, denen zu zeigen, wie sehr ihn Noels Tod mitgenommen hatte, ihnen zu erzählen, er wäre auf einer Sauftour gewesen, hätte nichts von einem Überfall gewusst, bis er von Noel gehört hatte. Es denen zu überlassen, ihm das Gegenteil zu beweisen. Abzutauchen käme in deren Augen einem Geständnis gleich. Aber drauf geschissen, auf das, was am Klügsten wäre.

Als Erstes: Noel Gerechtigkeit widerfahren lassen. Danach – war's egal. Man kann nicht ohne Ehrenkodex leben, ohne etwas, das größer ist als man selbst.

Mach das Beste aus den Fähigkeiten, die dir Gott gegeben hat.

Wähl dir ein Ziel und verfolge es.

Nichts zählt mehr als die Familie.

Vincent hatte eine Stunden damit verbracht, Fenster und Türen zu öffnen, Löcher in die wackeligen Wände des MacClenaghan-Gebäudes zu schlagen, um dem Feuer leichteren Zugang von Wohnung zu Wohnung zu gewähren, hatte Möbel und Kleider und Gardinen und Teppichreste dort aufgetürmt, wo sie ganze Arbeit leisten konnten. Jetzt, als er über die Brache fortging, blickte er zurück, sah die Flammen auf der vierten Etage, seine eigene Bude bereits zerstört, das Feuer, das auf den fünften und sechsten Stock übergriff.

Hoch loderte das MacClenaghan-Gebäude wie eine Fackel am heller werdenden Himmel auf. Vincent blickte nach vorn, seine Schritte wurden länger, er fühlte, wie die Kraft nach den zehrenden Stunden der Trauer in seinen Körper zurückkehrte.

Der Anfang ist gemacht.

Teil 3

Die Ruhe

39

Oda so.

Detective Sergeant Bob Tidey entschied, dass er schließlich den Homer Simpson des Ermittlungsteams im Emmet-Sweetman-Mord ausfindig gemacht hatte. Sein Name war Eddery, Leiter der Asservatenkammer, ein mächtiger Garda mit kantigem Kinn und einem Bürstenschnitt, der ihm nicht stand, sowie langen Koteletten. Er hielt einen Schlüssel an einem schwarzen Armani-Lederschlüsselband.

»Ich habe seine bessere Hälfte und seine Sekretärin gefragt – die haben alles an seinem normalen Schlüsselbund identifiziert – dieser Schlüssel – der war in der obersten Schublade seines Büroschreibtischs.«

»Und?«, fragte Tidey.

»Nur ein Schlüssel. Eine Eingangstür, ein Haus, eine Wohnung. Vielleicht ein Spind in einer Muckibude, ein Geräteschuppen oda so.«

»Hast du jemanden rangesetzt, der das überprüft?«

»Wie denn? Ist zwar nur ein Schlüssel – kann aber nicht jedes Schloss im ganzen Land checken.«

Alles hatte mit einer Frage begonnen, die Tidey Detective Rose Cheney gestellt hatte. »Wo hat er seine Freundinnen flachgelegt?«

»Im Hotel?«

»Nicht laut Orla McGettigans Aussage.«

Nachdem das Team zwei enge Freunde von Sweetman befragt hatte, folgerte es, dass er mindestens drei Affären in den letzten zwei Jahren gehabt haben musste. Orla McGettigan war die einzige, die sie ermitteln konnten. Sie war Geschäftsführerin einer Marketingfirma im IFSC, dem International Financial Services Centre.

»Sie sagt, sie hat ihn bei einer Produktpräsentation kennengelernt, irgendwas, woran ihre Firma gearbeitet hat.« Tidey hatte hinunter auf sein Notizbuch geschaut. »Laut ihrer Aussage ›sind wir zu ihm gegangen‹.«

»Wir haben um diese Affäre keinen großen Aufstand gemacht –«, erklärte Cheney, »McGettigan hat keinen Mann oder Partner, 's war also nicht so, als wäre da jemand, der einen Grund gehabt hätte, es auf Sweetman abzusehen.«

»›Zu ihm‹, das hat sie gesagt. Nicht zu ihm nach Hause, vermutlich. Wo also? Hatte er ein Appartement in der Stadt?«

»Nein – nicht laut seiner Frau und seinen Buchhaltern.«

»Wenn er noch eine Wohnung hat, sollten wir uns die definitiv mal ansehen.«

Cheney hatte es übernommen, noch einmal Sweetmans Frau, Sekretärin und Freunde zu befragen, um herauszufinden, ob sie etwas von einer Wohnung wussten, die er sich hin und wieder ausgeborgt oder gemietet hatte, wenn er über Nacht in der Stadt bleiben musste. Bob Tidey war zu Orla McGettigan gefahren.

»Wie oft muss ich es Ihnen denn noch sagen? – Ich bin kein Emmet-Sweetman-Spezialist. Mein Wissen über diesen Mann hat Grenzen.«

»Es dauert nicht lange.«

Sie war klein, Mitte dreißig, mit tollen Gesichtszügen und tadellos fürs Büro gekleidet. Als Tidey an ihrer Arbeitsstätte ankam, bestand sie darauf, ihr Gespräch in den Coffeeshop um die Ecke zu verlegen. »Nehmen Sie's mir nicht übel, aber ein Besuch von Leuten wie Ihnen ist nichts, was ich zur Schau stellen möchte.« Ihre Stimme war ausgeglichen, ruhig, und sie sprach wie jemand, der einen Großteil seines Tages damit zubringt, Anweisungen zu geben.

Im Coffeeshop brachte man ihr unverzüglich ihren üblichen Latte an den Tisch. Tidey bestellte nichts.

»Ich weiß, was mit Leuten passiert, die sich auf solche Sachen einlassen. Jemand wird angeklagt und landet vor Gericht. Und auch, wenn man nur eine Randfigur in dem Fall ist, wenn es einen sexuellen Gesichtspunkt darin gibt, wird er zur Erheiterung von Hinz und Kunz breitgetreten.«

»Das ist wahr«, gestand Tidey. »Aber es gibt nur eines, was ich abklären muss, und es könnte wichtig sein.«

Theatralisch unterdrückte sie ihre Verärgerung, dann lehnte sie sich in ihrem Stuhl zurück und nickte.

»In Ihrer Aussage«, führte Tidey aus, »erklären Sie, an dem Abend, an dem Sie Emmet Sweetman kennenlernten, seien Sie zum ihm gegangen. Wo war das?«

»Er ist gefahren, ich habe nicht wirklich darauf geachtet.«

»Northside, Southside?«

»Gen Norden.«

»Eine ungefähre Ahnung, wo?«

»Ich erinnere mich, dass wir über den Fluss gefahren sind, ich bin mir ziemlich sicher, dass er die Malahide Road nahm, aber –« Sie lächelte. »Ich kenne mich da drüben nicht besonders gut aus.«

»Was war das, wohin er Sie mitnahm?«

»Ein Appartement.«

»Haben Sie während der ganzen Affäre immer dasselbe Appartement benutzt?«

»Was die Klatschpresse, sollte das jemals rauskommen, ohne Zweifel ein Liebesnest nennen wird.«

»Wenn Sie so wollen.«

»Wir sind ein-, vielleicht zweimal wieder hingefahren. Meist sind wir zu mir, manchmal ins Shelbourne Hotel.«

»War das Appartement – schien es bewohnt zu sein, schien er sich dort zu Hause zu fühlen?«

»Es war ziemlich einfach. Er hatte einige Sachen dort, dies und das. Er schien sich wohlzufühlen.«

»Gab es –«

»Ich glaube, ich habe meine Bürgerpflicht jetzt getan, Sergeant. Ich bin alleinstehend, ich habe nichts Falsches gemacht. Ich bin in keiner Weise für den Fall von Bedeutung, aber ich weiß, dass es gut sein kann, dass ich da hineingezogen werde – ist schon lustig, wie die schlüpfrigen Details sich immer als bedeutsam herausstellen.« Schon war sie auf den Beinen. »Mein ganzes Tun und Können und meine ganzen Erfolge würden vom Tisch gefegt. Und für jeden, den ich kenne, oder jeden, den ich kennenlernen würde, wäre ich für den Rest meines Lebens der Seitensprung des Ermordeten.«

»Sie haben recht, und es ist nicht fair. Das nennt man Kollateralschaden. Ein korrupter Banker ist von zwei Bewaffneten umgelegt worden – was ihn ins Zentrum des explodierenden Medieninteresses rückt. Und jeder um ihn herum bekommt die Druckwelle zu spüren.«

»Werden Sie denjenigen finden, der ihn umgebracht hat?«

»Wir werden weiterhin unser Möglichstes tun.«

»Mit anderen Worten, ich bin tief genug darin verwickelt, dass es mein Leben zerstören wird, aber nicht tief genug, dass mir mehr gesagt wird, als was in der üblichen Pressemitteilung steht?«

»Tut mir leid.«

»Ich hoffe, Sie erwischen denjenigen, der es getan hat.« Zum ersten Mal hatte ihre Stimme sanft geklungen. »Schon möglich, dass Emmet ein korrupter Banker gewesen ist, aber er war ein netter Mensch.«

Zurück auf dem Castlepoint-Garda-Revier hatte Bob Tidey einen Ordner herausgesucht, der eine Liste mit Sweetmans Gesellschaftsanteilen enthielt. Sie bestanden aus einem Labyrinth an Vermögenswerten – einige Gebäude, so nahm Tidey an, gehörten Sweetman, andere waren ein Gruppending, Deals innerhalb von Deals. Über eine Stunde hatte Tidey am Telefon mit einem freundlichen Wirtschaftsjournalisten gebraucht, bis er sich das Fachkauderwelsch übersetzen konnte. Sweetman war an Immobilien in drei irischen Städten beteiligt, dazu noch in London, Manchester, Prag und Berlin. Seine Beteiligung ermöglichte ihm Zutritt zu sechs Appartementblöcken in Dublin – zwei davon auf der Northside.

Tidey fand den Asservaten-Polizisten und fragte ihn nach Emmet Sweetmans persönlichen Gegenständen.

»Irgendwelche nicht identifizierten Schlüssel?«

Das war der Moment, als Eddery den Schlüssel an dem schwarzen Armani-Lederschlüsselband hervorgeholt hatte.

»Nur ein Schlüssel. Eine Eingangstür, ein Haus, eine Wohnung. Vielleicht ein Spind in einer Muckibude, ein Geräteschuppen oda so.«

40

Bob Tidey war spät dran und das Pub füllte sich bereits. Kaum eine Handbreit war noch in Trixie Dixons Pint übrig. Tidey gesellte sich zum ihm an die Bar und gab dem Barmann ein Zeichen, aber Trixie fuhr dazwischen. »Hab's schon kapiert – Sie haben ein Recht auf einen Dankeschön-Drink.«

»Also dann Jameson und Eis. Ist das alles, was es an Bestechung gibt?«

»Ich fürchte ja, Mr Tidey. Und ich soll auch Danke sagen von Christy.«

»Es war ein faires Urteil. Hauptsache, er kommt nicht raus und wird zum John Dillinger.«

Trixie lächelte schwach. Bob Tidey vermutete, dass es einen Grund gab, warum er um ein Treffen gebeten worden war, abgesehen vom Dankeschön. Trixie brauchte nicht lange, um zum Punkt zu kommen. Als die Getränke kamen, sagte er: »Ich will Sie nicht belasten, Mr Tidey, aber es gibt da was – kann ich offen sprechen?«

»Sie wissen, dass ich Ihnen keine Probleme bereiten werde.«

»Es ist wegen Christy.«

»Na so was. Was hat er jetzt wieder angestellt?«

»Nichts, es ist nur –«

Trixie nahm einen Umschlag aus der Jacke. Er drehte sich so, dass sein Körper die Sicht auf den Umschlag vor dem Rest des Pubs versperrte, und reichte ihn Tidey.

»Mensch, die Bestechung wird deutlich besser. Wo, verdammt, kommt das denn her?«

»Es ist für Christy.«

Tidey blätterte mit dem Daumen durch die Fünfziger.

»Wie viel?«

»Fünf Riesen. Der Typ hat mir im Flur des GAA einen Besuch abgestattet – alles, was er gesagt hat, war: ›Das ist für Christy‹, und er hat mir den Umschlag gegeben und hat sich verpisst.«

»Einer von Roly Blounts Leuten?«

»Ich kannte ihn nicht, aber muss wohl so sein.«

»Ich versteh Ihr Problem.«

Indem er die Klappe gehalten und den Kopf für den Waffenbesitz hingehalten hatte, hatte Christy bewiesen, dass man ihm vertrauen konnte. Die kleine Aufmerksamkeit war nicht nur ein Dankeschön, sondern ein Willkommen-an-Bord.

»Das Letzte, was er braucht, wenn er wieder rauskommt, ist, nach der Pfeife dieser Wichser tanzen zu müssen«, erklärte Trixie. »Wenn die jungen Leute da reingeraten, töten sie am Ende vielleicht noch jemanden oder werden getötet.«

»Gehen Sie zu Roly, seien Sie höflich. Sie seien dankbar, aber machten sich Sorgen und würden lieber, dass Christy für sich bleibt. Es ist Frank Tucker, der Rolys Fäden zieht, und Tucker ist Geschäftsmann, er muss niemanden zwangsrekrutieren. Es gibt weiß Gott genügend Großmäuler, die Schlange stehen, um dabei zu sein.«

»Die werden das als Abfuhr von Christy sehen«, meine Trixie. »Man kann nie wissen, wie diese Arschlöcher reagieren – wenn die glauben, du machst einen auf Bolschi, könnten die das als Beleidigung ansehen, oder Drohung.« Trixie nahm einen Schluck von seinem Pint. »Ich hatte gehofft, Sie hätten eine Idee.«

Tidey schüttelte den Kopf. »Ich könnte mal mit Frank Tucker reden, wenn Sie wollen. Aber ganz ehrlich, ich glaube, das würde die Sache verschlimmern. Die könnten anfangen, sich zu fragen, ob Christy Freunde hat, die er nicht haben sollte.«

»Himmel«, empörte sich Trixie, »früher konntest du einklauen gehen und dich irgendwie über Wasser halten, und wenn du einen ordentlichen Job gefunden hattest, der dir gefiel, bist du einfach ausgestiegen. Jetzt ist es wie in der verdammten Armee. Du heulst mit den Wölfen, du musst dich einkratzen und kriechen und strammstehen vor den kleinen Wichsern. Und wenn du irgendeine Linie übertrittst – eine Linie, von der du vielleicht gar nicht weißt, dass es sie gibt –, bekommst du eine Kugel in den Kopf.«

Tidey ließ das Eis in seinem Jameson klirren. »Alles, was ich Ihnen raten kann, ist, lassen Sie es für den Moment auf sich beruhen. Christy wird nicht vor Ende nächsten Jahres raus sein – dazwischen kann alles Mögliche passieren. Wenn es Zeit wird für seine Entlassung und es hat sich nichts geändert, wird es vielleicht das Klügste sein, ihn für eine Weile außer Landes zu schaffen.«

Da war eine Heiserkeit in Trixies Stimme, die nichts mit seinen beschädigten Lungen zu tun hatte. »Er hat nur jemandem einen Gefallen getan. Roly Blount musste eine Waffe verstecken, damit irgendjemand aus der Nachbarschaft sie abholen konnte. Tu mir den Gefallen, hatte er gesagt. Und Christy dachte, die Typen wären cool, wie die aus *Die Sopranos*. Und jetzt – was für eine Wahl – entweder sich bei diesen Arschlöchern einschleimen oder das eigene Land verlassen, nur so für alle Fälle.«

Sie tranken schweigend aus. Draußen sagte Tidey behutsam: »Kann sein, dass es gar nicht dazu kommt, Trixie. So wie die Dinge bei solchen Typen laufen, kann es gut sein, dass, wenn Christy rauskommt, Roly tot ist – Problem gelöst. Wenn nicht, melden Sie sich – und wir schauen, was wir machen können.«

»Danke.« Trixie klopfte auf seine Jackentasche. »Wenigstens werden die fünf Riesen ganz gelegen kommen, wenn er die Mücke machen muss.«

41

Liam Delaney verbrachte den Morgen damit, sich gedanklich wie die Katze in den eigenen Schwanz zu beißen, während er zu entscheiden versuchte, was das Beste sei. Er war darin Kacke – und Vincent gut, der konnte Dinge durchdenken.

Das Geld aus der Farbenfabrik holen? Annehmen, dass die ganze Sache schiefgegangen ist, und abhauen?

Darauf warten, dass Vincent sich meldet?

Eigentlich war geplant gewesen, sich am Nachmittag mit Noel Naylor zu treffen und das Geld woanders hinzubringen. Sie brauchten einen Ort, an dem sie es zählen und aufteilen konnten – einen Ort, an dem ihr Kommen und Gehen keine Aufmerksamkeit erregen würde. Noel hatte ein Haus in der Rathfillan Terrace angemietet, in Santry. Da es sein konnte, dass einer oder mehrere nach dem Überfall eingesackt wurden, hatten alle vier einen Schlüssel zum Haus in Santry.

Das Problem war, wenn er das Geld wie geplant holen ginge und Noel oder Kevin die Adresse des Hauses in Santry aufgeschrieben hatte, könnten die Bullen sie entdeckt haben, als sie ihre Häuser durchsuchten. Oder jemand hatte etwas gesehen, angerufen, und die Pornobrillen hatten das Geld schon gefunden und lagen mit gezogenen Waffen auf der Lauer. Die waren vielleicht nicht die Schlausten, so wie die herumstolzierten, als wären sie CSI Dublin, aber selbst ein blindes Huhn findet mal ein Korn.

Kurz nach drei parkte Liam auf der Tonlegee Road. Er lief herum zur Mulville Avenue und betrachtete eingehend die Vorderseite der Farbenfabrik. Nichts rührte sich. Er lief zurück zur Tonlegee. Als er wieder im Auto saß, gestand er sich ein, dass die Bullen vielleicht doch nicht alle so beschränkt waren, wie er es gerne hätte. Er startete den Motor, und eine Minute später bog er in die Gasse ein, die zu der alten Farbenfabrik führte.

Er stellte das Auto ab und zog ein Paar Latexhandschuhe über.

Als er drinnen war, fand er die Protectica-Geldsäcke unberührt unter der Plane vor. Er musste viermal laufen, bis er sie alle im Kofferraum hatte.

In dem Moment, als er den Schlüssel im Zündschloss drehte, fiel ihm ein, dass dieses Geräusch das Zeichen für einen plötzlichen Zugriff der Polizei sein könnte, aber nichts geschah.

Zu dem angemieteten Haus in der Rathfillan Terrace gehörte eine Garage und er fuhr hinein und schloss die Tür, bevor er anfing, die Säcke auszuladen. Nach ungefähr einer Minute fluchte er: »Scheiß drauf«, ließ sie fallen und verbrachte die nächsten fünf Minuten damit, alle Räume zu überprüfen. Als er sich bewusst wurde, dass er auf ein Knie gestützt unters Bett schaute, ermahnte er sich, sich nicht wie ein kompletter Spinner zu benehmen, und ging zurück, um die Säcke auszuladen.

Über eine Stunde verbrachte er damit, das Geld zu sortieren. Er benutzte ein Stanley-Messer und einen Kraft-Kabelschneider, um in die Protectica-Säcke zu gelangen. Dann steckte er sich etwas Geld ein – nicht genug, um es nicht erklären zu können, falls er angehalten wurde – und füllte den Rest in große, beige Umschläge. Er legte die Umschläge in sechs Tesco-Taschen. Noel hatte ein Versteckt unter einer abgezogenen Dämmung unterm Dach vorbereitet. Der Platz reichte nicht, also brachte Liam das restliche Geld ins Badezimmer und stopfte es hinter die Badewannenverkleidung.

Vom oberen Fenster aus gesehen, das nach vorne ging, schien alles normal zu sein. Zwei Männer, die an einem Automotor gebastelt hatten, als er ankam, waren immer noch zugange. Einer kratze sich gerade den Kopf und starrte in den Motor, als wäre er ein unlösbares Kreuzworträtsel. Nebenan schabte eine Frau mit einer gekrümmten Unkrautharke den Schmutz zwischen den Pflastersteinen heraus. Alles schien normal, auf der ganzen Straße. Er streifte sich die Latexhandschuhe ab und benutze das Innere des einen, um die Tür hinter sich zuzuziehen. Auf dem Weg zum Wagen hörte er dem Schaben der Unkrautharke zu, halb in Erwartung, dass sie plötzlich verstummen würde. Während er hinters Steuer glitt, behielt er die zwei Hobby-Mechaniker auf der anderen Straßenseite im Auge.

Erst als Liam Delaney schon die halbe Oscar Traynor Road hinter sich hatte, gestand er sich ein, dass er frei und außer Gefahr war. Unter Freudengeschrei schlug er auf das Lenkrad. Was mit Noel und Kevin passiert war, war scheiße, aber das waren nun mal die Risiken. Er war plötzlich überzeugt, dass der Horrortrip zu Ende und der einzige Weg der nach oben war.

Als er zu Hause ankam, lag ein kleiner, gepolsterter Umschlag im Flur unter dem Briefkastenschlitz. Er war in Druckbuchstaben an Liam adressiert. Er riss ihn auf und fand ein Handy darin. Erstaunt sah er es einen Moment lang an, dann suchte er im Inneren des Umschlags. Nichts.

Er schaltete es ein, und als er aufgefordert wurde, eine PIN einzugeben, versuchte er es mit viermal Null, der wahrscheinlichen Werkseinstellung, und es klappte. Er tippte auf die Liste der Anrufe – nichts. Keine SMS im Posteingang, keine gesendete Nachricht. Er versuchte es mit dem Adressbuch und da war nur eine Nummer. Er markierte die Nummer und tippte auf *Anrufen.*

Als die Nummer gewählt war, meldete sich Vincent Naylor mit: »Ich bin's.«

42

»Tut mir leid«, entschuldigte sich Tidey, »war ein bisschen eine Zeitverschwendung.«

»Musste gemacht werden«, entgegnete Rose Cheney.

Tidey ließ Emmet Sweetmans Schlüssel vom ledernen Armani-Schlüsselband baumeln. Er fing langsam an zu glauben, dass Garda Homer Simpson recht haben könnte – es war einfach nur ein Schlüssel. »Vielleicht *ist* es der Schlüssel zu einem Sportspind, ein Ersatzschlüssel, ein alter, was auch immer.«

Tidey und Cheney hatten den Nachmittag in einem Wohnblock zugebracht, fünf Minuten von der Malahide Road entfernt, und den Schlüssel in Wohnungstüren gesteckt. Es war eine langsame, langweilige Arbeit. Sie hatten so lange die Klingelknöpfe an der Eingangstür gedrückt, bis sie jemanden gefunden hatten, der zu Hause war, hatten erklärt, wer sie waren und dass sie eine bestimmte Wohnung finden mussten. Danach hieß es, von Wohnung zu Wohnung zu gehen und um Erlaubnis zu fragen, den Schlüssel im Schloss testen zu dürfen. War niemand zu Hause, versuchten sie es trotzdem. Immer und immer wieder, während die Hoffnung mit jedem Schloss, in das der Schlüssel nicht passte, schwand.

Es gab einen zweiten Appartementblock, in der Nähe der Swords Road. »Wollen Sie das morgen wieder machen?«, fragte Tidey.

»Die erste Wohnung morgen – erste Wohnung, Erdgeschoss«, sagte Cheney, »Ich bin mir sicher, dass wir Glück haben werden.«

Tidey grinste. »Na klar«, sagte er. »Ist auch meine Erfahrung, so läuft das.«

Anthony Prendergast saß über seinen Arbeitsplatz gebeugt, die Deadline rückte näher und der letzte Absatz wollte geschrieben werden. Man muss mit einem Absatz enden, der es in sich hat, etwas, was in den Köpfen bleibt, wenn die Zeitungen weggelegt sind. Er drückte Strg/Pos1 und der Cursor schoss hoch an den Anfang der Geschichte.

> Wenn man es mit den tödlichsten Männern einer Stadt aufnimmt, braucht man mehr als einen schnellen Verstand und einen Sinn für Gerechtigkeit. Man braucht einen Harnisch, der die lebenswichtigen Organe schützt. Man braucht eine automatische Waffe in der Hand, die auf dem neuesten Stand der Technik ist.
>
> John ist nicht sein richtiger Name, aber es ist der Name, den wir verwenden werden, um ihn zu schützen. Das ist das Mindeste, das wir tun können, angesichts der Tatsache, dass er tagtäglich sein Leben für unsere Sicherheit aufs Spiel setzt.

Dicht, klar, direkt. Ein Mordseinstieg.

Eine Sache, die viele Leute von der Presse nicht begreifen, ist, dass man manchmal einfach nur fragen muss. So wie Anthony es sah, waren Journalisten es schon so gewöhnt, dass diejenigen mit echten Hintergrundinfos ihnen sagen, sie sollten sich verpissen, dass sie das Schlimmste befürchten und faul werden und es nicht einmal mehr versuchen.

»Zehn Absätze Hintergrund zur North-Strand-Schießerei«, hatte sein Nachrichtenredakteur verlangt. »Etwas zu den ERU-Jungs.«

Kinderspiel. Knacken würde er diese harten Nüsse nicht, aber er würde seine Garda-Kontakte um Anekdoten anbetteln, ein formelles Briefing zur Einheit einholen, einige der Greatest Hits der ERU aneinanderreihen, mit einem kurzen Absatz zur Abbeylara-Kontroverse. Weil er nicht träge war, hatte Anthony heute Morgen zu allererst offiziell um ein Interview mit jenem Garda gebeten, der die tödlichen Schüsse abgegeben hatte. Dann hatte er eine Stunde lang das Telefon beackert und war gerade dabei gewesen, zwei Etagen tiefer ins Archiv der Zeitung zu steigen, um die Akten über die ERU zu prüfen, als er einen Anruf erhielt.

»Die Antwort auf Ihre Anfrage lautet nein – das Mitglied der Emergency Response Unit, das an dem Schusswechsel beteiligt war, ist beurlaubt, und es ist Einzelnen nicht gestattet, mit den Medien sprechen.«

»Vielen Dank, ich –«

»Ich heiße Sergeant David Dowd. Ich habe den Einsatz geleitet und werde mit Ihnen sprechen – inoffiziell und vertraulich, wenn Sie mich in zwanzig Minuten treffen.«

Im *Daily Record* hatte die landläufige Pfennigfuchserei der Anzugträger eine neue Qualität erreicht. Einer Runde Gehaltskürzungen folgte ein Memo, das die Angestellten ermahnte, dass der Verbrauch an Seife, Handtüchern, Bürobedarf und Toilettenpapier so nicht mehr tragbar sei. Seit Jahren schon mussten alle Ausgaben für Taxis im Vorfeld von einem kleinen Kreis an Vorgesetzten genehmigt werden. Anthony Prendergast befand, dass ein solcher Hürdenlauf ihm keine Zeit ließe, es noch rechtzeitig nach Rathmines zum Treffen mit Sergeant Dowd zu schaffen. Er entschied sich, einen heiligen Grundsatz des Journalismus zu brechen und sein Taxi selbst zu bezahlen.

Sie trafen sich in einem Café in Rathmines. Dowd war in Zivilklamotten, auf vorgeschriebener Erholung nach der gestrigen Schießerei, und mächtig verärgert. Er hatte eine Ausgabe des *Daily Record* aufgeschlagen und den Artikel von Anthony vor sich. Sie saßen an einem Tisch in der Nähe der Tür und Anthony wollte sich schon nach dem Getränkewunsch des Garda erkundigen, doch Dowd war an den üblichen Nettigkeiten nicht interessiert.

»Diese Scheiße hier – ›Ein Anwohner der Kilcaragh Avenue berichtete, dass sich einer der Bankräuber allem Anschein nach gerade ergeben wollte, als er erschossen wurde.‹ Das ist Schwachsinn.«

»Das ist ein Zitat«, versuchte Anthony zu vermitteln, »da war ein alter Herr, sein Name steht auch drin –«

»Ja, Heneghan. Da steht, dass einer der Wichser versucht hat, sich zu ergeben, aber wir ihn erschossen haben.«

»Das steht da nicht, nur, was der alte Mann meint, gesehen zu haben – ist ja nicht so, als würde *ich* behaupten, dass es sich so zugetragen hat.«

»Das werden die Leute aber hineinlesen. Kümmert es solche wie Sie nicht, was wirklich passiert ist? Muss es immer gegen die Polizei gehen?«

»Sehen Sie, ich bin auf keinen Fall gegen die Polizei. Das ist –« Dann erkannte er seine Chance. »Alles, was ich machen kann, ist, mit Leuten zu sprechen, die dabei waren – und Sie wissen ja, wie es ist, wenn man versucht, einen Bericht aus erster Hand von offiziellen Quellen zu bekommen. Also musste ich mich auf den alten Mann stützen, und ich weiß, dass er ehrlich war, er war nur –«

Dowds Kinn schoss nach vorn. »Der Mann, der diese Schüsse abgegeben hat, ist einer der engagiertesten Polizisten in der Truppe. Er ist kein Waffennarr, kein Schießwütiger – er hat diese Schüsse abgegeben, weil –«

»Ich habe nie behauptet –«

»– er musste. Und er ist gestern völlig fertig nach Hause gegangen, wegen dem, was passiert ist. Und wenn seine Beurlaubung vorbei ist, wird er sich zurückmelden und bereit sein, genau das Gleiche noch einmal zu tun. Weil er an das, was er tut, glaubt.«

Zwei Frauen am Nachbartisch starrten Dowd an.

»Es ist nicht besonders hilfreich«, zischte er, »wenn ein anständiger Polizist behandelt wird wie ein verdammter Revolverheld aus dem Wilden Westen.«

Anthony Prendergast lehnte sich über den Tisch herüber und sagte: »Erzählen Sie's mir – erzählen Sie mir, was passiert ist, wie sowas ist. Erzählen Sie mir, wie es wirklich ist, was Sie tun müssen.«

Dowd saß einen Moment lang da, dann sagte er: »Vertraulich?«

»Ganz wie Sie wollen.«

»Ich habe keine Erlaubnis erhalten, mit Ihnen zu sprechen, und hätte ich darum gebeten, hätte ich den wohlgemeinten Rat bekommen, mich zu verpissen.«

Dowd sagte, er wolle das nicht in der Öffentlichkeit machen. Er stand auf und Anthony folgte ihm nach draußen. Er brauchte fünf Minuten bis zu einer ruhigen Straße, die von alten Häusern gesäumt war. Dowd ging voran zu einer gepflegten Doppelhaushälfte mit einem Erkerfenster. Er ging kurz in die Küche, sprach mit seiner Frau, dann nahm er Anthony mit ins Wohnzimmer.

In der Stunde, die folgte, zeigte sich Dowd mehrere Male verärgert und wütend, aber meist blieb er sachlich.

»Ich habe noch nie jemanden getötet, ich möchte auch niemals jemanden töten. Ich weiß, was Kugeln mit Menschen machen, und beim Gedanken daran wird mir übel. Ich fänd es besser, es gäbe gar keine bewaffnete Polizei, aber was machen wir, wenn ein kleiner Wichser auftaucht und mit einer Waffe herumfuchtelt?«

»Ich weiß, das macht –«

»Der Mann, der diese beiden Leute erschossen hat, dem geht es genauso wie mir. Ich spreche nicht für jeden Polizisten, noch nicht einmal für jeden aus der Einheit. Aber es gibt nicht einen, der es darauf anlegt, sich eine Kerbe in seine Waffe zu schnitzen – und schon gar nicht der Mann, der getan hat, was er tun musste.«

»Erzählen Sie mir genau, was gestern passiert ist«, bat Anthony Prendergast.

Zurück an seinem Schreibtisch stellte er fest, dass sich die Geschichte wie von selbst schrieb.

> »Wir hatten die Situation unter Kontrolle. Es war nicht möglich, die ganze Wohngegend zu evakuieren, aber wir hatten die Straße an beiden Enden abgeriegelt.
>
> Einer der Verdächtigen hatte die Waffe niedergelegt, der andere hielt seine weiterhin fest. Sie mussten gewusst haben, dass sie nicht die geringste Chance hatten. Aber manchmal drehen Menschen durch, wenn sie in der Falle sitzen.
>
> Der zweite Verdächtige fing an zu schießen. Er versuchte zu flüchten – Kevin Broe, so hieß er. Die Häuser der Straße waren bewohnt, mindestens ein Anwohner stand draußen, nur Meter vom Bewaffneten entfernt. Wir hatten unsere Leute an beiden Enden der Straße, sodass wir auf Kreuzfeuer achten mussten.
>
> Wir hatten keine andere Wahl als zurückzuschießen, und einer – nur einer – hat drei gezielte Schuss auf den Mann abgefeuert, der selber schoss. Zwei davon trafen das Ziel. Der Bewaffnete lief vor seinem Partner über die Straße, und die dritte Kugel traf den anderen Verdächtigen, Noel Naylor, am Hals. Es ist bedauerlich, aber es ging nicht anders«

»Werden Sie keinen Ärger bekommen?«, hatte Anthony Dowd gefragt. »Es ist zwar vertraulich, aber die werden wissen, dass es nur einer von einer Handvoll Leuten gewesen sein kann.«

»Sollen die es mir beweisen. Solange, wie Sie die Klappe halten.«

»Ich schwöre es.«

Als er die Geschichte noch einmal las, glühte Anthony innerlich. Eine Story wie diese, ein Exklusivbericht von einem Mitglied der Emergency Response Unit – es gab keinen Reporter oder Redakteur in der Stadt, der ihn lesen und nicht die Verfasserzeile zur Kenntnis nehmen würde.

> So wie er im Wohnzimmer seines bescheidenen Hauses sitzt, mit der Ehefrau in der Küche, die Kaffee und Sandwiches macht, erkennt jeder leicht, dies ist kein SA-Mann, kein Schläger, dem es in den Fingern juckt – das ist ein anständiger Bürger, der einen schwierigen und gefährlichen Dienst an der Öffentlichkeit leistet.

Alles, was er jetzt noch brauchte, war ein Schluss, der die Sache rund machen würde.

Er warf einen Blick auf den Anfang. Manchmal waren die altbewährten Tricks die besten – am Schluss sich auf den Einstieg zu beziehen, dem Leser das Gefühl zu vermitteln, einen Kreis zu schließen. Er dachte einen Moment darüber nach, dann tippte er los.

> Es gibt Menschen, auf die wir uns verlassen, dass sie uns vor den Bösen beschützen. Sie sind unser Harnisch gegen die brutalen Gangster, die unser Land schänden. Und wenn diese Polizisten tun, was wir von ihnen erwarten, und wenn zwangsläufig Kontroversen entstehen, ist es an uns, ihr Harnisch zu sein.
>
> Sie zu schützen.
>
> Ohne zu hinterfragen.

Ein Mordsschluss.

Er tippte ›Ende‹ unter den Absatz, klickte ein paar Mal auf die Maus und die Story war unterwegs in den Posteingang des Nachrichtenredakteurs.

Zehn Minuten später kam dieser zu Anthonys Arbeitsplatz herübergewandert, in der Hand einen Ausdruck des Beitrags. »Großartiger Schluss«, sagte er. »Reine Poesie.« Es klang ernst gemeint, aber Anthony wusste, dass er sich lustig machte. »Übrigens, du wirst sehen, ich habe den Anfang etwas gestrafft und die letzte Zeile gestrichen. Wir berichten niemals über das, was jemand tut oder sagt, ›ohne zu hinterfragen‹. Wenn wir etwas ohne es zu hinterfragen hinnehmen, dann ist das kein Journalismus, dann ist das Stenografie.«

Er wandte sich ab, dann drehte er sich noch einmal um. »Schöne Arbeit. Jetzt raus mit dir und besorg mir was Besseres.«

43

Liam Delaney parkte in einer Parallelstraße und ging zu Fuß zu dem angemieteten Haus in der Rathfillan Terrace. Er trug einen Koffer. Vincent Naylor hatte sich nicht gerade klar ausgedrückt, was für ein Teil er brauchte – alles, was er gesagt hatte, war: »Schaff Meinungsverstärker ran« –, also hatte Liam ihm eine Auswahl mitgebracht.

»Such dir was aus«, lud er ihn ein, den Koffer auf dem Boden der kleinen Küche, drei Waffen auf dem Tisch ausgebreitet – zwei automatische und einen Revolver.

»Egal«, sagte Vincent. »Welche ist die beste?«

»Kommt drauf an, was du mit ihr vorhast. Sagen wir, du marschierst irgendwo rein, dann willst du, dass sich alle in die Hosen scheißen, damit keiner glaubt, er kann einen auf Held machen – dann würde ich den Taurus nehmen.« Er hob den Revolver auf, reichte ihn Vincent. »Vierundvierziger Kaliber – gibt den Clint Eastwood.«

»Aber schwer.«

»Die Chiefs Special – die ist leicht. Sieben Schuss, neun Millimeter. Einige Amibullen benutzen die. Zuverlässig. Aber wenn es nach mir ginge, ich würde die Bernardelli nehmen. Eine Combat-Pistole, neun Millimeter, sechzehn Schuss. Die erledigt so ziemlich jeden Job.«

Er hielt Vincent die Waffe hin, die dieser in der Hand wog, dann auf Augenhöhe hielt und ein unsichtbares Ziel ins Visier nahm. »Fühlt sich o. k. an.« Er nickte. »Die Eastwood brauch ich nicht, zu protzig. Die Bullenwaffe – nein, ich brauch mehr als sieben Kugeln. Ich nehme diese hier.«

Liam legte den Taurus und die Chiefs Special zurück in den Koffer und holte zwei Magazine für die Bernardelli heraus. »Das reicht, außer, du willst ein ganzes Land überfallen.«

»Danke. Wie viel hast du bezahlt?«

»Vergiss es.«

Vincent nickte seinen Dank.

»Muss du das wirklich machen?«, fragte Liam.

Vincent schwieg.

»Ist nicht mein Stil, Vincent – sonst, du weißt, ich –«

»Ich bin es, der's tun muss«, beruhigte ihn Vincent.

Er füllte den Wasserkocher, als Liam sagte: »Irgend 'ne Ahnung, wer uns verpfiffen hat?«

Vincent schaufelte Maxwell House löffelweise in zwei Becher. Er tat es langsam, so, als wäre ein Teil von ihm an einem anderen Ort. Liam begann sich zu fragen, ob Vincent ihn gehört hatte. Am Küchentresen stehend und den Blick nach hinten in den Garten gerichtet, antwortete Vincent: »Ich weiß, wer ganz oben auf der Liste steht.«

Bob Tidey klingelte am Appartement 1 im Erdgeschoss des Swords-Wohnblocks und es war jemand zu Hause. »Klar, Garda, kein Problem.« Es war ein kleiner, ordentlicher Siebzigjähriger und hocherfreut, mit der Polizei zusammenzuarbeiten. In sein Schloss passte der Schlüssel nicht.

Anderthalb Stunden später, im dritten Stock, Appartement 327, war niemand zu Hause, und nachdem Cheney den Schlüssel ins Schlüsselloch geschoben hatte, machte es klick und sie waren drin.

»*Yes*«, triumphierte Cheney.

»Erwischt.« Tidey zog sofort die Tür hinter sich zu. Fünfzehn Minuten später traf ein Beamter des Swords-Garda-Reviers ein. In der Zwischenzeit hatte Tidey sich bereits einen Küchenstuhl von dem netten alten Herrn aus Appartement 1 geborgt und vor der 327 in Position gebracht.

»Haben Sie was zum Lesen?«, erkundigte sich Tidey. Der Beamte lächelte, zog einen iPod nano aus der Brusttasche und ließ sich auf dem Küchenstuhl nieder.

Es dauerte zwei Stunden, einen Durchsuchungsbefehl zu bekommen.

Vor Vincent Naylors Hotelzimmertür lachten zwei oder drei junge Frauen, während sie den Korridor hinunterliefen. Eine von ihnen wiederholte immer und immer wieder »Oh mein Gott«, bis ihre Stimmen in der Ferne verklangen. Vincent saß an einem Schminktisch, ein Blatt des Westbury-Hotel-Briefpapiers vor sich. Seine Handschrift war seit jeher sauber, aber beim Schreiben dieser Liste gab er sich besondere Mühe. Sie enthielt vier Namen.

Lange saß er da, starrte auf das Blatt Papier, stellte sich die Gesichter vor – und genoss die Vorfreude.

»Socken«, verkündete Bob Tidey. »Dunkelblaue, drei Paar. Und drei Paar dunkelblaue Ralph-Lauren-Boxershorts.« Sie waren die erste Spur persönlicher Dinge in Emmet Sweetmans sehr kahlem Liebesnest. Das Appartement war klein. Zwei Schlafzimmer, ein Wohnzimmer und eine winzige Küche. Es war schmuck- und gesichtslos. Keine Lebensmittel in den Küchenschränken oder dem Kühlschrank, kein Spülmittel, keine Zeitungen oder Zeitschriften im Wohnzimmer, keine Sachen, die beiläufig irgendwo hingeworfen waren. Eine Bettdecke, die mehr oder weniger gerade über das Bett gezogen war, ließ vermuten, dass geringfügige Anstrengungen unternommen worden waren, aufzuräumen.

Ein gelegentlich genutztes Appartement, von dem nur wenige wussten, wäre ein idealer Ort, um jegliche Geschäftsunterlagen zu verstecken, die des gewissen Extras an Sicherheit bedurften. Tidey hatte auf einen Koffer gehofft, eine Akte, Papiere – irgendetwas, das mit dem Mord an Sweetman in Verbindung stand. Es wäre zu viel erwartet, und er sprach es Cheney gegenüber nicht laut aus, aber er hoffte auf etwas wie einen Drohbrief – etwas, das manche Mörder blöd genug sind zu tun.

Cheney öffnete einen Schrank und fand vier Anzüge in unterschiedlichen Farben. »Hübsch«, sagte sie. Sie untersuchte die Marken. »Die gleichen wie in seinem Schrank zu Hause – alle Ralph Lauren. Wäre der Typ seiner Frau mal so treu gewesen wie Ralph, würde er sich heute vielleicht nicht die Radieschen von unten ansehen.«

»Sie tendieren zur Betrogener-Ehemann-Theorie?«, fragte Tidey.

»Nee – ich habe nur eine Schwäche für ein wenig Klatsch und Tratsch.«

Tidey langte tief in eine Schublade hinein – nichts. Er zog das Schrankpapier zurück und prüfte darunter. Er befühlte den Boden jeder Schublade, um zu sehen, ob etwas festgeklebt war. Nichts.

»Endlich«, rief Rose Cheney aus, »ein Lebenszeichen.« Sie hatte eine flache Schublade geöffnet und hielt eine angerissene Schachtel Kondome hoch. »Die Lustrequisiten.« Sie warf die Kondome aufs Bett, dann eine Schlafmaske, eine blaue Flasche Massageöl und ein paar zarte Schals. »Etwas dürftig für Lustrequisiten.«

»Genug, um einen Kerl durch seine Midlife-Crisis zu kriegen.«

»Sprechen Sie da aus Erfahrung?«

Als Tidey nicht antwortete, meinte Cheney: »Ups. Wunder Punkt? Tut mir leid.«

Tidey lächelte. »Kein Problem. Ich bin es, der es angesprochen hat. Aber – ja, wunder Punkt.«

Cheney packte die Lustrequisiten zurück in die Schublade und Tidey kippte die Matratze an, während sie drunter nachsah. Nichts.

Cheney ging ins andere Schlafzimmer, Tidey ins Bad. Das Duschgel war halb leer, das Shampoo von Head & Shoulders lag auf der Seite, der Verschluss offen. Ein Handtuch lag in einer Ecke auf dem Fußboden, ein anderes hing unordentlich von einem Halter. Tidey berührte beide. Trocken.

Er gesellte sich zu Cheney ins zweite Schlafzimmer. Sie machte Schubladen auf und wieder zu. »Leer, leer, leer.« Das einzige Anzeichen dafür, dass jemand das Schlafzimmer vor Kurzem benutzt hatte, war eine Jacke, die nachlässig auf das Bett geworfen war.

»Haben Sie die Taschen überprüft?«

»Ich mag es, mir das Vielversprechendste bis zum Schluss aufzuheben.«

Sie sah in einem hohen, schmalen Schrank nach. Völlig leer. Dann wandte sie sich der Jacke zu. »Ich wette, in der Innentasche steckt ein dicker Umschlag voller Dokumente«, scherzte Cheney.

Tidey schüttelte den Kopf. »Ein Kalender in der Seitentasche.«

Als Cheney die Jacke hochhob, lag ein Handy darunter.

*

Es dauerte eine Dreiviertelstunde, das Handy zu Crime & Security zu schaffen, und weitere zwei, die Verbindungsdaten vom Mobilfunkanbieter zu besorgen und einen vorläufigen Bericht an das Castlepoint-Garda-Revier zu schicken. Im Ermittlungsraum saß Bob Tidey und stieß einen leisen Pfiff aus. »Noch mehr Klatsch und Tratsch für Sie.«

»Sie machen mich glücklich«, gestand Rose Cheney.

Das Handy war ein Prepaid-Mobiltelefon, hieß es im Bericht. Es war vor acht Monaten aktiviert und niemals benutzt worden, um in Sweetmans Büro oder bei ihm zu Hause anzurufen. Sweetman hatte es anscheinend ausschließlich für seine geheimen Freizeitbeschäftigungen, die nebenher liefen, verwendet. Außer der von Orla McGettigan wies die Anrufliste nur vier weitere Nummern auf, alles Handys. Crime & Security hatte die Nummern drei Frauen zugeordnet, deren Namen bekannt und von denen zwei verheiratet waren. Die dritte war eine Analystin in der Kreditabteilung von Sweetmans Bank.

»Könnte sein, dass die Analystin an seinen Betrügereien beteiligt war«, mutmaßte Cheney. »Hogg will die Nummern – er wird seine Leute gleich morgen früh zum Klinkenputzen schicken.«

»Diese letzte Nummer will ich mir selbst vorknöpfen«, erklärte Tidey.

Cheney warf einen Blick auf den Bericht. »Cornelius Wintour – klingt wie ein Buchhalter, der immer noch Handelsbücher und Federkiele benutzt.«

»Nicht ganz.«

»Es würde dem Klatsch und Tratsch zuträglich sein, wenn er jung und schnuckelig wäre und Sweetman ein wenig Abwechslung in seinem Speiseplan mochte.«

Tidey grinste. »Es ist lange her, dass Conny Wintour jung war, und schnuckelig war er noch nie. Er ist ein Anwalt, ausschließlich Strafsachen. Laut dem Bericht von Crime & Security hat Sweetman mehrmals pro Woche Connie angerufen oder Anrufe von ihm erhalten, einschließlich zweier Telefonate mit Connie am Tag, an dem er ermordet wurde.« Tidey stand auf, holte seine Zigaretten hervor.

»Wenn man sich mit strafrechtlichen Anklagen konfrontiert sieht, verbringt man viel Zeit damit, mit Anwälten zu reden«, sagte Cheney.

»Sweetman hatte eine Anwaltskanzlei, die ihn vertrat. Die Klienten, mit denen Connie normalerweise zu tun hat – die begehen keinen Bankbetrug und machen keine Grundstücksgeschäfte, um Geld zu stehlen, die machen das mit Hasskappe und Waffen. Connie könnte das Bindeglied zwischen den Morden sein.« Tidey steckte sich eine unangezündete Zigarette zwischen die Lippen.

»O. k., wenn ich jetzt nicht rausgehe und dieses Ding anzünde, fange ich an, Löcher in die Wand zu treten. Tun Sie mir einen Gefallen?«

»Solange es nicht Ihre Midlife-Crisis betrifft.«

»Setzen Sie sich mit dem Büro des Generalstaatsanwalts in Verbindung. Wir hatten einen Verdächtigen im Oliver-Snead-Mord, ein Junkie namens Gerry FitzGerald – für seine Freunde Zippo. Ist mittlerweile tot. Kriegen Sie sie dazu, dass sie in Zippos Akte nachschauen, ob Connie Wintour ihn mal vertreten hat. Wenn ja, könnten wir eventuell die Verbindung zwischen den beiden Morden gefunden haben.«

Tidey machte sich einen Kaffee. Er nahm ihn mit zum Hinterausgang des Garda-Reviers und zündete sich seine Zigarette an. Er nahm sein Handy heraus und wählte Hollys Nummer. Als die Stimme des Anrufbeantworters ihn aufforderte, eine Nachricht zu hinterlassen, legt er auf.

Nachdem er seine Zigarette aufgeraucht hatte, zündete sich Tidey eine zweite Rothmans an. Er war zur Hälfte durch, als Rose Cheney aus dem Hinterausgang kam. »Zwei Sachen – das Büro des GStA sagt, Connie Wintour hat Gerry FitzGerald nie vertreten.« Sie begann, sich an Tidey vorbei und in Richtung Parkplatz zu bewegen. »Und zweitens, Hogg hat gerade angerufen. Es hat einen weiteren Toten gegeben – wahrscheinlich besteht ein Zusammenhang. Sind nur wenige Minuten mit dem Auto von hier.« Tidey schnippte seine Zigarette fort und folgte ihr.

Hinterm Steuer ihres Hyundais fügte Cheney hinzu: »Er ist schon vor Ort, mit den Beamten – der Anruf war gleich zu Hogg durchgestellt worden. Er sagt, das Opfer ist eine Art Projektentwickler für Bauvorhaben, sein Name ist in den Ermittlungen zu Emmet Sweetman aufgetaucht – die zwei standen geschäftlich in Verbindung. Und jetzt hat ihm jemand den Kopf weggepustet.«

Mit der Schnauze voran bugsierte sich Cheney auf die Straße, schnitt einen blauen Van, bog links ab und gab Gummi.

Teil 4

Der Sturm

44

Vincent Naylor sammelte die Zeitung vom Boden auf. Es gab einen Minibericht unten auf einer Innenseite über die Pläne für die Beerdigung der »North Strand Shoot-out Bankräuber«. Den faulen Säcken ist es egal, was sie schreiben – es hatte keine Schießerei gegeben, Noel war unbewaffnet, als ihn die Bullen erschossen. Im Artikel stand, Noel Naylor würde auf dem Glasnevin eingeäschert und Kevin Broe in Balgriffin beerdigt werden. Da stand, die Polizei hätte Naylors Vater kontaktiert, der aus Schottland zurück war, um die Beerdigung zu organisieren. Die Polizei hoffe immer noch, mit dem Bruder des Toten Kontakt aufnehmen zu können.

Ja, klar.

Vincent hatte zwei Stunden am Fenster gesessen. Draußen gab es nichts außer der Rückseite eines weiteren Gebäudes zu sehen. Er hatte den Beitrag ein halbes Dutzend Mal gelesen. Hin und wieder hatte er die Zeitung auf den Boden gelegt, und nach einer Weile hatte er sie aufgehoben und sie sich wieder angesehen. Bevor es passierte, hatte Noels Name niemals in der Zeitung gestanden. Jetzt –

Eine Zeitung brachte irgendwelchen Mist von wegen der »Naylor-Gang« und wie sie »weite Teile der Northside Dublins terrorisiert« habe. Eine andere hatte ein Foto von Noel, ein wenig verschwommen – bestimmt mit einem Handy aufgenommen. Irgendein kleines Arschloch, ein sogenannter Freund, musste es einem neugierigen Reporter verkauft haben. Es zeigte Noel mit einem breiten Grinsen im Gesicht, der Mund offen, sein Haar zerzaust, vielleicht auf einer Party. Vincent hatte schon Bullshit über sich selbst gelesen, dass er gerade erst aus dem Knast entlassen worden war, nachdem man ihn wegen »eines hinterhältigen und nicht provozierten Übergriffs auf einen unschuldigen jungen Mann« verurteilt hatte. Und ein Drecksbeitrag beschrieb Noel als

»einen berüchtigten Schläger und eine bedeutende Persönlichkeit in Dublins drogenverseuchter Unterwelt.«

Noel machte nicht mit Drogen rum. Nahm sie nicht, vertickte sie nicht. Noel hatte immer gesagt, wenn du da mitspielst, dann spielst du Hasch-mich mit einem Haufen Psychos. Noel war keine bedeutende Persönlichkeit von irgendetwas. Noel war ein Dieb.

Die zogen sogar Da mit rein. Ein Dummbrot von Scheißbulle wurde zitiert, wie der Alte in Aberdeen wegen gewalttätigen Verhaltens einkassiert wurde – klang, als hätte er einem Barmann zur Sperrstunde eins übergebraten. Jetzt war er als der Kopf einer »kriminellen Familie« in der Zeitung. Vincent empfand beinahe so etwas wie Mitleid für den Arsch.

Er ließ die Zeitung wieder zu Boden fallen. Da lag sie, zusammen mit mehreren anderen Zeitungen, die er über die letzten zwei Tage gesammelt hatte. Die ersten Berichte über die Schießerei und den Raubüberfall, der Beitrag aus dem *Daily Record* über das Schwein von der ERU, das erklärte, warum es o. k. gewesen war, Noel und Kevin zu erschießen. Am befremdlichsten war es, den kurzen Beitrag zu lesen, der die Pläne für Noels Beerdigung erwähnte. Es war unwirklich. All der Anstand, der Spaß, das clevere Zeug – die kleinen Dinge, die ihn besonders gemacht hatten – alles löste sich in nichts auf. Es war vorbei, Noel war alles, was er je sein würde, und das war nicht genug. Er verdiente ein ganzes Leben. Nicht dieses Bruchstück davon.

Vincent starrte aus dem Fenster, konzentrierte sich auf einen Punkt in der Luft in der Mitte zwischen hier und der Rückseite des Gebäudes gegenüber.

Nach einer ganzen Weile schaute er auf seine Uhr. Fast Zeit, sich bereit zu machen.

Einer der drei Beamten war blass und zwinkerte ständig. Er schüttelte den Kopf, als er Rose Cheney sah und sagte: »Ich denke, Sie sollten nicht zu nahe herangehen.« Der Leichnam saß ungefähr zwanzig Meter entfernt, angelehnt an einer Wand. Das, was von ihm übrig war.

Cheney zeigte mit dem Daumen auf Bob Tidey und fragte den Beamten: »Glauben Sie, er wird es schaffen, sein Mittagessen drin zu behalten?«

»Ich meinte ja bloß, ich wollte damit nicht sagen –«

»Keine Angst«, sagte Cheney, »keiner wird sich der armen Sau mehr nähern als unbedingt nötig.«

Zwei der Uniformierten bewachten den Eingang und Ausgang der Tiefgarage. Der dritte, der nervenschwache, stand nur so dicht bei der Leiche, wie er sich traute. Detective Chief Superintendent Hogg beendete sein Gespräch mit drei Leuten von der Kriminaltechnik, jeder von Kopf bis Fuß in einem weißen Schutzoverall, jeder mit zwei kleinen Koffern. Er gesellte sich zu Tidey und Cheney. »Justin Kennedy, so heißt das Opfer dem Hausmeister zufolge.«

Tidey zog eine Augenbraue hoch. »Er hat *das* identifiziert?«

Zu behaupten, jemand hätte einem anderen den Kopf weggepustet, war in diesem Fall ausnahmsweise mal nicht übertrieben. Ein Großteil vom Kopf des Opfers war die Wand oberhalb vom restlichen Körper hinaufgespritzt. »Ist sein Wagen, Kennedys Wagen, neben dem er sitzt – der Hausmeister sagt, so zieht er sich normalerweise an. Ein Immobilientyp, fädelt Deals ein, ist in der Branche bekannt – sein Name tauchte als ein Partner von Emmet Sweetman auf. Er hat sich mit seiner Freundin oben ein Appartement geteilt.«

Der Körper war in einen teuren hellgrauen Geschäftsanzug gekleidet, das Erscheinungsbild leicht in Mitleidenschaft gezogen durch das viele Blut, das die Schultern bedeckte.

»Irgendjemand irgendwas gehört, irgendwas gesehen?«, erkundigte sich Bob Tidey.

»Wir müssen eine Tür-zu-Tür Befragung durchführen, aber ich bezweifle es. Der Typ, der die Leiche gefunden hatte – ein junger Mann, wohnt in der dritten Etage – ist heruntergekommen, um sein Auto zu holen, hat das Blut gesehen und den Hausmeister gerufen.«

Tidey und Cheney gingen näher heran. Die Doppelflinte lag ungefähr zwei Meter vor der Leiche. Die Tür des Wagens, ein Alfa Romeo, war leicht geöffnet.

»Sieht aus, als wäre er aus dem Auto gestiegen«, sagte Tidey, »hat sich herumgedreht, vielleicht wurde er gestoßen oder so, landete im Sitzen, so wie jetzt, was meinen Sie? Vielleicht hat der Schütze das arme Schwein gezwungen, sich für einem Plausch hinzuhocken, bevor er ihn weggepustet hat?«

»Ich habe noch ein paar mehr Beamte angefordert«, entgegnete Hogg, »wir müssen mit der Befragung beginnen, in dieser Gegend bitte mit Fingerspitzengefühl.«

Bob Tidey erzählte Hogg von Sweetmans Zweithandy, von den Telefonaten mit Connie Wintour. »Ein korrupter Banker und ein zwielichtiger Anwalt – der zwielichtige Anwalt hat viele Klienten, die sich mit Waffen auskennen. Er könnte das Bindeglied zwischen dem Mord an Sweetman und dem an Snead sein.«

»Alles, was Sie haben«, erwiderte Hogg, »ist der Eintrag darüber, dass von Sweetmans Handy aus ein zwielichtiger Anwalt angerufen wurde. Sie müssen das untermauern. Sprechen Sie mit Wintour, finden Sie heraus, ob er zugibt, Sweetman zu kennen, ob er am Tag des Mordes mit ihm gesprochen hat.«

»Brauchen Sie uns hier?«

»Fahren Sie zu Wintour.«

»Gut, aber er wird sich hinter seinen Rechten als Anwalt verstecken.«

Hogg schnaubte. »Hier wird in einem Mord ermittelt. Mr Wintour ist ein Gerichtsbediensteter und er sollte sich geehrt fühlen, uns in unseren Untersuchungen helfen zu dürfen – und lieber etwas weniger Rücksicht nehmen.«

45

Sie hob die Teetasse an die Lippen und seufzte, als es an der Tür klingelte. Maura Coady setzte die Tasse ab. Als sie die Tür öffnete, standen ihre Nachbarn Phil und Jacinta mit einem kleineren, viel jüngeren Mann vor ihr.

»Alles o. k., Miss Coady?«

»Alles gut, Phil – alles gut.«

»Dieser junge Mann hier, sein Name ist Anthony, er ist von der Zeitung«, begann Jacinta.

Der jüngere Mann nickte und streckte ihr eine Hand hin. »Miss Coady, es freut mich, Sie kennenzulernen. Phil hier hat mir erzählt –«

Phil beuge sich vor. »Anthony hat über die Schießerei geschrieben, es genau so geschildert, wie es passiert ist.«

Maura sagte: »Es tut mir leid, ich kann wirklich nicht –«

»Keine Sorge, Miss Coady, ich weiß, wie beängstigend das für sie gewesen sein muss, und ich werden nur einen Moment Ihrer Zeit in Anspruch nehmen. Ich habe mich gefragt –«

Maura wich zurück. »Ich kann mich jetzt wirklich nicht unterhalten, ich habe etwas auf dem Herd.«

»Ich kann warten, kein Problem –«

»Entschuldigen Sie mich bitte –«, Maura wollte die Tür schließen.

»Miss Coady –«

Sie schloss die Tür, überrascht darüber, dass sie sich nicht unwohl dabei fühlte, unhöflich zu sein. Sie hatte es geschafft, die Schießerei zu verdrängen, und dabei wollte sie es belassen. Wenn sie eine Liste gehabt hätte mit den Dingen, die sie nicht tun wollte, hätte mit einem Reporter einer Zeitung zu sprechen ziemlich weit oben gestanden.

Als sie am Tisch saß und die Teetasse anhob, merkte sie, dass ihre Hand zitterte.

Draußen erklärten Phil und Jacinta Heneghan Anthony Prendergast, dass Maura Coady eine *echte* Dame sei. »Alte Schule, sagt man – wahre Werte«, meinte Phil.

»Sie ist etwas Besonderes, Miss Coady«, ergänzte Jacinta. »Sie wissen, dass sie eine Nonne ist, nicht wahr?«

»Tatsächlich?«, erwiderte Anthony Prendergast.

Entweder du gewinnst oder du verlierst. Und heute Nachmittag, in dieser Wettstube, würde Shay Harrison gewinnen. Shay hatte den Sinn von Einlaufwetten nie verstanden. Es gibt ein Pferd, das dir gefällt, du setzt dein Geld auf dessen Nase, entweder geht es als Erstes durchs Ziel oder es läuft unter ferner liefen. Die Idee, darauf zu wetten, dass ein Pferd Zweiter oder Dritter wird, die ging vielleicht klar, wenn das Pferd gegen einen Arkle oder Red Rum lief. Meistens muss ein Spieler aber die Eier haben, eine Wahl zu treffen, und nicht seine Einsätze absichern.

Shay holte sich seinen Gewinn für Iolanthe Bear ab, aus dem 14:30er in Leicester. Um einen Haufen Geld auf einen Außenseiter zu setzen, mit einem klaren Favoriten im Feld, musste man verrückt sein. Außer wenn es so lief wie jetzt. Shay Harrison war kein Rater, er war ein Denker. Er bedachte den Besitzer, den Trainer, den Jockey, die Bahn, das Wetter, die Form – und wenn alles in seinem Kopf fertig herumgewirbelt war und er sich die Läufer und Reiter ansah, war es, als würde von genau einem ein Leuchten ausgehen, und dann wusste er es. Funktionierte nicht immer – funktionierte nicht *oft* – aber wenn, dann …

Iolanthe Bear, verdammte zwanzig zu eins, vor dem Favoriten des Abends über die Ziellinie geflogen. Ein Teil von Shay wünschte, er hätte gewagt, mehr zu setzten, aber ein Zehner bei zwanzig zu eins war nicht zu verachten. Das, was Shay auszeichnete, so sah er es, war, dass er wusste, wann es Zeit war, den Gewinn einzustecken und nach Hause zu gehen. Wenn du verlierst, weil du spekuliert hast, ist es in Ordnung noch etwas zu bleiben und zu versuchen, es wieder auszugleichen, indem du die niedrigen Quoten bei ein paar Favoriten mitnimmst. So verlierst du vielleicht nicht zu viel. Aber wenn du auf einen Außenseiter gesetzt hast und – Bingo! – du gewinnst, musst du aufpassen, dass du dich nicht vergisst, hängen bleibst, die Maschinen fütterst, bis es so ist, als wäre der Außenseiter nie ins Ziel gelaufen. Das ist dann nämlich der Punkt, an dem du dir wie der Idiot vorkommst, der du bist.

Shay kannte mindestens sechs der zwölf Kunden in dem Wettbüro. Irgendwann würde er es erzählen, wahrscheinlich bei einem Pint, aber nicht am selben Tag, nein – das machte man nicht, angeben oder jammern. Du bleibst cool. Das Ding war, Gewinn und Verlust als ein und dasselbe anzusehen – ein Ergebnis. Letzten Endes, mit ein wenig Glück, glichen sie sich aus. In diesem Jahr waren die Ergebnisse für Shay bisher verdammt großartig gewesen. Shay nickte einem Nachbarn, Jimmy Higgins, zu, drehte sich zur Tür und ein Mann flüsterte ihm zu: »Die Geschichte mit dem Holzhäcksler, mit der Maschine, an die wir dich verfüttern – das war Bullshit.«

Shay drehte den Kopf und der Mann stand da, Kapuze auf und eine Hand, die eine Waffe hob, und Shay wollte sagen, ich hab nicht, ich schwör's, ich hab nicht ein verfluchtes –

Er riss seinen Kopf seitlich herunter, aber der Mann zielte neu und feuerte die Kugel in seine Schläfe, und Shay Harrison, Protectica-Mitarbeiter und Glücksritter, spürte nichts, als sein Gesicht auf dem Boden der Wettstube aufschlug.

Als Maura Coady auf das Klingeln hin die Tür öffnete, fand sie den Burschen von der Zeitung auf der Schwelle, ein breites Lächeln auf dem Gesicht. »Miss Coady, ich frage mich –« Er hielt eine kleine Kamera an sein Gesicht und es machte klick, und er lächelte wieder. »Es wird nicht lange dauern, nur auf ein paar Worte –«

»Nein, bitte, ich habe nichts –«

»Es geht um –«

Maura schloss die Tür, wandte sich ab und stand bebend in ihrem Flur. Sie wünschte sich plötzlich die Wände näher beieinander, den Flur kleiner, alles, was wichtig war, in Reichweite und den Rest der Welt weit weg.

46

Connie Wintours Kanzlei befand sich auf der zweiten Etage eines alten Gebäudes in fußläufiger Entfernung zum Strafgericht. Flur und Treppen waren schmal, die Deko besaß den Charme der 1950er. Innen bestand die Kanzlei zu einem Teil aus Chrom und zu zwei Teilen aus Buche. Wintours Sekretärin löste den Blick lange genug von ihrem Mac, um Bob Tidey wiederzuerkennen, dann wanderte er zurück zu ihrer Arbeit. »Ich fürchte, Mr Wintour ist beschäftigt.« Ihre Stimme distanziert, tonlos.

Bob Tidey fragte: »Aber er ist hier?«

»Er ist beschäftigt.«

»Ist ein Klient bei ihm?«

»Er ist nicht verfügbar.«

»Keine Angst, Linda«, versicherte Tidey, »er freut sich immer, mich zu sehen.«

Sie war noch im Begriff aufzustehen, als Tidey schon die Strukturglastür öffnete, die ins innenliegende Büro führte.

In einem weiteren Chrom-und-Buche-Raum, vor Wänden, die mit Gesetzesbänden ausgekleidet waren, saß Connie Wintour, zurückgelehnt, die Füße auf einem Schreibtisch, der groß genug gewesen wäre, um einem kleinen Hubschrauber als Landeplatz zu dienen. Der Schreibtisch war fast leer – nur ein Handy, ein großer Notizblock, ein Stift und ein abgenutzter lederner Wochenplaner, symmetrisch zu beiden Seiten des modischen, weißen Retro-Bakelit-Tischtelefons angeordnet. Connies Augen waren geschlossen, sein Gesicht ein Ausdruck äußerster Konzentration. Er hatte ein Paar riesiger, kabelloser Kopfhörer auf. Eine Hand ruhte auf dem Schreibtisch, zwei Finger gaben das Tempo seinem unsichtbaren Orchester vor, dem er geduldig lautlose Musik entlockte.

»Sie werden gehen müssen, Mr Wintour ist nicht –«

»Pst, Linda, verderben Sie nicht das Konzert«, warnte Tidey.

Wintours Finger klopften eine Reihe kurzer, betonter Schläge, als würden sie eine musikalische Passage zum Höhepunkt bringen.

Tidey ging ein paar Schritte nach rechts, zu den Aktenschränken, die sich an einer Wand entlang reihten. Er zog eine Schublade ganz heraus, dann schlug er sie zu. Wintours Augen öffneten sich, er nahm die Szene auf, glotzte einige Augenblicke. Dann schloss er die Augen wieder. Eine Hand machte nachlässig winke, winke.

Tidey zerrte die Schublade auf und schlug sie wieder zu. Und noch einmal.

Resigniert zog Wintour die Kopfhörer ab und schüttelte den Kopf.

»Kindisch wie immer, Sergeant Tidey.«

»Nur auf ein oder zwei Worte, Connie.«

Wintour nahm seine Füße vom Tisch und beugte sich zu Rose: »Cornelius Wintour, meine Liebe. Und Sie sind?«

»Detective Garda Rose Cheney.«

»Hoch erfreut«, entgegnete Connie. Er wandte sich an Tidey. »Und wen hauen Sie heute in die Pfanne, Sergeant Tidey?«

Es war eines von Connie Wintours Verkaufsargumenten als Anwalt – er wurde nie müde, Zeugen der Garda leidenschaftlich der Verleumdung zu bezichtigen. Er hatte eine Liste an Stammkunden, die seine Dienste vorwiegend nutzten, weil es ihnen einen Kick gab zuzusehen, wie er die Gardai im Zeugenstand mit Beleidigungen und Anschuldigungen bewarf. Die Tatsache, dass diese Klienten in der Mehrzahl der Fälle in den Knast wanderten, minderte den Kick, den sie aus Connies Kreuzverhören zogen, nicht.

»Warum hat Emmet Sweetman Sie am Tag, an dem er ermordet wurde, angerufen?«, fragte Tidey.

Wintour zog eine Augenbraue hoch. »Sie sind ein wenig zu alt, um das Garda-Schulbuch für Fangfragen anzuwenden.«

»Die Frage war ganz einfach, Connie. Warum hat Emmet Sweetman Sie am Tag, an dem er ermordet wurde, angerufen?«

»Sie fragen, *warum* er mich angerufen hat – aber der Zweck der Frage ist doch, festzustellen, *ob* er mich angerufen hat. Habe ich recht?«

»Zufälligerweise mal nicht.«

Wintour lächelte. »Dann, Sergeant, kann ich Ihnen versichern, dass ich niemals in meinem Leben mit Mr Sweetman gesprochen habe.«

Tidey nickte. »Sie sagen nein – unsere Untersuchungen sagen ja.«

Rose beuge sich über den Schreitisch und hob Connies Handy hoch.

»Und das sieht nach einem wichtigen Beweisstück aus, das klären wird, wer die Wahrheit sagt.«

Wintour war aufgesprungen. »Machen Sie sich nicht so verdammt lächerlich. Aushorchen ist nicht … – Legen Sie das Telefon zurück oder ich werde eine einstweilige Verfügung gegen Sie erwirken, noch bevor Sie am Treppenabsatz unten angekommen sind.«

»Kein Grund zur Eile, Connie«, sagte Tidey. Er nahm einen grauen Beweisumschlag aus einer Jackentasche und hielt ihn auf. Cheney ließ das Telefon hineingleiten. Tidey leckte den Umschlag an, dann unterschrieb und datierte er ihn. Er reichte ihn Cheney, die ebenfalls unterzeichnete, dann legte sie ihn in ihre Handtasche. »Sie sehen zu, dass Sie Ihren Lieblingsrichter auftreiben, und wir tragen unsere Beweise vor und lassen ihn entscheiden.«

»Sie haben kein Recht, eine Durchsuchung ohne Durchsuchungsbefehl durchzuführen.«

»Keine Durchsuchung, Connie – das Handy lag für jedermann sichtbar da, und es ist wichtig für die Ermittlungen in einem Mord. Da es Unstimmigkeiten darüber gibt, ob Sie einen Anruf vom Mordopfer am Tag seines Todes erhalten haben oder nicht, stellen wir lediglich ein entscheidendes Beweisstück sicher.«

Cheney sagte: »Also, wenn Sie jetzt Ihren Richter anrufen, können wir eine Anhörung veranlassen und das hinter uns bringen.«

Vincent Naylor beobachtete Michelle Flood, wie sie in der Lobby der zweiten Etage des Westbury Hotels eintraf. Die Lobby war lang und weitläufig, ein paar Dutzend Couchtische waren darin verteilt, zusammen mit Sofas und tiefen Sesseln. Es war allerhand los, viele Leute waren zum Teetrinken hier. In der Mitte der Lobby spielte ein Typ am Klavier.

Vincent saß in einem Ohrensessel am Eingang zur Bar, trank Kaffee und sah Michelle beim Näherkommen zu. Ich werde in der Nähe der Bar sein, hatte er ihr gesagt. Sie trug schwarze Hosen und ein schwarzes Spitzentop über einer weißen Bluse. Nichts Auffälliges, trotzdem stilvoll. Sie lief geradewegs an ihm vorbei, blieb stehen, schaute sich um, hierhin und dahin.

Der Klavierspieler strickte an einer aufgemotzten Version eines Sinatra-Stücks. Vincent stand auf. Michelle sah an ihm vorbei, in die kleine Bar hinein. Vincent starrte sie aus rund zwei Metern Entfernung an, bis sich ihre Blicke trafen. Ihr Gesicht war eine Mischung aus Überraschung, Verwirrung und Erleichterung. Sie lief auf ihn zu, küsste ihn auf die Wange und raunte: »Himmel, was ist denn mit dir passiert?«

Der Kellner brachte mehr Kaffee und eine zweite Tasse. »Ich kann mich gar nicht dran gewöhnen«, sagte Michelle. »Der Unterschied.«

Vincent Naylors Haar war fast verschwunden. Seine dunklen Locken waren weg. Was übrig geblieben war, war so kurz rasiert, dass es hätte aufgesprüht sein können. Er trug einen schwarzen Anzug, ein blaues Hemd und einen grauen Schlips. Seine Schuhe waren aus schwarzem Leder, auf Hochglanz poliert. Er sah aus wie ein Widerling aus einer Fernsehshow über Möchtegern-Entrepreneure. Nur seine Fingernägel – kurzgebissen – verrieten ihn.

»Niemand würde mich hier vermuten.«

»Als ich nichts von dir gehört hatte, als ich das von Noel mitbekam – du musst –« Ihre Stimme war weich. »Ich weiß, wie viel er dir bedeutet hat.«

Vincent schüttelte den Kopf. Er sah auf den Tisch und sagte eine Weile nichts. Dann lehnte er sich vor, sein Gesicht an Michelles, und gestand: »Ich stecke in Schwierigkeiten, ich muss hier raus.«

»Für wie lange?«

»Ist die Polizei schon bei dir gewesen?«

»Warum sollte sie?«

»Ich hatte mir Sorgen gemacht, dass sie vielleicht hinter mir – dass dich jemand mit mir in Verbindung bringt.«

»Was geht hier vor, Vincent?«

Er hielt ihrem Blick stand. »Diese Sache mit Noel – ich kann nicht in Dublin bleiben.«

»Was kann ich tun?«

»Es gibt Mittel und Wege – ich kenne Leute, kann mir alle Papiere besorgen, die ich brauche, kann von A nach B kommen. Aber ich muss noch einiges erledigen.«

»Und dann?«

Er berührte mit einem Finger die Seite seines Mundes, der Fingernagel kratze an der Haut. »Ich wollte nicht weg, ohne dich vorher zu sehen.«

»Weißt du schon, wohin du gehen wirst?«

»Zuerst England – dann, vielleicht –«

»Es muss schon eine Stadt sein. Auf keinen Fall will ich am Arsch der Welt landen.«

Nach einem Moment fragte Vincent: »Meinst du das ernst?«

»Gott steh mir bei.«

Er nahm sie mit nach oben auf sein Zimmer, und nach einer Weile sagte sie: »Lass uns jetzt verschwinden, heute Nacht.«

»Ich hab noch nicht das Zeug, das ich brauche.«

Vincent lag auf dem Rücken, die Hände hinter dem Kopf. Michelle legte ihre Wange auf seine Brust und atmete seinen Duft ein. »Wie lange wird das dauern?«, fragte sie.

»Zwei Tage, vielleicht.«

»Dann – verschwinden wir?«

»Es gibt noch andere Dinge, die ich erledigen muss.«

»Zum Beispiel?«

Es dauerte etwas, bis er antwortete.

Als sie aus dem Badezimmer kam, waren Michelles Augen gerötet. Das Taschentuch in ihrer Hand war zerknüllt und nass.

»Vincent, bitte, das bist nicht du.«

Er sah in ihre klaren blauen Augen und er hatte nie etwas so Reines, so Wunderschönes gesehen, voll der Dinge, von denen er niemals geglaubt hatte, dass er sie haben würde. Und er nickte langsam: »Das bin ich.«

Er erzählte ihr vom Supermarkt. Nachdem er das MacClenaghan-Gebäude verlassen hatte, war er einkaufen gegangen, eine Zahnbürste, Zahncreme, Essen, dies und das.

»Mitten im Gang, Opi und Omi – Mann und Frau – was weiß ich –, und der Alte steht einen Meter vom Regal entfernt, hält eine Packung mit irgendwas hoch, kneift die Augen zusammen, wie wenn da das Dritte Geheimnis von Fátima auf der Rückseite steht. Und sie hat ihre Handkarre quer geparkt – verdammt noch mal *quer*, über den ganzen Gang – da bin ich ausgerastet.«

Er hätte um sie herumlaufen können, sich vorbeiquetschen, aber Vincents Mund zuckte und er ließ seinen Korb, den er getragen hatte, fallen, drehte den Alten herum, schlug ihm die Packung mit was auch immer aus der Hand, drückte seine Arme nach oben und dann nach außen, als würde der blöde Wichser auf einem Drahtseil laufen. Und Vincent sagte: »*So* – *so* sollst du stehen. O. k.? *Kapiert*, du dummes Stück Scheiße?«

Die Angst des alten Mannes war so groß, dass Vincent sie riechen konnte. »Was?« fragte er, ohne dass er es wagte, die ausgestreckten Arme zu senken. »Warum?«

»Weil du und deine bekloppte Alte – wenn ihr die Arme verdammt noch mal ausstreckt, könnt ihr den *ganzen* verfluchten Gang versperren, okay?«

Die alte Zicke ließ etwas Schrilles los, aber Vincent verpasste ihrem Handwägelchen einen Stoß und ging zur Kasse, seinen Korb ließ er auf dem Boden zurück. Hinter sich hörte er das Gepolter, als der Handwagen in die Regale krachte, Dinge herunterfielen, Dinge zu Bruch gingen, und er sah nicht zurück.

Es war dumm gewesen.

Zufällig war Vincent davongekommen, hatte keinen Ärger bekommen. Aber es hätten auch ein paar Security-Schläger da sein können, und die hätten Vincent ergreifen und dann die Polizei rufen können, und das wär's dann gewesen.

Er konnte nicht anders. Später, nachdem er sich beruhigt hatte, wusste er, dass die Wut gefährlich war, aber was sollte er machen? Zwei Nichtse wie diese beiden, wandelnde Leichen, die ausharrten, Platz wegnahmen, während Noel tot im Kühlraum des Gerichtsmediziners lag. Was für eine verdammte Verschwendung.

Das war ein Gedanke, der ihn ein halbes Dutzend Mal am Tag aufbrachte – Fettwänster, die die Straße herunterliefen, Großfressen auf dem Bildschirm in seinem Zimmer im Westbury. Wo er auch hinsah, lebten und verpesteten sie die Welt, während –

Das war nicht gerecht.

»Die machen Asche aus ihm«, sagte er zu Michelle. »Und ich werde in einem anderen Land sein.«

Bevor Michelle das Westbury verließ, gab Vincent ihr einen dicken Umschlag voller Geld.

»Wie lange?«, wollte sie wissen.

»Kann ich nicht genau sagen. Wenn du angekommen bist, kauf dir 'n neues Handy, schick mir eine SMS. Sobald ich in London ankomme –«

»Bitte, Vincent.«

»Ich kann nicht, noch nicht. Die Dinge, so wie –«

Eine Hand strich ihm zärtlich über seine dünne Haarschicht. An ihrem Ohr sprach Vincent leise und mit Nachdruck. »Wenn ich das nicht tue, ist es, wie wenn ich sagen würde, dass das, was Noel passiert ist, egal ist.«

Als sie sich küssten, hielt sie ihn lange und fest.

47

Im Inneren des Castlepoint-Garda-Reviers steuerte Chief Superintendent Malachy Hogg den Eckschreibtisch an, an dem Bob Tidey arbeitete. »Hab's grad erfahren – die Anhörung ist mittags, der Richter empfängt uns in seinem Büro, fünf nach eins. Sind Sie bereit?«

Tidey deutete auf den Computerbildschirm vor ihm. »Zehn Minuten, dann bin ich so weit.« Einige Meter entfernt streckte Rose Cheney ein einzelnes gefaltetes Blatt in die Höhe. »So ist's richtig, einfach halten, das ist das Beste«, lobte Hogg. Er nahm ihre Aussage entgegen.

Wie versprochen hatte Connie Wintour einen Richter aufgetrieben, der ihm eine einstweilige Verfügung verschaffte, indem er die Beschlagnahme seines Handys aussetzte. Am Nachmittag würde der Richter Aussagen zum Beweisstück lesen und sich Anträge darüber anhören, ob die Verfügung in Kraft treten oder aufgehoben werden soll.

Als Hogg zurück in sein Büro ging, saß Bob Tidey einige Minuten lang da und starrte ins Leere. Dann nahm er seinen eigenen Laptop aus einer Schublade und lief den Flur hinunter, fand ein leeres Büro und setzte sich hinter den Schreibtisch. Er brauchte ein paar Minuten, um den Laptop hochzufahren und ein Kartenlesegerät anzuschließen, dann nahm er aus seiner Innentasche den versiegelten Umschlag, der Connie Wintours Handy enthielt, und riss ihn auf. Nach weiteren zwei Minuten hatte er Connies Kontaktliste und Anrufinformationen heruntergeladen. Er nahm sich einen neuen Beweisumschlag, legte das Handy hinein, klebte ihn zu und unterschrieb ihn.

Zurück im Büro der Detectives legte er den Umschlag vor Rose Cheney hin und reichte ihr einen Stift. »Der Umschlag ist gerissen, ich musste einen neuen nehmen.«

Cheney sah ihn mit großen Augen an.

»Aus Versehen«, versicherte Tidey, »als ich ihn aus meiner Tasche genommen habe, da ist er gerissen.«

»Ich werde nicht lügen«, erklärte Cheney.

»Geht klar – unterschreiben Sie einfach. Nichts passiert.«

Cheney unterschrieb den Umschlag. »Wenn mich jemand fragt, sage ich genau, was passiert ist – Sie haben mir erzählt, der Umschlag sei gerissen, ich habe wieder gegengezeichnet.«

Bob Tidey nickte. »Es wird niemand fragen.«

Detective Chief Superintendent Hogg kam in das Büro der Detectives, krümmte einen Finger und rief: »Sie beide.« Cheney stand auf und Tidey legte die Akte aus der Hand, die er gerade gelesen hatte. In Hoggs Büro hielt der Detective Chief Superintendent eine dünne Akte hoch. »Von der Kriminaltechnik – der Tod eines Justin Kennedy, zuletzt gesehen mit so gut wie keinem Kopf. Es war Selbstmord. Die Fingerabdrücke bestätigen seine Identität, seine Spuren sind auf dem ganzen Gewehr verteilt. Die Waffe gehörte seinem Bruder, der jetzt in der Türkei lebt.«

»Erst hat er sich erschossen und dann das Gewehr über den halben Parkplatz gepfeffert?«, staunte Cheney.

»Zwei Meter, so weit war das Gewehr entfernt. Und er hat es nicht geworfen. Er hat sich hingesetzt, sich die Mündung unters Kinn geklemmt, während der Kolben auf dem Boden auflag, und abgedrückt. Der Rückstoß hat das Gewehr hochfliegen lassen, und es landete dort, wo es lag. Zweifel ausgeschlossen, sagt die Kriminaltechnik. Es gibt Anzeichen von Schlageinwirkungen auf dem Boden, Spuren am Kolben und alle Winkel stimmen.«

»Was heißt das jetzt für uns?«, wollte Tidey wissen.

»Kennedy hatte seine Finger in ein paar Geschäften mit Emmet Sweetman – und das war ein Albtraum, noch bevor Sweetman ermordet wurde. Sie scheinen ein paar Mal abgesahnt zu haben, die beiden. Jetzt hatte der Fiskus ihn am Haken und mehrere seiner Geschäftspartner haben ihn verklagt. Strafanträge kamen infrage. Seine Ehe war vor einem Jahr in die Brüche gegangen. Seine Freundin hat gesagt, dass er manchmal tagelang verschwunden war. Alle Anzeichen deuten darauf hin, dass er einfach entschieden hat, dass es Zeit war, sein Kinn auf eine Flinte zu stützen.«

»Klingt logisch.«

»In zwanzig Minuten machen wir uns auf den Weg zum Gericht.«

Zurück an Bob Tideys Schreibtisch sagte Rose Cheney: »Sie können unmöglich etwas von dem, was Sie auf Wintours Handy gefunden haben, verwenden, das wissen Sie doch? Diese Anhörung – im besten Fall bekommen wir die Bestätigung, dass Emmet Sweetman Connie Wintour am Tag seines Todes angerufen hat.«

»Alles, was ich sonst noch auf dem Telefon finde – es kann zwar nicht vor Gericht verwendet werden, aber es könnte uns die richtige Richtung weisen.«

»Ich hoffe, Sie –«

Bob Tidey hörte nicht mehr zu.

Auf der gegenüberliegenden Seite des Raumes lehnte sich Detective Garda Eddery hinter seinem Schreibtisch zurück, während er die Rückseite eines Klatschblattes las. Tidey zugewandt waren oben auf der ersten Seite die Bilder eines Fußballers und einer blonden Frau. Den Großteil der unteren Seitenhälfte nahmen eine riesige Schlagzeile und ein Foto ein.

Tidey flüsterte: »Gott bewahre.«

Er durchquerte den Raum und sagte: »'tschuldigung, ich brauch das mal, nur für 'ne Sekunde«, und nahm Eddery die Zeitung ab. Eine Minute später gab Tidey ihm die Zeitung zurück, dann tippte er auf sein Handy und als Maura Coady abnahm, begann er: »Es tut mir so leid, Maura. Ich habe keine Ahnung, wie das passieren konnte.«

Sie legte auf.

Vincent Naylor saß auf einer Bank im Stephen's Green und las Zeitung. Leute schlenderten die Wege entlang, standen am Wasser und fütterten die Enten oder schauten ihnen einfach zu. Auf dem Rasen spielten Kinder, Pärchen lagen nahe beieinander. Irgendwo spielte eine Blaskapelle. Vincent arbeitete sich durch die seriösen Blätter, überflog Seite für Seite. Nicht ein Wort. Es war, als hätten sich die Zeitungen anderen Dingen zugewandt.

Er legte den *Mirror* beiseite und nahm sich die *Daily Record* vor, warf einen Blick auf Seite eins –

Heilige Scheiße.

Er las schnell die Einleitung durch, sein Atem ging schwer. Nur drei Absätze des Artikels standen auf der ersten Seite, die Geschichte wurde auf einer Innenseite fortgesetzt. Vincent starrte auf die Überschrift. »Missbrauchs-Nonne heldenhaft im Feuergefecht«. Rechts von der Überschrift war ein Foto der Schlampe – eine alte Schachtel mit Pferdegebiss. Und ein Name – Maura Coady.

Heilige verfickte Scheiße!

Erst als er den Mann mit der Laptoptasche sah, die ihm von der Schulter baumelte, und dieser stehenblieb und ihn anglotzte, merkte Vincent, dass er laut geflucht haben musste. Der Typ war groß und dünn. Was von seinem Haar übrig war, hatte langwachsen dürfen und war über seinen Schädel gebürstet. Er sah aus wie ein ausgefranster Wischmopp. Das Gesicht des Wischmopps war Ausdruck tiefer Verachtung. Vincent stand von der Parkbank auf, ließ die Zeitung fallen, legte eine Hand auf das Gesicht des ausgefransten Wischmopps und stieß wieder und immer wieder. Der Typ stolperte rückwärts und gab dabei Laute der Entrüstung von sich, bis kein Fußweg mehr da war und er rücklings ins Wasser fiel, auf seinem Arsch landete und die Enten aufscheuchte.

Der Angeber brüllte, während Vincent abzog. Er stand im Wasser auf, schnauzte hinter Vincent her und schlug um sich auf der Suche nach seinem Laptop.

Als Vincent am Ausgang des Stephen's Green angelangt war, blickte er zurück. Ein junger Typ in Jeans und T-Shirt unternahm einen hoffnungslosen Versuch vorzutäuschen, dass er Vincent nicht folgte. Der Typ hatte ein Handy am Ohr.

Er versuchte abzuhauen, aber Vincent erwischte ihn nach nur wenigen Metern und drückte ihm das Gesicht in den Boden, fest. Dann nahm er das Handy des Kerls und zerschmetterte es.

Zehn Minuten später checkte er aus dem Westbury aus.

48

Die Anhörung zur einstweiligen Verfügung wurde in Richter Daddleys Büro abgehalten, und der hatte es nicht eilig. Detective Chief Superintendent Hogg, Bob Tidey, Rose Cheney und ein Vertreter der Generalstaatsanwaltschaft standen einige Meter links von der Tür zum Büro des Richters. Connie Wintour und sein Anwalt standen rechts davon. Die Gespräche verliefen gedämpft, mit nur wenig Blickkontakt zwischen den beiden Parteien.

»Der Sack isst wahrscheinlich noch ein Sandwich«, bemerkte Hogg.

»Wie ist er so?«, erkundigte sich Cheney.

»Da gibt es nicht viel zu erzählen, ist ziemlich neu im Job. Hoffen wir das Beste.«

Bob Tidey ging im Kopf noch einmal seine Beweise durch für den Fall, dass er durch die Mangel gedreht wurde. Ob im Zeugenstand oder im Büro des Richters, der Trick ist, sich darüber im Klaren zu sein, was man sagen will, es zu sagen und so wenig wie möglich darüber hinaus preiszugeben. Am allerwichtigsten war jedoch, sich nicht auf verbales Weitpissen mit dem Anwalt der Gegenseite einzulassen – Anwälte leben im Pissoir, die kennen alle Winkel.

Tidey hatte seine Beweise auf das Wesentliche beschränkt. Die Polizeiarbeit hatte ein zunächst unentdecktes Handy aufgetan, das dem Mordopfer Emmet Sweetman gehörte. Es war sparsam eingesetzt worden, für Nummern, die Sweetman nicht auf seinem regulären Telefon gespeichert wissen wollte – nämlich die seiner Freundinnen. Und Telefonate mit Connie Wintour. Die Polizei wollte sich rückversichern, dass Wintour am Tag seines Todes mit dem Verstorbenen noch gesprochen hatte, und als der Anwalt bestritt, einen solchen Anruf erhalten zu haben, war es nötig geworden, Zugang zu seinem Handy zu erhalten, um die Wahrheit herauszufinden.

Als die Sekretärin sie in das Büro des Richters bat, fanden sie ihn an seinem Schreibtisch den Rest seines Kaffees hinunterschlucken und sich dann die Lippen mit einer Serviette abwischen. Ihm fehlte das aufgeblasene Aussehen, das sich Barrister und Richter unweigerlich zulegen, je weiter ihre Karrieren voranschreiten. Links abseits saß eine junge Frau hinter einer Stenografiermaschine, die auf einem Klapptisch montiert war.

»Das wird nicht lange dauern«, sagte Daddley. Er tippte auf die Akte auf dem Schreibtisch und fragte: »Hat jemand von Ihnen etwas Wichtiges in seiner Aussage ausgelassen?«

Ja zu sagen wäre eine Aufforderung zur Rüge gewesen, weil man die Zeit des Gerichts vergeudet hatte. Alle schwiegen.

»Nach Durchsicht der Antragsschriften glaube ich, die Sachlage und Streitfragen zu verstehen.« Er schaute auf, von einem Anwalt zum anderen. »Außer, jemand hat das brennende Bedürfnis, etwas klarzustellen, was meinem Verständnis entgangen ist?«

Die Anwälte der beiden Parteien brauchten jeder vielleicht drei Sekunden, um zu entscheiden, ob sie den Richter verärgern wollten, indem sie nahelegten, er hätte die Probleme nicht völlig verstanden.

»Wenn das so ist – wer von Ihnen ist Detective Sergeant Tidey?«

Bob Tidey meldete sich.

»Hübscher Versuch, Sergeant, und ich kann es Ihnen nicht verübeln. Ich selbst hätte nichts dagegen zu erfahren, warum ein Gerichtsbediensteter bestreiten sollte, einen Anruf empfangen zu haben, wenn es Beweise zu geben scheint, dass solch ein Anruf getätigt wurde. Vielleicht gibt es eine einfache Erklärung.«

Er sah zu Connie Wintour, der seine Klappe hielt und keine Miene verzog.

»Allerdings liegen die Fakten klar auf der Hand. Die Polizei ist befugt, jeden zu fragen, ob er oder sie einen Anruf erhalten hat. Die befragte Person – jede Person, aber in diesem Fall ein Anwalt – hat Anspruch auf Privatsphäre. Die Erklärung könnte sein, dass jemand anderer den Anruf entgegengenommen hat, sogar, dass sich jemand verwählt hat. Es spielt keine Rolle. Mal angenommen, Sie dürften Mr Wintours Handy überprüfen, um zu sehen, welche Anrufe er an jenem Tag erhalten hat – mal angenommen, die Nummer des verstorbenen Mr Sweetman würde auftauchen – Mr Wintour könnte schlicht und ergreifend sagen, dass er den

Anrufer nicht kannte. Würde sein Handy überzeugendes Beweismaterial zu illegalen Vorgängen enthalten, wären die Umstände vielleicht andere. Darüber hinaus –« Er öffnete die Akte, tippte auf die oberste Seite, Bob Tideys Aussage. »Wenn das Gericht es einem Polizeibeamten genehmigen würde, das Handy eines Anwalts zu beschlagnahmen, nur aus dem Bedürfnis heraus, einen empfangenen Anruf zu bestätigen, wo würde das enden? Da ist der Aspekt der eigenen Privatsphäre und da ist der Aspekt der beruflichen Schweigepflicht, ganz zu schweigen von der Vertraulichkeit der Informationen der Mandanten. Kurz, ich bin alles andere als überzeugt davon, dass der Beweiswert einer Beschlagnahme den Eingriff in die Rechte des Antragstellers überbietet.«

Bevor sie das Büro des Richters verließen, übergab Bob Tidey den Umschlag, der Connie Wintours Handy enthielt. Wintours Anwalt reichte ihn weiter an seinen Klienten und Connie schenkte Tidey ein schmieriges Lächeln.

»Drauf geschissen«, meinte Detective Superintendent Hogg und ging voran, aus dem Hauptausgang hinaus. Auf den Stufen des Strafgerichtsgebäudes wandte er sich an Bob Tidey und Rose Cheney. »Unter uns – sagen Sie mir, was glauben sie, wie die Sache aussieht. Ich nehme an, Sie haben die Gelegenheit genutzt, um einen heimlichen Blick auf das zu werfen, was auf Wintours Telefon ist?«

Tidey erwiderte: »Ich wünschte, das hätte ich, Sir, aber es ist mir nie in den Sinn gekommen.«

»Wie sehen Sie das alles?«

»Was ich glaube, Sir – Sweetman und Connie, was, wenn die eine Abzocke am Laufen hatten, ein Immobiliengeschäft? Was, wenn Connie den Strohmann für jemanden gemacht hat? Als die Dinge ins Wanken gerieten, sind alle möglichen Leute miteinander in die Kiste gehüpft. Dann, als Sweetman anfing, mit der Steuerbehörde Abmachungen zu treffen, wurde er zur Gefahr für jemanden.«

»In Sweetmans Welt ist das Schlimmste, was man erwartet, eine Klage«, sagte Rose Cheney. »Connie kennt viele Leute, die die Dinge anders regeln.«

Hogg nickte. »Ist einen Versuch wert. Schauen Sie, ob es zu was führt.«

Nachdem Hogg zum Castlepoint-Revier aufgebrochen war, liefen Tidey und Cheney hinunter zu Ryan's Pub. Als ihnen die zwei bestellten Suppen serviert wurden, bat Cheney: »Zeigen Sie mir, was Sie auf Wintours Handy gefunden haben.«

»Ist auf meinem Laptop.«

»Offiziell können Sie das nicht machen. Wenn Sie die Nummern durch die üblichen Kanäle laufen lassen, werden sie eine Spur hinterlassen.«

»Das heißt?«

»Ich kenne da jemanden. Wir haben früher zusammengearbeitet, ist lange her.« Sie nahm ihr Handy heraus und begann zu tippen.

49

Maura Coady gestand: »Um ehrlich zu sein, ich dachte zuerst, das könnten Sie gewesen sein. Abgesehen von ein paar Schwestern habe ich mit niemandem jemals über irgendetwas davon gesprochen.«

»Maura, ich –«

»Ich weiß, mir wurde klar – ich musste mich einfach nur fragen, warum Sie das tun sollten.«

»Fürs Protokoll, ich habe es nicht getan, ich würde es nicht tun.«

»Ich weiß, dass der Reporter mit Phil von gegenüber gesprochen hat, und Phil und Jacinta wissen, dass ich im Kloster war. Sie sind anständige Leute, aber Phil tratscht gern. Und am Tag der Schießerei habe ich, glaube ich, Phil gesagt, dass ich es gewesen bin, die die Polizei gerufen hat – dass ich schuld bin an dem, was passiert ist.«

»Maura–«

»Aber ich hatte niemals mit ihnen über die anderen Dinge gesprochen.«

»So wie Zeitungen funktionieren«, erklärte Tidey, »tippe ich mal, dass, als der Reporter herausgefunden hatte, dass Sie eine Nonne gewesen sind und Sie die Polizei gerufen hatten, er meinte, eine Story zu haben. ›Helden-Nonne fängt bewaffnete Bankräuber‹. Heutzutage, so, wie die Dinge gelaufen sind, wann immer ein Bischof oder ein Priester oder eine Nonne in einer Geschichte auftaucht – die Berichte sind öffentlich zugänglich, und sie haben alles auf dem Rechner – Ferns, Ryan, Murphy, bändeweise.«

Mauras Lächeln war hart. »Die Skandale nehmen kein Ende.«

»Selbst an den Stellen, an denen in den Berichten Pseudonyme verwendet werden, haben die Typen Quellen, die sie anzapfen können.«

Maura saß Tidey am Küchentisch gegenüber, ihre Unterarme ruhten vor ihr. »Ich habe heute Nachmittag eine halbe Stunde damit verbracht, die Eier von meiner Haustür zu waschen. Irgendjemand – jemand, der glaubte, die Opfer des Klerus zu rächen –

hat zwei oder drei Eier an die Tür geschmissen. Das Erste heute Morgen war, dass die Zeitung durch den Briefschlitz gestopft wurde, voll mit Schweinereien beschmiert, mit dickem roten Marker. Später wurde zweimal laut an die Tür geklopft, und als ich herauskam, war niemand da.«

»Kinder –«

»Die Kinder sind in der Schule. Das wird heute Abend oder morgen anfangen, wenn ihnen jemand von der Hexe erzählt, die in ihrer Straße wohnt. Das heute waren Erwachsene.«

»Das geht vorbei.«

»Wird es nicht – ist die Hexe einmal ausgemacht, wird es kein Zurück mehr geben. Ich werde für immer die Kinderschänderin der Gegend sein.«

»Ich werde mit dem zuständigen Revier sprechen.«

»Danke – aber ich bin mir sicher, dass diese Polizeibeamten Wichtigeres mit ihrer Zeit anzufangen wissen.« Sie schüttelte den Kopf. »Das ist nicht mehr als eine Unannehmlichkeit. Glauben Sie mir, damit werde ich fertig – es wird sich beruhigen, vielleicht ziehe ich woanders hin, das spielt keine Rolle.«

»Trotzdem –«

»Wirklich – vielen Dank, dass Sie gekommen sind, dass Sie mir Mut zugesprochen haben, aber im Verhältnis betrachtet –«

»Sie haben das Richtige getan, Maura. Sie sind dazwischengegangen, als bewaffnete Gangster das Leben anderer aufs Spiel gesetzt haben. Und dafür sollten Sie nicht büßen müssen. Ich verspreche, dass ich tun werde, was ich kann, um es wieder gutzumachen.«

Dieses Mal war Mauras Lächeln etwas milder. »Vor einigen Stunden, nachdem ich die Schlagzeile in der Zeitung gesehen hatte, habe ich Sie verflucht.«

Tidey schmunzelte. »Oh, ihr Kleingläubigen.«

Vincent Naylor war versucht, etwas Stärkeres zu bestellen, aber es würde das Beste sein, bei Kaffee zu bleiben. Als der Mann, auf den er gewartet hatte, in die Bar des Four-Seasons-Hotels eintrat, stand Vincent auf und sie gaben sich die Hand. Der Mann sagte, er würde einen Ballygowan nehmen, und Vincent gab es dem Kellner weiter.

Vincent ging davon aus, dass die Bullen, die mit dem Protectica-Überfall befasst waren, mittlerweile sein Foto kursieren ließen.

Das Westbury hatte zur Optik, auf die er für seine Tarnung setzte, gepasst: der junge Geschäftsnerd. Aber nach dem Vorfall in Stephen's Green war es besser, es zu verlassen – zu riskant, sich in derselben Gegend herumzutreiben. Er fühlte sich etwas weniger wohl im Four Seasons – die Anzüge waren teurer, die Bäuche größer, die Gesichter röter. Aber es war sogar noch unwahrscheinlicher, dass ein Bulle, der hier vorbeikam, mit Vincents Foto im Kopf, den bewaffneten Bankräuber mit einem Anzugträger in einem Ballsbridge-Hotel in Verbindung brächte.

Nachdem der Ballygowan serviert war, sprachen sie über gemeinsame Bekannte, vermieden jedoch Einzelheiten. Der Mann bekundete seine Anteilnahme wegen Noel und Vincent nickte. Nach einer Weile deutete Vincent auf die gefaltete Ausgabe der *Irish Independent* auf dem Tisch, und der Mann sagte, alles klar. Vincent erklärte, die Passbilder wären beim Geld. Er fragte, wie lange, und der Mann meinte, das wäre kein großes Ding. »Es geht nur darum, die Details reinzuzaubern.«

»Sauber.«

Der Mann nahm einen Schüsselbund aus einer Tasche und ließ ihn auf dem Tisch liegen. »Blauer Renault, dritte Ebene im Ilac – Parkbucht 332.« Er legte eine Karte mit einem Kennzeichen auf den Tisch. Vincent nickte.

Der Mann stand auf, sie gaben sich noch einmal die Hand, dann ging der Mann, die gefaltete Ausgabe der *Irish Independent* unterm Arm.

In seinem Zimmer setzte sich Vincent an einen Tisch. Seine ordentliche Liste war nun am unteren Rand vollgekritzelt. Er zerriss das Papier, nahm ein Blatt des Four-Seasons-Briefpapiers und schrieb die Namen erneut.

Egal, wie sehr du einen Typen einschüchterst, es bleibt immer ein Restrisiko, dass er die Klappe nicht halten kann. Vielleicht war es die Nonne gewesen – die Zeitung hatte gesagt, die neugierige Schlampe hatte die Polizei über den Fluchtwagen informiert, aber Vincent bezweifelte, dass das schon alles war, was die Polizei gewusst hatte. Shay Harrison musste es gewesen sein, der geplaudert hatte.

Es ging nicht darum, Rechnungen zu begleichen, bevor er außer Landes ging. Vincent stellte es sich mehr wie eine klassische Waage in seinem Kopf vor, mit Noel in der einen Schale und ziemlich viel Kram in der anderen. Es ging darum, das Gleichgewicht zu finden. Michelle hatte er versucht, es zu erklären, aber niemand sonst würde es verstehen können. Vincent würde die Sache mit Noel so lange nicht akzeptieren können, bis das Gleichgewicht gefunden war.

Das Restaurant des Four Seasons war nicht sein Ding. Er beschloss, den Zimmerservice zu bestellen und früh schlafen zu gehen. Großer Tag morgen.

Bob Tideys SMS an seine Ex lautete *Hi* und Hollys Antwort war *Bin unterwegs*, das war's dann also für heute. Er ging in ein italienisches Restaurant in der Nähe der Grafton Street und sie brachten ihm etwas mit Sahnesoße – er war sich sicher, dass er etwas mit Tomatensoße bestellt hatte, aber nicht sicher genug, um deswegen ein Fass aufzumachen. Er schlürfte Kaffee, als er einen Anruf von Rose Cheneys Privatnummer erhielt.

»Mein Kontakt hat sich gemeldet – ich habe gerade eine E-Mail bekommen.«

»Irgendwas Nützliches dabei?«

»Er hat sich auf die Anrufe beschränkt, die am Tag des Mordes sowie zwei Tage davor und zwei danach bei Wintour ein- und ausgegangen sind.«

»Passt schon.«

»Beide Male, die Wintour von Sweetman angerufen wurde, hat er nach nur wenigen Minuten eine andere Nummer gewählt. Gehört einem Stephen Hill. Klingelt's da?«

»Nein.«

»Bei mir auch nicht – vielleicht taucht etwas auf, wenn wir den Namen überprüfen.«

Da er es nicht eilig hatte, nach Hause in seine Wohnung zu kommen, ging Tidey in ein Pub, was ein Fehler war. Der Geschmack der Sahnesoße blieb und der Whiskey schmeckte ihm nicht. Er saß in einem Taxi zehn Minuten von seiner Wohnung entfernt, als sein Handy vibrierte. Die SMS von Holly lautete jetzt *Zu Hause*. Tidey teilte dem Taxifahrer das neue Ziel mit.

50

»Zunächst einmal«, begann Detective Chief Superintendent Malachy Hogg, »herzlichen Glückwunsch Ihnen allen zu der Arbeit, die Sie in diesem Fall geleistet haben – nicht weniger, als ich erwartete habe, aber es war eine Freude, mit so einer professionellen Mannschaft zu arbeiten.« Die Mitglieder des Ermittlungsteams zum Mord an Sweetman waren im Konferenzraum des Castlepoint-Garda-Reviers versammelt.

War?

Bob Tidey schaute durch den Raum hinüber zu Rose Cheney. Sie lüpfte eine Braue. Bis eben hatte es keine Anzeichen gegeben, dass das etwas anderes als eine übliche Morgenbesprechung sein würde.

»Die gute Nachricht ist, wir sind zu einem Ergebnis in dem Fall gekommen. Gestern Abend im Präsidium haben wir zusammen mit Assistant Commissioner Colin O'Keefe und mehreren leitenden Beamten die Akten noch einmal durchgesehen und einige letzte Einzelheiten zusammengefügt – haben uns also das große Ganze angesehen. Wir haben uns heute Morgen wieder zusammengefunden und da hat noch mehr zusammengepasst.«

Bob Tidey spürte die Erleichterung, die kommt, wenn man weiß, dass ein Fall nicht in einer offenen Akte enden würde. Nur ein Bruchteil der landesweit verübten Tötungsdelikte durch Schusswaffen kam vor Gericht – zu viele endeten in Ordnern, die ebenso dick wie nicht beweiskräftig waren. Er fühlte sich auch überrumpelt. Normalerweise bewegt sich ein Fall auf einen Abschluss zu, wenn es eine heiße Spur gibt. Der Fall erhält die nötigen Mittel, um zu belegen, dass das Team auf der richtigen Fährte ist, die Beweise werden auf Herz und Nieren getestet, bis sie überzeugen – keine Überraschungen. Nie zuvor hatte er einen Fall nach oben springen sehen, um auf höchster Ebene ausgewertet zu werden, ohne zuvor die Kontrollpunkte zu passieren.

»Der Durchbruch – er kam in einer Aussage von Marisa Cosgrave«, erklärte Hogg. »Sie war die Freundin des verstorbenen Justin Kennedy – Geschäftsmann, Anwalt, Immobilienspekulant, Selbstmordopfer. Wie einige von Ihnen wissen werden, war Mr Kennedy in eine Reihe fragwürdiger Immobilienvorhaben mit Emmet Sweetman verwickelt. Laut Ms Cosgrave hatte das in jüngster Zeit zu einiger Feindseligkeit zwischen Sweetman und Kennedy geführt. Es gab Drohungen – jeder bedrohte den anderen –, und die Steuerbehörde hat uns bestätigt, dass eine Woche, bevor er ermordet wurde, Sweetman eine vorläufige Erklärung abgegeben hatte, in der er eine Reihe Namen genannt hat, einschließlich Kennedys, als Beteiligte an einem Steuerbetrug. Er sollte eine weitere, detaillierte Aussage machen, die die Einzelheiten des Betrugs skizzierte – seine Ermordung hat das verhindert.«

»Kennedy hat Sweetman umgebracht und dann sich selbst?« Rose Cheney konnte den skeptischen Ton nicht unterdrücken.

»Natürlich ist es nicht möglich, eine einzelne Flinte mit einer bestimmten Schießerei in Verbindung zu bringen – Schrotkugeln können nicht einer Waffe zugeordnet werden. Aber es war die gleiche Art Munition, die Sweetman getötet und die Kennedy benutzt hat, um sich umzubringen – RC Kaliber 20, 32 Gramm, Semi-Magnum. Wir haben in Kennedys Kalender und in dem von Ms Cosgrave nachgeschaut und es gibt darin nichts, was belegt, wo er sich in der Mordnacht aufgehalten hat.«

»Nichts also, was darauf hindeutet, dass er in der Nähe von Sweetmans Haus war?«, sagte Tidey.

»Nichts, um Kennedy an einem bestimmten Ort zu lokalisieren – es ist das andere Indiz, das nahelegt, dass er am Haus von Sweetman war.«

»Das da wäre?«

»Ms Cosgraves Aussage enthält das Detail, dass Mr Kennedy eine bestimmte Drohung – in ihrer Gegenwart – am Telefon gegenüber Sweetman ausgesprochen hat. Das, so zitiert sie ihn, war Sweetmans letzte Warnung. Das war zwei Tage, bevor Sweetman umgenietet wurde.«

Einer aus dem Team, ein Sergeant mit Namen Bowman, sprach vom Ende des Tisches her. »Es gab zwei Killer – wenn Kennedy das Gewehr hatte, wer hat dann mit der Pistole geschossen?«

»Vor allem mit einer Pistole, die im Mord an Oliver Snead benutzt wurde?«, ergänzte Bob Tidey. »Wir behaupten doch nicht etwa, dass Kennedy mit irgend so einem Mafiawichser gemeinsame Sache gemacht hat, um Sweetman umzubringen?«

»Wir wissen nicht, wer der zweite Bewaffnete war, den Kennedy als Backup eingespannt hat«, verteidigte sich Hogg. »Selbstverständlich werden wir die Untersuchungen in dieser Hinsicht fortsetzen. Ich bin geneigt, daraus zu schließen, dass die Pistole auf dem Markt im Umlauf war. Jemand hatte das während einer unserer Besprechungen angebracht – irgendwer hat irgendwem eine Pistole verkauft, der sie an jemanden weiterverkauft hat. Waffen haben die unglückliche Angewohnheit, zwischen kriminellen Elementen hin- und herzuwandern.«

Tidey sah Hogg direkt an. »Irgendein Mafiagangster tötet Oliver Snead, die Pistole kommt irgendwie in Umlauf, dann kauft sie einer im Anzug und benutzt sie, um Emmet Sweetman umzulegen?«

»Wir kennen noch nicht die genaue Herkunft der Waffe, aber wenn man es alles zusammenfügt, ist das Gesamtbild überzeugend. Die Verbindung, in der Sweetman und Kennedy gestanden haben, Motiv, Gelegenheit, Drohungen, Gewehr, gleiche Art Munition, kein Alibi. Kennedy bringt sich aus Reue um oder aus Angst, erwischt zu werden. Sie zweifeln, Bob?«

»Ich habe nie erlebt, dass ein Fall nach oben delegiert wurde, bevor die Beweislage nicht vom Ermittlungsteam ausgewertet worden wäre.«

»Wie Sie wissen, war dies ein Fall, der alle Ebenen beschäftigt hat, es war also nur natürlich, dass der Abschluss des Falls durch Ranghöhere geleitet werden würde.«

Bowman hakte nach: »Der Abschluss? Der zweite Killer – das ist noch offen?«

Hogg nickte. »Natürlich – dieser Aspekt wird energisch weiterverfolgt. Selbstverständlich, jetzt, da wir Kennedy identifiziert haben und wissen, worum es bei dem Mord ging, wird die Ermittlung etwas zurückgeschraubt. Aber es wird jede Anstrengung unternommen, um den zweiten Schützen zu identifizieren und festzunehmen.«

»Zurückgeschraubt – wohin?«

»Garda Eddery war von Anfang an Leiter der Asservatenkammer und verfügt deshalb über umfassendes Wissen zu dem Fall –

er wird mit mir dranbleiben. Und da Assistant Commissioner O'Keefe weiterhin eine aktive Rolle in der Ermittlung spielen wird, wird er zwei seiner eigenen Leute abstellen, um uns zu helfen. Wir werden von einer vollständigen Mannschaft uniformierter Beamter Unterstützung erhalten.«

Rose Cheney sagte: »Der Rest von uns verzieht sich?«

»Danke Ihnen allen für Ihre gewissenhaften Bemühungen – ich habe eine dreitägige Freistellung vom Dienst angeordnet, bevor Sie in ihre Einheiten zurückkehren. Wenn Sie mich jetzt entschuldigen, in einer Stunde habe ich einen Termin im Präsidium. Ich möchte, dass Sie wissen, dass Ihnen meine Tür immer offensteht, wenn Sie das Gefühl haben, dass Sie noch etwas zu einem bestimmten Punkt in dem Fall ergänzen möchten. Und nochmals vielen Dank und herzlichen Glückwunsch.«

Bob Tidey lehnte sich in seinem Stuhl zurück, die vorderen Stuhlbeine einige Zentimeter über dem Boden. »Was ist denn aus ›den Hinweisen nachgehen‹ geworden?«

Hogg sprach ruhig. »Mit sofortiger Wirkung sind sie beurlaubt, Bob – viel Zeit für müßiges Geschwätz. Ich habe zu tun.«

Tideys Blick folgte dem Detective Chief Superintendent, während er seine Papiere zusammensammelte und sich Richtung Tür bewegte, Eddery im Schlepptau. Hogg sah nicht zurück.

»Also wieder einer weniger?« Rose Cheney stand links von Tidey.

»Kaufen Sie denen das ab?«

»Ich mach mich nach Hause – mein Ältester hat übermorgen Geburtstag. Dann wieder aufs Macken-Road, weitermachen, wo ich aufgehört hatte. Und Sie gehen zurück zum Cavendish-Avenue. Wenn es nach denen da oben geht, hat unsereins nicht nach dem Warum zu fragen.«

Tidey schüttelte den Kopf. »Ich habe immer geglaubt, nach dem Warum zu fragen, sei Teil der Stellenbeschreibung.«

51

Es dauerte ein paar Minuten, bis es Albert Bannerman dämmerte, dass etwas nicht stimmte. Vincent hatte von draußen angerufen, hatte gesagt, dass er die Stadt verlassen würde. »Ich brauche deine Hilfe – ich kann hier nicht bleiben.« Als Albert die Haustür öffnete, sagte Vincent: »Danke, Mann, du bist ein Held – ich bleibe nicht lange.«

Albert hatte ein Handtuch um den Hals und einen dunkelroten Pyjama an. Er deutete auf Vincents Anzug. »Die Mormonenkluft, das geht gut – komm rein.«

Eine schwarze Ledertasche baumelte von Vincents Schulter. Er stand im Flur: »Hast du von der Sache mit Noel gehört?« Schmerz lag in seiner Stimme. Arme Sau. Noel Naylor war was anderes, aber Vincent war o. k., der wusste, wie die Dinge liefen. Und der Schmerz war in seinen Augen, in den Linien um seinen Mund, in der Art und Weise, wie seine Schultern herabhingen.

»Es geht vorbei, Kumpel.« Er hielt Vincents Hand, schüttelte sie, mit der anderen klopfte er ihm auf die Schulter. »Ich weiß, das hilft jetzt nicht, aber die Zeit – es stimmt, sie macht den Schmerz erträglich, glaub mir.«

Vincent nickte, sein Blick abwesend.

»Kann hier nicht bleiben, Albert – mal abgesehen von den Bullen, diese Stadt wird nicht mehr die gleiche sein, nicht nach all dem.«

Im Wohnzimmer erhob sich Lorraine aus einem Sessel. Sie trug einen Morgenmantel mit einem kunstvollen Blumenmuster. Ihr Unbehagen wurde deutlich, als sie Vincent sah. Ihre Lippen öffneten sich, wie wenn sie etwas sagen wollte, dann besann sie sich eines Besseren. Vincent sagte: »Er war ein guter Mensch, das war Noel«, und Lorraine bestätigte: »Es war immer toll mit ihm – wir hatten viel Spaß miteinander«, und Vincent nickte.

Vincent Naylor im Anzug – Vincent, der höflich zu Lorraine war, Vincent, der um Gefallen bat, während die Bullen draußen die Gegend nach ihm durchkämmten, Vincent, der sagte, dass es für ihn in Dublin nichts mehr gibt, jetzt, da Noel nicht mehr da war, Vincent, der sich mit der Hand über den fast kahlen Schädel fuhr. Albert Bannermans Bauchgefühl schrie, da stimmt etwas nicht, und als Vincent in seine Schultertragetasche griff und eine verdammte Riesenknarre herauszog und auf Albert richtete – war er beinahe erleichtert. Drüben am Fenster stieß Lorraine einen kurzen, gellenden Schrei aus.

Alberts Mund verzerrte sich vor Wut und Verachtung. »Du Stück Scheiße – du kommst hierher, ich spreche dir mein Beileid aus. Und du bringst eine verdammte *Knarre*?«

»Gesicht auf den Boden.«

»Vincent –«

»Gesicht *runter*.«

Lorraine schrie: »Albert!«, und Vincent richtete die Waffe auf sie und sie schraubte ihr Gesicht weg von der Waffe, kauerte sich hin, schrie erneut.

»Sag ihr, dass sie die verdammte Schnauze halten soll.«

Noch ein Schrei von Lorraine.

»Schnauze, verdammt noch mal!«, brüllte Albert.

Vincent gestikulierte mit der Pistole. Als Albert sich hinkniete, fiel das Handtuch von seinem Hals. Er lag mit dem Gesicht auf dem Boden.

»Hände nach hinten«, sagte Vincent.

»Das ist – Herrgott, Vincent, das macht doch keinen Sinn.«

Vincent beugte sich herab, klemmte die Mündung der Bernardelli in Alberts Nacken und befahl: »Hände nach hinten, *sofort*.«

Albert tat, wie ihm geheißen, und Vincent nahm einen Kabelbinder aus einer Tasche, wand ihn um Alberts Hände und zog ihn fest. Er richtete sich auf, befahl Lorraine, ihre Hände nach vorne auszustrecken, und als sie es tat, band er die Hände mit einem weiteren Kabelbinder zusammen. Lorraine schloss die Augen und fing an zu schreien. Vincent schlug ihr mit der Pistole ins Gesicht und sie landete über einem enormen lila Sessel, wimmernd und halb bei Bewusstsein.

»Fick dich«, sagte Albert. »Lass sie da raus.«

»Um sie geht es doch«, erwiderte Vincent.

Als Vincent von seinem Kontrollgang durch das Haus zurückkehrte, war Albert auf den Beinen, in der Küche, die Hände hinten zusammengebunden. Mit dem Rücken zur Tür, die in den Garten führte, versuchten seine Hände unbeholfen den Knauf zu drehen.

»Komm hier rein, Albert. Leg dich hin.«

Albert kam langsam zurück, die Muskeln in seinem starken Nacken angespannt. Er kniete sich hin, beugte sich vor und ließ sich vorsichtig mit dem Gesicht nach unten. »Du weißt, dass ich keine Wahl hatte«, sagte er. »Ein Typ geht mit einem Messer auf dich los – was würdest du verflucht noch mal machen?«

»Darum geht's nicht, Albert. Hier geht's nicht um dich.«

»Vincent, das ist verrückt.«

Vincent stand einen halben Meter von Alberts nach oben gewandtem Gesicht entfernt, neigte den Kopf, beugte sich hinunter und fragte: »Du denkst, ich kann von hier weggehen, aus dieser Stadt – du denkst, ich kann mich wo auch immer hin verpissen? Ein neues Leben anfangen – du denkst, ich kann das tun, obwohl ich weiß, dass diese Schlampe auf ihren Hinterbeinen durch Dublin hechelt?«

Lorraine wimmerte.

»Oh Mann, Vincent, die ist zum Drüberrutschen da, das ist alles, solche Dinge passieren nun mal, manche ziehen den Kürzeren – Noel, er hat den Kürzeren gezogen – das passiert, das ist mir passiert, dir, jedem. So ist es nun mal.«

Vincent ließ sich auf einem Knie nieder, sein Gesicht noch näher an Albert, seine Stimme leise. »Du denkst, ich werde jeden Tag aufwachen, meinen Kram machen, was man eben so macht, und abends meinen Kopf aufs Kissen legen – und in jedem einzelnen Moment wissen, dass diese Kuh herumspaziert? Noel ist nur noch Asche, und diese Kuh schlendert herum, als hätte es ihn nie gegeben? Denkst du, ich könnte damit leben?«

Albert schwieg. Sein Hals geriet in Schieflage, er sah zu Vincent auf, sein Atmen ging schwer.

»Was wirst du tun?«

Vincent richtete sich auf. »Keine Wahl.«

»Warum ich?«

»Glaubst du – egal, wohin es mich verschlägt –, glaubst du, ich kann es dir erlauben, mich zu suchen?«

»Vincent, ich schwöre –»
»Albert –« Lorraines Stimme war ein schrilles Stöhnen.
»Schnau-*ze.*«
Vincent schüttelte den Kopf. Albert klemmte seine Beine unter sich und brachte sich in eine halb sitzende Position. »Wir finden eine Lösung, Vincent – es muss nicht sein.«
»Albert –«
»Es muss nicht sein, Vincent, ich schwöre dir – sieh mal, es gibt Dinge, die wir – du und ich – wo auch immer du hin willst, ich kann dir helfen –«
»Tut mir leid, Albert.« Vincent stellte sich gerade hin. Er sah Albert in die Augen. »Wenn du an meiner Stelle wärst, du weißt, nur das macht Sinn.«
Albert dehnte seinen Hals, stieß ihm seinen großen, kahlen Schädel entgegen und sagte: »Ich leg sie um.«
»Oh mein Gott, Albert, nein –« Lorraine kämpfte sich auf die Beine, begann ungelenk zu laufen, die Hände vor sich zusammengebunden. Sie war zwei Meter von der Wohnzimmertür weg, als Vincent ihr mit der Bernardelli seitlich auf den Kopf schlug. Sie gab keinen Mucks von sich, fiel wie gelähmt mit dem Gesicht voran auf den Boden.
»Das klappt«, bekräftigte Albert. »Ich erledige sie. Auf der Rückseite vom Bücherschrank im Wohnzimmer ist eine Pistole mit Klebeband festgemacht.«
Vincent stand über Lorraine, drehte sich um und sah Albert an.
»Hol sie mir«, bat Albert. »Lass eine Kugel drin, das war's. Du hast mich in der Tasche. Denk doch mal nach, Vincent – ich mach's, es geht auf meine Kappe. Wir machen das zusammen, was heißt, ich hab nichts gegen dich. Du verschwindest, ich mach klar Schiff – sie ist weg. Ich hab die passende Geschichte – jeder weiß, dass sie ein Flittchen ist – sie ist abgehauen, irgendwohin, keiner von uns muss sich Sorgen machen.«
Vincent beugte sich herunter und setzte die Pistole auf Lorraines Hinterkopf auf und drückte ab. Ihr Kopf sprang vom Boden hoch und ein blutiger Sprühregen flog davon und landete auf dem blauen Teppich.
»Fick dich!« Albert ruderte mit den Beinen und versuchte, sich vom Boden hochzudrücken. Er hatte es gerade auf die Knie geschafft, als Vincent ihm in den Kopf schoss.

52

Vom Fenster seiner Wohnung aus erstreckte sich Bob Tideys Ausblick auf ein kurzes Stück der Glasnevin Road. Vorbeirasenden Autos zuzusehen brachte nicht viel und das Vorwärtskommen eines Fußgängers war wenig spannend. Im Hintergrund dudelte das Radio. *Morning Ireland* war gerade am Ende eines Interviews mit einem Minister für dies oder jenes angelangt. Der Minister betonte immer wieder, es gäbe keine Alternative. Der Moderator leitete über zu einem Wirtschaftswissenschaftler, der für eine Bank arbeitete, und dieser begann damit, dass er mit dem Politiker übereinstimme, es sei die einzige Möglichkeit. Tidey streckte sich nach dem Radio und drückte einen Knopf auf der Vorderseite, sodass der Sender zu Country Mix FM sprang, wo Christy Moore *John O'Dream* sang.

Anstatt Becher, Teller, Besteck und Glas in die Spülmaschine zu stecken, trug Tidey sie zum Spülbecken und wusch sie mit der Hand ab. So hatte er etwas zu tun, während er versuchte, dem anstehenden Tag eine Form zu geben. Der Plan war, zum Botanischen Garten hinunterzuschlendern und eine Stunde zwischen den Blumen zu verbringen, dann eine weitere Stunde mit einem strammen Marsch rumzukriegen. Am Nachmittag hatte er vor, einen Mann, der in Finglas lebte, zu besuchen, einen Ladenbesitzer, der im Nebenerwerb gestohlene Ware unter der Hand verkaufte. Die drei Tage Beurlaubung gaben ihm die Gelegenheit, sich bei seinen Informanten zu melden, eine lästige, aber nützliche Sache. Der Ladenbesitzer gab mitunter Informationsbrocken weiter, die er im Laufe seiner Arbeit aufschnappte. Es ging ihm nicht um Geld – es war einfach eine Versicherungspolice für den Tag, an dem er jemanden bräuchte, der für ihn ein gutes Wort einlegt.

Er hatte vor, einem Gelegenheitsdieb in Coolock einen Besuch abzustatten, der hin und wieder den Fahrer für verschiedene Gangs machte, mit dem er eine ähnliche Abmachung hatte.

Irgendwann im Laufe des Tages, versprach sich Tidey, würde er Holly eine SMS schicken, um zu sehen, ob sie am Abend Zeit hätte.

Tidey war fünf Minuten vom Botanischen Garten entfernt, als er es sich mit dem Spaziergang durch die Rabatten anders überlegte. Er ging nach Hause, lief um den Wohnblock herum und stieg in sein Auto. Auf halbem Weg zur Collin Avenue fand er seinen Bluetooth-Ohrhörer und rief das Clontarf-Garda-Revier an.

»Hast du Zeit für 'ne kleine Fragestunde?«

Sein ehemaliger Kollege, Harry Synnott, sagte: »Ich habe ein Meeting – nicht länger als eine Stunde – danach, wann immer du willst.« Tidey parkte am Revier und lief eine halbe Stunde an der Küste entlang und wieder zurück. Von der dem Revier gegenüberliegenden Straßenseite rief er Harry an. »Komm rüber«, meinte Harry.

Sie saßen im Büro, das sich Harry mit vier anderen teilte, und Bob erzählte vom plötzlichen Ende des Falls Sweetman. »Vielleicht überbewerte ich es auch.«

»Jemand lässt seine Beziehungen spielen?«

»Nicht unbedingt«, sagte Tidey. »Kann sein, die glauben wirklich, dass dieser Kennedy den Mord begangen hat. Es könnte auch sein, sie sehen, dass sich andere Möglichkeiten auftun – Wege, die sie nicht einschlagen wollen –, und die Kennedy-Geschichte bietet einen plausiblen Grund, die Sache abzuschließen.«

»So oder so, Bob – die haben einen Strich drunter gemacht.« Synnott, der zu seiner Zeit selbst hin und wieder eine Grenze überschritten hatte, lächelte zerknirscht. »Manche Grenzen, wenn du die übertrittst, landest du in der Grauzone.«

»Stephen Hill. Sagt dir der Name was?«, erkundigte sich Tidey.

Harry Synnott schüttelte den Kopf. »Fällt mir nichts dazu ein. Wer ist das?«

»Emmet Sweetman hat am Tag, an dem er ermordet wurde, zweimal einen zwielichtigen Anwalt angerufen. Der zwielichtige Anwalt rief daraufhin umgehend Stephen Hill an. Der einzige Weg, auf dem ich das überprüfen kann, ist, wenn ich auf Arbeit auftauche – was bedeutet, einen Zusammenstoß mit Hogg zu riskieren. Ich hatte gehofft –« Tidey deutete in Richtung des Monitors auf Synnotts Schreibtisch.

Synnott fuhr seinen Stuhl vorsichtig zum Schreitisch, zog die Tastatur heran. Nach einer Minute drehte er den Bildschirm zu Tidey. »Stephen Hill – zwei Überfälle, schwere Körperverletzung. Befragt im Verlauf zweier Mordermittlungen, aber beide Male kam nichts dabei heraus.«

»Das ist jemand, der auf der Türschwelle mit einer Schrotflinte auftauchen könnte.«

»Und es gibt eine Verbindung. Du hast mich neulich nach Gerry FitzGerald gefragt – Zippo. Hier steht, beide, er und Stephen Hill, waren vorgeladen und zum Vorwurf der schweren Körperverletzung vernommen worden. Die zwei Jungs haben nichts gesagt und sind damit davongekommen.«

Tidey brauchte zehn Minuten am Telefon mit dem Büro des GStA, um herauszufinden, dass Stephen Hill viermal vor Gericht durch Connie Wintour vertreten worden war.

Als Connie Wintour aus dem Fahrstuhl in der vierten Etage des Strafgerichts trat, erkannte er Bob Tidey und schenkte ihm ein breites Lächeln. »Ah, Sergeant, so sehen wir uns wieder. Sie sind aus Gründen der Strafverfolgung hier oder vielleicht auf ein winziges Schwätzchen vorbeigekommen?« Er bog nach links und ging in Richtung der Gerichtssäle.

»Wann haben Sie das letzte Mal mit Stephen Hill gesprochen?«

Wintour reagierte nicht, schlenderte einfach weiter. »Stephen – ich hege immer noch Hoffnungen für den Jungen.«

»Ich bin mir sicher, er kommt ganz gelegen, wenn jemand gebraucht wird, um einen anderen ins Krankenhaus zu verfrachten.«

Wintour blieb stehen und lächelte. »Immer noch verliebt in den Ausblick von Ihrem hohen Ross, Sergeant?«

»Gekränkte Unschuld steht Ihnen nicht, Connie.«

»Sergeant, habe ich Ihnen jemals von meinem dritten Fall erzählt, dem ersten, der etwas bedeutete? Ein fürchterlich dummer Einbrecher, der mehr Zeit im Gefängnis als außerhalb verbracht hat. Er war zwanzig Meter von der eingeschlagenen Fensterscheibe vom Haus eines Gemeindepfarrers erwischt worden – mit einem Satz Golfschläger über der Schulter. Und als der Garda, der die Anklage vertrat, anregte, dass achtzehn weitere Einbrüche mit berücksichtigt werden sollten, nickte er nur. Akte auf, zu, fertig.«

»Ich bin mir sicher, Sie haben ihm einen Bärendienst erwiesen.«

»Noch besser: Ich bin jedes Schriftstück durchgegangen, habe jede Einzelheit geprüft. Und sechs der Einbrüche, die er gestanden hatte – die waren passiert, als er im Knast saß.«

»Sind Sie nicht ein schlaues Kerlchen?«

»Nicht wirklich. Mein Fehler war, dass ich aufstand und triumphierend den Richter über den unerfreulichen Stand der Dinge in Kenntnis setzte. Er strich die sechs Fälle und gab meinem Knaben für den Rest das Höchstmaß. Was ich nicht wusste, war, dass die Polizei ihre Statistiken bereinigte – und ungelöste Straftaten den erledigten Fällen zuordnete. Der Richter arbeitete mit ihr zusammen, und mein Klient war wütend auf mich, weil er ein geringeres Strafmaß erwartete hatte dafür, dass er den Kopf hinhielt.«

Wintour setzte seinen Gang fort und schwang lässig seine Aktentasche. »Man lernt nie aus, Sergeant. Ist schon eine komische Sache, Recht und Ordnung.«

»Ich habe einen Eingebung, Connie.« Wintour hielt inne. Tidey schenkte ihm ein, wie er hoffte, selbstbewusstes Lächeln. Connie würde zugänglich sein, wenn er glaubte, seine eigene Stellung sei gefährdet. Der erste Schritt war, ihm einen Grund zu geben, die Aufnahme von Verhandlungen in Erwägung zu ziehen.

»Ich denke, Sie wissen, wohin die Ermittlungen im Fall Sweetman laufen.«

Connie schaute ehrlich verblüfft. »Und das sollte mich beunruhigen – warum?«

»So wie es aussieht, war Sweetman dabei, umzukippen und ein krummes Immobiliengeschäft gegenüber der Steuerbehörde auszuplaudern. Und ich denke, vielleicht hat das die Schwergewichte verärgert, mit denen Sie und Sweetman sich eingelassen haben. Ich glaube, Sie haben an jenem Tag mit Sweetman gesprochen – ein letzter Versuch, ihn dazu zubringen, die Klappe zu halten. Als er das nicht tat, haben Sie jemand anderes angerufen.«

Wintour blieb wieder stehen. »Und das war?«

»Stephen Hill. Der Mann am Abzug.«

Connie lächelte ihm warm zu. »Sie sind hier, um mich aus dem Konzept zu bringen, Sergeant. Sollten Sie nicht Ihren *Columbo*-Regenmantel tragen, damit Sie so tun können, als wären Sie mit mir fertig, dann drehen Sie sich herum – ›eine Sache noch, Mr Wintour‹, richtig? Nun, ich fürchte, Sergeant, die Zeiten, in denen mich ein Polizeibeamter aus dem Konzept bringen konnte, in einem Gerichtssaal oder außerhalb, sind lange vorbei.«

»Das mag schon sein, aber –«

»Die Ermittlungen im Fall Sweetman sind, wie Sie ganz genau wissen, abgeschlossen.«

Wintour nahm seinen Gang auf. »Nicht mehr lange und die fürchterliche Wahrheit über den verstorbenen Mr Kennedy und seinen leichtfertigen Umgang mit Flinten wird zweifelsohne einem willfährigen Reporter zugespielt. Der Schmierfink wird seinerseits verkünden, dass er das Geheimnis um Emmet Sweetman geknackt hat.«

»Wer hat Ihnen das gesagt?«

»Eine Stadt besteht aus vielen Dörfern, vielen Kreisen, vielen Schichten, und mit den Mitteln der modernen Technik –« Er blieb am Eingang des Gerichtssaals stehen. »Da sind wir, im heutigen Bärenzwinger.« Er wandte sich ab und zog die Tür auf. »Passen Sie auf sich auf, Sergeant.«

»Sie haben Stephen Hill angerufen. Er ist der Mörder.«

Wintour sah zurück. »Stephen – kein schlechter Kerl, leicht vom richtigen Weg abzubringen. Mit Zeit und Geduld hoffe ich, erleben zu können, dass aus ihm ein nützliches Mitglied der Gesellschaft wird. Passen Sie auf, wo Sie hintreten, Sergeant.« Er ließ die Tür hinter sich zuschwingen.

53

Bist du nicht drin, daran glaubte Anthony Prendergast, kannst du nicht gewinn'.

Von zehn Hinweisen, denen ein Reporter nachgeht, taugt vielleicht einer als Story. Der Rest – nun, wenn man für eine Zeitung arbeitet, denken Leute mit einem Floh im Ohr, man könne ihnen helfen, ihn totzuschlagen. Manche sind anständige Leute, die echt verarscht wurden, andere sind aus dem unergründlichen Sumpf aus Paranoia und Zwangsvorstellungen aufgetaucht. Das Problem mit Verschwörungstheorien ist, dass, wenn man sie ablehnt, man unverzüglich bezichtigt wird, den Verschwörern beim Unterdrücken der Wahrheit zu helfen. Das ist der Moment, in dem der eigene Name auf Webseiten auftaucht, gelistet als Vertreter des Satans.

Aber wenn man nicht durch den Müll watet, verpasst man hin und wieder die Story, die der Mühe wert ist. Anthony Prendergast war sich bewusst, dass sein Talent nicht in der Qualität seiner Prosa lag. Und sein Telefonbuch war nicht reich an hochrangigen Quellen. Aber er besaß den Hunger eines jungen Reporters – er würde durch den tiefsten Müll waten, sich durch das weiteste Feld an Stuss arbeiten, solange die Aussicht auf eine Story bestand. Heute Nachmittag war ein Beispiel dafür, wie man seine Brotkrumen auf dem Wasser verteilt in der Erwartung, nicht mehr dafür zu bekommen als durchweichtes Brot.

»Er verkauft Waffen.« Die Stimme am Telefon war leicht heiser.

»Ein Polizist?«

»Ein Sergeant.«

»Haben Sie es selbst erlebt?«

»Ich weiß, was ich weiß.«

»Sind Sie selbst ein Garda?«

»Ich kenne jemanden, der eine gekauft hat.«

»Eine Pistole?«

»Ja.«

»Von einem Polizisten?«

»Das habe ich doch gesagt.«

»Können Sie mir Ihren Namen sagen?«

»Sie können mich Matthew nennen.«

»Kennen Sie den Namen dieses Bullen?«

»Ja.«

»Wie heißt er?«

»Nicht am Telefon.«

»Welches Revier?«

»Ich habe eine Akte.«

Oh je.

Bürger, die Akten über Leute anlegen, neigen dazu, Agenten-Spinner zu sein. Die Akten sind durchsetzt mit unterstrichenen Wörtern und Ausrufezeichen, einem kodierten Verzeichnis und Schlüsselsätzen, die in Versalien geschrieben sind. Anthonys Interesse ließ gleich ein wenig nach.

»Kann ich sie sehen?«

»Treffen Sie mich heute Nachmittag.«

Noch während er auf der Südseite der Uferstraßen entlangging, hatte Anthony diesen hier bereits als Niete ausgemacht. Aber: Bist du nicht drin, kannst du nicht gewinn'.

Wie versprochen, saß der Möchtegern-*Deep-Throat* im Sorohan's an einem Tisch in der Nähe der Tür mit einem Glas Cola vor sich. Ein missmutig aussehender Typ über zwanzig, der an einen einfachen Beamten erinnerte. Anthony stellte sich vor, erleichtert, dass von ihm nicht erwartet wurde, ein Passwort-Ritual zu durchlaufen.

Anthony zeigte auf die Cola. »Noch eine?«

»Ich hab noch.«

Anthony holte sich einen Kaffee und setzte sich neben Matthew.

»Sind Sie selbst bei der Polizei?«

»Nein.«

»Eher Behörde?«

»Wollen Sie die Akte sehen?«

»Sicher doch.«

»Sie ist im Auto.«

Sie brauchten weniger als eine Minute bis zum Auto, einem großen Renault, auf dem Parkplatz hinter dem Sorohan's. »Wie sind Sie darauf gestoßen?«

»Ich habe so meine Methoden.«

»Verstehe«, entgegnete Anthony.

Der Möchtegern-Informant öffnete den Kofferraum, beugte sich hinein und bemerkte: »Ich wette, Sie dachten, ich erzähle nur Gülle.«

»Das würde ich so nicht sagen, es ist nur –«

Matthew nahm eine Pistole aus dem Kofferraum und richtete sie auf Anthony. Er deutete auf den Kofferraum. »Rein«, sagte er.

Als sie am Haus in der Rathfillan Terrace angekommen waren, fuhr Vincent Naylor den Renault in die Garage, schloss das Tor und öffnete den Kofferraum. Er langte hinein und ergriff den Reporter an der Vorderseite seines Hemdes, zog ihn hoch und heraus. Der Reporter jaulte auf, als er sich das Schienbein an irgendetwas stieß, dann öffnete Vincent die Innentür, trieb den Reporter hinein, durch die Küche hindurch, in schnellem Schritt.

»Was soll denn das?« Die Stimme des Reporters war schrill, panisch.

Als Vincent ihn im Wohnzimmer hatte, stieß er ihn rückwärts in einen Sessel, der zur Tür zeigte. Der Schisser schwitzte.

»Was soll das?«

Vincent stand da, schaute auf ihn herab, die Unterlippe des Reporters bebte.

»Es ist ganz einfach«, sagte Vincent. »Ich werde dir Fragen stellen und du wirst sie beantworten. Beantwortest du sie nicht, nützt du mir nichts. Ich stecke dich zurück in den Kofferraum und warte, bis es Nacht ist. Dann fahre ich dich an eine Stelle am Royal Canal und stoße das Auto hinein.«

»Um Gottes Willen – was soll ich denn wissen? Ich habe keine Ahnung, wer Sie sind, ich habe keine – das ist nicht –«

Vincent beugte sich vor und hob ein gefaltetes Boulevardblatt vom Boden auf. Er sah dem Reporter in die Augen, während er die Zeitung glatt strich, dann senkte er den Blick und las vor: »›So wie er im Wohnzimmer seines bescheidenen Hauses sitzt, mit der Ehefrau in der Küche, die Kaffee und Sandwiches macht, erkennt jeder leicht, dies ist kein SA-Mann –‹« Vincent blickte von der Zeitung hoch. »Erinnerst du dich an diese Scheiße?«

»Das –«

»Einfache Frage: Erinnerst du dich an diese Scheiße?«

»Ja, die Sache mit dem Überfall – der Typ von der ERU –«

»Das war mein Bruder, den der erschossen hat.«

»Das ist nicht –«

»Wie heißt er und wo wohnt er?«

Der Reporter saß da, der Mund offen, die Augen weit aufgerissen, der Atem schwer. »Nein – ich kann Ihnen das nicht sagen – ich – sehen Sie –«

Vincent kam so nahe heran, dass Anthony seinen Atmen auf seiner Wange spüren konnte, als er flüsterte: »Ist das deine letzte Ansage?«

54

Als er den Reporter nach oben verfrachtet hatte, zwang Vincent ihn, sich neben die Heizung zu knien, dann kettete er ihm mit Kabelbindern seine Hände an die Rohre. Er nahm ein eingedrehtes Hemd, um dem Reporter die Beine zusammenzubinden – kniend, gegen die Heizung gelehnt, den Kopf knapp über dem Boden.

»Unangenehm, ich weiß, und du wirst wahrscheinlich Krämpfe bekommen, so wie du daliegst. Aber wenn deine Informationen stimmen, komme ich zurück und binde dich los. Wenn du mich verarschst, komme ich zurück und verpasse dir eine in den Schädel. So oder so, es wird nicht lange dauern.«

»Ich bitte Sie, das wird nicht –« Der Reporter verrenkte den Hals, drehte halb den Kopf, damit er zu Vincent aufsehen konnte, das Gesicht war bleich und schweißüberzogen. Blut war um seinen Mund, eine Wunde über seinem rechten Auge. »Er hat Ihren Bruder nicht erschossen –«

»Du hast deine Chance gehabt. Du hast gewusst – und sag jetzt nicht, das hättest du nicht –, dass, wenn du mir die Adresse des Bullen gibst, er so gut wie tot ist. Du hattest die Wahl – dein Leben oder das von Sergeant Dowd, weiß du noch? Meine Meinung? – Du hast die bessere Wahl getroffen. Versau's jetzt nicht mit Rumzicken und Betteln.«

»Er hat nur seine Arbeit gemacht –«

»Eine kleine Sache zum Schluss.« Vincent beugte sich ganz hinunter, sein Gesicht dicht am Reporter. »Diese Nonne, die Schlampe, Maura Coady – Kilcaragh Avenue, North Strand, richtig? In der Zeitung stand keine Hausnummer.«

»Ich erinnere mich nicht.«

»Tja, das ist schade.« Vincent richtete sich auf. »Du hast den Bullen sterben lassen – und jetzt wirst du trotzdem dran glauben.«

»Ich erinnere mich wirklich nicht mehr an die Nummer, ich schwöre es.«

»Ich glaube dir.«

Vincent langte nach der Bernardelli auf dem Nachtisch. »Tut mir leid, dass es so enden muss –«

»Einundvierzig.«

»Kilcaragh Avenue?«

»Ja.« Anthony wandte seinen Blick von Vincent ab, starrte geradeaus an die Wand.

»Du weißt, wenn ich dort ankomme und –«

Anthony sagte etwas, seine Stimme war so leise, dass Vincent sich vorbeugen musste.

»Du sagst was?«

»Ich sagte, es ist die Wahrheit.«

»North Strand und Rathmines – das könnte sich etwas ziehen. Heute Abend erledige ich einen von ihnen. Den Bullen oder die Nonne? Was glaubst du? Wer kommt heute zu Gott? Ene, mene, muh?«

Das Geburtstagskind hatte schon alle seine Geschenke bekommen und seinen Kuchen angeschnitten und es war Zeit, etwas von der überschüssigen Energie aus den Partygästen zu lassen. Rose Cheneys Ehemann legte einen Schalter um und die Gäste jubelten, während sich die Springburg in ihre aufrechte Position zappelte. Als sie vollständig aufgeblasen war, schrie Rose: »Drei, zwei, eins – los!« und trat zurück, während ein Dutzend kreischender Kinder vorwärtsstürmte. Einen Moment lang sah sie zu, wie sie sprangen, hüpften, kullerten, dann gesellte sie sich zu Bob Tidey, der bedächtig eine Dose Heineken auf der erhöhten Terrasse am hinteren Ende des Gartens trank.

»Ich bin mir nicht sicher, ob das eine so gute Idee ist, Bob – die Ermittlungen sind vorbei, zumindest unser Teil. Die da oben mögen es nicht besonders, wenn das Fußvolk Detektiv spielt.«

»Kaufen Sie denen die Kennedy-Theorie ab?«

»Er hatte ein Gewehr – er hatte es drauf, es gegen sich selbst zu richten, also ist es mehr als wahrscheinlich, dass er den Mumm gehabt hätte, Sweetman damit umzulegen. Sagen wir so – es ist eine Erklärung. Sie oder ich würden sie vielleicht auf stabilere Beine stellen wollen, aber wir haben nun mal unseren Platz in dem Ganzen.«

»Was mich ankotzt, ist, dass Connie Wintour wusste – wahrscheinlich, bevor man es uns gesagt hat –, er wusste, die Ermittlungen würden abgeschlossen werden.«

»Kuschelkartells, Golden Circles – egal, wie man sie nennt, sie sind genauso ein Teil dieses Landes wie die Berge und die Moore. Die passen aufeinander auf.«

Tidey trank sein Heineken aus. »Es auf sich beruhen lassen?«

»Die Wahrscheinlichkeit, einen Kampf zu gewinnen, den man nur verlieren kann, gibt es nicht.«

An der Springburg weinte ein Kind. Cheney ging hin, um einem Elternteil zu helfen, den Verletzten zu trösten.

Zuhause – das ist wie als Kind, wenn du dir ein Versteck baust, von wo aus du in eine Welt hinaussehen kannst, in der du dich nicht völlig sicher fühlst. Schon möglich, dass die Versteck-dich-Phase nur einen Sommer lang anhielt, vielleicht nur ein paar Wochen, aber der Gedanke an eine Zufluchtsstätte hatte Garda Sergeant David Dowd nie losgelassen. Sogar mit all dem Selbstvertrauen und dem Wissen, das er sich aus seiner ERU-Ausbildung erhalten hatte, der Teil des Tages, den er am meisten genoss, war der, wenn Arbeit und soziale Verpflichtungen erledigt waren, wenn er die Außenwelt ausschloss und sich in seinem Versteck entspannte.

Er hatte sich ein T-Shirt und eine kurze Hose angezogen, hatte seiner Tochter zwei Mr-Men-Bücher vorgelesen – aufs Geratewohl aus einem ungeheuren Stapel herausgegriffen. Jetzt war es Zeit hinunterzugehen und es sich mit der Frau gemütlich zu machen. Es hatte eine Zeit gegeben, wo das ein paar Bier oder Whiskeys bedeutet hätte, aber jetzt nicht mehr. In den Jahren, seit er in die ERU eingetreten war, hatte er keinen Tropfen angerührt. Und so würde es bleiben, bis er in eine andere Einheit wechselte, in der er nie mehr kurzfristig zu einem Einsatz gerufen wurde, in dem er es mit einer potenziell tödlichen Situation zu tun hatte.

Er hob beide Arme, um die Schlafzimmervorhänge zuzuziehen, und Glasscherben trafen sein Gesicht. Er ging zu Boden, schrie den Namen seiner Frau, befahl ihr, sich auf den Boden fallen zu lassen – zwei weitere Kugeln zerbarsten Fensterglas und er robbte bäuchlings über den Boden, aus der Schlafzimmertür hinaus, sprang auf die Beine, rannte zum Zimmer seiner Tochter. Der Klang zwei, drei weiterer Schüsse, Glas, das zerbrach.

Fuck, fuck, fuck. Nicht hier. Nicht hier.

Das Pub im Stadtzentrum war überfüllt und laut. Es hatte Bob Tidey nie gestört, wenn er hier getrunken hatte, früher, zu der Zeit, als er noch um die Ecke auf dem Store-Street-Revier stationiert war. Damals waren das Gedränge und die Lautstärke Teil des Vergnügens, jetzt empfand er die lauten Stimmen und die leichte Hysterie als bedrückend. Er war nach seinem Besuch bei Rose Cheney hier hereingeschneit, aber nach nur einem einzigen Whiskey ging er wieder. Er schrieb Holly eine SMS und erhielt ein weiteres *Bin unterwegs* als Antwort, also nahm er sich ein Taxi nach Hause in die Glasnevin.

Nachdem er eine Weile in seiner Wohnung gehockt hatte, merkte er, dass er ein imaginäres Gespräch über den Fall Sweetman führte – über die Gründe, warum man glaubte, dass ein Geschäftspartner es getan habe und dann Selbstmord beging, und was gegen diese Theorie sprach. Er fragte sich, ob imaginäre Gespräche zu führen ein Zeichen für geistigen Verfall war. Er machte den Fernseher an und zappte sich durch einen Dschungel aus alten Komödien, Gerüchten aus dem Showbusiness und obskuren Sportarten sowie Dokus, die alles boten, was er zu den Nazis, den alten Römern oder zu Flugzeugunglücken wissen musste. Er hatte nicht bemerkt, wie er einnickt war, und als er mit einem Ruck erwachte, saß er immer noch im Sessel, sein Kopf seitlich in einem unbequemen Winkel abgekippt. Auf dem Bildschirm erklärte ein Mann etwas zu Stonehenge. Tideys Uhr zeigte kurz nach zwei Uhr. Er schaffte es ins Bett und glitt zurück in den Schlaf.

Im Funzellicht, das aus dem Inneren des Kofferraums kam, konnte Vincent erkennen, dass die gefesselten Hände des Reporters zitterten, seine Lippen bebten, als wäre er gerade aus dem Eismeer aufgetaucht. Einen Augenblick lang glaubte Vincent, der Kriecher hätte eine Schockstarre erlitten.

»Bitte.«

»Schnauze.«

Vincent beugte sich hinunter und zog den Reporter heraus, lud ihn auf dem Boden ab. Sie waren weit hinter Tallaght, in einem bewaldeten Gebiet in den Ausläufern der Dublin Mountains. Unter ihnen schienen die Lichter der westlichen Vorstädte. Es war fast drei Uhr am Morgen, die Luft war frostig, die ganze Welt still.

Vincent nahm ein Messer aus der Tasche, klappte die Klinge aus und durchtrennte die Fesseln an den Händen und Füßen des Reporters.

»Du hast mir doch alles gesagt, was ich wissen muss, nicht wahr? Kein Grund zur Sorge, also – richtig?«

Die Sache bei dem Bullen zu Hause war Zucker gewesen. Vincent war auf einen Fehlstart gefasst, ein abgedunkeltes Haus vielleicht oder langes Warten, bis das Schwein nach Hause kam. Stattdessen stand ein SUV in der Einfahrt, die Lichter waren oben und unten im Haus an. Vincent war gerade dabei, sich darauf einzustimmen, die Klingel zu drücken und dem Schwein die Mündung der Pistole in die Fresse zu drücken, als er nach oben sah, und da war das Schwein, am Fenster des Schlafzimmers, und Vincent brauchte nur eine Sekunde, um die Bernardelli aus seiner Schultertragetasche zu ziehen. *Bang, bang, bang* – der Bulle ging zu Boden, als hätte ihm jemand die Beine weggenommen. Und noch mal, *bang, bang, bang*, zur Sicherheit. Das einzige Fragezeichen, das für Vincent blieb, war, was, wenn das nicht der Richtige gewesen war? Aber wer sonst sollte um diese Tageszeit im Schlafzimmer dieses Typen sein? Er musste es gewesen sein.

Vincent nahm den Reporter hinten an der Jacke und schleifte ihn mit sich – die Beine des Kerls stolperten unbeholfen auf dem unebenen Untergrund –, bis sie vor dem Auto waren, im Licht des Scheinwerfers.

»Bitte –«

»Komm, Hühnchen rupfen.«

»Ich bitte Sie –«

»Mein Bruder Noel –« Vincent beugte sich vor, sodass seine Lippen nur wenige Zentimeter vom Ohr des Reporters entfernt waren – »in seinem ganzen Leben hat er es nicht geschafft, dass sein Name einmal in ’ner Zeitung stand.« Vincent richtete sich auf. Der kleine Scheißer kauerte da, darauf bedacht, Blickkontakt zu vermeiden. »Das erste Mal, das er drinsteht, ist, als er von den Bullen erschossen wird. Erschossen beim Versuch, sich zu ergeben.«

»Bitte –«

»Nie stand sein Name in einer Zeitung, in seinem ganzen Leben nicht. Dann stand sein Name in jeder Zeitung, und manches hat schon gestimmt, hat es so dargestellt, wie es passiert ist. Auch wenn nicht drinstand, dass er versucht hatte, sich zu ergeben.«

Der Reporter drehte das Kinn zu Vincent hoch. »Ich habe das gesagt, mit dem Sich-Ergeben – ich habe es geschrieben – da war ein alter Mann, der hat es mir erzählt – Tausende haben das gelesen, sie –«

Vincent schlug ihm mit der Faust ins Gesicht. Anthony sagte *Ah*, dann sagte er es noch einmal, beinahe wie einen Seufzer, immer und immer wieder. Blut klebte an seinem Mund, dort, wo die Lippe aufgeplatzt war, als sie gegen seine Zähne geschmettert wurde. Vincent beugte sich wieder vor. »Einen berüchtigten Schläger hast du ihn genannt. Einen Drogendealer hast du ihn genannt. Auch das haben Tausende gelesen. Warum musstest du Lügen verbreiten? Warum?«

»Es ist – ich hatte mit der Polizei gesprochen, die hatten gesagt, es gäbe Dinge, für die er nie angeklagt worden sei, und –«

»Und diese Schweine lügen nie?«

»Ich bitte Sie –«

»Erwartest du, damit ungestraft davonzukommen?«

»Bitte –«

Vincent holte aus, und seine Hand mit der Bernardelli schwang nieder, die Pistole krachte in die Schläfe des Reporters. Was ein Fehler war. Vincent schüttelte ihn, schlug ihm ins Gesicht, versuchte, ihn wieder zu sich zu bringen – es half nichts. Der Schlag auf den Kopf hatte ihm wahrscheinlich eine Gehirnerschütterung verpasst. Schade drum. Als Vincent die Waffe an die Stirn des Reporters hielt und abdrückte, hatte der es nicht einmal kommen sehen.

55

Noch während er aus seinem tiefen Schlaf wieder auferstand und völlig erwachte, griff Bob Tidey nach seinem blökenden Handy.

»Ja?«

»Detective Sergeant Tidey?«

»Ja?«

»Ein Wagen wartet vor der Tür auf Sie. Anordnung des Detective Chief Superintendent Hogg.«

Es bedurfte einiger Augenblicke der Stille, um das zu verstehen. Zuerst dachte Tidey, er hätte verschlafen und einen Termin versäumt.

»Ein Wagen? Wofür?«

»Der Detective Chief Superintendent möchte mit Ihnen sprechen, sofort.«

»Worüber? Ich habe Urlaub.«

»Das sind meine Anweisungen.«

»Mist«, murmelte Tidey. Er sah auf die Uhr – Viertel nach zehn. »Geben Sie mir eine Minute.« Er legte auf.

Fertig war er nach zwanzig.

Vincent Naylor setzte sich zu einem späten Frühstück im Four-Seasons-Hotel. Normalerweise reichten ein Kaffee und eine Scheibe Toast, aber heute war er in der Stimmung, sich etwas zu gönnen. Er warf einen Blick in den großen Umschlag, den er sich auf dem Parkplatz im Ilac abgeholt hatte. Alles in Ordnung.

Mit diesen Leuten war es eine Freude, Geschäfte zu machen. Sie konnten alles besorgen, und sie nahmen dein schmutziges Geld und wuschen es für eine ansehnliche Kommission. Der Umschlag enthielt einen Führerschein, einen echten Pass mit einem falschen Namen und eine dazu passende Debitkarte zu einem Bankkonto mit drei Riesen drauf. Drin waren auch Informationen zu seinen Reisemöglichkeiten nach Glasgow über Belfast, und es blieb ihm überlassen, wie er nach London kam. Er hatte die Wahl, wann er fahren wollte – ein Anruf, vierundzwanzig Stunden vorher, und sie würden die letzten Rädchen einrasten lassen. Diese Leute wussten, wie man abkassierte, aber sie lieferten auch Eins-a-Arbeit.

Die Waage in Vincents Kopf war etwas ausgeglichener, und das gab ihm das Gefühl, wie wenn er Noel den Respekt erweisen würde, der ihm zustand. Er könnte in diesem Moment das Land verlassen und er hätte das Gefühl, das Richtige getan zu haben –, aber er hatte noch nicht die ganze Liste abgearbeitet. Er hatte den Typen von Protectica erledigt, Lorraine und Albert, den Reporter und den Bullen.

Fast fertig.

Der Kellner kam, um seine Bestellung aufzunehmen. Vincent sagte, er würde das irische Frühstück nehmen, komplett, mit Extra-Würstchen.

Detective Chief Superintendent Malachy Hogg saß hinter seinem ausladenden Eichenholzschreibtisch. Er erhob sich nicht, um Bob Tidey zu begrüßen. »Kommen wir gleich zum Punkt, Detective Sergeant. Nach Rücksprache mit Assistant Commissioner O'Keefe muss ich Ihnen mitteilen, dass Sie mit sofortiger Wirkung vom Dienst suspendiert sind, bei vollem Gehalt und bis zur Eröffnung eines Disziplinarverfahrens.«

Die Worte wurden ausdruckslos vorgetragen, als ob Hogg die Anweisungen laut ablas. »Sie werden innerhalb von achtundvierzig Stunden Näheres zum Verhalten erfahren, das zu Ihrer Suspendierung geführt hat. Ich empfehle Ihnen, sich bei der Association of Garda Sergeants and Inspectors wegen eines Rechtsbeistands zu melden.«

Tidey wartete ab. Hogg blieb stumm.

»Das war's? Ich habe etwas nicht näher Beschriebenes einer unbekannten Person angetan – und –«

»Sie wissen verdammt gut – Sie hatten genaue Anweisungen hinsichtlich eines bedeutenden Mordfalls erhalten, und Sie haben sie ignoriert und ihr eigenes Süppchen gekocht.«

»Es ist mir nie in den Sinn gekommen, dass Sie und Connie sich nahestehen.«

»Stellen Sie sich nicht dumm. Hier geht es nicht um Connie Wintour, hier geht es um Sie. Entscheidungen waren getroffen worden, aber Sie meinten, dass Sie über diesem Weisungsketten-scheiß stehen. Nun, wir brauchen keine einsamen Rächer bei der Polizei.« Hoggs Stimme war jetzt lebhafter. »Wintour hat sich – wie es ihm zusteht – darüber beschwert, schikaniert worden zu sein. Und als das zu Assistant Commissioner O'Keefe durchgesickert ist – als er erfuhr, dass Sie Befehle ignoriert haben –, blieb ihm keine andere Wahl.«

»Durchgesickert zum AC. Wie weit oben auf der politischen Leiter sitzen Connies Schutzherren denn?«

»Unter uns, Bob, und Dienstgrad beiseite – Sie gehen entschieden zu weit. Leitende Beamte sind zu einem Ergebnis gekommen, auf der Basis der Beweislage. Sie haben ein Recht auf eine eigene Meinung, aber wir können uns keine freischaffenden Ermittler leisten, die offizielle Ergebnisse anzweifeln.«

»Unter uns und Dienstgrad beiseite – glauben Sie, der Mord an Sweetman war nur ein Zerwürfnis zwischen zwei Geschäftsmännern?«

»Ja, das glaube ich.«

»Sie denken nicht, dass das eine willkommene Geschichte ist – ein kleines Drama zur Ablenkung?«

»Ich glaube, dass die Beweise unser Ergebnis bekräftigen.«

»Und das sind Sie bereit zu verteidigen, Chief Superintendent?«

Hogg hatte sein Gesicht des Mitgefühls entleert. Wenn man jemandem Fußtritte verpasst, warum flauschige Hauspantoffeln tragen? »Denken Sie daran, Sie wurden von einem Richter gerügt, in einer öffentlichen Sitzung, wegen dem Wert Ihrer Aussage in einem Strafverfahren. Wenn Sie auch nur im Entferntesten daran denken, einen Riesenzirkus hieraus zu machen, kann die Rüge wieder aufgegriffen werden und als Vorwurf des Meineids laufen.« Er wartete einen Moment, und als Tidey nichts entgegnete, sagte er: »Und jetzt verpissen Sie sich, Bob.«

Zweimal hatte Bob Tidey Colin O'Keefes Nummer gewählt und zweimal wurde nicht abgenommen. Er stellte sein Handy so ein, dass seine Nummer unterdrückt wurde. Er rief noch einmal an und der Assistant Commissioner meldete sich.

»Colin, du weißt, dass dieser Mord-Selbstmord-Scheiß stinkt. Hogg ist so darauf aus, den Fall zu schließen, dass er mir mit erfundenen Meineidklagen droht, sollte ich einem noch offenen Hinweis nachgehen.«

»Das ist unangemessen.«

»Colin, es stinkt zum Himmel.«

»Wir waren Kollegen, wir waren Freunde. Wir werden wieder Kollegen sein, und ich hoffe, wir werden auch wieder Freunde sein – aber im Moment bist du eines meiner vielen Probleme, mit denen ich fertigwerden muss. Ich wünschte, es wäre anders – aber so ist es nun mal. Ich lege jetzt auf.«

Die Leitung war tot.

Fast Mittag.

Der Wagen, der Bob Tidey zum Garda-Präsidium in den Phoenix Park gebracht hatte, war nirgends zu sehen. Er ging ein Stück und hielt ein Taxi auf der North Circular Road an. Er saß auf der Rückbank, selbstvergessen, als der Fahrer sich umdrehte und fragte: »Wohin fahren wir?«

Tidey wollte nicht nach Hause, nicht alleine sein. Er wollte nirgendwohin fahren, mit niemandem sein. »O'Connell Bridge.«

Am Ende der Fahrt, auf der Brücke, fand er keinen Grund, warum er in die eine und nicht in die andere Richtung gehen sollte. Es war, als wären alle Bezugspunkte entfernt worden. Er überquerte die Brücke und lief hinauf, am College Green vorbei, und fand einen Starbucks.

Dafür würde sich eine Lösung finden. Die Suspension musste nicht zu irgendetwas Dramatischem führen. Er war ein guter Kriminalbeamter, wertvoll für die Polizei, und er würde keins reingewürgt bekommen, solange er sich wieder einreihte. Es wäre das Vernünftige. Der Gedanke, die Entscheidung zu erzwingen und seine Laufbahn dem Fall Sweetman zuliebe wie eine Flamme verlöschen zu sehen, war zu dumm, um ihn zu erwägen. Außerhalb der Polizei würde er für den Rest seines Lebens so haltlos sein, wie er sich fühlte, als er aus dem Taxi stieg – alle Bezugspunkte verschwunden.

Als sein Handy klingelte, erkannte er die Nummer, die anzeigt wurde, nicht.

»Ja?«

»Martin Pollard.«

»Polly, wie geht's?«

»Es gibt etwas, das du wissen solltest.«
»Ja? Was denn?«
»Nicht am Telefon.«
»Du hast Glück«, verkündete Tidey, »ich habe ganz plötzlich jede Menge Zeit zu meiner freien Verfügung.«

56

»Du fehlst mir«, sagte Michelle Flood, und Vincent Naylor antwortete: »Du fehlst mir auch.« Er lag auf dem Bett seines Zimmers im Four Seasons. »Dauert jetzt nicht mehr lange.«

»Trotzdem.« Ihre Stimme war schwach. Er hielt das Telefon näher an sein Ohr. »Jede Stunde, die du länger in Dublin bleibst, denke ich, schnappen sie ihn jetzt?«

»Es gibt eine Verzögerung, ich kann noch nicht weg. Die brauchen für den Pass länger, als ich dachte.«

»Wie lange denn noch?«

»Du weißt doch, wie das läuft. Die sagen, sie haben etwas bis dann und dann fertig – und dann verschiebt es sich.«

Sie erzählte ihm von dem Appartement, der Gegend. Während sie sprach, langte Vincent hinunter ans Bettende und stopfte den Pass, dessen obere Ecke herausschaute, in den Umschlag – er wusste, dass es albern war, aber er wollte nicht, dass er ihn anstarrte, während er mit Michelle telefonierte.

»Muss ja nicht für immer sein«, meinte sie, »wir können auch woanders hinziehen, kommt eben drauf an – aber es ist eine nette Gegend und ich denke, es wird dir gefallen.« Er sagte, das würde es bestimmt.

Bob Tidey nippte an seinem Kaffee im Gaffney's Pub in Fairview, als Detective Inspector Martin Pollard erschien. Pollard bestellte einen Wodka und ein Tonic. Dass er eine Glatze bekommen würde, war klar, seit er zwanzig war; mittlerweile waren seine Haare hinter den Scheitelpunkt seines glänzenden Schädels zurückgewichen. Wie immer vergeudete er keine Zeit mit Smalltalk. »Das ist alles unter der Hand, dieses Gespräch hat nie stattgefunden, o. k.?«

Tidey nickte.

»Jemand hat versucht, einen ERU-Sergeant umzubringen, in dessen eigenem Haus. Mehrere Schüsse durch das Fenster seines

Schlafzimmers – er ist mit ein paar Schnittwunden von den herumfliegenden Glasscherben davongekommen.«

»Da will wohl jemand Ärger bekommen.«

»Die Kriminaltechnik hat das gerichtsmedizinische Gutachten beschleunigt. Dieselbe Waffe ist benutzt worden, um einen Gangster namens Albert Bannerman umzulegen – und dessen Freundin. Und einen Mann namens Shay Harrison, der für Protectica gearbeitet hat.«

»Da dreht einer durch.«

»Wir versuchen, den Umstand geheim zu halten, dass die Ereignisse miteinander in Verbindung stehen. Wir glauben, es war Vincent Naylor, noch so ein Gangster. Er ist der Bruder des einen, der in der Kilcaragh Avenue erschossen wurde – er ist seit der Protectica-Sache nicht mehr gesehen worden.«

Tidey schüttelte den Kopf. »Nie von ihm gehört.«

»Früher hat er für Mickey Kavanagh gearbeitet, hat mindestens einen für ihn umgelegt. Und hat gerade eine Zeit im Joy wegen Körperverletzung abgesessen. Vor ein paar Jahren habe ich mehrere Wochen lang versucht, ihn mit einem Knieschuss in Verbindung zu bringen, aber das Opfer war zu verängstigt, um auszusagen.«

»Der ist ja durchgeknallt – drei Tote und schießt auf einen ERU-Sergeant?«

Pollard goss sich einen kleinen Schluck seines Tonics in den Wodka und trank die Hälfte aus. »Er hat versucht, den Leiter des ERU-Teams umzubringen, und er hat einen Mitarbeiter von Protectica getötet, der der Mann im Inneren gewesen sein könnte. Deshalb wollte ich dich das wissen lassen. Diese Freundin von dir, die Frau, die uns den Tipp wegen des Fahrzeugs gegeben hatte –«

»Maura Coady.«

»Wir wissen nicht, auf wie viele Leute der sauer ist, aber ihr Name stand in der Zeitung – die heroische Nonne, die der Polizei den Hinweis gab.«

»Ah, Hilfe! Sie ist über siebzig, sie hat für einen der Typen ein Gebet gesprochen, als der im Sterben lag.«

»Wenn Vincent Naylor Zeitung gelesen hat –« Pollard hob die Schultern.

»Sie bekommt doch Personenschutz, oder?«

Pollard war das Unbehagen anzusehen. »Hier wird's kompliziert. Wir haben eine Liste von Leuten, von denen uns gesagt wurde, dass sie Priorität haben. Nehmen wir mal an, dieser Shay Harrison war der Mann im Inneren, dann könnten auch andere Protectica-Leute in Gefahr sein. Andere Mitglieder der ERU – jeder Garda, der Vincent Naylor in der Vergangenheit mal verärgert hat.«

»Maura Coady – ohne sie hätte es niemals einen ERU-Einsatz gegeben.«

»Es ist nicht so, dass sie irgendjemand ausschließt, es musste nur einfach eine Grenze gezogen werden, und sie ist nun mal auf der anderen Seite von ihr gelandet.«

»Budget, hab ich recht?«

»Ich hab mal mit meinem Super geredet und er hat erlaubt, dass ein nicht gekennzeichneter Wagen in der Nähe ihres Hauses abgestellt wird, für ein oder zwei Tage. Das ist der Grund, warum ich dich angerufen habe – vielleicht kannst du mehr tun.«

»Was denn zum Beispiel?«

»Mir wurde gesagt, du seist ein alter Kumpel von Assistant Commissioner O'Keefe – vielleicht kannst du ein gutes Wort einlegen, sie auf der Liste nach oben bekommen? Wie ich gehört habe, ist O'Keefe ein vernünftiger Mann.« Pollard trank aus, was von seinem Wodka übrig war.

Tidey stand auf, zögerte einen Moment lang, dann sagte er: »Ich mach mich besser auf den Weg.«

»Klar, meld dich«, forderte ihn Pollard auf. Als Tidey ging, nahm Pollard sein Glas mit zur Bar.

Auf dem Weg zum Stadtzentrum rief Bob Tidey einen Freund im Garda-Präsidium an und fand heraus, wo Colin O'Keefe am Abend anzutreffen sein würde. Da Tidey suspendiert war, würde es schwierig sein, an O'Keefe heranzukommen, aber machbar. Der Fall Sweetman machte die Dinge heikel, doch mit etwas Raffinesse würde es klappen. Knie nieder, streu ein wenig vom guten alten Mea Culpa ein und richte das Augenmerk darauf, dass Maura Coady Personenschutz erhält.

Tidey rief Harry Synnott auf dem Clontarf-Revier an und bat ihn um einen weiteren Gefallen. Dann winkte er ein Taxi heran. Als er nach Hause in seine Wohnung in der Glasnevin Road kam, lag dort ein langes Fax von Synnott. Tidey kochte Kaffee, setzte sich an den Küchentisch und las die Auszüge aus Vincent Naylors Akte. Es gab jede Menge Hintergrundmaterial zu Naylor und den Leuten, mit denen und für die er gearbeitet hatte. Zwei Seiten widmeten sich dem Tötungsdelikt, das er für Mickey Kavanagh begangen hatte, und drei Mickeys Leben und seinen Geschäften.

Tidey trank seinen Kaffee, sein Blick auf das erkennungsdienstliche Foto von Vincent Naylor geheftet. Auf Bildern, die die Häscher machen, sehen Kriminelle mal unterwürfig, mal wütend oder trotzig aus. Naylor posierte vor der Kamera wie ein Fußballer, der gerade erfahren hat, dass er zum Spieler des Tages gewählt wurde.

57

Die Präsidentin erklärte – mit gefühlsgetränkter Stimme –, dass die Republik in dieser, in ihrer Stunde der Not ihre Töchter und Söhne, zu Hause und in der Ferne, aufrufe, ihr zu Hilfe zu eilen. »Und wir starten diesen Aufruf, weil wir wissen, dass der Liebe der Menschen für ihr Land nur ihr Mut, ihre Schöpfungskraft, ihr Erfindungsgeist und ihre Tatkraft gleichkommen.«

Die Präsidentin sprach von einer Tribüne im Hof des Dubliner Castles herunter. Hinter ihr, auf drei Rängen platziert, saßen Vertreter des Staates und der Zivilgesellschaft, die gekommen waren, um ihre Unterstützung für das Projekt, das an diesem Abend angestoßen werden sollte, zu demonstrieren. Unter ihnen waren auch der Garda Commissioner und zwei seiner Assistant Commissioners, darunter Colin O'Keefe.

»Vor nunmehr fast neunzig Jahren, in den Mauern genau dieses Castles, übernahm Michael Collins, der bald darauf zum Märtyrer werden sollte, in einer weihevollen, zweistündigen Zeremonie die Regierung von Viscount FitzAlan, dem britischen Lord Lieutenant. Kurze Zeit später wurde die Flagge eines fremden Landes feierlich eingezogen, und mit der gleichen Feierlichkeit wurde die Flagge einer wiedergeborenen Nation droben gehisst. Viele Male hat das Land in den seither vergangenen Jahrzehnten harte Zeiten durchlitten. Jedoch sind die Herausforderungen, denen wir uns heute stellen, ebenso groß wie die schwerste Prüfung, die unsere Vorfahren ertragen haben.«

Die mehreren hundert Zuhörer, die der Präsidentin lauschten, standen auf dem Kopfsteinpflaster des Hofes, von Barrieren umschlossen. Bob Tidey stand hinten in der Menge. Er bemerkte den aufgeblasenen Sicherheitsapparat, der Standard bei offiziellen Ereignissen geworden war und als Abschreckung diente, der Wut über die Inkompetenz und Korruption auf Führungsebene öffentlich Ausdruck zu verleihen. Es waren jedoch gar keine Politiker auf der Tribüne, abgesehen von der präsidialen Galionsfigur.

Nichts würde die potenzielle Unterstützung schneller abwürgen als die Anwesenheit eines nervös grinsenden Staatsministers.

Das neue Projekt rief die Bürger auf, auf einer geschmackvoll gestalteten Seite im Internet ihre unternehmerischen Einfälle offenzulegen, wie das Land aus dem riesigen Schuldenloch, in das die Banker es hineingetrieben hatten, herauszuziehen sei. Es schien sich um eine nationale Ideenbörse zu handeln, mit Preisen für die besten Vorschläge. Tidey taten die armen Schweine leid, die sich durch die sonderbaren Pläne und die unausweichliche Flut an Beschimpfungen arbeiten mussten.

Drei Redner folgten auf die Präsidentin, einer gefühlsduseliger und blumiger als der andere. Mit dem eindringlichen Aufruf des Zeremonienmeisters, einem Star des Senders RTÉ, endete endlich die Veranstaltung. Bob Tidey zeigte seinen Ausweis und wurde durch die Absperrung gelassen. Colin O'Keefe sah ihn kommen und gab ihm ein Zeichen mit der Hand – er lächelte und formte mit den Lippen ›fünf Minuten‹. Tidey zündete sich eine Zigarette an und wartete zwanzig, während O'Keefe sich unter die Leute mischte. Die Präsidentin ging nach einer Weile nach drinnen, begleitet von ihrer Entourage. Die lächelnden Gesichter, die geschüttelten Hände und die begeistert nickenden Köpfe der Menge ließen vermuten, dass der Start gemacht und ein großer Erfolg war. Der Klang des aufgeregten Geplappers überzog den Innenhof wie eine flauschige Decke.

Endlich, als die Reihen anfingen sich zu lichten, gab O'Keefe Tidey das Zeichen, ihm in eine Ecke des Hofes zu folgen.

»Ich werde zum Dinner erwartet, Bob – und, wie ich schon sagte, ist das unangemessen, angesichts deiner Suspendierung.«

»Es dauert nur eine Minute.«

»Ich kann mit dir nicht über deine Suspendierung sprechen oder über den Fall Sweetman.«

»Das ist es nicht.«

O'Keefe kam näher, senkte seine Stimme, obwohl es niemanden im Umkreis mehrerer Meter gab. »Wenn ich dir einen Rat geben darf, Bob – diese Disziplinargeschichten, das sind rituelle Tänzchen. Kennst du einmal die Choreographie, muss gar nichts geschehen.«

Tidey sagte: »Ich befolge Befehle – also ist er vorbei, der Fall Sweetman. Glaub mir, ich habe nicht die Absicht, die Autorität von irgendjemandem infrage zu stellen. Aber es gibt da etwas, das ich brauche, es gibt da ein Problem, das –«

»Du versuchst, mit mir zu verhandeln?« O'Keefe schien beleidigt. »Du brauchst etwas und im Gegenzug akzeptierst du die Entscheidung leitender Beamter zum Fall Sweetman?«

»Nichts dergleichen. Diese Vincent-Naylor-Geschichte – der Typ, der gerade Amok läuft –«

O'Keefe schüttelte den Kopf. »Das müssen wir deckeln – du solltest gar nicht –«

»Es gibt eine Frau, eine Zeugin – ohne sie wäre die ERU an jenem Tag niemals in der Kilcaragh Avenue gewesen. Sie muss geschützt werden, jetzt, da dieser Verbrecher auf dem Kriegspfad ist.«

»Schick mir die genauen Angaben, dann seh ich mir das mal an.«

»Colin – sie ist leichte Beute, sie braucht unseren Schutz jetzt.«

»Himmel, Bob – was soll das? Hast du dir Bob Geldofs Heiligenschein ausgeborgt? Das Naylor-Problem ist nicht dein Fall, das geht dich nichts an – aber du willst jemanden schleunigst auf die Liste derjenigen bringen, die beschützt werden sollen.«

O'Keefe wurde lauter. »Vier Schießereien in zwei Tagen, da ist ein Irrer am Werk. Hast du auch nur die *geringste* Vorstellung von dem Druck – der Panik, Herrgott nochmal – das geheim zu halten – es gibt *Dutzende* Menschen – darunter auch Polizeibeamte – Menschen, die der Irre auf dem Kieker haben könnte. Knappe Mittel müssen –«

»Hier ist eine Bürgerin in echter Gefahr.«

»Das ist die Einschätzung eines Beamten – lass es uns ganz klar sagen, Bob – eines Beamten, der kürzlich von einem Richter in einer öffentlichen Sitzung gerügt wurde und wegen eines Disziplinarvergehens vom Dienst suspendiert ist.«

»Colin –«

»Ich werde zu Tisch erwartet.« O'Keefe schickte sich an davonzugehen.

»Scheiße Mann, Colin – diese Frau hat das Recht –«

O'Keefe blieb stehen. »Das steht dir nicht zu – wieder mal.«

»Eigentlich geht es immer wieder um Sweetman, stimmt's? Es ärgert dich, was du tun musst, aber du tust es trotzdem. Du weißt, dass es falsch ist – und du weißt, dass ich weiß, dass es falsch ist. Und das macht dich wütend.«

»Der Sweetman-Fall ist gelöst.«

»Nicht gelöst, geschlossen.«

Aus einigen Metern Entfernung starrte einer von O'Keefes Bodyguards herüber, bereit dazwischenzugehen. O'Keefe winkte ab und trat näher an Tidey heran. »Ich will dir mal was sagen, Bob. Du bist nicht Sherlock Holmes und du bist nicht Sam Spade. Du hast nicht den Auftrag, in finsteren Gassen nach Geheimnissen zu suchen, die es aufzuklären gilt. Und du bist nicht Batman – du bist nicht hier, um in Gotham City aufzuräumen.«

»Ich weiß, was mein Job ist.«

»Du stehst im Dienst der Öffentlichkeit. Du bekommst eine Akte in die Hand und sollst jeden befragen, der Antworten haben könnte. Dann gibst du die Akte zurück und machst mit der nächsten weiter. Dann entscheiden nämlich andere, was weiter mit der Akte passiert.«

Einen Moment lang überlegte Tidey, ob es sich lohnte, dafür seinen Atem zu verschwenden. Dann sagte er beherrscht: »Wir waren noch nicht fertig mit Fragen. Der Sweetman-Fall – aus welchen Gründen auch immer, er wurde geschlossen, bevor in alle Richtungen erschöpfend ermittelt worden war.«

»Dein Job ist es, das Rohmaterial zusammenzusuchen und es weiterzureichen. Es ist anderen überlassen zu entscheiden, an welche Stelle im Gesamtbild es hineinpasst.«

»Was ist aus ›den Hinweisen nachgehen, egal wohin sie führen‹ geworden?«

»Werd erwachsen, Bob. Wir haben eine Erklärung im Sweetman-Fall, eine völlig plausible – aber wir sollen die Untersuchungen bis ins Unendliche fortführen, jede Schnapsidee verfolgen, bis wir eine Erklärung gefunden haben, die dir einleuchtet?«

»Schieb's dem Toten in die Schuhe. Das ist eine heilige, irische Tradition.«

„Hätten wir keine völlig nachvollziehbare Erklärung für das Verbrechen, hätte ich nichts dagegen, die Untersuchungen fortzusetzen – aber was ist deine alternative Erklärung?«

»Jemand, der etwas zu vertuschen hatte, musste Sweetman ausschalten und hat zwei schwere Jungs angeheuert.«

»Wer? Wer hat wen angeheuert? Wie, wann, wo? Oder hast du das alles schon im Traum gesehen?«

»Ein Mann namens Stephen Hill – ein Ausputzer. Er hat oft mit einem Kriminellen zusammengearbeitet, von dem wir glauben, dass er einer der beiden Männer war, die Oliver Snead umgebracht haben. Angenommen Hill war der zweite Mann in dem Snead-Mord und er hatte die Pistole immer noch. Angenommen er hat mit ihr Sweetman erledigt.«

»Warum?«

»Sweetman war im Gespräch mit der Steuerbehörde und vielleicht haben seine Kumpels Panik geschoben. Zu wem würden sie wohl gehen? Möglicherweise zu einem zwielichtigen Anwalt, der bis zum Hals im Immobiliengeschäft steckt? Und Connie Wintour war Stephen Hills Anwalt. Wir wissen, dass er sowohl mit Hill als auch mit Sweetman am Tag, an dem der Mord passierte, gesprochen hat.«

»Und dafür willst du, dass wir herumtrampeln, aushorchen, Verdacht streuen, wo er nichts zu suchen hat?«

»Was ist, wenn du falsch liegst? Was, wenn ein paar verschreckte Geschäftsmänner Connie gebeten haben, dafür zu sorgen, dass Sweetman ausgeschaltet wird?«

»Darum haben wir ja Leute wie mich – um die Beweise auszuwerten, das große Ganze im Blick zu behalten. Zu entscheiden, wann und ob eine Ermittlung etwas hergibt. Du wirfst mit Anschuldigungen um dich über genau die Leute, die eine wichtige Rolle dabei spielen, das Land wieder aufzurichten. Kann schon sein, dass dir das scheißegal ist, aber wir, die wir das große Ganze im Blick behalten haben, wir wollen lieber nicht leichtfertig mit überstürzter Rechtssprechung herumexperimentieren, vielen Dank auch.«

»Wir machen also den Laden dicht?«

»Bob – die Leute, über die du sprichst – glaubst du wirklich, es wird dafür belastbare Beweise geben? Willst du, dass wir herumlaufen und mit dem Finger auf Leute zeigen in einer Zeit, in der es wichtiger denn je ist, dass jeder ein grünes Trikot anzieht?«

»Darum geht's nicht –«

»Willst du jedem Unzufriedenen, jedem Spinner und jedem linken Headbanger eine Lizenz geben, die Kacke zum Dampfen zu bringen? Und wofür? Damit wir für zehn Minuten dieses warme Gefühl in unseren Bäuchen bekommen – der Gerechtigkeit wurde Genüge getan, jede Spur erschöpfend verfolgt, selbst wenn wir wussten, dass sie im Sande verlaufen würde.«

Tidey sprach ruhig, mit leiser Stimme. »Dieses Land, also wir, sind gut im Zurückblicken. Etwas Unbequemes geschieht – wir rennen weg. Und wenn der Geruch sich gar nicht verziehen will – zehn Jahre später, zwanzig, dreißig –, leiten wir eine Untersuchung ein oder bemühen ein Tribunal, und wir schreiben einen Bericht, den niemand liest, und das war's. Wir sind richtig gut im Zurückblicken. Aber in dem Moment, in dem es passiert, in dem wir etwas unternehmen müssten, ist immer jemand da, der uns sagt, wir müssen das grüne Trikot anziehen und die verdammte Fresse halten.«

Sie standen einen Moment schweigend da. Dann sagte O'Keefe: »Diese Suspendierung muss keine große Sache werden, Bob. Das wird schon wieder. Du verhältst dich ruhig, die Zeit vergeht – dann ist es, als wäre nichts geschehen.«

»Maura Coady?«

»Schick mir die Einzelheiten. Wir tun, was wir können, mit den Mitteln, die uns zur Verfügung stehen.«

»Was so viel heißt, wie, sie ist auf sich allein gestellt.«

»Wir tun, was wir können.«

Colin O'Keefe drehte sich unvermittelt um und lief dem weiten Eingang zu, durch den die Präsidentin mit ihrer Entourage gegangen war.

Nur die Nachzügler blieben im Hof.

Bob Tidey hatte das Gefühl, mehr als nur einen alten Freund verloren zu haben.

58

Ihn erledigen?

Hatte zwei Seiten.

Wie er so am Schreibtisch in seinem Zimmer im Four Seasons saß und an die Wand starrte, sah Vincent Naylor den Freak vor sich, wie er zum Ausgang des HMV ging, sich herumdrehte, die Verachtung im Gesicht.

»Penner! Assi!«

Es war die Überheblichkeit dieser kleinen Missgeburt, die zählte, beinahe genauso sehr wie die acht Monate im Joy. Noel hatte recht. »Er hat es nicht anders gewollt.«

Vincent öffnete seine Brieftasche und nahm den Zettel heraus, den Noel ihm gegeben hatte. Er faltete ihn auseinander und sah eine Weile auf die Adresse des Freaks. Dann legte er den Zettel vor sich auf den Schreibtisch und strich ihn mit der Kante seiner Hand glatt.

Es war machbar, ohne dass seine Pläne durcheinandergerieten.

Vincent gefiel die Vorstellung, das Gesicht des Freaks zu beobachten, wenn er Vincent erkannte und schnallte, dass das nicht gut werden würde. Wenn er sah, wie die Berndardelli herausgezogen wurde. Vincent spürte das Gewicht der Pistole in seiner Hand, obwohl sie noch in der Ledertasche auf dem Bett lag. Er sah es vor sich: Der Freak öffnete den Mund, bewegte die Lippen, brachte keinen Ton heraus. Die Pistole hob sich …

Vincent spürte den Rückstoß gegen seine Hand.

Er merkte, dass er die Luft angehalten hatte, und atmete langsam aus. Er saß aufrecht, sein Kinn erhoben, die Muskeln in seinem Gesicht angespannt.

Das wäre cool.

Den Freak erledigen – etwas stimmte daran nicht. Es wäre, als würde er seinen Instinkten erliegen, vielleicht sogar die Kontrolle verlieren. Lorraine und Albert, die anderen – das war gerecht. Da ging es um Noel, das glich die Dinge aus. Erledigte er den Freak, würde er einem Wunsch nachgeben. Vincent war besser. Er hatte der Missgeburt die Nase gebrochen, sie gezwungen, sich vor Angst zusammenrollen, und dafür hatte er gesessen – und vielleicht sollte die kleine Missgeburt damit nicht davonkommen, aber für Vincent war es wichtig, die Reinheit dessen, was er tat, zu bewahren.

Hier ging es um Noel. Das sollte durch nichts beschmutzt werden.

Lebe dein sinnloses Leben, du kleine Missgeburt, und stirb deinen bedeutungslosen Tod.

Vincent wusste, er war nicht nur der Mann mit der Waffe und der Wut. Er war ein Mann, der das Richtschwert trug. Und das Geschenk des Lebens.

Er zerriss den Zettel und ließ die Schnipsel auf den Teppich fallen.

Zwei Möwen flogen tief über die Liffey-Uferpromenade, drehten ab und nahmen Kurs über das Wasser hinüber zur Südseite des Flusses. Trotz des Whiskeys fühlte sich Bob Tidey brutal klar im Kopf, als er sich der Promenade näherte. Er war spontan im Porterhouse eingekehrt, Minuten nur, nachdem er das Dublin Castle verlassen hatte, und während der dritte Jameson seine Kehle hinunterlief, wurde ihm klar, dass, wenn er länger bliebe, die Nacht in rührseligem Selbstmitleid versinken würde. Er überquerte Capel Street Bridge, betrat die Promenade und entspannte sich augenblicklich. Es war einer seiner Lieblingsorte für einen Spaziergang in der Stadt. An sonnigen Tagen auch zum Hinsetzen und Kaffeetrinken. Es war ein einfacher, angenehmer Ort, wenn man über die Junkies hinwegsah – die wiederum selbst die meisten Menschen ignorierten.

Im Vorfeld zum Millennium, also vor zehn Jahren, waren Ideen für diese Feierlichkeit nur so aus dem Boden geschossen – teure und meist alberne. Oben an der O'Connell Bridge hatte der Stadtrat eine leuchtende, digitale Uhr aufgehängt, die knapp über der Oberfläche der Liffey schwebte und die Sekunden bis zum Millennium rückwärts zählte. Kurze Zeit später ging sie nicht mehr, also wurde sie verschrottet. Wie gewonnen, so zerronnen. Nur wenige waren begeistert, als der Dublin Spire in der O'Connell Street aufgestellt wurde, aber es gab ein Komitee, das die Anweisung hatte, ein paar Millionen auszugeben, also tat es genau das – auch wenn das Ding erst drei Jahre nach dem Millennium hochgezogen wurde. Bob Tidey fand, dass The Spire manchmal einigermaßen hübsch anzusehen war, am frühen Abend, wenn man die Henry Street hochkam und die Sonne sich im Stahl spiegelte. Meist aber war es einfach da, weder ansprechend noch abstoßend. Ein Pfahl aus Stahl, der aus keinem ersichtlichen Grund bis in den Himmel reichte. The Spire war nicht hässlich, erdrückend oder irritierend wie so vieles, was der keltische Tiger hinterlassen hatte, aber viel mehr war es auch nicht.

Mit der Uferpromenade hingegen wurde etwas Nützliches geschaffen, wo vorher nichts gewesen war – etwas, das am Nordufer über den Fluss ragte. Und wenn die Junkies bei schönem Wetter hier gerne abhingen, war das o. k. Auch sie waren Bürger.

Zwei von denen waren gerade da und unterhielten sich ein paar Meter von Bob Tidey entfernt. Der Abend war noch immer warm, auch wenn die Sonne nachließ. Die Sweetman-Geschichte war erledigt. Lass los, mach deinen Job. Weiterer Widerstand würde schnell zu schwierigen Entscheidungen führen – und Tidey merkte, wie er vor dem Gedanken, ein Leben ohne seinen Polizeijob zu führen, zurückschreckte. Beinahe alles, was er tat, drehte sich um den kontinuierlichen Ablauf der Fallarbeit. Nichts beschäftigte ihn mehr. Nicht einmal die endlose Wiederkehr von Straftaten konnte ihn ermüden, obgleich er sich schon lange von der Illusion verabschiedet hatte, er könne die Welt verbessern. Es war der Versuch, der zählte. Still die Hoffnungslosigkeit hinzunehmen, nicht zu kämpfen, hieß, ohne Sinn zu leben.

Das Vibrieren seines Handys bedeutete ihm, dass ihn jemand anrief, eine Sekunde, bevor das Klingeln ertönte.

»Tidey? Martin Pollard. Schlechte Nachricht – mein Chief Superintendent hat für den Wagen, den ich in die Kilcaragh Avenue geschickte hatte, anderweitig Verwendung gefunden.«

»Du verarschst mich.«

»Not am Mann. Ich habe gesagt, dass wir jemanden brauchen, der das Haus der Zeugin im Auge behält – er meinte, sie müsse sich hinten anstellen. Konntest du schon mit O'Keefe sprechen?«

»Wenn ich ihm die Einzelheiten schicke, wird er tun, was er kann.«

»Das heißt, eine Woche Bedenkzeit – und dann kommt wahrscheinlich nichts dabei raus.«

»Das geht so nicht.«

»Lass uns nicht gleich das Schlimmste annehmen – gut möglich, dass nichts passiert. Naylor könnte schon außer Landes sein.«

Tidey wollte noch sagen, dass er Maura Coadys Leben darauf verwettet, entgegnete aber stattdessen: »Danke, dass du angerufen hast. Ich werde, ich weiß nicht –«

»Wenn sich was ändert, melde ich mich.«

Mitten im Gespräch, während er in das schwarze Wasser starrte, wurde Tidey mit einem Mal klar – so, als sähe er die Skizze einer Weltkarte um sich herum –, wie die Dinge lagen und was er tun musste. Er musste es tun und traute sich nicht. Es musste klappen und konnte gar nicht. Die Folgen, wenn er versagte, wären entsetzlich, die Folgen, wenn es ihm glückte, wären kaum weniger schlimm.

Jetzt war es, als würde sich etwas in seiner Brust ausdehnen, sein Verstand sich kräuseln, die Gedanken aneinander vorbeiwirbeln, nichts ergab mehr Sinn. Er erkannte die Anzeichen von etwas, das er schon seit zwanzig Jahren nicht mehr gehabt hatte – eine Panikattacke. Er hielt sich am Geländer der Promenade fest, beide Hände so sehr darum gekrampft, dass es sich anfühlte, als könne das Holz zersplittern.

Liam Delaney hatte Recht – die Bernardelli war eine gute Knarre. Vincent Naylor überlegte, dass er vielleicht künftig darauf achten sollte, eine Waffe zu haben, mit der er sich wohlfühlte, statt sich mit der, die gerade da war, zufriedenzugeben. Allerdings war die Bernardelli zu klobig, um sie am Gürtel oder in einer Hosentasche zu tragen, und mit der schwarzen Ledertasche über der Schulter kam sich Vincent Naylor vor wie eine Schwuchtel – aber nur so ging es. Als er jetzt aus dem Four Seasons trat, hatte er die Tasche oben geöffnet. Er wusste ja nicht, wann er die Bernardelli brauchen würde, und er wollte dann nicht erst mit dem Reißverschluss herumpfriemeln müssen. Er lief auf die Hauptstraße und bog Richtung Stadtzentrum ein.

Erst als er etwas Abstand zwischen sich und das Hotel gebracht hatte, hielt er ein Taxi an.

»Northside«, sagte er, »raus Richtung Fairview. Ich sage Ihnen Bescheid, wenn Sie halten können«

»Das Wetter hält durch«, bemerkte der Taxifahrer.

»Ja, sieht gut aus«, bestätigte Vincent.

Als Bob Tidey sich eine Zigarette anzündete, bemerkte er, wie seine Hände zitterten, und versuchte, sie stillzuhalten. Er nahm einen tiefen Zug, stieß den Rauch behutsam aus, dann begann er, langsam die Promenade hinauf zur O'Connell Bridge zu gehen. Er hatte keine Ahnung, wie lange er da gestanden hatte. Die Panikattacke war vorüber, die entsetzlichen Möglichkeiten lasteten noch immer schwer auf seiner Seele.

Was er zu unternehmen beschlossen hatte, war zwar ganz einfach, aber es konnte jederzeit etwas schiefgehen. Dann würde er sich anpassen oder versuchen, sich etwas anderes auszudenken. Oder alles hinschmeißen.

Nichts war sicher, und nichts zu tun keine Option.

Auf dem Weg würde er einen Zwischenstopp zu Hause einlegen müssen, um die gefaxten Dokumente über Vincent Naylor mitzunehmen, dann …

Er hielt inne, holte sein Handy heraus und rief Rose Cheney an. »Wo sind Sie?«

»Bin grad nach Hause gekommen, hatte noch gearbeitet.«

»Ich möchte, dass Sie etwas für mich tun.« Er erklärte ihr die Sache mit Maura Coady, erzählte ihr von der Gefahr, in der sie sein könnte. Während er sprach, nahm Cheney mehrmals Anlauf, ihn zu unterbrechen.

»Ich bin – also, wo verdammt sind Sie eigentlich? Können Sie nicht –«

»Es ist etwas dazwischengekommen – ich muss jemanden finden, es ist – bitte, es ist dringend.«

»Scheiße.«

»Und behalten Sie alle fünf Sinne beisammen – der Typ ist völlig durchgeknallt.«

»Hilfe, na danke auch. Und ich mache das – warum noch mal?«

»Weil Sie wissen, dass es das Richtige ist.«

Cheney lachte. »Meine gute Tat für den Tag, ja?«

»So was in der Art.«

59

»Ich werde eine Weile brauchen – nicht wegfahren«, sagte Bob Tidey.

»Der Zähler läuft, ich hab Zeit«, entgegnete der Taxifahrer.

Tidey rannte hoch zu seiner Wohnung und fand die Akte zu Vincent Naylor. Er setzte sich an den Küchentisch, ging sie Seite für Seite durch und kritzelte hin und wieder in ein Notizbuch.

Das war einer der Punkte, an denen es schiefgehen konnte. Jemanden zu finden, ohne das Garda-Netzwerk nutzen zu dürfen, war reine Glückssache. Denjenigen auch alleine zu erwischen, ohne Zeugen, machte es noch schwerer.

Tidey blätterte die Seiten zu Vincent Naylor durch und dem Mord, den er für Mickey Kavanagh begangen hatte. Er sprang zu den Hintergrundinformationen zu Mickey Kavanagh: wo er wohnte, dass er mit einer Frau und drei Kindern zusammenlebte, keines davon seins. Er machte sich Notizen zu Mickeys sozialen Gepflogenheiten und Stammlokalen. Das beiliegende Foto war durch den Faxvorgang zu einer schlechten Kopie verkommen. Mickey starrte in die Kamera. Bob Tidey starrte zurück.

Kavanagh war ein abgebrühtes Schwein, das die Macht über Leben und Tod seiner Untertanen hatte – Mickey machte mit seinem modellierten Haar und dem ausdruckslosen Gesicht auf Tidey den Eindruck eines fünftklassigen Sängers einer gescheiterten Pop-Band, sein Mund halb geöffnet, stets bereit zu erklären, wie schwer er es immer gehabt habe.

Nach ungefähr einer Viertelstunde ging Tidey wieder zum Taxi hinunter und begann seine Suche nach Mickey Kavanagh.

Vincent stieg einige hundert Meter vor der Kilcaragh Avenue aus dem Taxi. Als er in die Straße einbog, in der das Miststück von Nonne lebte, hielt er einen Moment inne. Auf der ganzen Straße stand nur ein Van, der Rest waren PKW. Die Polizei nahm lieber Vans zum Rumschnüffeln, weil dann einer nach vorn und einer nach hinten raus die Gegend beobachten konnten. Sie war in der Lage, mit einer Kamera herumzuspähen – etwas, das man von einem Auto aus nicht machen konnte, ohne einen Riesenzirkus zu veranstalten. Der Van war ein alter blauer Transit mit einem Werbeschild an der Seite, irgendetwas mit Hausinstandhaltung. Vincent konnte ihn sich kaum als Bullenversteck vorstellen. Was nicht hieß, dass sie nicht von einem Auto Ausschau halten konnten, also lief er die Straße einmal hoch und runter und studierte alles genau. Nichts, worüber man sich Gedanken machen musste – und Nummer 41 hatte er auch entdeckt. In der Diele brannte Licht, der Rest der Hütte lag im Dunklen. Die Alte konnte schon im Bett sein oder vielleicht war sie hinten in der Küche.

Alte Schlampe – es gab keinen Grund, sie wissen zu lassen, warum es passierte, einfach in die Fresse, gleich an der Tür.

Er drückte auf den Klingelknopf und hörte es drinnen läuten. Dann griff er in die Tasche und umfasste die Bernardelli.

Zweimal klingelte er noch, bevor er befand, dass nichts passieren würde, das Miststück war nicht zu Hause. O. k., vielleicht in ein oder zwei Stunden. Vielleicht eine Extratour machen, bevor er Dublin verließ. So oder so, die Alte würde dran glauben.

Als er sich anschickte zu gehen, vernahm Vincent Naylor die Stimme einer älteren Frau hinter sich. »Kann ich Ihnen helfen, junger Mann?«

Am Empfang des Jury Inn, gegenüber der Christ Church, übernahm Rose Cheney das Wort. Als sie durch die Tür gingen, hatte Maura Coady gefragt: »Ist das wirklich nötig?«

»Keine Sorge, ich kümmere mich um die Formalitäten.«

Ein Einzelzimmer, erklärte sie der Dame am Empfang, für zwei Nächte, wahrscheinlich mehr. Sie trug Maura Coady als Maura Clark ein.

Im Zimmer angekommen, bemerkte Maura Coady: »Sehr sauber, sehr hübsch.«

»Wenn Sie mir Ihre Schlüssel geben, werden Sergeant Tidey und ich morgen zu Ihnen fahren und Ihnen holen, was Sie brauchen. Ist das in Ordnung?«

Maura Coady nickte zustimmend. »Es gibt Menschen – das weiß ich –, Menschen, die echte Gründe haben, mich zu hassen. Aber dieser Mann –«

»Versuchen Sie, etwas zu schlafen.«

»– er kennt mich nicht einmal.«

»Laut Sergeant Tidey hat er schon mehrere Menschen umgebracht. Vielleicht sind Sie nicht in Gefahr, aber wir möchten kein Risiko eingehen.«

»Für wie lange?«

»Ehrlich gesagt, weiß ich es nicht – Sergeant Tidey hat mich lediglich gebeten, Sie in Sicherheit zu bringen. Er wird sich melden.« Cheney reichte ihr eine Visitenkarte. »Meine Handynummer ist auf der Rückseite – wenn was ist, rufen Sie mich an. Wirklich – egal was, egal wann.«

»Das werde ich, danke.«

»Wir wohnen auf der anderen Straßenseite«, erklärte die alte Frau. »Miss Coady ist nicht zu Hause. Ich bin hergekommen, weil mein Mann, Phil – er hat gesehen, wie sie vor einer Weile ausgegangen ist, mit einer jungen Frau, wahrscheinlich einer Verwandten.«

Vincent Naylor warf einen Blick hinter die alte Frau und sah einen klapprigen alten Mann, der an der gegenüberliegenden Haustür stand und den Kopf hängen ließ.

»Wissen Sie, wo sie hingegangen ist?«

»Wir kannten den anderen Reporter, Anthony – es war gestern in den Nachrichten, seine Zeitung sagt, er ist nicht wieder gesehen worden. Sie glauben, dass ihm etwas zugestoßen sein könnte. Es ist nicht zu glauben – Phil ist schrecklich durcheinander. Sind Sie von der gleichen Zeitung?«

Vincent nickte. »Ja. Ich muss mit Miss Coady über etwas sprechen. Hat sie gesagt, wo sie hinwollte?«

»Phil hat nur gesehen, wie sie gegangen ist, gesprochen hat er sie nicht.«

Vincent sagte: »Danke«, dann wandte er sich ab.

»Wenn Sie sie wirklich sprechen müssen, jeden Sonntagmorgen – sie lässt keinen einzigen Sonntag aus – die Elf-Uhr-Messe, die lateinische, in der Pro-Cathedral. Wissen Sie, wo das ist?«

»Das weiß ich«, bestätigte Vincent Naylor. »Elf Uhr?«

»Jeden Sonntag.«

Es bestand die Chance, dass Mickey Kavanagh zu Hause war, dass die Frau, mit der er lebte, und deren Kinder woanders waren. Das wäre optimal – ihn allein zu Hause zu erwischen. Tidey klingelte an dem Reihenhaus in Ballyfermot.

Nichts.

Nachdem er sein Notizbuch befragt hatte, machte sich Tidey auf den Weg zu einem Pub, von dem bekannt war, dass Mickey Kavanagh dort gerne trank. Als auch dort keine Spur von ihm war, versuchte er ein zweites. Im dritten Pub saß Mickey Kavanagh mit vier weiteren Männern an einem Tisch am Fenster, alle mit Pints.

Tidey bestellte auch eines und nahm es mit in eine Ecke. Er zog sich einen Barhocker heran, setzte sich und sein Getränk auf einen schmalen Sims. Er schlug ein Boulevardblatt auf, richtete seinen Blick auf die Seite, ohne sie zu lesen, und überwachte aus dem Augenwinkel jede Bewegung am Fenstertisch. Hin und wieder nahm er einen Schluck von seinem Pint oder schlug eine Seite um. Fast eine Stunde verging, bis Mickey Kavanagh aufstand und sein Glas leerte. Tidey rutschte von seinem Hocker in der Hoffnung, Kavanagh würde das Pub alleine verlassen. Stattdessen gab Kavanagh auf seinem Weg zu den Toiletten an der Bar eine weitere Bestellung auf. Er und seine Kumpels hatten offensichtlich vor, bis zum Schluss zu bleiben.

In der Toilette sagte Bob Tidey: »Großmaul.«

Kavanagh, der am Pissbecken stand, schaute über die Schulter. Schnell machte er den Reißverschluss zu und drehte sich um. »Kenn ich dich?« Er war Ende dreißig, sein Boy-Band-Haarschnitt und das Hemd mit den spitzen Kragenecken verliehen ihm einen leichten 70er-Jahre-Touch.

»Großmaul.«

Kavanagh kam einen Schritt näher. Er versuchte, lässig zu tun, aber er schaffte es nicht. Sein Gesicht straffte sich, während er sich mental für den Angriff aufheizte.

Es würde kein Schlag oder Tritt werden – zu eng dafür. Aber genau die richtigen Bedingungen, um seine Stirn in Tideys Gesicht krachen zu lassen. Die leichte Rückwärtsbewegung, die dem Hervorschnellen des Kopfes vorausging, war alles, was Tidey an Warnung brauchte. Hätte der Schlag seine Nase getroffen und wahrscheinlich gebrochen, wäre er jetzt blind vor Schmerz gewesen und den sehnigen Händen und zutretenden Stiefeln Kavanaghs ausgeliefert. So aber traf ihn der Schlag an der Seite des Kopfes, den er zurückgezogen hatte, um den Aufprall gering zu halten – aber es tat trotzdem verdammt weh.

Tidey packte Kavanagh am Hemd und ließ sich rückwärts fallen, wodurch er Kavanagh aus der Balance brachte, ihn herumschwang, sein Handgelenk mit beiden Händen ergriff, ihm den Arm auf den Rücken drehte und so lange nach vorne stieß, bis sein Gesicht auf die Wand über dem Urinal traf. Tidey schlug Kavanagh die Beine weg und sah zu, wie er zu Boden glitt, mit dem Gesicht voran in die eigene Pisse. Es dauerte einen kurzen Moment, bis er ihm Handschellen angelegt und ihn zusammengesackt gegen die Wand unterhalb des Kondomautomaten gelehnt hatte. Tidey nahm sein Notizbuch hervor und klemmte es unter die Tür, die in die Bar führte. Als ihn der Notruf zur Einsatzzentrale durchgestellt hatte, atmete er schwer. »Detective Sergeant Robert Tidey, Cavendish Avenue – ich wurde angegriffen.« Er gab die Adresse an, erzählte, dass er seinen Angreifer in der Männertoilette der Lounge festhielt und, dass sie sich beeilen sollten.

Kavanagh, sein Gesicht von Blut und Pisse verschmiert, schien eher empört als besorgt. »Verdammte Scheiße, was soll das?«, fragte er.

»Großmaul«, gab Tidey zur Antwort.

Schließlich kam einer von Kavanaghs Kumpels an die Toilettentür, drückte dagegen und rief seinen Namen. Tidey stemmte eine Schulter in die Tür und hielt mit dem Fuß das Notizbuch als Stopper an Ort und Stelle. Er legte einen Finger an die Lippen und starrte Kavanagh an. Der Angeber war brav wie ein Lämmchen.

Kavanaghs Kumpel wurde still, dann nahm er die Beine in die Hand. Jemand sprach mit tiefem, ländlichen Dialekt. Tidey hatte seinen Ausweis gezückt, als er die Tür öffnete.

»Alles in Ordnung?« Einer der Uniformierten zeigte auf das Blut in Tideys Gesicht.

»Mir geht es gut. Seien Sie vorsichtig bei diesem Arschloch – ich bin zum Pissen reingekommen und da ist er mich angegangen.«

»Hey –«, meldete sich Kavanagh zu Wort.

Einer der Beamten beugte sich über ihn und verpasste ihm eine mit der Rückhand. »Ruhe.«

»Der glaubt wohl, der ist ’ne ganz große Nummer«, bemerkte Tidey. »Nachdem ich ihn in Handschellen gelegt habe, meinte er zu mir, er wird mich umbringen lassen.«

Trixie Dixon hockte in einem Fuchsbau, dabei, eine Handgranate auf einen Haufen Nazischweine zu werfen, als es an der Tür schellte. Er stoppte die PlayStation. Im Flur rief er: »Wer ist da?«

»Tidey.«

Trixie erkannte die Stimme und machte auf. »Himmel, was ist denn mit Ihnen passiert?«

Die Schläfe des Polizisten war blutig, violett und geschwollen. Tidey trat ein und schloss die Tür hinter sich. »Sie müssen mir einen Gefallen tun.«

60

Bob Tidey war wach, angezogen und bereit, als die beiden Detectives von Turner's Lane in aller Frühe kamen, um seine Aussage zur Festnahme Mickey Kavanaghs aufzunehmen.

»Sie sind suspendiert, richtig?«

»Da hat die Kommunikation versagt – zwischen mir und einem Superintendent. Sie wissen, wie das ist.«

»Sie waren also gestern Abend nicht im Dienst?«

»Ich bin etwas trinken gegangen – in mehreren Pubs, übrigens. Brauchte mal etwas Ruhe und einen Abend für mich. Das Letzte, was man da –«

»Lassen Sie uns das nach Vorschrift machen.«

»Klar.«

Tidey blieb stehen, einer der Detectives saß am Küchentisch und schrieb mit, der andere stand da und schaute mürrisch drein.

»Sie sind diesem Mann in die Toiletten gefolgt?«

»Ich hatte keine Ahnung, dass da irgendjemand drin war – hatte den Mann nicht bemerkt, hatte ihn nie zuvor gesehen.«

»Und er hat Sie einfach angegriffen?«

»Er sagte etwas. Er wusch sich die Hände, er sah auf, als ich hereinkam, muss gleich gecheckt haben, dass ich ein Garda bin, hat mich beschimpft – dann ist er auf mich losgegangen, hat mir das hier verpasst.« Tidey deutete auf die Verletzungen in seinem Gesicht. »Schwedenkuss.«

»Er behauptet, Sie wären ihm gefolgt.«

»Ich habe Ihnen erzählt, wie's war.«

»Er sagt, Sie hätten ihn bedroht.«

»Ich wusste doch gar nicht, wer er ist.«

Der Detective, der Tidey gegenüberstand, fragte: »Sie wussten nicht, dass das Mickey Kavanagh ist?«

»Ich hatte den Namen schon mal gehört, aber ich kannte ihn doch überhaupt nicht. Er ist nie in irgendeinem Fall, mit dem ich befasst war, aufgetaucht.«

»Sie haben ihn nicht bedroht?«

»Warum sollte ich?«

»Was ist dann passiert?«

»Ich habe mich um ihn gekümmert, angerufen – den Rest kennen Sie.«

Der Beamte, der mitschrieb, bemerkte: »Er sagt, er habe niemals gedroht, Sie umzubringen.«

Tidey seufzte. »Was sollte er auch sonst sagen? Sehen Sie – warum sollte ich einen gefährlichen Kriminellen angreifen, jemanden, gegen den ich niemals Grund hatte zu ermitteln? Warum sollte ich etwas Falsches behaupten, womit er mir gedroht hat?«

»Ich muss Sie das fragen, Sie kennen das Verfahren.«

»Schon gut.«

Der Detective las noch einmal, was er geschrieben hatte, und verbrachte dann zehn Minuten damit, Tideys Antworten in Textform zu bringen. Er las die Aussage laut vor.

»Ich habe die Toiletten betreten und ein Mann, der mir mittlerweile als Michael Kavanagh bekannt ist, war im Begriff zu gehen. Zu dem Zeitpunkt wusste ich noch nicht, wer er war. Er sagte etwas, das darauf hindeutete, dass er mich als Polizeibeamten erkannt hatte. Ich habe Mr Kavanagh zu keiner Zeit angegriffen oder gedroht, es zu tun. Ich habe nicht mit ihm gesprochen. Er wusch sich seine Hände zu Ende und ohne Warnung verpasste er mir einen Kopfstoß ins Gesicht. Ich habe meinen Angreifer überwältigt und Unterstützung angefordert. Während ich auf meine Kollegen gewartet habe, habe ich Mr Kavanagh in kein Gespräch verwickelt. Auf einmal sagte er, ›Du hast keine Ahnung, was für Ärger du bekommst, du Schwein. Ich werde dich kaltmachen.‹ Ich habe darauf nicht geantwortet. Kurz darauf trafen mehrere Beamte ein und nahmen Mr Kavanagh mit.«

»Sonst noch was?«, fragte Tidey.

»Das dürfte alles sein.«

»Sollte ich immer mal einen Blick über die Schulter werfen? Kommt er auf Kaution raus?«

»Bei Anklage wegen tätlichen Übergriffs auf einen Garda und nachdem er mit Mord gedroht hat?«

Tidey nickte. »Gut so.«

*

Du mähst es, und wenn du ein paar Tage dein Werk bewundern konntest, wächst das Gras wieder nach. Liam Delaney mochte die Beständigkeit der Natur. Aber in dieser Jahreszeit musste man dranbleiben, sonst würde der Garten schnell zu einem Stück Wildnis verkommen. Er bedauerte, dass der Vorgarten zugepflastert worden war – noch bevor er das Haus gekauft hatte. In der ganzen Stadt waren hunderttausende Gärten mit Ziegel- oder Pflastersteinen zugedeckt worden. Und als die schweren Regengüsse kamen, konnte das Wasser nirgends abfließen. Dann hatten sich alle über die Überflutung beschwert. Wer mit der Natur spielt, das war Liams Meinung, zahlt dafür.

Sein Handy gab in der Tasche seiner Jeansjacke, die er über einen Gartenstuhl geworfen hatte, einen Ton von sich. Die SMS lautete *Treffen*. Er und Vincent hatten beschlossen: keine Anrufe mehr. Das war sicherer. Und die SMS auf ein Minimum beschränken. Sie hatten das Safe-House für Kram, den sie persönlich klären mussten. Liam schaute auf die Uhr, verbrachte weitere fünf Minuten mit dem Rasenmäher, dann machte er sich auf den Weg zur Rathfillan Terrace, um zu sehen, was Vincent Naylor wollte.

»Ich heiße William Dixon, genannt Trixie. Christy Dixon ist mein Junge.«

»Ich kenne keinen Christy Dixon«, erwiderte Roly Blount.

»Ich möchte Sie um einen Gefallen bitten, Mr Blount, und ich kann Ihnen auch einen Gefallen tun.«

Blount antwortete nicht, stand nur da und wartete darauf, dass Trixie fortfuhr. Sie standen auf dem Parkplatz des Venetian House, einem Pub noch hinter Cullybawn, in Dublins westlichen Vororten.

Mr. Tidey hatte ihm gesagt, wo er Roy Blount finden würde, was er sagen sollte. Bevor er Blount treffen durfte, war er in das Pub geführt worden – eine Hofschranze suchte ihn mit einem Ding, das aussah wie eine Tischtenniskelle, nach Waffen oder Wanzen ab. In einem Alkoven auf der andern Seite des Pubs saßen acht oder zehn Mann – Blount mitgezählt – beim Frühstück zusammen, einige blätterten die Klatschpresse durch.

Dann hatte Blount Trixie nach draußen geführt.

Blounts teurer grauer Anzug passte nicht so recht zu einem Gesicht, das aus verwittertem Beton gemeißelt zu sein schien. Als

Frank Tuckers rechte Hand war Rolys Ruf so übel wie der seines Boss'.

»Ich weiß, Sie dürfen nichts sagen, Mr Blount, Sie müssen vorsichtig sein. Ich erzähle jetzt mal, welchen Gefallen ich möchte, dann sage ich Ihnen, was ich für Sie tun kann.«

Blount nahm einen Kaugummi aus der Tasche, warf ihn sich in den Mund. »Du hast zwei Minuten.«

»Ich weiß, dass Christy mal hier, mal da etwas für Sie erledigt hat – deshalb sitzt er jetzt im Gefängnis.«

»Ich hab's dir schon mal gesagt, ich kenne keinen Christy.«

»Was ich möchte, wenn er rauskommt – ich weiß, wie schnell das geht, ich war selbst mal mit dabei, als ich so alt war wie er –, aber ich möchte, dass Sie mir versprechen, ihn nicht mehr einzusetzen, nirgendwo.«

Blount lächelte. »Sieh mal, ich kenne keinen Christy, aber wenn ich einen kennen würde und der würde für mich arbeiten wollen – ich meine, es gibt viele Leute, die von Stütze leben und sich um jede Art von Arbeit reißen würden.«

»Gestern habe ich mit einem Polizisten gesprochen.«

»Is' nicht wahr.«

»Er war dabei, als Christy ins Gefängnis gewandert ist.«

»Name?«

»Tidey – ist ein Sergeant.«

»Und?«

»Ich hab mein Bierchen gezischt, er kam rein – er hatte schon ein paar intus. Sagte, er hätte was zu feiern. Er war hoch zufrieden mit sich.«

»Und?«

»Lange Rede, kurzer Sinn – da ist so ein Arschloch, Vincent Naylor heißt der, der hat den Bullen viel Ärger gemacht. Sein Anwalt hat mit Tidey verhandelt. Sie haben einen Deal gemacht.«

»Wer ist der Anwalt?«

»Keine Ahnung – alles, was Tidey gesagt hat, war, dass sie sich alle gegenseitig auf die Schulter klopfen. Dieser Typ, Naylor, will singen.«

»Sagt mir nichts.«

»Sie haben jemanden, der für Sie und Mr Tucker arbeitet – Mickey Kavanagh –«

»Ich kennen keinen Mickey Kavanagh.«

»Dieser Bulle, er behauptet, dass er Vincent Naylor an der Angel hat. Und er sagt, das bedeutet, er hat auch Mickey Kavanagh. Hat ihm schon eine Zelle besorgt.«

Blount war eine Weile still, als würde er die Dinge abwägen. »Wir wissen das mit Mickey. Er ist letzte Nacht in eine Schlägerei geraten – kein großes Ding, der kommt wieder raus.«

»Was Tidey sagt – das kam alles häppchenweise raus –, vor einer Weile hat Vincent Naylor etwas für Mickey Kavanagh erledigt, hat jemanden umgebracht. Jetzt sitzt er in der Klemme – die wollen, dass er Mickey verpfeift, und er wird's wohl tun. Tidey sagt, sie hoffen, dass sie vielleicht sogar Mickey dazu kriegen, ihnen Mr Tucker zu liefern.«

Roly Blount hob seine Hand und hielt Trixies linke Wange, ganz sanft. Sein Daumen war nur einen Zentimeter unter Trixies linkem Auge. Er kam näher, sein Gesicht eine Handbreit entfernt. Er berührte ihn so vorsichtig, als würde er eine zarte Blume in den Händen halten.

»Wenn du mich verarschst –«, warnte Roly.

»Ich dachte, Sie wollten wissen –«

»– wirst du mich nicht kommen sehen.«

»Ich schwör's, Mr Blount.«

»Worum geht's bei dem Gefallen?«

»Ich möchte, dass Sie ihn in Ruhe lassen. Meinen Sohn, Christy – ich will nicht, dass er da mit drinsteckt.«

Roly Blount sah ihn einen Augenblick lang an, seine Hand immer noch auf Trixies Wange, sein Mund bearbeitete den Kaugummi. »Dein Junge hat uns 'nen Gefallen getan, er hat die Klappe gehalten. Wenn er von mir Arbeit bekommt, tu ich's, um ihm was zurückzugeben, das ist alles.«

»Ich weiß das, Mr Blount, und ich bin Ihnen auch dankbar. Aber jetzt – ich habe Ihnen einen Gefallen getan, und jetzt können sie mir einen Gefallen tun. Und Christy keine mehr.«

Blount ließ Trixies Wange los. Er nickte. »Wenn es das ist, was du willst – soll mir recht sein. Solange du die Wahrheit wegen der Sache mit Mickey Kavanagh gesagt hast –«

»Das ist das, was mir der Bulle gesagt hat.«

»Du hast mit keinem darüber gesprochen, richtig?«

»Keinem.«

»Du warst nie hier.«

»Nie.«
»Jetzt verpiss dich.«
»Danke, Mr Blount.«

61

Liam Delaney ließ sich selbst in das Haus in der Rathfillan Terrace ein und rief: »Vincent?«
»Hier drinnen.«
Vincent saß in einem Sessel mit Blick zur Wohnzimmertür.
»Was geht?«
»Morgen verschwinde ich – du musst mir einen Gefallen tun.«
»Kein Ding.«
»Diese Typen, die haben mir ’nen Flug von Belfast aus besorgt. Etwas ätzend, aber die haben das schon mal gemacht und meinen, das ist cool. Und die haben eine Fähre von Larne aus gebucht, für alle Fälle.«
Liam lächelte. »Scheißvulkane – ’n bisschen Staub in der Luft und schon machen die Fluglinien einen Tag frei.«
»Wie auch immer, ich brauche jemand, der mich fährt.«
»Kein Problem.«
»Du bist ’n Held.«
»Die andere Sache, an der du grad bist – alles erledigt?«
Vincent lächelte. »Ein letztes loses Ende – morgen.«
»Dieser ganze Stress, bist du dir sicher, der lohnt sich?«
»Du fängst was an, dann musst du es auch zu Ende bringen.«
»So viel dazu dann.«
Vincent meinte, dass Liam zuerst das Haus verlassen solle, dass er, Vincent, zehn Minuten warten würde.
Liam sagte: »Wann willst du morgen los?«
»Die erfahren heute Nacht, ob die Flughäfen in Betrieb sein werden – um elf muss ich dann zur Messe.«
»Zur Messe?«
»Jep, in die Pro-Cathedral. Danach bin ich frank und frei. Lass uns um zwei hier treffen.«

*

Bob Tidey zündete sich eine Zigarette an und merkte nach ein paar Zügen, dass er die vorherige noch nicht zu Ende geraucht hatte, sie noch am Rand seines Aschenbechers hockte. Er drückte beide aus und stand auf. Lange hatte er seine Wohnung als völlig ausreichend für seine wenigen Bedürfnisse angesehen, aber heute erschien sie ihm so klein wie eine Gefängniszelle. Er zog seine Jacke über, verstaute seine Zigarette und sein Feuerzeug in den Taschen und verließ die Wohnung. Er war bereits zehn Minuten gelaufen, ohne ein bestimmtes Ziel, und hatte, um sich ein wenig zu strecken, Schritte gemacht, die etwas zu lang waren, um angenehm zu sein, als ihn eine SMS von Holly erreichte.

Heute Abend?

Tidey bezweifelte, dass er viel schlafen würde, und auf Gespräche oder noch mehr hatte er auch keine Lust. Er schickte ihr eine Nachricht, mit der er ihr mitteilte, dass er heute Abend arbeiten würde.

»Scheint zu stimmen«, begann Roly Blount. »Zwei Leute sagen, dieser Naylor-Typ hat Mickey Kavanagh einen Gefallen getan – hat eine Schmeißfliege zerquetscht, die abgesahnt hat.«

Frank Tuckers Anzug war besser geschnitten als Roly Blounts, sein Gesicht weicher als das seines Leutnants.

»Kennst du ihn?«

»Nur vom Namen. Kleines Arschloch.«

Roly bearbeitete seinen Kaugummi schneller als ein Fußballtrainer in der Nachspielzeit. Frank blieb reglos wie ein Gemälde.

Einen Moment lang sagte er nichts, mit einem Daumen strich er sich träge über den Mundwinkel. »Diese ganze Geschichte – dieser Naylor, den haben die Bullen in der Tasche, und er könnte auch Mickey hineinziehen. Das kann alles *sehr* schnell bergab gehen.«

Roly sagte: »Mickeys Anwalt hat ihn drinnen besucht. Mickey behauptet, der Bulle hätte angefangen, hat ihn reingelegt, um ihn festzunehmen.«

»Wir arbeiten mit verbundenen Augen. Hängt euch ans Telefon. Du und Dermot und Stretch. Ich will wissen, wo dieser Naylor-Wichser wohnt, mit wem er lebt, für wen er arbeitet, wer seine Freunde sind – alles. Wo er trinkt, wen er sonst noch so vögelt, mit welcher Hand er sich den Arsch abwischt. Und das alles bis heute Abend.«

Vincent Naylor rollte sich vom Bett und verbrachte eine Viertelstunde damit, sich das Parfüm der Hure abzuwaschen. Als er aus der Dusche kam, lag sie immer noch auf dem Bett. Er fragte: »Du bist immer noch hier?«

Sie sagte: »Bist du fertig?«

»Woher kommst du? China?« Er begann sich anzuziehen.

Sie verneinte und sagte ihm, woher sie kam, aber Vincent hörte es nicht. Er hatte schon bezahlt, aber sie bat ihn um Geld für ein Taxi und er sagte: »Klar«, und gab ihr einen Zwanziger. Er fragte sie, ob er sie zum Bus bringen solle, aber sie kapierte den Witz nicht und antwortete: »Nicht nötig.«

Als sie gegangen war, nahm er das Magazin aus der Bernardelli heraus. Er hatte schon ordentlich was von seinen sechzehn Schuss verbraucht, deshalb fand er, es wäre das Beste, dieses Magazin mit dem zweiten auszutauschen. Wenn er das Miststück von Nonne vor der Pro-Cathedral erledigt hätte, würde er sich der Bernardelli entledigen – auf keinen Fall würde er sie auf seine Reise mitnehmen können.

James Snead überlegte, ob es zu spät sei auszugehen. Ins Pub gehen hieße, dass es laut und überfüllt wäre – und wenn du endlich anfängst, den Kick zu spüren, knallt das Barpersonal die Gläser auf die Theke und sagt allen, es sei Zeit, sich nach Hause zu verpissen. Heutzutage zog er es meist vor, die eigenen vier Wände um sich herum zu haben.

Es klingelte an der Tür und als er sie öffnete, stand Detective Sergeant Tidey davor und zog eine Flasche Jameson aus einer Papiertüte. »Ich könnte etwas Gesellschaft gebrauchen.«

Sie waren beim zweiten Glas, als James fragte: »Was hast du diesmal für Ärger?«

Tidey sah ihn nur an.

»Er steht dir ins Gesicht geschrieben.«

Tidey dachte daran, etwas zu sagen, meinte dann aber nur: »Nichts als den üblichen – man steht halt unter Druck.«

»Vielleicht hättest du doch bei der Simon Community bleiben sollen.«

»Vielleicht.«

Eine Stunde später hockte Tidey auf dem Fußboden, mit dem Rücken ans Sofa gelehnt. James Snead saß in seinem Sessel, viel Luft in der Flasche und über lange Strecken Schweigen zwischen ihnen.

»Diese Sache«, sagte James, »du willst darüber sprechen und du willst es auch nicht, stimmt's?«

»Ich würde mal sagen, du hast es erfasst.«

»Etwas, was du getan hast?«

»Etwas, was ich begonnen habe – wie es ausgeht, das ist eine andere Geschichte.«

»Sag mir eines – kannst du noch irgendetwas ändern?«

»Die Räder drehen sich.«

»Das habe ich nicht gefragt. Wir wissen, dass sich die Räder drehen. Kannst du sie anhalten? Willst du sie anhalten?«

»Jetzt ist es zu spät.«

»Dann, zum Teufel – dann hast du kein Problem.« James goss noch etwas Whiskey in die Gläser. »Du hast's getan, was auch immer es ist. Jetzt musst du nur noch damit leben.«

62

Vincent Naylor aß seinen Toast auf und goss sich noch einmal Kaffee ein. Kurz nach zehn an einem Sonntagmorgen war im Kylemore Café in der O'Connell Street nicht allzu viel los. Vincent saß an einem Tisch neben einem riesigen Fenster, das auf die North Earl Street ging. Draußen in strahlendem Sonnenschein fotografierten Frühaufsteher-Touristen die Statue von James Joyce. Das erste Mal, als er sie gesehen hatte, hatte Vincent geglaubt, dass das Charlie Chaplin darstellen soll.

Sich um die Angelegenheit kümmern, dann mit Liam Delaney im Safe-House in der Rathfillan Terrace treffen. Kurz nach zwei würden sie aus Dublin raus sein, auf dem Weg nach Belfast – die Flughäfen trotzten der Vulkanasche –, und noch am gleichen Abend wäre er in Glasgow, nur einen Katzensprung von London und Michelle entfernt.

Vincent entfaltete die zerknitterte erste Seite der *Irish Daily Record* und strich sie auf dem Tisch neben seinem Teller glatt. »Missbrauchs-Nonne heldenhaft im Feuergefecht«. Seit es veröffentlicht worden war, hatte er mehrmals am Tag das Foto von Maura Coady angestarrt. Er würde kein Problem haben, das Miststück von Nonne mit ihrem kurzen weißen Haar und dem Pferdegebiss unter den Gläubigen, die zur Pro-Cathedral hinzuckelten, auszumachen.

Als Rose Cheney darum bat, zu Zimmer 327 durchgestellt zu werden, sagte die Empfangsdame des Jury Inn: »Zu Miss Clarks Zimmer?«

»Ja, bitte.«

»Oh, sie ist vor ein paar Minuten gegangen.«

»Wie bitte?«

»Es ist keine fünf Minuten her, da habe ich mit ihr gesprochen. Sie war sich nicht sicher, wie sie gehen sollte, deshalb hat sie mich nach dem Weg gefragt. Zur Pro-Cathedral – die Elf-Uhr-Messe, sagte sie.«

»Scheiße.«

Sein Mund war trocken, sein Kater erträglich, aber Bob Tidey war eingehüllt in einer Wolke ausgewachsener, böser Vorahnungen erwacht.

Er hatte in James Sneads Gästezimmer geschlafen, dem Zimmer, das früher einmal James' ermordetem Enkel gehört hatte. Schon vor langer Zeit hatte James den Raum von jeglichen persönlichen Dinge befreit – keine Spur mehr, dass Oliver einmal hier gewesen war.

»Entweder das oder es in einen Schrein verwandeln«, hatte James erklärt.

Das Gelage hatte mit den letzten Tropfen geendet, die James der umgedrehten Flasche Jameson entlocken konnte.

Naylor.

Es gab nichts mehr zu tun, niemand konnte vorhersagen, was passieren würde oder wann. Er kam sich vor wie jemand, der sein Leben auf ein Pferd auf einer unbestimmten Bahn an einem unbestimmten Tag gesetzt hatte. Die Sauferei gestern Abend war eine schlechte Idee gewesen, aber es war nicht die einzige schlechte Idee, die er in letzter Zeit gehabt hatte, und unter diesen Umständen passte sie wieder. Er versuchte, seine Gedanken zu sortieren, sich zum tausendsten Mal zu fragen, ob es zu spät sei, die Sache mit Mickey Kavanagh zu stoppen, ob sie zu gefährlich, zu leichtsinnig, zu fies sei – oder wäre sie zu stoppen schlimmer? Zum tausendsten Mal wog er sein Gewissen gegen die Lage der Dinge ab und beschloss, dass es kein Zurück mehr gab.

Er war dabei aufzustehen, als sein Handy klingelte. Seine Sachen lagen in einem Haufen auf dem Boden. Er beugte sich nach unten und grabschte in seinen Taschen herum, bis er es fand.

»Ja?«

»Maura Coady ist auf dem Weg ins Stadtzentrum«, sagte Rose Cheney. »Sie hat das Hotel verlassen. Sie will zur Elf-Uhr-Messe in der Pro-Cathedral.«

»Um Himmels Willen.«

»Sie sollte da sicher sein – ich meine, dieser Naylor, wie hoch sind die Chancen, dass er sie auf ihrem Weg zur Messe entdeckt?«

»Er bringt Leute um. Bisher hat er das sehr gut hinbekommen.«

»Und Sie wollen, dass ich –«

Tidey langte nach seiner Hose. »Wir treffen uns an der Pro-Cathedral.«

Als er die Wohnung verließ, unrasiert und ungewaschen, konnte er James schnarchen hören. Er fand sein Auto, ließ den Motor an und brauste davon. Fünf Minuten später, an der Ampel, griff er in eine Tasche und merkte, dass er seine Zigaretten vergessen hatte.

Nach ihrem Toast und ihrem Tee hatte Maura Coady auf Rose Cheneys Visitenkarte geschaut und überlegt, sie anzurufen. Es erschien ihr übertrieben pingelig, die Polizistin an einem Sonntagmorgen zu Hause zu behelligen. Mr Tidey wollte, dass sie im Hotel blieb, aber das konnte nicht bedeuten, dass sie die Sonntagsmesse verpasste. Die Elf-Uhr-Messe, die auf Latein, bei der die hohen Decken der Pro-Cathedral den Klang, der von den Kindern des Palestrina-Chores hinaufdrang, wiedergaben. Es ging nicht nur darum, ihre frommen Pflichten zu erfüllen. Die weihevolle Umgebung, die exotische Sprache der lateinischen Messe, die Herrlichkeit des Chores, die Schönheit des Ganzen luden ihren Glauben wieder auf, sodass er bis zum Ende der folgenden Woche hielt.

Auf ihrer Uhr war es jetzt halb elf – noch viel Zeit, ein wunderbar sonniger Morgen, die Stadt sah prachtvoll aus. Sie war auf dem Weg die Uferstraße hinab, durch ein Stadtzentrum, das sie sehr lange nicht mehr gesehen hatte. Sie fragte sich, ob auf der Welt überhaupt noch weißes Gestein, Marmor und Glas übrig waren, man hatte so viel davon in den letzten Jahren in Dublin verbaut.

Vincent Naylor verließ das Kylemore Café und öffnete oben den Reißverschluss seiner Schultertasche. Er lief die North Earl Street hinunter und bog in die enge Marlborough Street ein, in die kein Sonnenlicht drang. Er erklomm die Stufen zu der erhöhten Einfassung und stand neben dem Gitter an der Ecke der Cathedral Street. Von hier aus konnte er alle drei Straßen, die zur Kirche führten, im Auge behalten. Wenn sie die O'Connell Street hinunterkäme, könnte es problematisch werden – die Einsicht war schwierig. Aber die alte Schlampe – weiße Haare, Pferdegebiss – die Königin der Kinderfummler, sollte nicht zu schwer zu erkennen sein. Die Dinge ergeben sich eben.

Vincent war bewusst, dass sich seine Trauer um Noel gewandelt hatte. Sie war nicht weniger geworden, nur anders. Es schmerzte immer noch jedes Mal, wenn er an seinen Bruder dachte. Manchmal sah oder hörte er etwas und dachte, das müsse er Noel erzählen, und da war ein Moment schwindelerregenden Verlusts – dann überrollte ihn die Welle voller Schmerz, so stark wie eh und je.

Was neu war, war das Gefühl, etwas erreicht zu haben. Anstatt daran zu zerbrechen, dass Noel ermordet wurde, hatte er getan, was getan werden musste. Er hatte die Dinge wieder ins Gleichgewicht gebracht. Er hatte seinen Respekt gezollt – er hatte getan, was Noel getan hätte. Er hatte die Hoffnung, dass, wo auch immer er war, wie auch immer die Dinge ausgingen, Noel das wusste.

Und jetzt war fast alles geschafft.

Bob Tidey fuhr von der nördlichen Ringstraße ab, Summerhill runter, durch wenig Verkehr. In der Grünphase erreichte er Parnell Street und die asiatischen und afrikanischen Läden. Hier waren Absperrungen quer über der Straße, ein mechanischer Bagger und ein paar Männer in Arbeitsmontur, zwei gelbe Laster an einer Seite – ein Umleitungsschild zeigte in Richtung Cumberland Street, nach links. Tidey riss den Lenker herum, bog links ab, fuhr noch zehn Meter und parkte das Auto auf dem Gehsteig.

Tidey sprang aus dem Wagen, verschloss ihn und rannte, zurück auf die Parnell Street. Eine Minute später bog er links in die Marlborough Street und sah die Pro-Cathedral vor sich.

*

Vincent stand auf Zehenspitzen. Um sicherzugehen, dass das Miststück nicht in dem kleinen Trüppchen alter Schachteln war, das die Stufen zur Pro-Cathedral hinaufschlurfte. Sein Handy vibrierte in seiner Tasche. Während er es mit dem Daumen aktivierte, schaute er die Marlborough Street hinunter, zur einen Seiten, dann zur anderen, dann las er die SMS.

Scheiße.

Höchstens zehn Minuten und er hätte die Schlampe auf dem Gehweg auskühlen lassen. Die Verlockung war groß – abwarten, das Ding erledigen, dann los, um Liam zu treffen.

Treffen hatte auch in der SMS gestanden. Liam brauchte ihn in der Rathfillan Terrace. Keiner setzte ein Treffen aus nichtigem Grund an und sich gegenseitig zu stützen war zu wichtig, um jetzt das Vorgehen über den Haufen zu werfen. Wenn du eine SMS bekommst, begibst du dich zum Safe-House.

Während er davoneilte, dachte Vincent über seine Möglichkeiten nach. Vielleicht würde er in einem Monat nach Dublin zurückkommen, sich Zeit lassen, es genießen, der Schlampe die Knarre zu zeigen, bevor er sie in ihrem eigenen Haus umlegte. Besser aber an einem Sonntag in der Pro-Cathedral, nicht einer einfachen Messe – ein Betbrüder-Spezial. Diese Dinge dauerten. Er könnte es schaffen, Liams Problem zu lösen und zurück zu sein, bevor die Messe zu Ende war.

Bob Tideys Atem ging unregelmäßig, er verlangsamte seinen Gang. Oben, vor sich, konnte er Rose Cheney erkennen, einen Arm bei Maura Coady untergehakt. Als er bei ihnen ankam, war er gerade so in der Lage sprechen zu können, ohne husten zu müssen.

Cheney lächelte. »Maura würde gerne bleiben, die Messe anhören, dem Palestrina-Chor lauschen – sie würde gerne wissen, ob das geht.«

»Besser nicht«, entgegnete Tidey.

»Sie hat schon fast angefangen«, sagte Maura. »Was ist denn dabei?«

»Ich bleibe bei ihr«, meinte Cheney. »Ich setze sie hinterher im Hotel ab.«

»Bitte«, sagte Maura Coady.

Tidey seufzte. Er sah Cheney an. »Gehen Sie nach Hause – Sie haben eine Familie, es ist Sonntag. Ich bleibe bei ihr.«

Maura Coady zog den Rosenkranz aus ihrer Tasche.

63

Vincent Naylor schloss die Tür zum Haus in der Rathfillan Street und rief: »Hallo?« Er ging ins Wohnzimmer und da saß ein Fremder aufrecht in dem Sessel, der zur Tür zeigte, das Gesicht eine einzige Sauerei. Vincents Hand wanderte in seine Schultertasche, er ergriff die Bernardelli und ein anderer Mann, der aus der Küche hereinkam, zielte auf Vincent, aus der Mündung kam Feuer und etwas sehr Großes traf Vincent in die Brust. Als er die Augen öffnete, lag er auf dem Rücken und der Raum roch, als wäre ein ganzes Feuerwerk in ihm gezündet worden. Er wusste nicht, ob er zwei Sekunden oder zwei Stunden bewusstlos gewesen war. Außer dem Fremden im Sessel waren noch zwei Männer im Zimmer – der Mann, der auf ihn geschossen hatte, und ein kleinerer Typ, ein schlimmer Aknefall über dreißig. Vincent stemmte sich mit dem Rücken gegen die Wand in eine aufrechte Sitzposition.

Er sagte: »Es gibt, also, wenn –«

Vincent wusste, dass er tief unten in der Brust getroffen worden war. Kein Sauggeräusch, die Lungen waren intakt, das war …

Jetzt erkannte er den Fremden im Sessel.

Liam Delaney, ein Stück Panzerband über dem Mund, eine riesige, blutige Sauerei an der Stelle, an der sein rechtes Auge hätte sein sollen. Liam saß aufrecht, seine Füße zusammengebunden mit mehr Panzerband, und seine Hände steckten hinter seinem Rücken. Liams linke Auge stand weit offen, glotzte, sein Brustkorb hob und senkte sich schwer, die Nasenflügel blähten sich. Blut sickerte durch das Tape über seinem Mund.

Vincent sagte: »Das, es ist nicht –«

Der größere der beiden Männer hob Vincents Schultertasche auf. Er nahm die Bernardelli heraus, zeigte sie dem Aknefall. Der Aknefall nahm sie und schoss Liam in die Stirn. Dann setzte er die Mündung der Pistole unter Liams Kinn auf, und als er den Abzug drückte, erzitterte der Raum von dem Geräusch. Der grö-

ßere Mann stand über Vincent, beugte sich vor. Vincent sah hinauf in die dunkle Mündung einer kleinen, silbernen Pistole.
»Die jungen Stimmen«, führte Maura Coady aus, »die alte Musik, die Schönheit des Ganzen – wenn mir je Zweifel kommen, dann denke ich an diesen Klang. Er ist ein Vorgeschmack auf etwas, jenseits von all dem hier.«

Sie waren in ihrem Zimmer im Jury Inn, Maura saß auf der Kante ihres Bettes und trank Tee. Tidey stand. Sie wirkte dünner als je zuvor, zerbrechlich, eingesunken.

»Es war sehr schön«, stimmte Tidey zu. »Aber ich möchte, dass Sie hierbleiben, bis wir sicher sein können, dass von dem Mann keine Gefahr mehr ausgeht. Ich weiß, es ist langweilig, in einem Zimmer eingepfercht zu sein, aber dieser Mann hat es irgendwie geschafft, einem Polizeibeamten bis nach Hause zu folgen, und hat versucht, ihn zu töten.«

Maura sah sich im Zimmer um. »Ich habe fast mein ganzes Leben in einem Kloster verbracht, Sergeant – das alles mag etwas beängstigend sein, aber es ist mit Sicherheit nicht langweilig. Nächsten Sonntag aber, fürchte ich, werde ich wieder auf meinem Chorvergnügen bestehen müssen.«

»Lassen Sie uns von Tag zu Tag entscheiden«, meinte Tidey.

Sie stellte ihre Tasse zur Seite. »Ich danke Ihnen für alles.« Sie stand auf. Ihr Gesicht erschien blasser, ihr Blick unverstellt. »Ich frage mich manchmal – wenn ich an all die fürchterlichen Dinge denke, die getan wurden, die Leben, die wir zerstört haben –, ob ich das Recht habe, mich jemals wieder an Schönheit und Unschuld zu erfreuen.«

Tidey hielt sie am Ellenbogen. »Was Sie getan haben, ist nicht alles, was Sie ausmacht. Und wenn es einen Weg gibt, durchs Leben zu kommen, ohne etwas falsch zu machen – dann kenne ich ihn nicht.«

»Es gibt Unrecht, das ist größer als anderes.«

Auf dem Flur stritten sich laut ein paar junge Leute – über irgendeine Radiosendung.

Tidey fragte: »Sie haben gebeichtet – Sie glauben doch an die Vergebung der Sünden?«

Maura sprach langsam, wählte die Worte mit Bedacht, als sie nach einem kurzen Moment antwortete: »Mein ganzes Leben über habe ich an das Sakrament der Versöhnung geglaubt, aber ich habe mich auch immer gefragt, ob es nicht, nun – etwas bequem sei.« Ihr Lächeln war betrübt und kurz. »Niemand hat das Recht, einen Schlussstrich zu ziehen, außer jenen, denen wir Leid zugefügt haben. Und sie sind irgendwo da draußen, kämpfen, ihr Leben zu leben – unsere Schuldgefühle sind nicht ihr Problem.«

»Und es gibt keine Erlösung?«

»Und das sollte es auch nicht. Man kann einzig damit leben, glaube ich. Eingestehen und mit den Dingen leben, die wir tun.«

64

Detective Inspector Martin Pollard achtete ganz genau darauf, wohin er trat, als er in den Raum kam und dann stehenblieb. Er hatte auch früher schon mit solchen Szenen zu tun gehabt und hatte seine Art, damit umzugehen. Er sah nach unten, schloss die Augen und entledigte sich aller Gedanken, ließ die Gefühle sich setzen. Als er die Augen wieder öffnete, gab er sich so teilnahmslos und kalt, wie er es vermochte. Er zog sein Notizbuch hervor und erstellte zuerst eine grobe Skizze des Zimmers. Die Kriminaltechnik war schon da gewesen, aber Pollard brauchte seine eigenen Anmerkungen. Als die Skizze fertig war, blätterte er die Seite um und schrieb schnell und sauber. Er hörte ein Geräusch und schaute auf, und da stand ein Beamter, der in das Zimmer sah. Pollard schüttelte den Kopf und der Beamte zog wieder ab.

Ein paar Minuten später kam Detective Sergeant Joan Tyler gerade mal bis zum Türeingang herein. »Verdammte Barbaren«, bemerkte sie.

Martin Pollard ließ sich Zeit damit, seine Notizen fertig zu schreiben, dann gingen er und Sergeant Tyler hinaus, um mit den Kriminaltechnikern zu sprechen.

Als sie mit dem Essen fertig waren, verweilten sie noch etwas bei dem, was vom Wein übrig war, und Holly fragte: »Willst du die gute oder die schlechte Nachricht zuerst?«

»Hilfe«, sagte Bob Tidey, »erst baust du mich auf, dann haust du mich um.«

Das Restaurant war fünf Gehminuten von Hollys Haus entfernt. Das war auch schon alles, womit es sich empfahl.

»Es geht um Grace.«

»Schwanger?«

»Die gute Nachricht ist, sie hat einen Job. Fängt am Montag an. Die schlechte Nachricht – er ist in Leeds.«

Eine Freundin von Grace vom UCD hatte einen ganz neuen

Laden dort, finanziert von ihrem Onkel. Sie importierte japanische Gebrauchtwagen. Die Geschäfte liefen gut, und sie brauchte eine Buchhalterin.

Tidey bemerkte: »Wenigsten ist es nicht Australien oder Kanada.«

»Trotzdem, und Dylan in London – ich hatte es immer für selbstverständlich gehalten, dass unsere Kinder in ihrem eigenen Land leben würden. Stattdessen ist es wie in den Achtzigern.«

»Es ist ein Katzensprung bis Leeds, und zurück.«

»Wahrscheinlich«, meinte Holly. »Ist nicht gut bezahlt, sagt sie, aber es ist Arbeit. Sie ist aus, feiern.«

»Das macht sie richtig.«

»Sie wird Hilfe brauchen, sie wird am Anfang Ausgaben haben – Miete und solche Sachen.«

»Dafür ist Geld ja da.«

Sie waren auf halber Strecke zu Hollys Haus, als Tideys Telefon klingelte.

»Ja?«

Martin Pollard sagte: »Hast du von der Schießerei in Santry gehört?«

»Es war im Radio – keine Namen bisher.«

»Beiden Opfern wurde zweimal in den Kopf geschossen. Eines davon ist unser Mann. Naylor wurde sauber erledigt, der andere Typ sieht aus, als hätte ihn jemand als Schlachtübung benutzt.«

»Ach du Scheiße.«

Tidey blieb stehen, stand auf der Straße mit dem Handy an der Seite. Er holte tief Luft.

Holly griff nach seinem Arm, und er schüttelte den Kopf. Als er das Handy wieder ans Ohr hielt, war Pollard mitten im Satz.

»Tut mir leid, das Letzte habe ich nicht mitbekommen.«

»Das zweite Opfer – sein Name ist Liam Delaney. Wir waren heute Abend bei ihm zu Hause. Seine Schwester war da, hat gesagt, dass sie ihn heute Morgen besucht hat und zwei Männer Delaney abgeholt haben. Er hatte ihr gesagt, es sei alles in Ordnung, dass er in ein paar Stunden zurück sei. Hatte ihr gesagt, sie solle nicht die Polizei rufen.«

»Verdächtige?«

»Naylor hat sich nie darüber Gedanken gemacht, wem er ans Bein pinkelt. Er hätte auf jedermanns Liste sein können.«

»Stimmt«, sagte Tidey.

»Sagst du's der alten Nonne, dass alles vorbei ist, dass es keinen Grund mehr zur Sorge gibt?«

»Ich sag's ihr, ich sag's ihr. Hey, danke für den Anruf.«

Holly fragte: »Was ist los?«

»Arbeit«, antwortete er, »nur etwas auf Arbeit.«

Bob Tidey lehnte sich auf die Küchentheke. Er nahm den Salzstreuer und bewegte ihn ein paar Zentimeter, bis er neben der Pfeffermühle stand. Er rückte den Deckel der Butterdose gerade.

Nach dem Telefonat hatte es auf dem Weg zu Hollys Haus kein Gespräch mehr gegeben. Jetzt legte sie ihren Arm um seine Hüfte und presste ihr Gesicht gegen seine Schulter. »Erzähl's mir, wenn du kannst – oder lass los, eines von beiden.«

Seine Stimme war kaum hörbar. »Später.«

»Ich habe etwas getan.«

»Kannst du darüber sprechen.«

»Nein.«

Sie waren im Bett. Er lag auf dem Rücken. Ihr Kopf ruhte auf seinem Arm. Der Sex war flott und schnell vorbei gewesen.

»Wie schlimm?«

»Ich habe Menschen für weniger eingelocht.«

»Geht es um einen Fall?«

»Eher wie die Dinge sich ergeben haben.«

»Bob –«

»Nichts wäre richtig gewesen. Aber etwas musste getan werden.«

Er sagte es, als sei es eine mathematische Formel, die er aufgestellt hatte.

»Es war nicht – hast du etwas angenommen? Was ich meine, ist, ging es um Korruption?«

»Ich habe niemals etwas angenommen.«

»Steckst du in der Klemme?«

Er dachte einen Moment lang nach, dann stellte er fest: »Niemand kann mich mit irgendetwas in Verbindung bringen.«

»Dann –«

Tidey schwieg lange Zeit. Dann gestand er: »Ich bin nicht der, der ich sein wollte – nicht mehr. Ich weiß nicht, wie es weitergeht.«

Er schreckte aus dem Schlaf hoch, sein Atem ging schnell. Er hatte gefühlt, wie er über eine Klippe fiel – mit den Füßen voran, dann hatte das Gewicht seines Oberkörpers die Kontrolle übernommen, und er hatte sich wild überschlagen, unfähig, Himmel oder Erde zu orten – dann war er aufgewacht, Holly schlief neben ihm, im Haus war es still, und Bob Tideys Fingernägel gruben sich in seine Handflächen.

Er setzte sich auf, Füße auf den Boden, balancierte auf der Bettkante, und hörte wieder Martin Pollards Worte.

Naylor wurde sauber erledigt, der andere Typ sieht aus, als hätte ihn jemand als Schlachtübung benutzt.

Tidey atmete lange und tief ein, hielt den Atem an und atmete langsam wieder aus.

Das war eines dieser extremen Ereignisse, die den Geist ausfüllen. Es braucht für diese Dinge Zeit, die richtige Größe zu finden, um ein weiteres Teil in einem chaotischen, niemals endenden Puzzle zu werden. Warte lange genug, um die Dinge im Verhältnis zu sehen, sagte sich Bob Tidey, und du kannst alles aushalten.

»Bob?« Holly hatte den Kopf vom Kissen gehoben.

»Alles o.k.«, beruhigte sie Tidey.

Holly drehte sich um, sah auf den Wecker. »Fast eins.«

Tidey sagte: »Ich gehe besser – kommt Grace –«

Holly bewegte sich im Bett, streckte sich und legte eine Hand auf seine Schulter.

»Du kannst dich morgen früh mit ihr unterhalten.«

»Ist alles wieder –«, begann Tidey, und dann sprach er nicht weiter, denn er war sich nicht sicher, ob er die Antwort hören wollte.

Hollys Stimme war schlaftrunken. »Leg dich hin«, sagte sie.

Danksagungen

Julie Lordan war – wie immer – meine erste Leserin und Beraterin. Sie und Cathleen Kerrigan haben mich durch die verlorenen Wochenenden und besetzten Urlaubszeiten hindurch unterstützt.

Der Roman hat sehr von Verlagsleiterin Liz Foleys Kommentierung der ersten Fassung und dem Lektorat von Briony Everroad profitiert. Katherine Fry hat die akribische Korrektur erstellt. Danke an alle und besonders – wie immer – meinen Freunden Pat Brennan und Evelyn Bracken für ihre schnelle und gründliche Einschätzung und ihren Rat.